WERK MET MIJ

EEN KANTOORROMANCE TUSSEN VIJANDEN DIE
GELIEFDEN WORDEN

SYNERGY
BOEK 1

MICHELLE MCCRAW

1

ALICIA

DE LUCHT HAD de kleur van erwtensoep. Kwade erwtensoep.

Omdat ik al mijn hele leven in Texas woonde, wist ik dat de lucht die kleur alleen aannam en de wolken alleen zo kolkten als er iets bijzonder gewelddadigs op komst was.

Ik schatte de afstand in van de overkapping van de parkeergarage tot de ingang van het gebouw aan de overkant van de vierbaansweg met het gebarsten asfalt. Op mijn tien centimeter hoge hakken zou ik er niet overheen kunnen sprinten.

'Je doet te veel je best,' mompelde ik. 'Platte schoenen waren prima geweest. Of zelfs laarzen.' Maar ik had een goede indruk willen maken bij mijn eerste klus voor mijn gloednieuwe bedrijf. Serieus. Capabel. Foutloos. Klaar om met mijn schoenen met spitse neuzen keet te schoppen en naam voor mezelf te maken door dit noodlijdende project om te draaien.

Dit was mijn moment om het ze betaald te zetten. Mijn oude baas, Lowell, die had gezegd dat ik te 'gevoelig' was voor een managementfunctie. Dr. Fletcher, die tegen onze hele klas had gezegd – terwijl ik, de enige vrouw in de zaal, daar zat, te verbijsterd om te protesteren – dat vrouwen niet de gedrevenheid hadden om te slagen in de technologie. Elke collega die ooit over me heen had gepraat, met de eer voor mijn werk was gaan strijken of me had proberen te mansplainen hoe je moest programmeren. Ik stapte Synergy Analytics binnen, een Fortune 1000-bedrijf opgericht door twee afgestudeerden van Stanford en nu meer dan zes *miljard* dollar waard, om mijn slimheid te gebruiken om hen te helpen slagen.

Niet slecht voor een meisje van hier dat naar een staatsuniversiteit was gegaan. Ik klopte onzichtbaar stof van mijn schouder.

Mijn telefoon piepte. Dertig minuten tot de vergadering. Genoeg tijd om door de beveiliging te komen, wat handen te schudden en mijn plaats aan het hoofd van de tafel in te nemen. Ik rechtte mijn rug. Voor het eerst in mijn leven was ik mijn eigen baas. Ik was meer dan gekwalificeerd voor deze klus en ik kon de regen ook wel de baas.

Toen mijn schoen het trottoir raakte, hoorde ik de eerste tik. *Ha! Mis!* Maar goed ook, want ik droeg een witte blouse en had mijn colbert over mijn schoudertas gevouwen om koel te blijven in de hitte van begin september in Austin. Een doorschijnend T-shirt tijdens mijn eerste vergadering zou geen goede look zijn. Nog een snelle stap, en ik keek de straat op voor auto's. Vrij, als ik snel was.

Ik stapte van de stoeprand en een regendruppel stuiterde voor me op. *Stuiterde?* Nog een, rechts van me. Een witte waas schoot voor mijn neus langs. Dat was geen regen, het was hagel. Ter grootte van een erwt. Geen probleem. Van hagel zou mijn blouse niet eens nat worden.

Terwijl ik de tweede rijstrook overstak, schopte ik tegen een hagelsteen. Die was groter, ongeveer zo groot als een knikker. Een afwijking. *Toch maar beter uitkijken.* Als ik op eentje van die grootte zou stappen, zou ik waarschijnlijk midden op Sixth Street onderuitgaan. En dan zou ik worden overreden door een auto. Ik kon het Noah niet aandoen nog een ouder te verliezen. Bovendien had ik nog geen levensverzekering afgesloten als vervanging van de polis die mijn oude werkgever had verstrekt. 'Als ik veilig dit gebouw binnenkom,' mompelde ik, 'beloof ik dat ik de verzekeringsmaatschappij bel zodra ik thuiskom.'

Met op elkaar geklemde tanden tegen de kletterende stenen nam ik twee grote stappen om de laatste rijstrook over te steken, voordat ik de stoep op sprong, over de hoop witte hagelstenen die ertegenaan was gedreven. Nog twee stappen en ik was onder de beschuttende overkapping van het gebouw. Ik keek op naar de groene wolken. 'Dank je…'

Een witte flits, en een stekende pijn in mijn voorhoofd, precies bij mijn haargrens. 'Auw!' Ik hield mijn gezicht vast en schuifelde verder onder de luifel. Dat zou me leren om dankbaarheid te tonen.

'Gaat het?' Een lange gestalte doemde op in mijn ooghoek.

'Prima, het gaat prima.' Maar toen ik mijn hand weghaalde, zaten mijn vingertoppen onder het bloed. Ik zocht in mijn tas naar een zakdoekje.

'Hoofdwonden bloeden erg. En doen pijn als de hel. Wacht even, ik heb iets.' De man zette zijn plunjezak neer en rommelde erin. Zijn vervaagde zwarte T-shirt met het kenmerkende logo van AC/DC kroop op zijn rug omhoog en onthulde een V-vorm van droge spieren die in zijn spijkerbroek verdween. Doordat ik een kantoorbaan had en op voetbalvelden rondhing, had ik niet veel van dat soort lichaamsbouwen gezien. Niet sinds Rick. Ik schudde de herinnering van me af. Ik kon niet toestaan dat Rick mijn 'ik kan de wereld aan'-houding verpestte.

De man draaide zich om met een gemêleerd grijs T-shirt in zijn hand. 'Het is schoon, dat beloof ik. Vind je het goed als ik…?'

Ik wist niet zeker of ik mijn spraakvermogen was verloren door zijn lichaam van een Griekse god of door bloedverlies, en schudde mijn hoofd. Zachtjes duwde hij mijn hand met het doorweekte zakdoekje weg en drukte het shirt tegen mijn gezicht. Het shirt rook naar frisse zeep en iets anders. Leer. Zoals een schoenenwinkel. Of de binnenkant van een luxeauto. Ik ademde in en wenste dat ik me in die geur kon wikkelen.

Toen hij dichterbij kwam, schopte hij tegen een hagelsteen. 'Wat is dit? Het is geen sneeuw.'

'Het is hagel.' Het shirt bedekte één oog, maar met het andere bekeek ik hem. Hij was lang, een goede tien centimeter langer dan ik, zelfs op mijn hakken. Ah. Het was niet alleen zijn wasmiddel. Hij droeg een paar mooie cowboylaarzen; vandaar de leergeur. Struisvogelleer. Duur. Een vervaagde, ingedragen spijkerbroek die smalle heupen accentueerde, en het shirt dat ik al had opgemerkt, dat op alle juiste plaatsen strak spande. Donker haar, ergens tussen bruin en zwart. Donkere ogen, ook. Scherp. Oordelend. Maar ook vriendelijk. Mijn wangen werden warm onder die blik.

'Helle? Bedoel je, zoals in de hel die dichtgevroren is?' Hij sprak met een heldere uitspraak, zoals de mensen op tv, niet zoals iemand die ik ooit in het echt had ontmoet.

'Nee. Hagel. H-A-G-E-L. Je komt hier niet vandaan, hè?'

Hij glimlachte, de rechterkant hoger dan de linker. 'Nee. Ik probeer nog steeds te wennen aan sommige van deze Texaanse accenten.'

'Alleen op bezoek, of woon je hier nu?'

Die weelderige mond spande zich een beetje aan. 'Een beetje van beide. Ik ben al drie maanden in Austin, maar ik hoop dat ik snel weer naar huis kan.'

'Dat hoop je?' Ik gaf hem een brede glimlach. 'Je hebt duidelijk nog niet de volledige Austin-ervaring gehad. De meeste mensen willen nooit meer weg.' Behalve ik. Nadat ik hier mijn hele leven had gewoond, begon mijn geboortestad een beetje te voelen als een favoriet shirt waar ik was uitgegroeid. Zacht en comfortabel, maar een beetje te strak.

De spanning verdween en zijn rechterwang trok weer omhoog. Die glimlach zou verboden moeten worden. 'Misschien heb ik nog niet de juiste gids gehad.' Zijn blik begon naar beneden te dwalen en zijn ogen werden groot toen ze mijn borst bereikten.

Hij knipperde en keek snel weer naar mijn gezicht. 'Je hebt, eh, je hebt wat bloed op je blouse.'

'O, shit.' Ik legde mijn hand op de zijne op het T-shirt. Zijn hand was warm en droog. Een gladde huid, alsof hij ook een kantoorbaan had. Hij schoof zijn hand onder de mijne vandaan zodat ik de schade kon opnemen. Verdomme, twee rode druppels precies boven mijn linkerborst. Met één hand tegen de snee gedrukt, probeerde ik met de andere mijn colbert uit te vouwen.

'Zal ik helpen?'

Ik knikte en hij schudde mijn colbert uit. Terwijl hij het achter me hield, stak ik één arm erin, wisselde van hand op mijn snee en stak toen mijn andere arm in de mouw. Toen hij de panden bij elkaar trok, stonden we dicht bij elkaar, alsof we dansten. Zijn hemelse geur omhulde me en de hagel, mijn vergadering, alles om me heen vervaagde.

Hij kwam me bekend voor. Die volle lippen had ik eerder gezien, met die ene scheve mondhoek. De korte, donkere baard, dik op zijn kin en een beetje slordig op zijn wangen. De oprechte glimlach leek anders, maar ik had die ogen met de kraaienpootjes gezien. Hoe kende ik hem?

'Hebben wij…'

Hij sprak op hetzelfde moment. 'Werk je hier in de buurt? Volgens mij heb ik je niet eerder gezien.'

'Het is mijn eerste dag. Ik heb vanochtend een belangrijke vergadering.' Blijkbaar was ik niet zo gedenkwaardig als hij dacht dat hij me niet eerder had gezien. Waar had ik hem ontmoet?

'Daarbinnen?' Hij knikte met zijn kin naar het Synergy-gebouw achter me.

'Ja, ik ben een consultant. Ik heb mijn eigen bedrijf.' Zelfs terwijl ik daar bloedend op de stoep stond, voelde ik mijn borst opzwellen van trots.

'Consultant.' Hij deed een stap achteruit en nam de heerlijke geur met zich mee. De hagelstenen tikten buiten de luifel. 'Ik haal even een pleister voor je. Ik heb er een in mijn tas.'

'Nee. Maar bedankt.' Ik kon een vergadering met Cooper Fallon niet binnenlopen met een pleister op mijn gezicht.

'Heb je liever dat er bloed over je voorhoofd druipt tijdens je belangrijke vergadering? Dat stuk ijs heeft je flink te pakken gehad.' Hij rommelde in zijn tas en haalde een klein plastic EHBO-doosje tevoorschijn.

'Ben jij een padvinder?' Ik had een EHBO-doos in mijn auto voor Noah, maar ik kende niet veel mannen die dat hadden.

Hij grinnikte. 'Daar hebben ze me uitgegooid toen ik negen was. Marlee. Mijn assistente. Zij zorgt voor me.'

Een assistente? Mijn eerstehulpverlener in spijkerbroek en T-shirt zag er niet uit als iemand met dat soort macht. Maar nu ik erover nadacht, had zijn stem wel een licht bevelende ondertoon, alsof hij gewend was bevelen te geven. En dat die werden opgevolgd.

Hij klikte het doosje open en haalde er een pleister uit. Toen hij de verpakking openscheurde, ving ik een glimp op van iets roods.

'Wat is dat?'

'O. Bliksem McQueen. Je weet wel, van *Cars?* Ze heeft een verwrongen gevoel voor humor.'

Natuurlijk kende ik *Cars.* Het was Noahs favoriete film sinds hij drie was. 'Je gaat geen Bliksem McQueen op mijn gezicht plakken.'

'Laat me die glimlach eens zien. Degene die je me gaf toen je over je bedrijf sprak. Degene die je ze in die vergadering zult laten zien.'

Ik kon er niets aan doen. Ik glimlachte, breed en stralend, elke keer als ik aan Weber Technology Consulting dacht.

'Dat is hem. Niemand zal naar die goeie ouwe Bliksem McQueen hier kijken als jij die prachtige glimlach laat zien.' Hij haalde het shirt van mijn gezicht en streek langs mijn vingers. Het was niet het bloedverlies dat ze deed tintelen.

'Bedankt…' Ik trok mijn wenkbrauwen op.

'Mijn vrienden noemen me Jay.'

'Ik ben Alicia.'

'Alicia.' Hij rolde mijn naam in zijn mond. Toen, met een lichte druk van zijn warme vingers, plakte hij de pleister op mijn hoofd. 'Nu passen we bij elkaar, zie je?' Hij hield zijn arm omhoog, en ja hoor, over zijn elleboog zat een Bliksem McQueen-pleister.

'Heeft de hagel jou ook te pakken gehad?' Ik was te gefocust geweest op mijn eigen verwonding, mijn eigen problemen, en had niet opgelet. De arm van Jay was gespierd en droog, en een ader liep over zijn onderarm. Ook dat had ik alleen op tv gezien.

'Nee joh.' Hij wreef erover. 'Ik kwam tijdens het hardlopen te dicht bij een boom.' Hij kwam weer dichterbij. 'Mag ik?'

Ik knikte, mijn keel te droog om te spreken. Hij trok aan mijn colbert zodat de panden aan de voorkant tegen elkaar aan kwamen. Toen streek hij met een vinger door mijn haar bij de snee en maakte het glad. Hij bekeek me van top tot teen, en elke plek die zijn blik raakte tintelde.

'Zo goed als nieuw.' Hij deed een stap achteruit. 'Voel je je oké? Niet te duizelig?'

Duizelig? Ja. Ik knipperde met mijn ogen. Had ik dat hardop gezegd? 'Het gaat goed met me.'

'Goed.' Hij opende zijn mond en sloot hem weer. Stond hij op het punt me uit te vragen? Hij moest toch voelen wat ik voelde. Dat wat hij over mijn glimlach had gezegd, was absoluut flirterig. Een onzichtbare lijn hield ons beiden tegen om naar de deur te lopen of de stoep op te gaan.

De woorden van mijn zus van jaren geleden echoden door mijn hoofd. *Het leven is kort. Wacht niet op wat je wilt. Vraag erom, en neem het dan.* Ze had niet lang genoeg geleefd om haar eigen advies op te volgen. Maar ik had haar woorden ter harte genomen, en ik wist wat ik wilde: meer tijd met de zachte vingers en bodemloze ogen van deze man. 'Hé, Jay, ik heb nu die vergadering, maar misschien wil je een keer koffie drinken?'

Hij keek weer naar de deur achter me. 'Het spijt me, ik... kan niet.'

Mijn maag kromp ineen en mijn wangen werden heet. 'O, oké.' Had hij een vriendin? Was Marlee meer dan zijn assistente? Of misschien was ik in shock en had ik de tekenen van zijn aantrekkingskracht gehallucineerd. Eigen schuld, dikke bult, omdat ik me zo kwetsbaar had opgesteld. Omdat ik het advies van Melissa had opgevolgd.

Ik moest hier weg. Herpakken en me concentreren op mijn vergadering. Ik hees mijn tas hoger op mijn schouder. 'Ik moet gaan. Bedankt voor je hulp.'

Toen ik hem het shirt aanbood, was de grijze stof besmeurd met bloed. Vies. Ik trok het terug voordat hij het kon aanraken. 'Ik was dit vanavond uit en breng het morgen terug. Zal ik het hier 's ochtends in de lobby achterlaten?'

'Zeker.' Hij bukte weer, waarbij hij dat verleidelijke stukje van zijn rug liet zien, en raapte een hagelsteen ter grootte van een golfbal op. Hij haalde een sok uit zijn plunjezak, wikkelde die om het stuk ijs en liet het toen terug in zijn tas vallen. Ik moest glimlachen ondanks mijn schaamte. Als hij ook maar een beetje op Noah leek, zou Jay het in de dichtstbijzijnde vriezer stoppen en het er later uithalen om te onderzoeken. Wetenschappelijke nieuwsgierigheid deed mijn nerdy hart altijd smelten.

Hoewel het hart van deze wetenschapper/eerstehulpverlener niet hetzelfde voor mij voelde. Mijn wangen gloeiden weer.

Hij opende de deur en hield die voor me open.

Ik liep erdoorheen en zorgde ervoor dat ik hem niet raakte. De hitte had zich over mijn nek naar mijn borst verspreid. Ik zag een bordje voor de toiletten aan de rechterkant en liep er zonder hem aan te kijken naartoe. 'Nogmaals bedankt.'

'Graag gedaan, Alicia.'

Een paar minuten later speldde ik een bezoekerspas op mijn revers en trok ik mentaal mijn harnas weer aan. *Weer op koers. Volle kracht vooruit. Geen afleidingen meer, hoe sexy ook.*

Een andere lange man liep door de beveiligingspoortjes en stak zijn hand naar me uit. 'U moet mevrouw Weber zijn. Ik ben Cooper Fallon.'

Ik hapte naar adem. Strakke kaaklijn, zandkleurig blond haar, ogen zo blauw als korenbloemen. Ik had foto's van hem gezien –

de CEO van Synergy Analytics had minstens twee keer op de cover van *Forbes* gestaan, en ik had hem natuurlijk gegoogeld – maar foto's hadden me niet voorbereid op bijna twee meter gebruinde huid en een slank postuur, geaccentueerd door een smetteloos blauw overhemd, een pantalon op maat en een kreukvrij colbert. Ik streek met mijn hand over mijn smalle zwarte rok, gekreukt van de autorit.

Ik schudde mezelf mentaal wakker en pakte zijn hand. 'Aangenaam kennis te maken, meneer Fallon.'

Hij vroeg me niet om hem Cooper te noemen.

'Is de trap oké voor u?' vroeg hij. 'We vergaderen op de tweede verdieping.'

'Jazeker.' Een beetje cardio zou mijn zenuwen misschien kalmeren. Ik haalde diep adem en volgde hem door de beveiligingspoortjes naar een brede, open trap. Terwijl ik naar boven liep, keek ik om me heen. Brede houten plankenvloeren, zichtbare leidingen aan het plafond, felle rode, oranje en blauwe kleurvlakken op de muren die me deden denken aan de Hill Country in de lente. 'Hoe lang bent u al eigenaar van het gebouw?'

'Nog niet zo lang. We hebben het gekocht van een bedrijf dat besloot over te stappen op werken op afstand. We wennen een tijdje aan de ruimte voordat we besluiten veranderingen aan te brengen.'

'Maar Synergy is niet op afstand gaan werken?' Ik sloeg mezelf bijna voor mijn hoofd. *Natuurlijk niet, Alicia. Ze zijn hier.*

Hij wachtte boven aan de trap op me. 'Nee, wij hebben een collaboratieve aanpak van softwareontwikkeling. Jamila zegt dat u daar ook de voorkeur aan geeft?'

Ik glimlachte bij de vermelding van mijn mentor. Ik kon haar bijna naast me voelen staan en horen zeggen: *Dit kun je.* 'Absoluut,' zei ik. 'Teams kunnen zoveel meer gedaan krijgen als ze bij elkaar in de buurt zijn, als ze niet afhankelijk zijn van e-mail of zelfs chatberichten voor communicatie.'

'Ik ben blij dat u er zo over denkt. Ik weet zeker dat u goed in het team zult passen.'

Hij trok een deur van matglas open naar een vergaderruimte. Binnen waren de meeste stoelen bezet. Een snelle blik vertelde me dat de aanwezigen allemaal mannen waren; dat was geen verrassing. En aan het hoofd van de tafel…

'Jay?' Ik legde een hand op mijn voorhoofd. Was hij een van de ontwikkelaars met wie ik zou gaan werken?

'Alicia!' Jay stond op, zijn glimlach veranderde snel in een frons terwijl hij van mij naar Cooper keek. 'Wat is hier aan de hand, Coop?'

Misschien had die hagelsteen meer schade aangericht dan ik had gedacht. Of misschien was ik te zeer in de ban geweest van een paar scherpe, donkere ogen. Maar nu ik de twee mannen samen zag, vielen de puzzelstukjes op hun plek. Cooper Fallon en mijn-vrienden-noemen-me-Jay *Jackson* Jones, medeoprichters van Synergy Analytics. Het zakelijke brein en de programmeerkracht die het bedrijf in hun studentenkamer in Stanford waren begonnen en het in minder dan twaalf jaar hadden laten uitgroeien tot een Fortune 1000-bedrijf.

Waarom had Jackson Jones in godsnaam *mij* nodig bij een programmeerproject?

Naast me rechtte Fallon zijn rug. 'Mevrouw Weber is hier om richting te geven en het project vooruit te helpen.'

Aan de telefoon had hij me verteld dat ik er was om een noodlijdend project te redden. Huh.

Jacksons blik werd keihard. 'Als projectleider is het mijn taak om richting te geven.'

Naast Jackson zakte een jonge programmeur in zijn stoel weg, alsof hij probeerde te versmelten met het polyester gaas. Ik wilde hetzelfde doen. Deze twee zouden beste vrienden moeten zijn, en nu maakten ze ruzie. Door mij. Eigenlijk, omdat Cooper Fallon zijn zakenpartner niet had verteld dat hij een consultant inhuurde. Mij. En wie de hel was hier de baas? Ik keek naar de stoel aan het hoofd van de tafel, degene die ik van plan was geweest te bezetten. Degene waar Jackson Jones nu de scepter zwaaide.

Iets wat niet mijn schuld was, was plotseling mijn probleem

geworden. Er zat niets anders op dan de koe bij de horens te vatten en het op te lossen. Ik rechtte mijn rug. *Showtime.*

'Meneer Fallon, wilt u meneer Jones bijpraten terwijl ik kennismaak met het team?' zei ik, met wat ik hoopte de glimlach was die Jay – Jackson – had bewonderd en geen grimas waarbij ik mijn tanden ontblootte.

'Uitstekend idee, mevrouw Weber.' Fallon knikte met zijn hoofd naar de gang. Jackson liep om de tafel heen en volgde zijn medeoprichter de deur uit.

Een seconde voordat de deur dichtzwaaide, klonk de lage stem van Jackson door de ruimte. 'Dit is bullshit, Coop…'

Ik sprak luid genoeg om hem te overstemmen. 'Terwijl meneer Jones en meneer Fallon de strategie bespreken, maken wij kennis met elkaar. Ik ben Alicia Weber van Weber Technology Consulting, en ik ben hier om dit ontwikkelingsproject weer op de rails te krijgen zodat we op tijd kunnen leveren. Ik kijk ernaar uit om jullie allemaal te leren kennen.'

'Wil jij beginnen met de introducties?' Ik wuifde naar de jonge vent die naast Jackson had gezeten en liep om de tafel heen naar het hoofd. Ik schoof een Synergy-mok met koffie opzij en ging op de machtspositie zitten, terwijl ik de stoel stiekem verlaagde zodat mijn voeten de vloer raakten.

Terwijl de jongens zich om de beurt voorstelden, verstomde het geruzie aan de andere kant van de deur uiteindelijk, en voordat we klaar waren, gleden Jackson en Fallon weer naar binnen. Fallon nam de lege stoel aan de overkant van de tafel, zijn uitdrukking sereen terwijl hij luisterde naar de statusupdates van het team over hun taken. Jackson leunde met gekruiste armen tegen de muur, nog steeds een blos op zijn hoge jukbeenderen. Hij zei geen woord meer, maar er leek hitte van hem af te stralen, en de programmeurs die het dichtst bij hem zaten, wiebelden op hun stoelen. Maar voor mij was de gekwetste blik in zijn ogen onmiskenbaar. Wat was er in hemelsnaam aan de hand tussen die twee? Ze hadden meer een relatietherapeut nodig dan een consultant.

'Nu iedereen kennis heeft gemaakt,' zei Cooper terwijl hij

opstond, 'wil ik graag de projectbeperkingen doornemen. Nu Alicia zich bij het team heeft gevoegd, ben ik ervan overtuigd dat jullie de ontwikkeling kunnen voltooien voor 15 november, zoals oorspronkelijk gepland.'

Twee maanden. Ik had twee maanden om het project om te gooien en leverbare code op te leveren. Ik kon het. Ik wist dat ik het kon. Tenzij…

'Alicia?' vroeg Cooper.

Wat had hij me gevraagd? Iets over de datum, dacht ik. 'Absoluut, meneer Fallon. We krijgen het voor elkaar.'

Jackson snoof.

Ik kneep mijn ogen tot spleetjes en keek hem aan. Hij zou me toch niet saboteren? Het zou niet de eerste keer zijn dat iemand dat probeerde. Ik had het allemaal al eerder gezien: opzettelijke vertragingen, 'per ongeluk' geïntroduceerde bugs, zelfs ziekmelden op een kritiek punt in een project. Allemaal omdat een vrouw hun fragiele ego's bedreigde. Ze hadden de rijen gesloten en zaten te manspreaden rond de tafel tot er geen ruimte meer voor mij was.

Dat kon ik hier niet laten gebeuren. Als we slaagden, zou de aanbeveling van Cooper Fallon deuren voor me openen in Austin, in Silicon Valley, waar ik ook maar wilde werken. Ik zou mijn eigen toekomst bepalen. Als ik echter faalde, zou dat het einde betekenen van Weber Technology Consulting. Dan zou ik terugkeren naar een hokje van iemand anders om code te produceren, iets waaraan ik de afgelopen vijf jaar had proberen te ontsnappen.

Dus toen Cooper Fallon mijn hand schudde en zei: 'Zie ik u morgenochtend om acht uur?' zei ik: 'Absoluut. Ik kan niet wachten om te beginnen.'

Het is altijd goed om een nieuwe baan te beginnen door keihard te staan liegen, toch?

Alsof hij de schuldige gedachte als een lichtkrant over mijn voorhoofd zag flitsen, kneep Cooper zijn ogen samen. 'Tot morgen dan.' Hij draaide zich om en praatte met Jackson, die me met een onleesbare uitdrukking aanstaarde. Verdwenen was de tederheid

die hij had getoond toen hij die belachelijke pleister op mijn voorhoofd had gedrukt.

Ik staarde recht terug. Het maakte niet uit hoe aardig hij was
geweest. Of hoe beroemd hij als programmeur was. Ik zou
Jackson Jones in geen geval deze alles-of-niets-kans voor mij laten
verpesten.

2

ALICIA

ZODRA IK DE parkeerplaats van het voetbalveld voor de onder-elfjes opreed, wist ik dat er iets mis was.

Het was geen tintelend moederinstinct, zoals mijn beste vriendin Tiannah dat had. Ik dacht altijd dat zoiets in de verloskamer in je bloedbaan terechtkwam, net als oxytocine. Ik was het levende bewijs dat je het niet kreeg door simpelweg de hand van je zus vast te houden terwijl ze aan het bevallen was.

Nee, ik wist het omdat de kinderen niet aan het rondrennen waren. Ze zaten in het gras terwijl Tiannah Noah op haar schoot wiegde, zijn tranen wegveegde en zijn voorhoofd kuste. Achter haar liep haar man, de coach, ijsberend heen en weer met zijn telefoon aan zijn oor. Ik negeerde mijn zoemende telefoon, sprong uit de auto en wankelde op mijn hakken over de grindparkeerplaats. Ik zwoer dat ik ze zou verbranden. Ze hadden me vandaag al twee keer vertraagd.

'Noah!' Ik liet me naast hem in het gras op mijn knieën vallen. 'Wat is er gebeurd?'

Tiannah strekte haar hand uit en pakte de mijne, haar moederlijke geruststelling stroomde door me heen. 'Hij is gestruikeld. Hard gevallen. Hij zegt dat zijn arm pijn doet.'

De huid langs zijn onderarm was al rood. Ik had dan misschien geen moederinstinct, maar Noah had genoeg botten gebroken dat ik wist wat ik moest doen.

'Hé, ventje', zei ik met zachte stem. 'Denk je dat je kunt opstaan?'

Hij veegde zijn gezicht af aan zijn mouw. 'Ja.'

'Dan gaan we naar dokter Ruiz. Die lapt je wel weer op.' Ik ondersteunde hem onder zijn ongedeerde arm en Tiannah hield hem van achteren vast toen hij op wankele benen overeind kwam.

Terwijl de andere kinderen klapten, kwam Tamika aangerend, met wapperende vlechtjes. 'Noah, gaat het?'

'Ja.'

Ze omhelsde hem, en negeerde zijn arm die onhandig langs zijn zij stak. 'Beterschap, hè? Ik zie je morgen op school.'

Hij knikte en maakte zich los uit haar omhelzing. Arme jongen, hij moest echt pijn hebben. Normaal gesproken zou hij met zijn beste vriendin hebben staan kletsen tot we ze uit elkaar moesten trekken.

'Alicia!' De bekende stem deed mijn maag samentrekken. Er kwamen snelle voetstappen dichterbij en daar stond Rick, nauwelijks buiten adem van zijn sprintje over twee voetbalvelden. 'Wat is er gebeurd?'

Ik keek op naar zijn ruige gezicht. Vroeger vond ik hem knap; nu zagen de scherpe hoeken van zijn jukbeenderen er hard uit. Totaal niet zoals de zachte lachrimpeltjes rond de chocoladebruine ogen van Jackson Jones. Ik knipperde de herinnering weg. 'Noah is gevallen, en ik breng hem naar de dokter.'

Voorzichtig tilde hij de arm op die Noah vasthield en onderzocht hem. 'Doet flink pijn, hè?'

'Ja, coach... ik bedoel, Rick.' Noahs mond was een strakke streep.

Rick woelde door zijn haar. 'Ik ben dit seizoen dan misschien niet je coach, maar je mag me nog steeds zo noemen.'

Ik trok een grimas. Ik had aan wat touwtjes getrokken om ervoor te zorgen dat Noah dit seizoen niet in Ricks team zou zitten. Ik had gehoopt hem nooit meer te zien nadat we eerder die zomer uit elkaar waren gegaan, maar ik had beter moeten weten, gezien de tijd die we allemaal op het voetbalcomplex doorbrachten.

'Het ziet ernaar uit dat het gebroken zou kunnen zijn. Ik zou hem naar de dokter brengen.'

Ik knipperde hard met mijn ogen om te voorkomen dat ik ze ten hemel zou slaan. Had ik hem niet net verteld dat we daarheen gingen?

'Ik kan met je meegaan. Met de dokter praten. Palmer logeert vannacht bij zijn moeder.'

'Nee.' Ik had het harder gezegd dan ik had bedoeld. 'Ik bedoel, het gaat wel. Ik red me wel.' Toen Rick Noahs arm niet losliet, zei ik: 'Ik wil hem er graag heen brengen voor ze sluiten.'

'Natuurlijk.' Hij woelde weer door Noahs haar. 'Succes, Noah. Ik hoop je snel weer op het veld te zien.'

'Bedankt, coach.' Noahs ogen waren toegeknepen van de pijn, maar ze straalden nog steeds naar Rick. Shit. Ik wist dat het een slecht idee was om te daten met een man die zowel zijn coach was als de vader van een van zijn vrienden. Noah hoopte waarschijnlijk dat we weer bij elkaar zouden komen. Maar dat ging ik niet doen. Zelfs niet voor hem.

'Weet je zeker dat je me niet nodig hebt?' Ricks stem was zacht, alleen voor mij bedoeld. Zijn groene ogen fonkelden.

'Bedankt, Rick. Het gaat wel.'

'Maar…'

Tiannahs stem onderbrak hem. 'Ze zei dat het wel gaat. Bovendien ga ik met haar mee.'

Ik knipperde met mijn ogen naar haar. 'Maar hoe zit het met…'

'Orlando past op de kinderen.' Op een zachtere toon zei ze: 'Je kunt wel wat hulp gebruiken. Maar niet van hem.' Ze gooide haar tas over haar schouder.

Ricks mond vertrok, maar na een tel knikte hij en liep weg. Ik keek hem niet eens na. Nou ja, oké, misschien liet ik mijn ogen even over zijn achterwerk dwalen. Dat voetbalbroekje herinnerde me eraan waarom ik overstag was gegaan toen hij me mee uit vroeg. Had hij maar kunnen waarmaken wat die gespierde billen beloofden.

Tiannah mompelde wat ik dacht. 'Eeuwig zonde van zo'n lekker kontje.'

Ik slikte mijn antwoord in, denkend aan de vele kleine oortjes om ons heen.

'Kom, Noah.' Ik opende het autoportier voor hem, en hij gleed voorzichtig op de achterbank.

Tiannah legde haar hand op het portier van de passagiersstoel.

Een schuldgevoel overspoelde me. 'Echt, Tee, ik red me wel. Dit is niet ons eerste bezoekje aan de huisartsenpost. Jij hebt al genoeg aan je hoofd met een peuter, een kleuter en een vijfde-groeper die je moet wassen, eten geven en naar bed brengen.'

Ze opende het portier. 'Maar je hoeft het niet alleen te doen. Bovendien wil ik alles horen over je eerste dag als consultant.'

Ik glimlachte ondanks de knoop in mijn maag. We hadden samengewerkt tot ze twee jaar geleden was gestopt om fulltime moeder te zijn. Ik was het toen al aan het plannen, en ze was bijna net zo emotioneel betrokken bij Weber Technology Consulting als ik. 'Oké dan. Stap in.'

Noah was nog aan het stuntelen met de gordel, dus ik klikte hem voor hem vast. Hij gaf me een wankele glimlach, en ik deed de deur dicht. Ik ging achter het stuur van mijn Honda zitten, zwaaide naar de coach en reed langzaam achteruit de parkeer-plaats af, uitkijkend voor voetballen en afgeleide ouders.

Ik ving Noahs blik in de achteruitkijkspiegel. 'Vertel eens wat er gebeurd is, ventje.'

Hij schopte met zijn voetbalschoenen tegen de achterbank. 'De training was voorbij en de coach liet ons een rondje rennen. Ik lag voor, en toen ik opkeek, struikelde ik. Ik viel op mijn arm, en het deed heel veel pijn. Juf Tiannah, denkt u dat ik toch gewonnen heb, ook al ben ik gevallen?'

'Zeker weten. Iedereen zag dat je als eerste zou zijn gefinisht.'

In de spiegel zag ik hem achteroverleunen en glimlachen. De winnaarsmentaliteit zat diep in de familie Weber.

De huisartsenpost was niet ver, en de route was bekend. Maar deze keer, met Tiannahs kalmerende aanwezigheid in de auto, raakte ik niet in paniek over Noahs blessure of verweet ik mezelf mijn tekortkomingen als ouder die dit misschien hadden veroorzaakt. Dus liep ik met een glimlach de wachtkamer in, Noahs ongedeerde hand in de mijne. Ik verstijfde toen ik het onbekende gezicht achter de balie zag.

'Waar is Ruby?' Ik liep naar de balie.

'Vandaag niet hier. Wat is de reden van uw bezoek?' Ze staarde naar haar scherm, haar vingers boven het toetsenbord.

'Mijn neefje' – shit, hier moest ik weer het hele verhaal doen – 'heeft zijn arm bezeerd tijdens voetbal. Hij is tien. Is dokter Ruiz hier vanavond?'

'Jazeker.' Ze typte het in en gaf me toen een klembord. 'Ik heb dit ingevuld nodig, en een toestemmingsbrief van zijn ouders.'

'Ik ben zijn voogd. Zijn ouders zijn...' – ik wierp een steels blik op Noah in de plastic stoel naast Tiannah – 'er niet meer. Ik weet zeker dat we in uw systeem staan met de juiste documentatie.'

Haar glimlach was mierzoet. 'Vult u de papieren maar in. Vergeet de verzekeringsgegevens niet.'

Mijn hart zonk me in de schoenen. *Verzekering.* Hoeveel zou dit bezoek gaan kosten? We waren tenminste nog niet naar de spoedeisende hulp van het ziekenhuis gegaan. Nog niet.

Ik nam het klembord van haar aan en sleepte me naar waar Tiannah en Noah zaten. Ik plofte neer in de stoel naast Noah en vulde het formulier in, pakte mijn nieuwe verzekeringspas en schreef zorgvuldig de nummers over.

Tiannah stootte me aan met haar elleboog. 'Wat is er?'

'Niks, alleen... op dit moment mis ik mijn oude verzekering. Je weet hoe goed die was. Ik heb voor het goedkopere pakket gekozen nu ik mijn bedrijf nog van de grond probeer te krijgen. Ik had beter moeten weten dan mijn bedrijf te starten tijdens het voetbalseizoen. Deze eigen bijdrage gaat pijn doen.'

'Een eigen bedrijf is het waard. Je komt hier wel doorheen.'

Na de vergadering met Cooper en Jackson was ik daar niet zo zeker van.

Ik moest ruziën met de nieuwe receptioniste over de ouderlijke toestemming totdat ze onze papieren in het systeem vond. Eindelijk zegevierend, werden we meegenomen om dokter Ruiz te zien, die Noahs arm bevoelde en ons vertelde dat ze hem mee moest nemen voor een röntgenfoto.

Toen de deur achter hen dichtging, omhelsde Tiannah me. 'Het komt goed, mop.'

'Ik weet het.' Ik drukte haar tegen me aan. 'Hij is een taaie.'

Ze leunde tegen de muur van de onderzoekskamer. 'Jij bent ook taai, weet je. Hoe was je eerste dag?'

Ik snoof. 'Verschrikkelijk.' Ik tilde mijn haar op om haar de Bliksem McQueen-pleister te laten zien en vertelde haar in het kort over de disfunctionele oprichters van Synergy Analytics en de moeilijke taak die ze me hadden gegeven.

Ze schudde haar hoofd. 'Wat zei Jamila?'

'Wanneer? Bedoel je twee weken geleden, toen ze me over dit klusje vertelde?'

'Heb je haar daarna niet gebeld?'

'Vandaag? Nee. Ik had vandaag mijn grote-meisjesonderbroek aan. Ik kan dit aan.'

Tiannah rolde met haar ogen. 'Altijd maar denken dat je het alleen moet doen. Jamila kent die gasten. Ze hebben allemaal samen gestudeerd. Ze kan je wat tips geven. Aanwijzingen. Iets om druk mee uit te oefenen. Ik wed dat ze wel wat sappige details weet over die Jackson Jones. Iets wat je kunt gebruiken om een streepje voor op hem te krijgen.'

Denken aan Jackson Jones en benen – de manier waarop die afgedragen spijkerbroek om zijn dijen spande – maakte mijn wangen warm. Zoals gewoonlijk ontging Tiannah niets.

'Zijn ze net zo knap als op de foto's?'

'Hoofdwond.' Ik wees naar mijn snee. 'Ik ben niet in de positie om daarover te oordelen.'

Ze tuitte haar lippen en trok haar wenkbrauwen op.

'Oké, ja, superheet. Allebei. Maar Cooper is een ijsberg.' Ik rilde bij de herinnering aan de kille blik in zijn ogen. Jackson was het tegenovergestelde: de warmte in die bruine ogen, toen hij het bloed van mijn gezicht depte, had gevoeld als een knisperend kampvuur op een frisse herfstdag, maar ze waren veranderd in een uitslaande brand toen hij hoorde dat ik er was om zijn project over te nemen. Gevaarlijk. De vlam was gedoofd nadat hij in de gang met Cooper had gesproken. Ik kon nog steeds geen hoogte krijgen van hun dynamiek.

'O, en ik vergat te vertellen dat ik Jackson Jones mee uit probeerde te vragen voordat ik wist wie hij was, dus dat is er ook nog.' Ik kromp ineen.

'Meid.' Ze klakte met haar tong. 'Ik hoef je niet te vertellen dat je daar ver uit de buurt moet blijven.'

'Nee. Die situatie heeft voor mij alleen maar nadelen. Maar goed dat hij me afwees.' Mijn maag draaide zich om van schaamte. 'En nu ik me bij zijn project heb gevoegd, is Jackson ongeveer net zo vriendelijk als een braamstruik. Hoe dan ook, het is totaal niet relevant. Ik ben daar om een klus te klaren. Erop en erover.'

'Maar?'

'Ik denk dat ik dacht dat het als consultant anders zou zijn. Ze huren me in om slim te zijn. Ik kom binnen, red het project, en vertrek weer. Geen fragiele mannelijke ego's. Geen bedrijfspicknicks. Geen borrels. Geen functioneringsgesprekken. Makkelijk. Transactioneel.'

'Schat.' Ze pakte mijn hand. 'Niets is makkelijk voor vrouwen in een mannenwereld. Je zult elke verdomde dag de goede strijd tegen het patriarchaat moeten voeren. Ik weet dat je je best zult doen. En je zult Jamila trots maken.'

Ik hoorde ook wat ze niet zei. Dat als ik er bij Synergy een potje van zou maken, dat slecht op Jamila zou afstralen. Ik haalde diep adem. 'De klus klaren, wegwezen. Geen deining veroorzaken. Ik hoor je.' Ik had mijn hele carrière al op mijn tenen door het mijnenveld van mannelijke ego's gelopen. En deze keer werd ik dubbel betaald van wat ik als vaste werknemer had verdiend.

Voor het gevecht met Jackson Jones zou ik elke cent verdienen. En toen dokter Ruiz binnenkwam en me vertelde dat Noah zijn ellepijp had gebroken, en haar assistente ons vertelde hoeveel zijn behandeling zou kosten met mijn krakkemikkige verzekering, wist ik dat ik die centen ook hard nodig zou hebben.

3

JACKSON

'ZULK ETEN VIND je niet in San Francisco.' Ik leunde achterover om Coopers gezichtsuitdrukking te peilen.

Zijn lip krulde zich zo lichtjes op dat iemand die hem niet al een dozijn jaar kende het misschien niet had gezien. Zijn blik dwaalde van het 'Keep Austin Weird'-T-shirt van de persoon voor ons naar de vrouw die de bestellingen opnam, bezweet en met saus op haar schort, en vervolgens naar de overvolle keuken, waar een nog erger bezwete man een rek met spareribs omdraaide. 'Nee, dat denk ik niet.'

Sinds Alicia die ochtend de vergadering was binnengestapt – de vergadering waarvan ik dacht dat die *van mij* was, het bewijs dat Cooper me eindelijk weer vertrouwde – vol zelfvertrouwen en gratie ondanks het belachelijke verband dat ik op haar voorhoofd had gedrukt, voelde het alsof ik onder de mieren zat. Vuurmieren, waarvan ik had ontdekt dat die bestonden – en dat het pijnlijke, bijtende rotbeesten waren – toen ik na een van mijn hardloop-rondjes op het gras in het park had willen rusten. En dat maakte me, zoals ze hier in Texas zeiden, chagrijnig.

Dus had ik Cooper meegenomen naar de rokerij, met haar

norse bediening, plakkerige tafels en zelfbediening voor de sauzen, waarvan ik wist dat hij het zou haten. Maar ik was niet gek. Het eten, het lekkerste wat ik in de drie maanden dat ik in Austin was had gegeten, was het waard.

Mijn telefoon trilde in mijn zak en ik haalde hem tevoorschijn. Een herinnering om Sam te bellen. Marlee was een heilige dat ze die wekelijkse herinneringen instelde. Ik negeerde degene die ze had ingesteld om mijn moeder en mijn andere broers en zussen te bellen, maar die voor Sam liet ik nooit schieten.

'Sorry, ik moet even iets afhandelen. Bestel jij voor mij de spareribs, aardappelsalade en okra?' Ik grinnikte om de afgrijzen op Coopers gezicht en glipte naar buiten. Ik vond wat schaduw onder een boom, deed mijn oordopjes in en startte een videogesprek met Sam.

Ze nam na een paar keer overgaan op. De institutioneel grijze muren om haar heen maakten haar bleke huid groenachtig.

'Waarom kun je niet gewoon appen zoals een normaal mens?'

'Favoriete grote broers hoeven niet eerst te appen. Bovendien vind ik het leuk om mensen te overvallen. Waar ben je eigenlijk?'

'In het trappenhuis op de universiteit. Ik was aan het *werk* toen je belde.'

'Aan je huiswerk? Heb je hulp nodig?'

'Nee, Jackson.' Ze rolde met haar ogen. 'Ik werk aan mijn onderzoeksproject.'

'Dat is iets met programmeren, toch? Ik kan helpen. Net als vroeger, toen ik nog thuis woonde.'

'Toen ik nog thuis woonde, deed ik nog geen convexe optimalisatie. En jij ook niet.'

'Convexe wat?'

Ze glimlachte spottend. 'Ja, dat leerden ze *tien jaar geleden* niet aan studenten, zelfs niet op *Stanford*. Geef maar toe, nu ik promoveer, ben ik de programmeergoeroe.'

'Natuurlijk. Je bent altijd al een natuurtalent geweest. Maar weet je zeker dat het goed met je gaat?' Die donkere kringen onder haar ogen had ze de laatste keer dat we spraken niet.

'Het gaat prima. Hoewel mijn promotieonderzoek niet zo goed gaat als ik had gehoopt. Het is echt moeilijk, weet je?'

'Ik heb met moeite mijn bachelordiploma gehaald. Wat jij doet is moeilijk, maar je kunt het. Jij bent de slimste van ons allemaal.'

Ze snoof, maar ik kon zien dat ze een glimlach onderdrukte. 'Zeg dat maar tegen moeder.'

'Dat zal ik doen, de volgende keer dat ik haar spreek.' Wat, als het aan mij lag, pas met Thanksgiving zou zijn.

Haar halve glimlach verdween. 'Ik wou dat ik naar Texas kon komen.'

Ik sprong op en ijsbeerde rond de boom. 'Waarom? Wat is er mis? Die eikel Stephen valt je toch niet weer lastig, hè? Want dan vlieg ik meteen terug om—'

'Nee, nee. Ik bedoel gewoon dat moeder soms nogal veel kan zijn. Ik zou wel wat afstand kunnen gebruiken. Ooit...'

Mijn zusje leek veel op me, maar ze had mijn schijt-aan-mentaliteit tegenover onze moeder nog niet ontwikkeld. 'Laat je niet door haar koeioneren. En misschien heb je ook gewoon wat afstand van je project nodig. Je weet dat onze hersenen niet werken zoals die van andere mensen. Maak een ritje. Of ga hardlopen. Ga eens naar buiten.'

Een mondhoek van haar trok omhoog. 'Jij blonk er altijd in uit om aan moeilijke situaties te ontsnappen.'

'Hé, ik zeg niet dat het de gezondste overlevingsstrategie is, maar misschien heb je een pauze nodig. Verdomme, ik laat je overvliegen, Samwise. We kunnen naar een honky-tonkbar gaan. Tequila drinken tot we ervan moeten kotsen.' Het zou een verademing zijn om een vriendelijk gezicht in Austin te hebben na maanden waarin mensen op eieren liepen rond de oprichter van het bedrijf. Op het hoofdkantoor zagen ze me tenminste als een mislukkeling waar ze niet bang voor hoefden te zijn. Daar hadden Weston – en zelfs Cooper – wel voor gezorgd.

'Dat is aardig aangeboden, maar ik sla over. Te veel te doen hier. Misschien neem ik Bilbo Baggins wel mee voor een lange wandeling.'

'Oké.' Ik liet mijn teleurstelling niet blijken. 'Maar als je iets nodig hebt, bel je me.'

'Afgesproken. Wanneer kom je naar huis?'

'Misschien met Thanksgiving. Zeker met Kerstmis.' Cooper zei dat we de ontwikkeling half november af moesten hebben. Ik hoopte dat mijn ballingschap dan voorbij zou zijn. Dan kon ik persoonlijk bij mijn zus langsgaan om te kijken hoe het met haar ging.

'Goed. Ik mis je. Ik hou van je, Jackson.'

'Ik ook van jou, Samwise.'

Ik zuchtte diep. Ik zou haar volgende week weer bellen om te checken hoe het ging. Zorgen dat ze sliep. Ik wou dat ik kon helpen met haar programmeerwerk. Vroeger programmeerden we samen maffe spelletjes, vol magie en zwaardgevechten. Ik had het geweldig gevonden om mijn zusje te leren coderen. Maar ze had gelijk; ze was me ver voorbijgestreefd in haar expertise. Programmeren was een van de dingen waar ik het beste in was, maar nu had zelfs Cooper het vertrouwen in mijn vaardigheden verloren.

Ik sjokte naar de houten picknicktafel waar Cooper was gaan zitten. Het grootste deel van de hitte van de dag was met de zon ondergegaan, maar het was nog steeds smoorheet voor een paar jongens die waren opgegroeid in de koele zomers van Noord-Californië. Mijn AC/DC-T-shirt plakte aan mijn rug. Cooper had zijn mouwen opgerold.

'Ik wil het je al de hele dag vragen.' Cooper keek naar mijn voeten. 'Wat de fuck zijn dat?'

'Mijn laarzen?' Ik liet me op de bank vallen en zette een voet omhoog om de struisvogelleren wreef te bewonderen. Zo noemde dat leuke meisje in de laarzenwinkel het deel dat van de teen tot de enkel liep, waar de schacht begon. We hadden flink wat dubbelzinnige grappen over de schacht gemaakt. Maar ik had mijn laarzen gekocht en was weggegaan, waarbij ik haar nummer had afgeslagen. Voor hetzelfde geld zou ze de volgende dag opduiken als onze nieuwe receptioniste. Wat me eraan herinnerde hoe ik het bijna had verknald met Alicia.

'Ik wil het niet over die verdomde laarzen hebben. Ik wil het erover hebben hoe je een consultant hebt ingehuurd zonder het me te vertellen.' Een die ik bijna mee uit had gevraagd voordat ik erachter kwam dat ze in ons gebouw werkte. Ik speelde onze eerste paar minuten samen opnieuw af. De zachtheid van haar steile blonde haar toen ik het van haar voorhoofd streek. Haar gladde huid, ontsierd door dat bizar scherpe stukje ijs. Haar tuttige zwarte pakje, dat op alle juiste plekken was ingenomen, gecombineerd met die torenhoge dominahakken. Een stoute-schooljuffrouw-in-nood-fantasie die me helemaal gek maakte. Maar ik was niet van plan de fout die ik met Callie had gemaakt te herhalen.

'Wil je dit nu doen?' Zijn blauwe ogen schitterden als ijspegels. 'Prima. De manier waarop je je vanmiddag gedroeg was onvergeeflijk. Ja, we zijn partners. En vrienden. Maar ik sta niet toe dat je mij of mijn beslissingen ondermijnt. Inclusief Alicia.'

'Alleen een verdomde eikel overvalt zijn beste vriend met *zoiets* waar zijn team bij is.' Was het überhaupt mijn team nog wel?

Hij had in ieder geval het fatsoen om er beschaamd uit te zien. 'Sorry, Jay, ik weet dat het niet ideaal was. Ik had het beter moeten aanpakken. Ik wist niet hoe ik het je moest vertellen zonder—'

'Wat dacht je van: "Nu heb je het voor elkaar gekregen om het enige waar je ooit goed in was te verkloten, dus we halen een willekeurige vreemde van de straat om het voor je op te lossen. Iedereen zou het beter kunnen dan jij, Jay."'

'Ze is geen willekeurige vreemde,' gromde Cooper. 'Ze is volledig gekwalificeerd en gecertificeerd, en ze heeft een lovende aanbeveling van Jamila. Je vertrouwt Mila toch wel?'

Ik vertrouwde haar niet als ze iemand die overduidelijk mijn kryptoniet was, zou aanbevelen om met mij samen te werken. Had Cooper Jamila verteld wat er in mei was gebeurd en probeerde ze me er nu voor te straffen? Maar waarom zou ze dat doen? We waren vrienden. Niet zoals zij en Cooper waren, met hun knipperlichtrelatie. Vorige week was ze me hier komen opzoeken, in ballingschap. Ze had me meegenomen voor taco's en geen woord gezegd over Callie. Of over Alicia Weber.

Was het toeval dat ze Alicia had aanbevolen, slim, competent en misschien ook nog een goede programmeur, die naar kantoor gaan tot een dagelijkse kwelling zou maken? Iemand – het universum, misschien? – had het zo geregeld dat ik zou falen.

Nee. Ik had het gedaan. Ik had het mezelf aangedaan door het te verknallen. Als ik die avond niet dronken was geworden, zou ik niet in Austin zijn. Dan zou ik Alicia Weber nooit hebben ontmoet of door haar zijn vervangen.

Ons nummer schalde door de luidspreker en onderbrak het nummer van Randy Travis.

Ik stond op. 'Ik ben zo terug.'

Een minuut later kwakte ik een aluminium dienblad met aangebrande kipfilet, pintobonen en snijbiet voor Cooper neer. Zijn gezicht was onbetaalbaar en de afschuw werd nog groter toen ik mijn eigen dienblad met in saus gedrenkte spareribs, gefrituurde okra en romige aardappelsalade neerzette.

Maar hij zei geen woord. Hij pakte een vork en mes uit de beker op tafel, veegde ze ongeveer honderd keer af met een papieren handdoek van de rol ernaast en begon toen in zijn kip te snijden met een delicate zaagbeweging die niet zou misstaan bij mijn moeder in een driesterrenrestaurant.

Ik scheurde een sparerib van het rek en beet in het malse vlees. Heerlijk. Genoot ik van Coopers afkeer toen ik de saus van mijn lippen en mijn vingertoppen likte? Eh, ja.

We aten een paar minuten in stilte. Afgezien van de vijf minuten waarin ik niet wist dat Alicia in mijn gebouw werkte, was dit het beste deel van mijn dag geweest.

Tot hij zijn mes en vork neerlegde. 'Sinds je hierheen bent gekomen—'

'Probeer het niet mooier te maken dan het is, Coop. Sinds jij me hierheen hebt verbannen.' Ik gooide een afgekloven bot op de stapel in de hoek van mijn dienblad.

Hij keek me aan met een blik die zei dat ik dondersgoed wist wat ik had gedaan. 'Ik dacht dat door je uit de... situatie te halen, het je zou helpen je op je werk te concentreren. En toch heb ik geen enkele vooruitgang gezien.'

De hitte steeg op in mijn borst, en die kwam niet van de pittige barbecuesaus. 'Ik geef het goede voorbeeld. Ik hou me koest en programmeer zoals je me hebt opgedragen. De andere jongens doen dat ook. We boeken vooruitgang.'

Hij hield een hap slappe snijbiet op zijn vork en tuurde ernaar. Ik was vergeten te vermelden dat 'greens' hier niet rauwe boerenkool betekende. 'Daar had ik geen bewijs van. Of het vertrouwen dat jullie op tijd klaar zouden zijn.'

'Vertrouw je me niet, Coop?' Onze vriendschap van meer dan een dozijn jaar zou toch wel iets waard moeten zijn.

'Ik—' Hij legde de snijbiet terug op zijn bord en schoof het wat heen en weer. 'Ik wil het wel. Maar...'

Hij hoefde zijn zin niet af te maken. Mijn meest recente blunder was nogal episch geweest.

Hij legde zijn vork neer. 'Gurusoft heeft hun product al aangekondigd. Onze grootste klant vertelde me vorige week dat als wij het onze niet voor het einde van het jaar klaar hebben, ze overstappen. Dat kunnen we niet laten gebeuren. Niet in dit bedrijfsklimaat.'

'Wanneer was je van plan me dat te vertellen?' Ik pakte een papieren handdoek en veegde mijn vingers schoon.

'Vorige week. Ik wou dat je je e-mail las.'

Cooper stuurde me veel e-mails. Meestal stonden die vol met cijfers en rotzooi die me niet interesseerde. 'Fuck.'

'Dit is ons probleem, hier, Jackson.' Zijn hand balde zich tot een vuist op het plakkerige hout van de tafel. 'Je neemt niets serieus. En ons bedrijf is verdomd serieus.'

Ik rolde met mijn ogen naar de rood-witte parasol. Hij had mijn naam gebruikt, niet *Jay,* zoals hij me noemde sinds we beste vrienden werden in ons eerste jaar op Stanford, alsof ik een willekeurige collega was. Ons bedrijf was niet altijd serieus geweest. Vroeger was het leuk. Toen we nog maar een stel nerds in onze studentenkamer waren, die ervan droomden de wereld te veranderen.

'Kijk,' zei hij zachter. 'Ik weet dat wat er met je vader is gebeurd je een bepaalde kijk op het leven heeft gegeven—'

'Een verdomde hartaanval op eenenveertigjarige leeftijd. Dat is maar negen jaar ouder dan wij!'

Cooper wierp een blik op de mensen aan de volgende tafel die zich hadden omgedraaid om te staren. Hij hield zijn handpalmen naar me toe in een 'ho'-gebaar. 'Niemand zegt dat je een workaholic moet zijn zoals hij was. Ik heb meer communicatie nodig. Daarom heb ik Alicia erbij gehaald.'

Ik wuifde met mijn handen boven mijn hoofd. 'Ik app je bijna elke dag!'

'Niet over ons bedrijf.' Zijn ogen vernauwden zich op mijn elleboog. 'Waarom draag je een Bliksem McQueen-pleister?'

Ik was vergeten dat hij daar zat. 'Grappig verhaal. Marlee—'

'Alicia had er ook een.' Zijn ogen waren spleetjes. 'Hebben jullie twee—'

'Nee!' Dacht hij dat ik het met iedereen deed die ik zag? En wanneer zou ik de tijd hebben gehad? 'Ze kwam in de hagelbui terecht, haar hoofd was open. Ik gaf haar er een. Ik was gewoon aardig. Dat was voordat ik wist dat jullie me naaiden. Ik had haar moeten laten doodbloeden.' Dan zou zij als onprofessioneel zijn beoordeeld en niet ik. Hoewel zelfs een eikel als ik haar daar niet bloedend had kunnen laten liggen. Zelfs niet als ik had geweten waarom ze daar was.

Met een laatste vernauwing van zijn ijskoude ogen leunde Cooper achterover. 'Als ik ook maar het kleinste gerucht hoor—'

Ik snoof. 'Gaat niet gebeuren. Ik heb mijn lesje geleerd. Dat beloof ik. Nu je me hier vervangt, kan ik dan terug naar huis?' Dan kon ik Sam zien en ervoor zorgen dat ze zichzelf niet overwerkte.

'Ik vervang je niet. Je bent de beste verdomde programmeur die ik ooit heb gekend. Nu Alicia er is, kun jij je op de code concentreren en haar de rest laten afhandelen.'

'De rest?'

Zijn blik schoot opzij. 'De backlog beheren, rapporteren, het team begeleiden, je weet wel, al die dingen.'

'Maar dat doe ik. Ik ben de teamleider.' Nou ja, oké, ik was er verantwoordelijk voor. Misschien had ik het niet zo goed gedaan als ik had gemoeten. Ik was zo in shock geweest door het gedoe met Callie dat ik bang was geweest om ook maar enige persoonlijke connecties aan te gaan op het kantoor in Austin. Ik dacht dat als we allemaal gewoon ons werk deden, het vanzelf wel goed zou komen.

Hij veegde zijn handen af. 'Nu is zij de teamleider.'

Ik zakte onderuit op de bank. Het gebeurde weer. Ik had het verknald, en weer werd een stukje van het bedrijf van me afgenomen. Maar ik zou Cooper nooit laten zien hoeveel pijn het deed, en ik was niet van plan daar nu mee te beginnen.

'Hier, probeer dit eens.' Ik hield een stukje okra omhoog.

'Je weet dat ik geen gefrituurd eten eet.'

'Het is een groente. Probeer het.' Ik reikte hem het knapperige rondje aan. 'Vertrouw me.' Ik had het nog nooit gegeten voordat ik naar Texas kwam, en het verschil in textuur tussen de knapperige buitenkant en de kleverige binnenkant fascineerde me.

Hij kneep zijn ogen tot spleetjes, maar nam het stukje okra uit mijn hand. Hij staarde er een seconde naar en stopte het toen in zijn mond. Na de eerste knauw verslapte zijn mond, maar hij kauwde het en slikte het door als een kampioen. Hij nam een slok water voor hij sputterde: 'Dat is walgelijk.'

Ik pakte nog een stukje en kraakte het tussen mijn tanden. 'Misschien moet je eraan wennen?'

'Blijf bij de les, Jay. We moeten dit uitpraten.' Hij veegde zijn mond af met een nieuwe papieren handdoek. 'Ik heb het volste vertrouwen in je programmeervaardigheden, maar de verkoop van dit product gaat ons eerste kwartaal maken of breken. Denk eraan hoeveel mensen van ons afhankelijk zijn. Het verkoopteam. Marketing. Klantenservice. Als we producten hebben die ze kunnen verkopen, promoten, ondersteunen, hebben ze een baan.

Als we dat niet hebben...' Hij spreidde zijn handen, met de palmen omhoog.

'Je hebt het toch niet over ontslagen?' Mijn vriend kon een koude klootzak zijn, maar ik dacht niet dat hij naar de duistere kant was overgelopen. Samen met die verdomde Weston, onze CEO.

Cooper klemde zijn kaken op elkaar. 'Misschien is het je niet opgevallen, maar je hebt dit jaar geen salaris ontvangen. Ik ook niet. De recessie heeft onze klanten hard getroffen. Minder mensen die auto's kopen betekent minder geld voor telematica-systemen, voor software voor productieoptimalisatie. Minder mensen die werken betekent dat bedrijven zich geen dure systemen voor bedrijfsanalyses kunnen veroorloven. Ze hebben het moeilijk, en nu wij ook. Ik wil geen mensen ontslaan, maar als dit product vertraging oploopt, moeten we sommigen misschien met onbetaald verlof sturen tot het klaar is.'

De gezichten van mijn teamleden flitsten door mijn hoofd. De senior ontwikkelaar, Amit. De nieuwe man, Tyler. Zelfs Ivan, de beveiliger. Marlee, mijn assistente in San Francisco. Ze had eigenlijk niets te doen nu ik hier was, maar ik had geweigerd haar met verlof te sturen. Ze woonde bij haar vader, die niet kon werken, en ze waren allebei afhankelijk van haar inkomen.

'Geen onbetaald verlof.' Ik ontspande mijn greep op mijn mes en vork en legde ze neer op het aluminium dienblad. Ze hadden rode strepen op mijn handpalmen achtergelaten. 'Ik regel het, Coop. Ik laat ze niet in de steek.'

'Ik weet het, Jay. Maar Alicia heeft nu de leiding.'

'Coop, geef me nog een kans. Ik—' Ik was nog niet klaar om te smeken, maar ik zou alles doen om hem weer in me te laten geloven. Om hem niet teleur te stellen. 'Zeg me wat ik moet doen om mezelf aan je te bewijzen.'

Hij staarde me aan, die bizarre ijsblauwe ogen boorden zich in mijn ziel. Hij had me altijd gezien voor wie ik was, achter welk rookgordijn ik me ook verschool. 'Goed. Drie dingen.' Hij hield drie vingers omhoog en telde ze af. 'Produceer op tijd goede code.

Verdien het respect van het team. Werk samen om jullie doelen te bereiken.'

Goede code kon ik leveren. Op tijd was niet altijd gegarandeerd, maar ik zou het proberen. Het respect van het team? Makkelijk. Mijn reputatie was legendarisch. De nieuwe jongen, Tyler, aanbad me praktisch.

Maar samenwerken? Niet mijn sterkste punt. Ik had lang geleden geleerd niemand te vertrouwen behalve Cooper. Hij was de enige die me nooit had bespot om mijn gebrek aan focus, mijn impulsiviteit, mijn minachting voor autoriteit die me in de problemen bracht. Beter om me koest te houden, mijn code te schrijven en erop te vertrouwen dat de andere jongens hetzelfde deden. Maar misschien, als ik wat meer tijd zou besteden aan interactie met het team, zou dat goed genoeg voor hem zijn. Bovendien stonden hun banen – ieders banen – op het spel. Dat was het waard om mezelf aan spot bloot te stellen.

'Goed, ik doe het. Je zult het zien. Ik regel dit.'

'Ik heb het volste vertrouwen in jou en het team. Met de hulp van Alicia.' Hij schoof zijn dienblad met half opgegeten kip weg en zei: 'Zag ik nou een softijsmachine?'

Cooper hield zijn suikerinname net zo nauwlettend in de gaten als zijn beleggingsportefeuille. Hij zou een bevroren zuiveldessert met kunstmatige vanillesmaak uit een zelfbedieningsmachine met geen tien meter lange stok aanraken. Dat was dus zijn signaal dat we klaar waren met dit gesprek, en zijn woord was wet. Zo was het al sinds Stanford. Hij nam de beslissingen zodat ik ze niet zou verknallen.

Ik reikte over de tafel en pakte zijn pols. 'Ik probeer te veranderen, Coop. Ik zal je niet teleurstellen. Ik zal niemand teleurstellen.'

Toen hij knikte, liet ik hem los. We wisten allebei dat, na programmeren, mensen teleurstellen was waar ik het beste in was.

Deze keer niet. Ik zou Cooper bewijzen dat ik dit ene ding kon doen zonder het te verknallen.

4

ALICIA

IK HAD NET de dampende mok Earl Grey naar mijn lippen gebracht (na een slapeloze nacht waarin ik alleen maar aan eigen bijdragen kon denken, had ik de cafeïnekick hard nodig) toen Jackson Jones de gemeenschappelijke keuken binnen slenterde, met zijn lange benen en atletische elegantie. Ik was blij dat ik nog geen slok had genomen. Ik was nog niet gewend aan de overweldigende aanblik van die zachte, roze lippen genesteld in die donkere baard en de thee was vast op mijn blouse beland.

Zijn lippen vormden geen glimlach, niet zoals gisteren toen ik hem ontmoette, voordat hij wist dat ik hem zou vervangen als teamleider. Ze stonden in een strakke lijn. Met een groene smoothie in een doorzichtige plastic beker, het rietje nog in de verpakkeren, kwam hij zo dichtbij me staan dat ik mijn nek moest strekken om hem in de ogen te kijken. Had hij dat gedaan om me te intimideren? Zo ja, dan zou het niet werken.

'Goedemorgen, Jackson.' Ik zette mijn mok neer en sloeg mijn armen over elkaar.

'Morgen,' mompelde hij.

Mijn maag kromp ineen. Zo had ik me niet meer gevoeld sinds

de brugklas, toen ik al mijn moed bij elkaar had geraapt om mijn vlam, Ian Cameron, mee te vragen naar het schoolbal en hij me glashard had afgewezen voor de hele wiskundeklas, met de woorden dat hij niet met nerds uitging.

Blijkbaar hing Jackson Jones dezelfde filosofie aan.

Ik controleerde of we nog steeds alleen in de keuken waren en stak mijn kin vooruit. 'Maakt u zich geen zorgen. Ik ga u niet nog een keer uitvragen. Als ik had geweten wie u was toen we elkaar ontmoetten, had ik het überhaupt niet gedaan.'

Ik stond daar, met mijn armen over elkaar, te wachten tot hij zijn excuses zou aanbieden omdat hij me toen niet had verteld dat hij de medeoprichter van Synergy was. Of dat hij überhaupt iets zou zeggen.

Hij knikte met zijn kin naar het aanrecht achter me. 'Mag ik even...?'

Ik sloot mijn ogen en wenste dat ik mezelf onzichtbaar kon maken. Ik schoof opzij bij het koffiezetapparaat. 'Ga uw gang.'

Mijn wangen gloeiden. Prima. Ik was blij dat hij me had afgewezen. En ik was blij dat hij zich nu als een eikel gedroeg. Dan zou ik me dit moment herinneren in plaats van naar die kusbare lippen te staren. Nee! Ze waren niet kusbaar. Het waren gewoon lippen, met lichtjes pruilende mondhoeken. Om mee te praten. En te fronsen. Ik zou er niet in de buurt komen.

Ik streek de kreukels uit mijn rok. 'Tot zo bij de stand-up. Stipt halfnegen.'

'We deden die altijd om negen uur. Een beetje menselijker, vindt u niet?'

Ik schonk hem een zoetsappige glimlach. 'Maar een stuk minder productief.' Ik draaide me om naar de deur.

'Alicia.'

Ik verstijfde. Mensen noemden me de hele dag zo. Waarom veranderde ik alleen in een drilpudding als hij het zei?

'U vergat uw... uw thee?' Hij hield de mok naar me uit en rimpelde zijn neus.

'Dank u.' Ik griste de beker uit zijn hand en liep de ruimte uit.

De hele verdieping was een open ruimte en een rij potplanten scheidde onze samenwerkingsruimte van de rest van het kantoor. Brede ramen zorgden voor natuurlijk licht. Drie lange, tweepersoonsbureaus met grote beeldschermen stonden opgesteld in een vierkant met één open zijde.

Vier van de stoelen waren bezet. Ik overhoorde mezelf op hun namen: Amit en Gary, de twee seniorontwikkelaars; Kevin, de grappige; en Tyler, de juniorontwikkelaar. Ze keken naar het midden van de open rechthoek, waar een groep kleurrijke, zachte poefs stond. Maar we zouden geen tijd hebben om daarin te luieren. Veel nuttiger was de whiteboardmuur met banen. Mijn vingers jeukten naar een blokje plakbriefjes.

'Goedemorgen, allemaal.' Ik zette mijn tassen op de lege middelste tafel. Nadat ik mijn telefoon op trilstand had gezet, gooide ik hem in mijn handtas en legde die in de la. Ik haalde mijn door Synergy verstrekte laptop tevoorschijn en sloot hem aan op het dockingstation. Tyler, links van me, keek om de zijkant van mijn grote beeldscherm heen.

'Is dat het?' zei hij. 'Geen tierelantijntjes? Geen foto's?' Hij wees naar zijn eigen werkplek, waar een verzameling Star Wars-figuurtjes rond de voet van zijn monitor stond.

'Nee.' Ik had lang geleden geleerd om geen foto's van Noah op mijn bureau te zetten. Vrouwen met gezinnen werden overgeslagen. Alleen vrouwen die hun leven buiten het werk verborgen hielden, kwamen verder in de techwereld.

'Dus geen kinderen?' Tyler nam een slok uit een blikje Mountain Dew.

Ik trok een grimas. 'Ik heb op het werk al genoeg aan babysitten.'

Tyler lachte. Net als Kevin, die naast hem zat.

Jackson, die om de hoek was gekomen, lachte niet. Hij verstarde, zijn gezicht een masker. Toen liep hij om ons heen naar de stoel aan mijn andere kant. Hij ging niet zitten en zijn knokkels werden wit om zijn mok.

Shit, dacht hij dat ik bedoelde dat hij een babysitter nodig had?

Het was maar een grapje, maar nu wenste ik dat ik het niet had gezegd.

Jackson schraapte zijn keel. 'Zullen we niet beginnen met de stand-up, baas? Halfnegen. Stipt.'

De achterkant van mijn nek brandde alsof ik 's middags op asfalt stond. Maar ik zou hem nooit laten merken dat hij me had geraakt. 'Absoluut.'

Ik stond op en liep om de bureaus heen naar het whiteboard, waar de mannen zich bij me voegden. Goed, ik was blij dat dat een gewoonte was die ik niet hoefde te introduceren.

Cooper kwam uit het nabijgelegen trappenhuis tevoorschijn, met een groene smoothie in zijn hand. Het ontging me niet hoe hij onze groep rond het whiteboard bekeek. Blij dat we op tijd waren begonnen, knikte ik naar hem. Hij knikte terug en hief zijn smoothie naar Jackson aan de andere kant van de rij. Het leek erop dat ze het hadden bijgelegd. Fijn voor ze.

Ik dwong mijn aandacht weer op mijn team, weg van de man die me had aangenomen. 'Voordat we beginnen, wil ik graag een paar dingen zeggen. Ten eerste, ik ben ontzettend enthousiast om met jullie allemaal samen te werken. Ik weet zeker dat we samen geweldige dingen gaan doen.'

Ik liep naar het takenbord met zijn verzameling gekleurde plakbriefjes en leidde hen door een overzicht van de werkvoorraad. Voordat we begonnen aan een discussie over wie wat zou doen, zei ik: 'Ik begrijp dat jullie bekend zijn met duo-programmeren. Dat wil ik graag proberen, in ieder geval voor deze eerste sprint. Ik weet dat het niet de meest efficiënte manier is om te coderen, maar het bespaart ons uiteindelijk tijd omdat de code van hogere kwaliteit zal zijn. Oké? Nu—'

'Nee.'

Alle ogen richtten zich op Jackson, die dat had gezegd.

'Nee?' Ik trok mijn wenkbrauwen op.

'Ik codeer het best alleen. Het kan me niet schelen als alle anderen samenwerken' —hij haalde zijn schouders op, handen in zijn zakken— 'maar het is niets voor mij.'

Ik haalde diep adem door mijn neus. Verzette hij zich vanwege de opmerking over het babysitten? 'Jackson, ik wil graag dat iedereen dit probeert. Als het niet werkt, kunnen we voor de volgende sprint iets anders proberen. Bovendien hebben we een even aantal mensen in het team. Dat komt dus goed uit.'

Hij aarzelde, nog geen volle seconde, maar het was lang genoeg voor mij om de touwtjes weer in handen te nemen. 'Nou, wie pakt deze eerste taak op?'

Uiteindelijk vormden de andere programmeurs gehoorzaam duo's. Alleen Jackson weigerde koppig om met iemand anders samen te werken. De woorden wilden er niet uitkomen, maar ik dwong ze vrolijk te klinken. 'Dan bent u met mij, Jackson, denk ik. Oké iedereen, laten we beginnen.'

De andere mannen schikten zich in tweetallen, maar Jackson en ik, die al aan hetzelfde bureau zaten, keerden terug naar onze stoelen.

Ik ritste mijn laptoptas open en haalde zijn opgevouwen, grijze shirt tevoorschijn.

'Ik heb het bloed eruit gekregen,' mompelde ik, terwijl ik het over de tafel naar hem toe schoof.

'Bedankt.' Zijn vingers raakten de mijne nog geen seconde aan, maar er verscheen toch kippenvel op mijn arm. Ik wreef het weg. *Niet doen.*

'Hé, Alicia?' Tylers gezicht zweefde boven onze schermen.

Had hij gezien dat ik Jackson zijn shirt gaf? Ik probeerde naar hem te glimlachen, maar mijn mondhoeken wilden niet omhoog. 'Wat is er?'

Jackson draaide zich naar zijn monitor en ramde op zijn toetsenbord. Het gekletter van de toetsen klonk als knetterende donder.

Tyler stelde een vraag over een van zijn taken. Ik beantwoordde die, terwijl ik zijn bruingroene ogen afspeurde naar enige verdenking. Zijn blik schoot naar Jackson. Was het de bewondering van een fanboy of dacht hij dat er iets ongepasts tussen ons speelde? Als vrouw in een team van mannen was ik al eerder verdacht van geheime relaties, van voortrekkerij. Ik stuurde hem weg met iets meer venijn dan de vraag had verdiend.

Nadat hij terug was gegaan naar zijn bureau, logde ik in op het Synergy-netwerk. Naast me ramde Jackson op zijn toetsenbord, maar zijn stijve houding straalde spanning uit. Ik wenste dat ik nooit had gezegd wat ik tegen Tyler had gezegd. We moesten verdomme samenwerken. En ik moest me als een leider gedragen, niet als een van de jongens.

Zachtjes zei ik: 'Het spijt me. Van die opmerking die ik maakte. Het was een poging tot een grap.'

'Een grap.' De kilte in Jacksons stem deed me huiveren. 'Misschien kunt u die beter aan mij overlaten. Ik was altijd de grapjas van de klas.'

Zijn toon was luchtig, maar de pijn in die bodemloze ogen draaide mijn maag om. 'Ik bedoelde het over mij en mijn werk, niet over u.'

Er viel een stilte tussen ons. Uiteindelijk zei hij: 'Laten we proberen ons op het werk te concentreren.' Hij draaide zich naar zijn toetsenbord.

Werk. Hij had gelijk. We waren hier om te werken. Niet om vrienden te maken. Ik had mijn excuses aangeboden en meer kon ik niet doen.

'Wilt u sturen of zal ik het doen?'

'Hmm?' Het geram op zijn toetsenbord was zo luid dat hij me misschien niet had gehoord. Als ik daar de hele dag naar zou luisteren, zou ik met een van Tylers actiefiguren mijn eigen oog willen uitsteken.

'We zijn een duo. Wat dacht u ervan als ik de code invoer – stuur – en u navigeert, waarmee ik bedoel meekijken en commentaar geven?'

Zijn vingers stopten en hij richtte die donkerbruine ogen op me. Ze waren niet zacht als gesmolten chocolade zoals gisteren, maar hard als gepolijst mahonie. Zachtjes zei hij: 'Ik weet wat duo-programmeren is. Maar ik werk het best alleen. Ik ben niet echt een teamspeler, dus ik denk dat we sneller gaan als u uw werk doet en ik het mijne.'

Mijn keel kneep samen. 'Iedereen kan baat hebben bij samenwerken. We kunnen van elkaar leren. Elkaar helpen.'

Hij gaf me een strakke glimlach die zijn ogen alleen maar harder leek te maken. 'Ik betwijfel of u hulp nodig heeft van iemand als ik.'

Bemoedigend. 'Dan stuur ik wel, denk ik.' Ik logde in op de codeerinterface en begon te typen. Na een minuut rolde hij zijn stoel een paar centimeter dichterbij en doemde op in mijn ooghoek. De haartjes op mijn armen gingen weer overeind staan. Hij rook… als… de hemel.

Duur leer. Iets bosachtigs, zoals dennen. Rick had geroken naar de parfumafdeling van de Kruidvat. Maar dit rook niet alsof het uit een flesje kwam. Hij rook alsof hij eerder die dag op een paard door een bos had kunnen rijden. Dat had hij toch niet gedaan? Ik wierp een snelle blik op zijn handen. Licht over de rug, behalve een halve cirkel net onder de pols, en gebruinde vingers. Helemaal verkeerd voor rijhandschoenen, en zonder eelt, dus waarschijnlijk niet.

Ik schudde mijn hoofd. Het maakte niet uit hoe lekker hij rook. We waren collega's. En niet eens vriendelijke. Zelfs niet na mijn excuses.

Een paar minuten later onderbrak hij me. 'Ik denk dat we wat code voor die methode hebben. Die zou u moeten aanroepen.'

'O.' Ik zocht in de hulpprogramma-repository en vond het. 'Bedankt.'

'En misschien als u—'

'Als ik?'

Hij stelde een andere manier voor om de code te organiseren. Onorthodox, maar efficiënt. Met tegenzin toetste ik het in.

'Het zal op die manier een stuk sneller compileren.'

Ik haalde mijn schouders op. 'Misschien heeft u gelijk.' Hij had absoluut gelijk. Verdomme, met zijn programmeertalent. Zou ik ooit zijn niveau bereiken?

Hij sloeg zijn armen over elkaar. Hij droeg een Black Sabbath-T-shirt dat zijn afgetrainde biceps en onderarmen liet zien en me zijn brein volledig deed vergeten. Hoe zou het voelen als ik met een vinger over zijn huid streek? Omlaag over die sterke polsen en – ik slikte – krachtige vingers? Ik balde mijn handen tot vuisten. Daar zou ik niet achter komen.

Coderen. Ik was hier om te coderen. Ik draaide mijn gezicht naar het scherm en begon te typen.

Het grootste deel van de ochtend werkten we in stilte, alleen onderbroken door zijn suggesties voor verbetering. En hoewel hij had gezegd dat hij het best alleen werkte, gedroeg hij zich meer als een coach dan als een criticus. Hij deed briljante suggesties om de code efficiënter en eleganter te maken. Ik voelde me een onwetende eerstejaars bij hem in de buurt en ik vroeg me opnieuw af waarom ik hier was. Jackson had de module waaraan we werkten met één hand op zijn rug en in zijn slaap kunnen coderen.

Lunchen in mijn eentje bij een nabijgelegen broodjeszaak was een welkome onderbreking van Jacksons fysieke energie en bedwelmende geur. Ik had gehoopt op nog een paar minuten rust toen ik terugkwam, maar helaas. Hij was er al en zijn vingers kletterden over het toetsenbord. *Mijn* toetsenbord. Pair programming? Het slechtste idee ooit.

Maar ik was degene die zich eraan had verbonden voor in ieder geval de komende twee weken, dus stopte ik mijn handtas in de bureaula en rolde mijn stoel ver genoeg van hem vandaan zodat ik kon gaan zitten.

'Ik denk dat we deze module vandaag af kunnen krijgen,' zei hij. 'U vindt het toch niet erg om na vijven door te werken?'

'Eigenlijk moet ik elke dinsdag en donderdag om vier uur weg.'

Zijn vingers stopten en hij keek me voor het eerst sinds de stand-up van vanmorgen aan. 'Heeft u een andere klus? Betalen we u niet genoeg?'

Ze betaalden me meer dan genoeg, meer dan het dubbele van mijn uurtarief bij mijn vorige baan, en ik kon me maar net inhouden om niet te snuiven. 'Dit is mijn enige baan. Ik heb vorige maand ontslag genomen bij mijn vorige werkgever, toen ik genoeg gespaard en gepland had om voor mezelf te beginnen.'

'Dus dit is uw eerste soloklus?'

Shit. Ik hield mijn innerlijke grimas voor me. Ik had een zwakte blootgelegd. 'Inderdaad. Maar ik heb deze stap drie jaar lang gepland. Het is altijd mijn droom geweest om mijn eigen baas te zijn. U moet weten hoe dat is.'

Een flits van iets – pijn? – deed zijn ogen vernauwen. 'Ik neem aan dat de aanbeveling van Synergy veel zal betekenen voor uw bedrijf.'

Schuilde er sabotage achter die harde ogen? Hoe dan ook, ik kon niet liegen. Zelfs niet tegen iemand die me zo negeerde als Jackson Jones. 'Inderdaad.'

'En toch gaat u twee dagen per week eerder weg van uw werk?'

'Wanneer en waarom ik wegga, is uw zaak niet, zolang ik het werk maar afkrijg. U krijgt waar voor uw geld terwijl ik hier ben.'

Hij gromde. Hij maakte tenminste geen denigrerende opmerking meer.

'Mag ik sturen?' Ik wees naar het toetsenbord.

Hij hield beide handen omhoog. 'Ga uw gang.'

We werkten ongeveer een halfuur zoals voor de lunch, ik typend en hij adviserend op een manier die me deed ineenkrimpen van mijn eigen onhandigheid. Na een tijdje vroeg hij: 'Waar heeft u eigenlijk leren coderen?'

'Op de middelbare school, en daarna aan de UT.'

'Komt u oorspronkelijk uit Texas?'

'Uit Austin. Ik ben hier een paar kilometer vandaan opgegroeid.' Ik was niet van plan te vertellen dat ik in hetzelfde huis woonde waar ik was opgegroeid. Met mijn moeder.

'U heeft de staat nooit verlaten?'

'Dat heb ik niet gezegd.' Mijn vingers verstilden op het toetsenbord. 'Maar nee.'

'Geen Disney World? Geen schoolreisje naar Washington D.C.? Afstudeerweekend in Parijs?'

'Nee. We waren meer een kampeergezin.'

'Kamperen is oké.' Hij haalde zijn schouders op. 'Cooper en ik hebben een zomer door Europa gefietst.'

Europa. Het was mijn droom geweest tijdens de middelbare school en mijn studie. Maar omdat geld schaars was, had ik het uitgesteld. En tegen de tijd dat ik mijn studielening had afbetaald, had ik Noah en moest er voor zijn studie gespaard worden. Geen Europa voor mij. Hoewel, als Weber Technology Consulting een succes werd, konden we misschien eindelijk die reis maken waar ik altijd van had gedroomd.

'En u werkt al in Austin sinds u bent afgestudeerd?' Hij strekte zijn lange benen onder het bureau en zijn laarzen kraakten.

'Hier zijn veel softwarebedrijven gevestigd. Ik heb voor verschillende gewerkt voordat ik wegging en mijn eigen bedrijf startte.' Het gaf me nog steeds kippenvel om dat te kunnen zeggen. *Mijn eigen bedrijf.*

'Zal ik een tijdje sturen?'

'Wat?' Was al dat geklets een afleidingsmanoeuvre om me in een vals gevoel van veiligheid te sussen?

'Het gaat sneller als ik typ.'

'Nee, ik red me wel.' Als ik hem liet sturen, zou hij me ver achter zich laten. En de komende twee maanden zou ik achter hem aan hollen, in een poging de controle terug te krijgen. Ik was niet van plan om Jackson Jones en zijn luidruchtige, vliegende vingers dit project van me af te laten pakken.

5

JACKSON

IK WAS BLIJ dat ik Alicia Webers hielen zag. Niet alleen omdat die rode slingbackpumps en zwarte kokerrok haar kont fantastisch deden uitkomen. Het betekende dat ik een minuutje rust kon krijgen zonder de gepolijste roze nagels van haar lange vingers die over het toetsenbord vlogen, zonder de piekerige haarlokken die uit haar knot in haar nek ontsnapten en me uitdaagden, me verleidden om ze aan te raken. Zonder het geritsel van haar robijnrode zijden blouse waar ik de kriebels van kreeg.

Zonder die veroordelende trek om haar roze lippen, die liet zien dat ze me niet goed genoeg vond, net als iedereen.

Een babysitter.

Had Cooper haar verteld dat ik er een nodig had? Dat ze me in de gaten moest houden om ervoor te zorgen dat ik het project niet zou verpesten? Dat ik, als ik aan mijn lot werd overgelaten, het bedrijf dat ik had opgebouwd zou vernietigen, als een tweejarige met een toren van blokken?

Had mijn beste vriend haar verteld dat hij me niet vertrouwde?

Dat hoefde hij haar niet te vertellen. Haar aanwezigheid bij Synergy deelde dat luid en duidelijk mee.

Mijn handen zweefden boven het toetsenbord terwijl ik naar de code staarde die we die dag hadden geschreven. Ze was behoorlijk goed. Niet zo ervaren als ik, maar wie was dat wel? Ik programmeerde al sinds ik kon lezen. Sinds pa me die oude desktopcomputer en een boek over de programmeertaal Linux had gegeven. Toch hadden we samen op één dag – een korte dag – meer code geproduceerd dan ik de hele afgelopen week had gedaan. Iets aan het zij aan zij met iemand anders werken, dat subtiele gevoel van competitie, zorgde ervoor dat mijn gedachten niet afdwaalden. Waarom had ik er niet eerder aan gedacht om het zo te doen?

O ja. *Kan niet goed met anderen samenspelen.* Die boodschap kreeg ik al te horen sinds voordat ik kon lezen.

'Ah, Jackson?' Het was die nieuwe jongen die boven mijn bureau uittorende. Degene met de bril. Tyler. Hij moest nog wat van die rotzooi afleren die ze hem op de universiteit hadden geleerd, maar hij had potentieel. Sommige van zijn codes waren niet eens zo slecht.

'Ja?'

'Is Alicia er nog? Ik had een vraag.'

'Nee, ze is weg. Ze moet op dinsdag en donderdag vroeger weg.' En wat was daar nou weer mee? Als consultant kon ze haar eigen uren bepalen, maar ik wist zeker dat Cooper haar dezelfde boodschap had gegeven als ik *–dit project mag niet mislukken –*dus waarom paste ze haar schema van manicures of meidenavondjes of vrijwilligerswerk met kansarme puppy's of bijeenkomsten van de toekomstige dictatorsclub niet aan? Waar ging ze in godsnaam naartoe?

'O, oké', zei Tyler. 'Zou u—'

Ik stond op. 'Ze is er morgen weer. Dan kunt u het haar vragen. Ik ga koffie halen.' Ik klemde mijn laptop onder mijn arm en liep naar de trap. Ik zou er wel uitkomen. En als dat niet lukte, kende ik wel iemand die licht kon werpen op het Alicia-enigma.

In het kleine, plaatselijke koffietentje een paar straten verderop – niet bij de Starbucks aan de overkant waar iedereen me zou zoeken – nam ik plaats aan een hoektafel die met opvallende bloemen was beschilderd.

Ik klapte mijn laptop open en liet me in de stoel vallen. *Alicia Weber University of Texas Austin*, typte ik in het zoekvak.

Ik vond haar tweede naam, Diane. De decaanlijst voor elk semester dat ze op de universiteit had gezeten. De beurzen die ze had gewonnen. De programmeerprijzen. Haar pagina op een professioneel sociaal netwerk met haar vorige werkgevers en projecten. Geen wonder dat Cooper dacht dat ze beter was dan ik. Ze was een rijzende ster.

Ik pakte mijn telefoon.

'Jackson! Hoe is het?'

God, wat miste ik Marlee. Zij was het enige vriendelijke gezicht op mijn werk waar ik op kon rekenen. Die me accepteerde zoals ik was, inclusief al mijn flaters. 'Herinner me er nog eens aan waarom je hier niet bij me bent.'

'Je weet dat ik pa niet kan achterlaten.'

Ik wist het. Toch was ik een egoïstische klootzak. 'Hoe gaat het met hem?'

'Het gaat goed. Hij heeft laatst een lezing gegeven bij de Jonge Astronomen Club. Hij deed het best goed.'

Zelfs door de telefoon hoorde ik de lichte aarzeling in haar stem. 'Wat is er gebeurd?'

'Niets. Hij haalde alleen Betelgeuze en Antares door elkaar. En een van de kinderen moest hem corrigeren.'

'O. Maar dat is een makkelijke vergissing, toch? Ze zijn toch allebei… rood?'

'Grote Galileo. Je hebt echt naar me geluisterd.'

'Ik luister altijd naar je, Marlee.'

'Dat is een grove leugen, maar voor vandaag laat ik het gaan, omdat je me daadwerkelijk hebt gebeld. Waarom *belde* je me, Jackson?'

'Gewoon om je stem te horen?'

Ze maakte een geluid als de zoemer bij een basketbalwedstrijd. 'Probeer het nog eens, baas.'

'Oké, oké. Wat weet je over die nieuwe consultant die we hebben ingehuurd? Alicia Weber.'

'Degene die Cooper heeft ingehuurd om je hachje te redden, bedoel je?'

Ik kromp ineen. 'Zei hij dat?'

'Dat hoefde hij niet te zeggen. Cooper zat met de handen in het haar over dat project. Ik probeerde hem statusupdates te geven, maar als je me wekenlang niet belt, is dat nogal lastig.'

'Fuck, het spijt me. Ik had—'

'Het is oké. Het is gebeurd. Alicia is er nu. Hoe is ze?'

'Vervelend. Bazig. Briljant.'

'Wat was dat laatste woord? Je mompelde, maar het klonk alsof je "briljant" zei.'

'Dat deed ik, oké? Ze is slim. Ik voel me een beetje… overbodig.'

'Nee, Jackson. Jij bent belangrijk. Cooper heeft je daar nodig. Het bedrijf heeft je nodig. Verdwijn niet, oké?'

'Verdwijnen? Daar droom ik niet eens van.'

'Je weet wat ik bedoel. Geef niet op en verstop je niet, oké? Ren niet weg naar Amsterdam of Monaco of Rio of verdomme Antarctica. Je bent belangrijk. Je bent het waard. Mensen rekenen op je. Zeg het.'

Had ik op school maar een Marlee gehad, toen ik het langzaamste kind van de klas was, niet in staat om me te concentreren op wat de leraar zei of wat ik moest lezen. De andere kinderen hadden me dom genoemd. De beste manier die ik had gevonden om daarmee om te gaan, was het weglachen. Doen alsof het me niet kon schelen. Om me vervolgens te verstoppen en mijn tranen te verbergen. Toen ik van school af was, was de wereld vol manieren om te laten zien dat het me geen reet kon schelen – drank, raves, jachtfeestjes, bungeejumpen – om te verbergen hoeveel het me wél kon schelen.

Ik mompelde: 'Ik ben belangrijk. Ik ben het waard. Mensen rekenen op me.'

'Goed zo. Ik mis je, weet je. Werk is lang niet zo leuk als jij er niet bent.'

'Mijn werk is ook lang niet zo leuk zonder jou.'

'Aww. Maar onthoud wat ik zei: niet verstoppen. Maak vrienden. Ga uit en heb plezier. Ik weet zeker dat Austin geweldig eten heeft.'

'Ja, het is niet slecht.'

'Je vergeet niet te eten, hè?'

Shit, ze klonk als mijn moeder. Niet *mijn* moeder, maar iemands moeder die zich om meer bekommerde dan het perfecte voorkomen van haar familie. Zonder moeder was Marlee thuis de zorgzame rol voor haar vader op zich gaan nemen. En sinds ze een paar jaar geleden bij Synergy kwam werken, had ze hetzelfde voor mij gedaan, ook al was ze jonger dan ik.

Ze moet mijn stilte geïnterpreteerd hebben als een gebrek aan recente voeding. 'Ik ga een herinnering in je agenda zetten voor de maaltijden. Nog iets anders nodig, baas?'

'Ja. Als je een minuutje hebt, zou je dan even bij Sam kunnen kijken? Ik denk niet dat ze slaapt.'

'Regel ik. Ik ga morgen langs de universiteit.'

'Bedankt. Ik bel je snel weer, oké?'

'Ja, vast. Zorg goed voor jezelf, Jackson.'

'Jij ook. Doe je vader de groeten van me.'

Ik stond op, rekte me uit en liep naar de balie, waar ik een broodje bestelde. Terwijl ik erop wachtte, pleegde ik nog een telefoontje.

'Hé, Jay.' Jamila's bekende, hese stem klonk door mijn draadloze oortjes.

'Waarom klink je in godsnaam zo zelfvoldaan?'

'Ik heb misschien een weddenschap afgesloten met een zekere vriend van ons over hoe lang het zou duren voordat je me zou bellen.'

'Had Cooper meer vertrouwen in me dan jij?'

'Mijn geld stond op ons meisje Alicia.'

'Dus je hebt haar gestuurd om mijn kryptoniet te zijn.' Wat voor spelletje speelde Jamila? Cooper had gezegd dat er banen op het spel stonden.

'Nee, schat. Raak niet zo in de war. Ik heb haar gestuurd omdat ik denk dat jullie goed zullen samenwerken. Ze is slim, toch? Een geweldige programmeur?'

'Ze is niet zo goed als ik. Of jij. Beter dan Cooper, dat wel.'

Jamila's stem werd zachter. 'Ze hoeft niet zo goed te zijn als jij. Het enige wat ze hoeft te doen is het beste in jou naar boven halen. En het beste in de rest van het team.'

Vóór Alicia was dat mijn taak geweest. En zoals Marlee had opgemerkt, en Cooper vóór haar, had ik het verpest.

'Kijk, ik probeer het, oké? Ik had gewoon meer tijd nodig. Niet een of andere Stepford-programmeur om mijn team over te nemen en me voor schut te zetten.'

'Als ik het goed begrijp, Jay, heb je geen tijd meer. Alicia is daar om je project te redden en je er goed uit te laten zien. Wanneer ga je je realiseren dat je zoveel meer te bieden hebt dan je programmeervaardigheden? Dat het tijd is voor jou om op te staan en te leiden?'

De hitte die in me had geborreld sinds Alicia ons dwong tot dat verdomde Paired Programming kookte over. 'Wanneer Cooper me verdomme een kans geeft om te leiden en stopt met het aanstellen van babysitters die de baas over me moeten spelen!'

Mijn eigen moeizame ademhaling gierde door mijn oortjes. Jamila zei niets, maar liet mijn boze woorden – onterechte woorden, eigenlijk, aangezien hij me drie maanden had gegeven om mezelf te bewijzen en ik het had verknald – in onze oren echoën.

'Jay', zei ze eindelijk met een stem zo zacht dat ik mijn handen over mijn oortjes legde om de andere geluiden in het koffietentje buiten te sluiten. 'Alicia is een professional, een verdomd goede, en het is haar taak om het team te laten samenwerken om resultaten te boeken. Inclusief jou. Ze zal je babysitter niet zijn, tenzij je je als een kind gedraagt.'

Serieuze Jay had niet gewerkt, dus het was tijd om de fuckboy Jay tevoorschijn te halen. Ik probeerde mijn stem licht en onverschillig te laten klinken. 'Ik, me als een kind gedragen?'

'Ik zeg je dit één keer. Verpest dit niet voor haar. Ze heeft deze baan, deze referentie, nodig om haar bedrijf op te bouwen. Ik kom daar over twee weken weer, en dan ga ik bij Alicia langs. Als ik erachter kom dat je haar saboteert—'

'Niemand heeft het over sabotage gehad.'

'Als ik erachter kom dat je met haar loopt te klooien, dan schop ik je in elkaar. Je weet dat ik het doe.'

'God, Jamila.' Ze zou me niet echt in elkaar schoppen. Maar die tong van haar zou een week lang mijn oren laten bloeden.

Ze gaf me een voorproefje van haar in-elkaar-schop-toon. 'Ben ik duidelijk?'

'Luid en duidelijk.'

'Ik denk echt dat jullie een geweldig team zullen zijn.'

Nog een paar productieve dagen zoals vandaag, en ze zouden allemaal beseffen dat ze me helemaal niet nodig hadden. Cooper zou erachter komen dat ik meer problemen veroorzaakte dan ik waard was, en dan zouden we een herhaling krijgen van wat er tijdens de beursgang was gebeurd. Maar deze keer zou ik eruit worden geschopt. Helemaal, niet alleen gedegradeerd.

Gaat. Niet. Gebeuren.

'Ben je er nog, Jay?'

'Ja, ik ben er nog.'

'Ik zie je over een paar weken.'

'Oké. Doei.'

Ik liet mijn hoofd in mijn handen vallen, zodat ik niet naar mijn scherm hoefde te kijken waarop een foto van Alicia in haar afstudeertoga stond, met haar eremedaille en koord.

Cooper had me opgedragen drie dingen te doen: op tijd goede code produceren, het respect van het team verdienen en wat gelul over samenwerken. Ik zou het hem wel laten zien. Het enige wat hij echt nodig had, was dat ik op tijd goede code produceerde. Dat zou ik doen. En daar had ik de hulp van die verdomde Alicia Diane Weber niet bij nodig.

6

ALICIA

DIE OCHTEND HAD ik moedig de Cranberry Passion Blitz geprobeerd. Op de theeverpakking in de kantine stond dat het vol antioxidanten zat. Misschien zouden antioxidanten me helpen een dag zij aan zij met Jackson Jones door te komen.

Ik bracht het dampende kopje naar mijn lippen terwijl het team om me heen kwam staan voor onze dagelijkse stand-up. 'Wie wil er als eerste?'

'Ik wel.' Jackson liep langs me heen naar het bord en de geur van leer verjoeg de misselijkmakende fruitlucht van mijn thee. Maar vandaag droeg hij de laarzen niet. In plaats daarvan had hij een afgedragen paar antracietgrijze, of misschien ooit zwarte, Converse-schoenen aan. Hij verplaatste de post-it met de naam van de module waaraan we gisteren hadden gewerkt van de 'In progress'-kolom naar 'Ready for Test'. 'Deze module is gisteren afgerond.'

Ik werkte met moeite de gloeiend hete thee naar binnen. 'Nee, we waren niet klaar. We moeten nog...'

'Correctie: *ik* heb het gisteren afgemaakt nadat u wegging. De voortgang hoeft niet te stoppen als u er niet bent.' Hij sloeg zijn armen over elkaar.

Niet alleen mijn tong brandde. De hitte verspreidde zich van mijn hoofdhuid naar mijn borst. Me bewust van de gespannen aandacht van de rest van het team hield ik mijn stem kalm. 'Zo hoort pair programming niet te werken. U had de code kunnen nakijken...'

'Dat heb ik gedaan.'

'...of een van de andere koppels kunnen helpen. Vergeet niet,' - ik draaide me naar de rest van de jongens - 'we zitten allemaal in hetzelfde team.'

'Code eerder afronden dan gepland, betekent dat we extra werk in deze sprint kunnen proppen en sneller klaar kunnen zijn.' Hij plukte een andere post-it uit de 'Backlog'-kolom en verplaatste die naar 'In progress'. Zonder mij, zijn partner en teamleider, te raadplegen.

Een nieuw brandend gevoel begon in mijn buik en steeg op naar mijn borst. Mijn haargrens prikte van het zweet en mijn half-genezen wondje stak. Boze woorden bleven in mijn keel steken, maar ik slikte ze in. *Doe je werk, vertrek. Maak geen slapende honden wakker.* Dat had ik Tiannah beloofd. Ik kon Jamila niet in de steek laten. Ik kon mezelf ook niet in de steek laten. En een schreeuw-partij met de medeoprichter van het bedrijf, terwijl ons team erbij stond, was voor mij een uitzichtloze situatie.

Ik zette mijn kopje op het dichtstbijzijnde bureau en liep naar het bord, waarmee ik de aandacht van de jongens van Jacksons grijnzende gezicht afleidde. 'Oké dan, laten we de andere koppels horen.'

De rest van de jongens bracht verslag uit over hun voortgang van gisteren en hun focus voor vandaag. Tyler en zijn partner waren op een probleem gestuit en na de vergadering schoof ik een stoel aan bij hun bureau om hen te helpen het op te lossen.

Het was geen moeilijk probleem; ze hadden vooral een frisse blik nodig. Maar nadat ik had aangewezen waar ze de fout in gingen en terwijl zij het corrigeerden, dwaalden mijn gedachten af naar Jackson Jones.

Hij had de code – *onze* code – zonder mij afgemaakt. Was ik echt zo'n belemmering voor hem geweest toen we samenwerkten? Oké, zijn brein werkte razendsnel en mijn vingers konden het nauwelijks bijhouden. Maar ik had ook een paar ideeën bijgedragen. En hij had niet overal afkeurend op gereageerd.

Hij was zo anders geweest, die eerste dag onder het afdak. Toen hij die hagelsteen stiekem in zijn tas had gestopt om te bewaren als een opgewonden jongetje. Toen hij zachtjes de snee op mijn voorhoofd had gedept en die belachelijke pleister op mijn huid had gedrukt. Toen hij me in de ogen had gekeken alsof het hem kon schelen of ik in orde was.

Nu niet meer. Als ik het had opgegeven en was weggelopen, had hij een feestje gegeven om het te vieren.

'Hé, Alicia, ga je mee lunchen?' Tyler stond al, zijn zakken aftastend.

'O, ik weet het niet. Ik heb nog niet bij de andere teams gekeken.' Ik wierp een blik op Jackson, die zijn koptelefoon op had en driftig aan het typen was.

'Wij trakteren,' zei Amit. 'Het is het minste wat we kunnen doen omdat je ons geholpen hebt. We gaan taco's halen.'

'We zitten in hetzelfde team, weet je nog. Jullie zijn me niets verschuldigd.' Toch stond ik op. Mijn maag rammelde. *Taco's.*

Amit moest zijn taco's meenemen zodat hij op tijd terug op kantoor kon zijn voor een vergadering van senior-ontwikkelaars. Tyler en ik gingen op een bankje in de schaduw zitten om onze lunch op te eten.

Nadat hij zijn taco's naar binnen had geschrokt, veegde Tyler zijn mond af en verfrommelde zijn servet en het papier. 'Alicia, mag ik je een vraag stellen?'

Ik legde mijn taco neer. 'Natuurlijk.'

'Hoe zit het met... hoe moet ik...' Hij drukte de prop papier verder in elkaar. 'Ik zeg het gewoon, oké?'

Ik knikte. 'Hier kun je alles zeggen. Wat je me vertelt, blijft tussen ons.'

'Bedankt.' Hij duwde zijn bril op zijn neus. 'Ik werk nu ongeveer zes maanden voor Synergy. Ze hebben me bij een ander bedrijf weggehaald.' Hij zette zijn borst op. 'Ik werk bij een bedrijf dat is opgericht door *Jackson Jones*. Hoe cool is dat?'

Minder cool dan hij had gedacht dat het zou zijn, als zijn ervaring ook maar een beetje op de mijne leek.

'En toen, drie maanden geleden, kwam *Jackson zelf* hierheen en werd ik aan zijn project toegewezen. Ik scheet bijna in mijn broek toen ik het hoorde.'

Ik zou me waarschijnlijk hetzelfde hebben gevoeld toen ik een beginnende programmeur was. 'Maar het is niet geworden wat je had gehoopt?'

Hij zakte in elkaar. 'Nee. Hij kwam hier en leek heel geïrriteerd te zijn. Hij vertelde ons wat we moesten doen en zat vervolgens met zijn koptelefoon op aan zijn bureau. Dus dat deden wij allemaal ook, maar we kregen de code niet aan de praat. Maar nu jij er bent, voelt het al beter. We hebben richting. En hulp als we die nodig hebben.'

'Bedankt dat je me dit vertelt.' Een rilling ging door mijn ruggengraat. Ik maakte een verschil. Ik wilde een dansje doen daar op de bank, maar ik hield me in. Tyler leek nog meer te willen zeggen.

'Ik zou heel graag van Jackson willen leren, maar ik weet niet hoe ik dichter bij hem kan komen.'

Mijn inwendige vreugdedansje verstijfde. Hij wilde van Jackson leren, niet van mij. Het was logisch: Jackson was een internationaal beroemde programmeur en ik was buiten Austin onbekend. Zijn woorden raakten mijn trots. Maar voor zover ik wist, had ik mijn verstand nog niet verloren.

'Blijf met hem praten. Misschien breek je uiteindelijk door zijn muren heen. Ik ken hem nog niet lang genoeg om hem echt te doorgronden, maar ik ga mijn best doen. Als ik iets bedenk, laat ik het je weten.'

'Bedankt, Alicia.'

Ik at mijn lunch op en we slenterden terug naar kantoor. Ik had mijn jasje uitgetrokken in de hitte van september en na het eten van chipotle-kip taco's had ik het nog steeds te warm om het weer aan te trekken, zelfs in het gekoelde gebouw. Ik hing het over de rugleuning van mijn stoel en ging naast Jackson zitten, die, zoals gebruikelijk, zijn koptelefoon op had.

Hij merkte in ieder geval dat ik ging zitten en staarde een seconde naar mijn blote armen voordat hij mijn blik ving. Zijn bruine ogen waren een seconde zacht, onbewaakt, zoals ze waren geweest voordat hij wist dat de katten die ik moest hoeden van hem waren. Alsof we echt een team konden zijn en niet constant naar elkaar hoefden te snauwen. Het schelle gekrijs van een gitaar ontsnapte toen hij zijn koptelefoon afzette.

Ik wilde iets vriendelijks zeggen. Iets wat die zachtheid in zijn ogen zou houden, zou voorkomen dat zijn kaak zich spande. Maar toen ik mijn mond opendeed, waren de woorden die eruit kwamen: 'Klaar om te beginnen met die nieuwe module?' De module die hij had gekozen zonder het met iemand te overleggen, inclusief mij, de teamleider. De hartelijke glimlach die ik had bedoeld, werd een grimas.

'Ik ben er al aan begonnen. Terwijl u weg was om wat dan ook te doen.' Zijn ogen werden zo hard als steen en hij wuifde vaag naar Tyler, naar de trap.

'Oké dan,' perste ik er door mijn op elkaar geklemde kaken uit. 'Dan kunnen we verdergaan waar u gebleven was. Wilt u dat ik weer de leiding neem?'

'Nee, ik heb dit wel. Waarom controleert u de code van gisteren niet? Of doet u het opruimwerk.'

Het opruimwerk? Hij had me net zo goed kunnen vragen om rustig in een vergadering te zitten en notities te maken terwijl de mannen praatten. Ik wilde mijn oorbellen uitrukken en hem ter plekke in de kantoortuin te lijf gaan. Maar dat kon ik niet. Mijn eigen irritante woorden galmden door mijn hoofd. *Maak geen slapende honden wakker. We zitten in hetzelfde team.*

'Zeker.' Ik deed deze keer geen moeite om te glimlachen. Als Jackson Jones het zo wilde spelen, dan deden we dat. Zolang we op tijd goede code produceerden, deed het er niet toe hoe we dat bereikten.

Toch bleef, terwijl ik begon met het controleren van de code van gisteren, dat brandende gevoel in mijn buik. Had ik Jackson Jones zojuist de ruimte gegeven om over me heen te walsen?

7

JACKSON

'GOED GEDAAN, TYLER.' De brede, trotse glimlach op Alicia's gezicht paste beter bij de ontdekking van een geneesmiddel tegen kanker dan bij het verplaatsen van een post-it van 'In progress' naar 'Ready for Test' op de voorlaatste dag van de sprint. Haar ogen waren zacht als de blauwe Texaanse hemel van die ochtend, niet ijzig zoals toen ik weer een nieuwe module uit de backlog had gepakt.

Speelde er iets tussen hen? Ik wreef over mijn baard. Tyler was jong – vierentwintig – en Alicia was dertig. Hoewel sommige mensen zich niets aantrokken van een leeftijdsverschil. God, ik had het gedaan met... Nee, daar ging ik nu niet aan denken. Niemand hier kende mijn schandelijke geheim en ik wilde niet dat de wroeging op mijn gezicht te zien was.

'Jackson.' Alicia zette haar handen in haar zij.

Ik rukte mijn blik naar haar gezicht. 'Hè?'

'Is alles in orde? U trok zo'n gezicht.'

'O. Ik dacht gewoon aan al het werk dat we nog moeten doen voor de sprint review op maandag.' Een leugen, maar ik kon haar niet vertellen dat ik manieren had zitten verzinnen om haar trotse, hemelsblauwe blik op mij te richten in plaats van op Tyler.

Zoals ik van haar gewend was, knikte ze en fronste haar blonde wenkbrauwen. 'Het is inderdaad veel. Maar ik weet zeker dat we het afkrijgen.' Ze liep langs Tyler en boog voorover om een post-it van onderaan de backlog te verplaatsen. Het ontging me niet hoe Tylers blik naar de strakke stof van haar smalle rok over de ronding van haar kont schoot.

'Tyler,' zei ik, te luid, 'wat dacht u ervan als u iets uitzoekt uit de backlog om vandaag en morgen aan te werken? Ik weet zeker dat als u en ik samenwerken, we het voor maandag af hebben.'

Tylers ogen werden groot achter zijn bril. 'Echt? Ik bedoel, ja, natuurlijk.' Hij nam Alicia's plaats voor het bord in en scande de post-its in de kolom 'Not started'.

Alicia kwam naast me staan en haar nabijheid bezorgde me een rilling over mijn arm. Op zachte toon zei ze: 'Het is geweldig dat u zich inzet voor teamwork, maar denkt u dat dit een goed idee is? Hij krijgt het maandag nooit af, zelfs niet als u helpt.'

'Misschien heb ik meer vertrouwen in hem dan u.' Het maakte niet uit of hij het maandag af had. We zouden zo veel mogelijk vooruitgang boeken en het dan in de volgende sprint weer oppak-ken. Maar Cooper had gezegd dat ik het respect van het team moest verdienen, en Tyler coachen was een manier om dat te doen. Nee, het was niet omdat ik het niet leuk vond hoe hij met aanbiddende puppy-ogen naar Alicia keek.

Ineens kreeg ik een ingeving. Cooper had ook wat onzin gezegd over teamwork. In San Francisco had hij het altijd over teambuilding, en we hadden elk kwartaal feestjes op de binnen-plaats buiten het gebouw. Ik zou hier iets soortgelijks kunnen doen om te laten zien dat ik het probeerde. Ik zou hem alles vertellen over hoe ik een band met het team had gesmeed als hij maandag langskwam voor de sprint review. Al snel zou hij me smeken om terug te komen naar San Francisco.

Ik wachtte tot Alicia de vergadering beëindigde. Toen, voordat iedereen terug naar zijn bureau ging, zei ik: 'Hé, jongens. Wat dachten jullie van een kleine teambuildingborrel na het werk vanavond? Ik trakteer.'

'Echt waar?' Tylers gezicht straalde. Het was serieus roze. 'Dat zou vet zijn.'

'Niemand wordt aangeschoten,' zei Alicia, terwijl ze een foto maakte van het takenbord met haar telefoon. 'Morgen is de laatste werkdag van de sprint. Ik heb ieders beste inzet nodig, vandaag en morgen.'

'Ik zorg dat iedereen om tien uur thuis is, beloofd,' zei ik. 'Gaat u ook mee, Alicia?'

Ik hoopte en vreesde tegelijk dat ze mee zou gaan. Hoe zou Alicia buiten werktijd zijn? Zou ze eindelijk haar haar losdoen uit die strakke knot? Kon ik die blauwe ogen weer zo zacht krijgen als voordat we wisten dat we collega's waren?

'Nee, het is donderdag. Volgende keer.' Ze schonk me een compleet neppe ik-zou-nog-niet-met-jullie-uitgaan-al-verging-de-wereld-glimlach.

Kut. Ik was haar donderdagen vergeten. 'We kunnen het morgen doen. Een feestje om het einde van de sprint te vieren?'

'Nee, ik heb vrijdagavond ook al plannen. Veel plezier, jongens.' Ze draaide zich om. Zelfs haar sociale leven was beter dan het mijne. Sinds ik San Francisco had verlaten, had ik met niemand anders dan mijn rechterhand plannen gehad op een vrijdagavond.

Maar nu had ik donderdagavondplannen met mijn team, en het zou fantastisch worden. Daar zou ik wel voor zorgen.

Een halfuur nadat Alicia die middag was vertrokken, riep ik de mannen bij elkaar en nam ze mee naar een bar in de buurt. Ik had die eerder deze zomer gevonden en was meteen gek op hun verzameling vintage arcadekasten. Ik aaide er een terwijl ik erlangs liep. *Volgende keer, Ms. Pac Man.* Vanavond was het tijd om een band met mijn team op te bouwen, niet om mijn eigen high-score te verbreken.

We streken neer in een zitje achterin. Nadat ik van elk voorgerecht een portie had besteld, leunde ik naar voren. 'Een emmer munten voor degene die het meest bizarre verhaal vertelt.'

Vier paar grote ogen staarden me aan. Shit. Ik had net een groep programmeurs gevraagd om een leuk verhaal te vertellen. Ik kon het net zo goed aan Ms. Pac Man daarginds vragen. Zij zag waarschijnlijk meer actie dan zij.

'Oké, ik zal beginnen,' begon ik, en vertelde ze over de keer dat ik de vlag van Stanford over de zijkant van de bibliotheek van Berkeley had uitgerold.

Negentig minuten later leunde ik achterover tegen de vinyl rugleuning en legde mijn Converse op de lege stoel tegenover me. 'Dat was een kolossale ramp.'

'Nee joh.' Tyler greep naar zijn bier, miste en probeerde het opnieuw. 'Het was echt vet.'

'Dat is onzin.' Ik duwde mijn eigen, grotendeels volle bier van me af. Iemand moest ervoor zorgen dat Tyler veilig thuiskwam. Ik somde mijn mislukkingen op mijn vingers op. 'Amit drinkt niet. Wie had dat gedacht?'

'Ik wist het.' Tyler stak zijn hand op alsof we in de klas zaten.

'En mijn idee om munten te geven aan de man met het beste verhaal was een totale mislukking.' Kevin, die ons had verteld over de keer dat hij een geitje had meegenomen naar de mahjong-avond van zijn moeder, was met zijn munten naar de Galaga-kast gegaan. Ik had de interessantste persoon aan tafel een excuus gegeven om te vertrekken, waardoor de rest van ons was achtergebleven met ons slappe, ongemakkelijke gesprek. Amit en Gary waren na één drankje vertrokken en nu hadden we een tafel vol koude, kleffe hapjes.

'Wat denk je dat Alicia op dinsdag en donderdag doet?'

'Hè?' Tyler wenkte om nog een biertje.

'Als ze eerder weggaat. Waar gaat ze heen?'

'Geen idee. Ik heb het haar gevraagd en ze zei dat ze het er liever niet over had. Misschien is ze een spion.'

'Denk je dat ze voor Gurusoft werkt?' Kut, dat zou het ergste zijn: dat we een consultant betalen om onze geheimen aan de concurrentie te verkopen.

'Nee joh. Ik bedoel, voor de regering. Geheime agenten en zo.' Tyler pakte het bier van de serveerster aan en knipoogde naar haar.

'Alicia? Dat denk ik niet.'

'Wat denk je dan dat ze doet?' Hij nam een lange slok van zijn bier.

'Ik weet het niet.' Ik had erover nagedacht. Vaak. Te vaak. 'Misschien doet ze haar master. Of vrijwilligerswerk.'

'Of modellenwerk. God, ze is knap.'

Ik pakte een zielige, papperige jalapeño popper en bekeek hem. 'Wie, Alicia?' Het was de bedoeling dat mijn stem luchtig en ongeïnteresseerd zou klinken, maar het kwam eruit als een grom.

Tyler knipperde met zijn ogen. 'Zeker. Maar ik bedoelde haar.' Hij wees naar de bar, naar een van de serveersters. Haar haar was donkerder blond dan dat van Alicia en haar ogen hadden de kleur van honing. Ze leek een beetje op Marlee, hoewel ik Marlee nog nooit in hotpants had gezien.

'Ze heeft een vriendin.' Hij wees met zijn bier naar een andere serveerster die bij de tap stond, deze met donker haar en rondingen. 'En ze kijkt naar jou.'

Ik keek; dat deed ze inderdaad. 'Ik versier geen vrouwen meer in bars.'

'Slechte ervaring?'

'Zoiets kun je wel zeggen.'

'Nou, ik ga ervoor.' Hij duwde zichzelf overeind en wankelde even.

'Weet u dat zeker? Misschien eerst wat water drinken.'

'Nee joh, dit kan ik.' Hij strompelde naar de bar. Nadat ik onze serveerster had gewenkt voor de rekening, overzag ik onze verzameling gestolde, gefrituurde items en lege glazen. Wat een volslagen mislukking. Ik had beter moeten weten dan te proberen een band met het team op te bouwen. Ik had altijd het beste alleen gewerkt.

'Zij is van mij, klootzak!' De luide stem aan de bar trok mijn aandacht.

Ik keek net op tijd op om te zien hoe een vent met de bouw van een linebacker – hij moest wel twee meter lang zijn – Tyler in zijn gezicht sloeg.

8

ALICIA

VRIJDAGAVOND, en ik had een date voor een filmavond.

Ik ving de eerste maiskorrel op die uit de tuit van de hete-lucht-popcornmachine schoot. Toen ik hem in mijn mond gooide, schroeide hij mijn tong, droog en smaakloos. Ik moest iets vinden om er wat smaak aan te geven.

'Alicia, wat ben je aan het doen?'

Ik keek schuldbewust over mijn schouder, net als toen ik acht was en mama me betrapte toen ik op zoek was naar Oreo's. Dit keer stond ik niet op het aanrecht, maar leunde ik ertegenaan, terwijl de tegels in mijn buik drukten en ik het kruidenrekje afzocht.

'Hebben we geen kruidenzout? Of iets anders met zout erin?'

Mama tuitte haar lippen. 'Esmy's bloeddruk was te hoog bij haar laatste controle, dus ik heb al dat spul weggedaan. Mensen eten veel te veel zout. Sterker nog...'

Ik onderbrak haar voordat ze een van haar tirades over voeding kon afsteken. 'En boter?'

'We hebben olijfolie. Dat is gezond voor het hart.'

'Op popcorn? Iew.'

'Popcorn is naturel ook prima te eten.'

Ik rimpelde mijn neus. Ze had zich lang niet zo druk gemaakt om al die voedingsdingen toen ze nog met papa getrouwd was. Of misschien had ze nooit genoeg van papa gehouden om zich te bekommeren om wat er met zijn aderen gebeurde. Ze hield zeker niet zoveel van hem als van Esmy.

'Date night?' vroeg ik toen Esmy de keuken binnenkwam met veel meer mascara op dan normaal, een superstrakke Wranglers en haar danslaarzen aan.

'Eerst eten en dan naar de dancing.' Haar blik bleef hangen op mama, wier geruite blouse een parelmoeren drukknoop lager open was dan normaal, waardoor het kant van haar decolleté zichtbaar was. 'Blijf maar niet op.'

Ik trok de stekker uit de popcornmachine en pakte de kom met popcorn die naar karton smaakte. Morgen zou ik naar de winkel gaan voor wat junkfood. Jammer dat het dan te laat zou zijn voor de filmavond. 'Veel plezier, meiden.'

Esmy boog zich voorover en gaf een luchtkus bij mijn oor. 'Cariño, er staat een zoutvaatje in de kast achter de bakplaten,' fluisterde ze.

'Bedankt.' Ik kuste haar gladde, goudkleurige wang.

'Wanneer had jij voor het laatst een date, Alicia?' Mama doorboorde me met een blik alsof ze had gehoord over het geheime zout.

Ik stopte een droge maiskorrel in mijn mond. Hij deed me denken aan de passieloze kussen van Rick. 'Afgelopen zomer, denk ik. Nadat het voetbalseizoen was afgelopen.'

'Rick is zo'n aardige man. En Noah en Palmer kunnen zo goed met elkaar opschieten. Ik dacht dat hij misschien wel de ware was.'

'Mam, ik ga niet met iemand trouwen alleen omdat onze kinderen vrienden zijn.'

'Er zijn ergere redenen om te trouwen.'

Zoals zwanger worden. Maar daar spraken we niet over. Voordat Esmy in mama's leven kwam, sprak ze überhaupt nooit over gevoelens. Dat was de reden dat ze zo lang met papa getrouwd was gebleven.

Ze moet de gedachte op mijn gezicht hebben zien passeren. 'Begin niet.'

'Wie begint er ergens over? Ik sta hier gewoon heerlijke, met lucht gepofte popcorn te eten.' God, wat zou ik een moord doen voor een biertje. Maar ik had onze voorraad opgemaakt na de voetbalwedstrijd van gisteravond, vol zelfmedelijden terwijl Jackson en het team zonder mij een band smeedden. Ik had de ongemakkelijke bedrijfsuitjes en borrels afgezworen. Het had me niet moeten kunnen schelen. En dat deed het ook niet. Niet echt. 'Ga nou maar, tortelduifjes. Veel plezier.'

Mama kneep haar ogen tot spleetjes. Esmy wierp me nog een luchtkus toe en loodste haar de deur uit.

Ik pakte twee flesjes water met een smaakje uit de koelkast en ging naar de woonkamer, waar Noah zich al op de zachte, oude hoekbank had geïnstalleerd. Teigetje nestelde zich tegen hem aan en spon terwijl Noah hem tussen zijn oren aaide.

'Ben je het zout niet vergeten?' vroeg Noah. 'Esmy verstopt het achter de bakplaten.'

'Ik ga het halen. En wat servetten.' Hij had een veeg van Esmy's roze lippenstift op zijn voorhoofd. 'Zet je de film vast klaar?'

'Ruimte of superhelden?' Hij scrolde door de opties.

'Superhelden.' Na twee weken werken met Jackson Jones kon ik wel een held gebruiken. Hij was meer het type hete schurk zoals Loki in *The Avengers*, die in het geheim tegen me werkte. Zoals toen hij de jongens gisteravond had uitgenodigd voor een drankje, op een avond waarvan hij wist dat ik niet mee kon. Ik wist wat hij deed; ik had het eerder gezien. Hij was een soort broederlijke loyaliteit aan het opbouwen, en die zou hij verzilveren wanneer hij me moest torpederen.

Maar, zei een al te rationeel stemmetje in mijn hoofd, *zou hij geen loyaliteit met het team moeten opbouwen? Het is zijn team, niet het jouwe. Jij vertrekt als het project voorbij is.*

Kom binnen, ontvang een salaris, ga weer weg. Blijf na het werk niet hangen met de gevaarlijk aantrekkelijke oprichter van het bedrijf. Dat had ik in mijn businessplan moeten zetten.

Toen ik terugkwam met het zout en de servetten, had Noah de film klaargezet, maar zelfs nadat ik zout op de popcorn had gedaan en de lippenstift van zijn gezicht had geveegd, startte hij hem niet. Hij had zijn praat-gezicht op.

'Wat is er aan de hand?' vroeg ik. *Laat het niet over meisjes gaan. Laat het niet over meisjes gaan.*

'Moet ik naar school?'

'Morgen? Nee, het is zaterdag.' Maar hij maakte geen grapje. Hij gaf me een blik die me deed denken aan mama's boze-over-het-zout-blik.

'Ik meen het. Kun je me niet thuisonderwijs geven of zo?'

'Oh.' Een dozijn scenario's, allemaal verschrikkelijk, schoten door mijn hoofd. 'Nee, maatje. Ik moet fulltime werken om ons te onderhouden en om geld te sparen voor je studie. Oma Diane en oma Esmy werken ook. School is de beste plek voor jou. Waarom wil je niet gaan?'

Hij haalde zijn schouders op. 'De kinderen zijn niet aardig tegen me.'

Niet aardig? Wat was dit nu weer? 'Hoe zit het met je vrienden? Zijn Tamika en Palmer niet aardig tegen je?'

'Jawel, maar de andere kinderen pesten me.'

Woede steeg heet en snel in me op. 'Waarom zouden ze je pesten?'

Hij haalde opnieuw zijn schouders op en begon een stukje popcorn te ontleden.

Wie moest ik in elkaar gaan slaan? 'Ik maak een afspraak met je directeur. We zorgen ervoor dat ze stoppen.'

'Nee! Vergeet dat ik iets heb gezegd. Ik los het zelf wel op.'

Voor de duizendste keer wenste ik dat Melissa hier was. Of dat ze iemand had aangewezen die beter, wijzer was als Noahs voogd. Of dat ze ons ooit had verteld wie zijn vader was, zodat ik hem hierheen kon slepen en hem met zijn zoon kon laten praten. Want ik had geen idee wat ik tegen mijn neefje moest zeggen.

Tiannah zei altijd dat ik hem zijn eigen gevechten moest laten uitvechten, zodat hij zou leren zichzelf te beschermen als hij ouder was. Misschien was dat hier de juiste aanpak. Ik had die vaardigheden zeker nodig gehad.

'We kijken het volgende week aan, om te zien hoe het gaat. Als het niet beter is, maak ik die afspraak. Oké?'

Hij haalde weer zijn schouders op. Dat kind zou nog een CANS-blessure oplopen van al dat schouderophalen.

Misschien hielp een verhaal. Esmy vertelde die vaak. 'Weet je nog dat ik je heb verteld dat er niet veel vrouwen in mijn vakgebied zijn?'

'Ja.' Hij begon een andere korrel te versnipperen.

'Soms proberen mensen — mannen — me te pesten omdat ik anders ben. Of ze sluiten me buiten.' Zoals Jackson gisteren had gedaan toen hij de mannen meenam voor een drankje. En, precies zoals hij had gepland, kwamen ze vanmorgen terug, vol met onderonsjes en kameraadschap. Jackson had een gespleten lip, en Tyler had, toen hij eindelijk om tien uur binnen kwam strompelen, een blauw oog. Ze hadden me verzekerd dat ze niet met elkaar hadden gevochten, maar niemand wilde me vertellen wat er was gebeurd.

En nu keek Tyler naar Jackson alsof hij de zon en de maan had geschapen. Ik had trots moeten zijn op Jackson omdat hij een manier had gevonden om een band met zijn team te smeden. Ik denk dat ik dat ook wel was, onder mijn afkeuring van zijn methodes. En mijn jaloezie. Jackson deed wat hij drie maanden geleden had moeten doen toen hij naar Austin kwam. Ik had het moeten aanmoedigen. Maar het enige wat ik had kunnen doen, was hem boos aankijken.

'Dus wat doe je dan?' Noah gooide de popcornconfetti in zijn mond en keek me eindelijk aan.

'Ik laat ze zien dat ik het verdien om daar te zijn, net als zij. Ik werk harder dan zij. Ik mis nooit een deadline en mijn werk is altijd van topkwaliteit.' Ik ging iets rechterop zitten.

Hij rimpelde zijn neus. 'Dat klinkt klote, dat je nooit een fout mag maken.'

Alle kracht verdween uit mijn ruggengraat. 'Dat is het ook wel een beetje.'

'En wat als ze nog steeds gemeen tegen je doen?'

'Dan moet je het iemand vertellen.'

'Zoals je vrienden? Of je familie?'

Was het maar zo simpel. 'Op het werk, net als op school, vertel je het aan iemand die de leiding heeft.' Ik was niet van plan hem te vertellen dat dat voor mij ook niet had gewerkt. In mijn eerste baan na mijn afstuderen had een oudere programmeur me bijna vanaf mijn eerste dag lastiggevallen. Ik had het uiteindelijk aan Melissa verteld, en zij had op me ingepraat totdat ik naar mijn manager was gegaan. Hij had de ongepaste grappen en de aanrakingen die mijn huid deden kruipen gestopt, maar hij had de vuile blikken van mijn mannelijke collega's niet gestopt, het rotwerk dat ik kreeg toebedeeld zonder kans op erkenning of promotie. Ik had het verdragen totdat Melissa stierf en ik me realiseerde dat het leven te kwetsbaar was om bij een baan te blijven die ik haatte. Ik had ontslag genomen, drie maanden de tijd genomen om mijn hoofd weer op orde te krijgen, en was bij een ander bedrijf gaan werken.

'Zoals een leraar?'

'Of de directeur. Eén week, en als het niet beter is, maak ik een afspraak.' Ik zou ze achter hun vodden zitten totdat Noah zich weer veilig voelde. Niemand zou Noah aandoen wat mij was aangedaan.

'Wat maakt die vent zo geweldig?' Ik gebaarde naar de superheld op het voorbeeldscherm.

'Hij is, zeg maar, heel sterk.'

'En wat nog meer?'

'Als hij wordt neergeslagen, staat hij meteen weer op.'

'Precies. En dat is wat wij Webers ook doen.'

'Ja.' Een mondhoek van hem krulde omhoog.

'Laten we kijken hoe hij wat slechteriken in elkaar schopt.'

Ik mag dan niet staand plassen, maar ik was nog steeds een goede programmeur en een nog betere leider. Bij onze evaluatie op maandag zou ik Cooper Fallon precies dat laten zien. En totdat dit project klaar was, hoe vaak Jackson Jones en zijn mannencultuur me ook probeerden neer te halen, ik zou weer opstaan.

9

JACKSON

'HET SPIJT ME. HET SPIJT ME.' Tyler begroef zijn gezicht in zijn handen.

Alicia en ik zaten naast elkaar aan ons bureau, verwoed op zoek naar de bug in Tylers verneukte code. Haar lippen waren samengeperst en bleek, en een zweetdruppel rolde van haar slaap over de vlekkeloze huid van haar wang. Ik had haar nog nooit zo van streek gezien, zelfs niet toen ze door een hagelsteen werd geraakt, minuten voor haar eerste ontmoeting met Cooper en mij.

Toen we het einde van het programma bereikten, blafte Alicia: 'Opnieuw. Vanaf het begin.'

Ik wreef in mijn ogen. Ze deden bijna net zo'n pijn als mijn tenen in mijn fuck-you-Cooper-laarzen. 'Nee.'

'Wat bedoel je met "nee"? We moeten de bug vinden en oplossen.'

'We hebben geen tijd meer. Cooper heeft me een appje gestuurd dat hij naar boven komt.'

Alicia's ogen werden groot. 'Is hij hier? Nu al?'

'Stiptheid is echt zijn ding.'

'Shit', mompelde ze. 'Shit. Shit. *Shit.*'

Ze was nu niet zo perfect, met het zweet dat in haar nek droop en haar lippenstift afgebeten. Ik wou dat er iets was wat ik kon doen om te helpen. Cooper zou ons allemaal de huid vol schelden, inclusief Alicia, die geen schuld had aan deze puinhoop, maar het enige dat hem nog kwader zou maken dan dit codefiasco was als we hem lieten wachten.

'Het spijt me', zei Tyler opnieuw. 'Ik probeerde te helpen. Ik voelde me rot dat ik vrijdag laat binnenkwam en ik besloot in het weekend te werken, wat nieuwe functionaliteit toe te voegen. Ik dacht niet dat ik het zo zou verpesten.'

Hij was al op kantoor toen ik die ochtend aankwam. Zijn bloeddoorlopen ogen, stoppelige kin en grijzige huid wezen erop dat hij er ten minste de hele nacht was geweest. 'Je had iemand moeten bellen, man. Mij of Alicia. Of Amit. We zouden gekomen zijn om je te helpen.'

'Ik dacht dat ik het kon oplossen.' Hij legde zijn gezicht op het bureau. Hij tilde zijn hoofd op en liet het met een doffe klap vallen. 'Ik had het moeten kunnen oplossen.'

'We zijn een team, Tyler.' Alicia's woorden kwamen er gewurgd tussen haar op elkaar geklemde kaken uit. 'We werken samen, niet alleen.'

Met een beklemd gevoel op mijn borst stond ik op. 'Laten we erheen gaan.'

Langzaam pakte het team hun laptops en notitieblokken. Tyler pakte zijn tas alsof hij verwachtte ter plekke ontslagen te worden en het gebouw uit te lopen.

Toen ik de vergaderruimte binnenkwam, keek Cooper op van zijn telefoon. 'Jay!' Hij glimlachte, de echte die hij voor vrienden bewaarde. Toen zag hij mijn uitdrukking en zijn glimlach vervaagde. Hij trok zijn wenkbrauwen op en ik schudde heel licht mijn hoofd.

Hij spande zijn kaken en stond op, iedereen een hand gevend. Tyler, die als laatste ging, veegde zijn hand af aan zijn spijkerbroek voordat hij die aan Cooper aanbood. Hij keek overal, behalve in Coopers ogen.

'Oké.' Cooper ging aan het hoofd van de tafel zitten met direct zicht op het scherm. 'Laat maar zien wat jullie hebben.'

Niemand bewoog zich om een laptop op de beeldschermkabel aan te sluiten. Sterker nog, niemand bewoog zich. Drie… vier… vijf seconden hing er een stilte in de kamer.

Ik stond op. Ik kon net zo goed de schuld op me nemen. Het was niet Alicia's schuld. Zij had geprobeerd te voorkomen dat Tyler die post-it uit de backlog haalde. Ik was degene die hem had aangemoedigd. Bovendien had Tyler alleen het voorbeeld gevolgd dat ik had gegeven toen ik Alicia probeerde te overtreffen door onze module alleen af te maken. Uiteindelijk was ik degene die het had verpest. Zoals gewoonlijk. 'Cooper, ik—'

'We hebben niets om u te laten zien, meneer Fallon.' Alle ogen draaiden zich naar Alicia, die ook was opgestaan uit haar stoel. 'Ik probeer nog steeds normen vast te stellen met het team en er was een miscommunicatie. *Ik* heb verkeerd gecommuniceerd. De code is vandaag niet klaar. We zouden over een paar dagen iets gereed moeten hebben, en dan kan ik een demonstratie op afstand plannen.'

Die ader klopte op Coopers slaap. Degene die me vertelde dat hij op het punt stond de controle te verliezen. 'Ik ben hier nu. Vandaag. Kon u me dit vrijdag niet vertellen?'

Ik ijsbeerde langs de muur. *Fuck.* Hij was aan het opbouwen naar een van zijn woede-uitbarstingen.

Haar lip trilde. 'Het spijt me. We dachten dat we voorbereid zouden zijn, maar op het laatste moment, onverwacht, waren we… waren we dat niet.'

Hij spreidde zijn handen op tafel, de manier waarop hij dat deed om te voorkomen dat hij er vuisten van maakte. 'Ik weet zeker dat u begrijpt hoe teleurgesteld ik ben. En jullie zullen er allemaal voor zorgen dat zoiets niet nog eens gebeurt.' Hij liet die ijsblauwe blik over het team gaan dat hem omringde. Tyler kromp ineen. 'Maar voor vandaag kan deze tijd het beste besteed worden aan het werken aan de code. Weer aan het werk, allemaal. Alicia, ik wil u even spreken.'

Ik ramde mijn handen in mijn zakken en ijsbeerde terug naar de tafel. Zij zou niet in haar eentje de volle laag van Coopers woede moeten hoeven incasseren. Ze had het voor ons opgenomen, ook al was het niet haar schuld geweest. Ze was verdomd *nobel.* Ik had nog nooit iets nobels gedaan in mijn leven.

'Cooper, ik—' begon ik opnieuw.

Maar zonder me een blik waardig te keuren, zei hij: 'Jackson, jij ook niet. Wij spreken elkaar later.'

Ik keek naar Alicia's bleke gezicht. Zou ze het aankunnen? Natuurlijk zou ze dat. Ze kon Cooper woord voor koel, berekenend woord evenaren. Toch knaagde er schuldgevoel aan mijn binnenste. 'Alicia—'

Ze hield een hand op. 'Ga maar, Jackson.'

Ik sloop de kamer uit, het team achterna.

Toen Alicia zich een half uur later weer bij ons voegde, zag ze eruit als haar normale, tot in de puntjes verzorgde zelf. Misschien had hij haar gespaard, omdat ze pas twee weken in dienst was. Ze zette haar laptop neer en voegde zich bij ons waar we ons allemaal rond Tylers werkplek hadden verzameld. Ze leunde voorover alsof ze het scherm beter wilde zien en fluisterde in mijn oor: 'Hij wil je op zijn kantoor zien.'

Mijn vrees voor haar woorden streed met de opwinding van haar adem op mijn huid. Kippenvel kroop in mijn nek en langs mijn armen omlaag. Ik streek de haartjes die overeind stonden glad. Wat de fuck? Mijn lichaam had gereageerd alsof ze me had verteld dat ze mijn pik wilde zuigen, niet dat me een heel ander soort uitbrander te wachten stond.

Ongetwijfeld had Cooper Alicia's schuldbekentenis doorzien en wist hij dat ik degene was die zich als een soort Batman, een eenzame wreker, had gedragen. Ik was blij. Alicia moest niet de schuld krijgen voor wat mijn fout was.

Ik knikte naar Alicia, hield haar blik een seconde langer vast dan zou moeten, in een poging mijn dankbaarheid over te brengen voor wat ze had gedaan. Zij had gelijk gehad en ik had het mis. Het was tijd om onze kinderachtige rivaliteit los te laten.

Het was tijd voor *mij* om het los te laten en haar te laten doen waarvoor ze hier was gekomen: leidinggeven. Anders zouden we het niet redden.

Ze rechtte haar rug, en ik rolde mijn stoel een paar meter van haar vandaan voordat ik opstond, discreet mijn spijkerbroek recht trok en naar de directiekantoren liep.

Met zijn telefoon in de ene hand, wenkte Cooper me naar binnen met de andere. Hij stak een vinger op om te laten zien dat hij bijna klaar was. Hij blafte nog een paar bevelen, bedankte zijn assistente en hing op.

'Jackson.'

O-o. Hij had mijn volledige naam twee keer achter elkaar gebruikt. Geen goed teken.

'Mevrouw Weber leek de indruk te hebben dat ik niets beters te doen had dan mijn oude botten helemaal van Californië naar Texas te slepen om haar mea culpa aan te horen. Ik had verwacht dat jij haar van dat idee zou afhelpen.'

'Je bent niet oud.' Ik sloeg mijn armen over elkaar. 'Je bent even oud als ik. Tweeëndertig.'

'Is dat wat je wilt zeggen? Niet: "Het spijt me dat we je tijd hebben verspild, Cooper"? Niet: "We hebben het verpest, en ik zal er persoonlijk voor zorgen dat we dit project vlot trekken"?'

Woede kookte in me, maar vanbuiten haalde ik mijn schouders op. 'Als je me gaat vertellen wat ik moet zeggen, waarom moet ik dan überhaupt deel uitmaken van dit gesprek? Je had een foto van me op je telefoon kunnen opzoeken, ertegen kunnen schreeuwen en mij met rust kunnen laten om de verdomde code te repareren.'

'Maar dat is het probleem, nietwaar? Je gedraagt je nog steeds als een alleenstaande programmeur en je hebt je niet in het team geïntegreerd.'

'Is dat wat Alicia zei?' Ze leek me niet het type dat me zou verlinken, vooral niet nadat ze publiekelijk de schuld op zich had genomen voor ons allemaal.

'Nee, maar ik ken je al bijna vijftien jaar. Ik kan wel raden wat er is gebeurd.'

'We zijn verdomme net begonnen. Je kunt niet verwachten dat we het in twee weken af hebben.'

'Je bent hier al drie maanden aan deze code aan het werk. Hoeveel tijd heb je nog nodig om het team op orde te krijgen en uit te zoeken wat de *fuck* jullie aan het doen zijn?' Zijn stem was gestegen tot een volume dat buiten het kantoor te horen moest zijn geweest.

De hete golf van woede brak door de dam die ik had gebouwd. Ik sloeg met een hand op zijn bureau. 'Meer verdomde tijd. Je hebt ons deze verrassing gegeven, een nieuwe projectleider, en we zijn aan het aanpassen. Ik probeer het. We proberen het allemaal. Ik ga harder mijn best doen, oké?'

'Oké.' Hij hield zijn handen omhoog, met de palmen naar voren. 'Dat is alles wat ik wilde horen. Maar de volgende keer wil ik resultaten zien. Goede resultaten. We kunnen het ons niet langer veroorloven om aan te kloten. Begrijp je me?'

'Ja, ik snap het.' Mijn ademhaling vertraagde en de hitte in mijn borst verdween langzaam.

'Heb je plannen voor de lunch?' Dat was Cooper. Zijn woede ging sneller van nul naar honderd dan mijn Lamborghini Aventador, maar verdampte net zo snel.

'Ja. Een of andere klootzak laat me door de lunch heen werken om de verdomde code te repareren.'

'Niet vandaag. Vandaag wil je beste vriend je meenemen. Daarna kun je de verdomde code repareren.'

'Prima.' Voor het eerst die dag glimlachte ik. 'Ik zie je over tien minuten in de lobby.'

Op weg terug naar onze werkruimte om het team te vertellen dat ik ging lunchen, hoorde ik bekende stemmen uit de vergaderruimte komen waar we eerder zo'n uitbrander hadden gekregen.

'Het spijt me. Zo verdomd sorry. Sorry, zo *ontzettend* sorry. En nu krijgt Jay de volle laag en het is mijn schuld. Ik denk dat hij ook boos op je was.' Tylers stem brak.

'Het is niet jouw schuld', zei Alicia zo zacht dat zelfs ik me beter voelde. 'Zoals ik in de evaluatie zei, het is de mijne. Ik liet jullie denken dat jullie ons proces konden breken. Ik koos de makkelijke weg. Ik zal het niet nog een keer doen. En jij gaat niet meer voor eenzame held spelen, toch?'

'Nee. Beloofd.'

Fuck. Dit waren dingen die ik tegen hem had moeten zeggen. Maar hier was Alicia, een leider. Niet zoals Cooper met zijn opvliegende woede of zoals ik met mijn grapjes, maar met zachte woorden die Tyler echt beter lieten voelen. Ze was een pro. Ik klopte op mijn zakken, op zoek naar een notitieblok.

'Je bent een goede programmeur.' Achter het matglas bewoog Alicia's gedaante dichter naar Tyler toe. Raakte ze zijn rug aan? Ik wou dat ik kon zien wat ze deed. Zodat ik aantekeningen kon maken van haar coachingmethodes. Niet omdat ik wou dat ze mijn rug zou wrijven en alles beter zou maken. 'Je hebt veel potentieel. Je moet alleen aan je discipline werken. Ik zou graag willen dat je volgende sprint weer samenwerkt met Amit. Hij is stabiel en zorgvuldig, en hij kan je veel leren.'

In tegenstelling tot mij. Ik was een mislukkeling die niemand iets kon leren. Ik had geprobeerd alles om te draaien – het project, mezelf – en was nog steeds gefaald. Met mijn handen in mijn zakken geschoven, schuifelde ik naar onze werkplek, vertelde Kevin dat ik ging lunchen en liep terug naar de trap, mijn ogen op de hardhouten planken gericht om te voorkomen dat ik naar de vergaderruimte keek waar Alicia Tyler tot een betere programmeur maakte, zonder dat er dure certificeringen of dikke programmeergidsen aan te pas kwamen.

'Jay!' Voordat ik de kans kreeg om op te kijken, werd ik omhuld door Jamila's jasmijngeur en verpletterd door haar omhelzing. Ik omhelsde haar terug.

'Wat doe jij hier?' Ik deed een stap achteruit en nam haar perfect gestreken, pruimkleurige zakenpak en kersenrode zijden blouse in me op. De kleuren staken vurig af tegen haar donkere huid.

Ze grijnsde. 'Ik zei toch dat ik je kwam opzoeken.'

'Je bent niet helemaal uit Californië gekomen om me op te zoeken.' God, ik hoopte van niet. Als dat zo was, zat ik dieper in de shit dan ik had gedacht.

'Blijkbaar was het nodig. Die laarzen? Nee, schat, gewoon niet.' Ze schudde haar hoofd.

Ik keek er naar. Kon ik ze maar opgeven. Maar Cooper had de boodschap nog niet begrepen. 'Wanneer in Austin, doe als de Austoniërs doen, toch?'

'Austinites, Jay.'

'Wat dan ook. Waarom *ben* je hier?'

'Ik geef morgen een lezing bij de Texas Women Engineers' Association. Ik ben een dag eerder met Cooper meegevlogen zodat ik even bij Alicia kon kijken. En bij jou. Behandel je haar goed?'

'Eh—'

'Jamila!' Alicia jogde naar ons toe, met open armen. Voor Jamila. Hoe zou het zijn als ze zo naar mij keek, haar armen voor mij opende? De hemel. Ik fronste en stak mijn handen in mijn zakken.

De vrouwen omhelsden elkaar, en toen deed Jamila een stap achteruit. 'Deze gedraagt zich, dus?'

Alicia's wenkbrauwen schoten omhoog. 'O, het spijt me. Ik denk niet dat jullie elkaar ontmoet hebben. Dit is Jackson Jones.'

Jamila barstte in lachen uit. 'Ze heeft je door, Jay.' Ze haakte haar arm door die van Alicia, draaide zich om op haar hakken met rode zolen en liep naar de trap. 'En nu, vertel me alles.'

Ik keek naar de bovenkanten van hun hoofden, een blond, een zwart, die de trap af verdwenen. Twee slimme, succesvolle vrouwen. De een mocht me wel – of had op zijn minst een zwak voor me – en de ander verachtte me. Vooral na mijn rol in de ramp van vandaag. En nadat ik door Cooper was uitgekafferd.

Ik krabde aan mijn baard. Alicia kende me pas twee weken en ze wist al wat een mislukkeling ik was. Ze had me gecategoriseerd als een obstakel dat aangepakt en gecorrigeerd moest worden. Niet als een gelijke of een partner. En ze had gelijk: zij was vandaag opgestaan als de leider, niet ik. Ik kon veel van haar leren.

Ik moest me gedeisd houden, doen wat me werd opgedragen, het verdomde werk doen. Me gedragen als haar teamgenoot, niet als een rivaal. Misschien zou ze me nog steeds haten, maar dan zou ik tenminste niets anders meer verpesten.

10

ALICIA

'JE KUNT HET me net zo goed vertellen. Ik kom er toch wel achter via Cooper. Of Jay.' Jamila prikte netjes een dun plakje kip en een dubbelgevouwen blaadje sla aan haar vork, stopte het hapje in haar mond en keek me strak aan terwijl ze kauwde.

Ik prikte met mijn vork in mijn salade en schoof een blokje ingelegde biet naar een hoekje. Bah. Mijn maag zat te zeer in de knoop om te kunnen eten, dus ik had hetzelfde besteld als Jamila.

Ze had gelijk. Niet over die walgelijke bietensalade, maar wel dat ik een kans met mijn mentor liet lopen als ik dit niet met haar zou bespreken.

'We hebben het verpest. *Ik* heb het verpest. We hadden vanochtend niets om aan Cooper te laten zien. Een van de programmeurs heeft afgelopen weekend een bug geïntroduceerd die de compilatie tegenhield. Niet alleen zijn module. Het hele project. En het is mijn schuld.'

'Hoe is dat jouw schuld?'

Ik spietste een tomaat alsof het het gezicht van Jackson Jones was. 'Ik heb geprobeerd een cultuur van samenwerking te creëren. Ik heb iedereen in tweetallen laten werken. Maar toen Jackson de cowboy-programmeur ging uithangen en solo begon te werken, zei ik er niets van. Ik heb hem niet terechtgewezen. Ik heb het genegeerd. Om de lieve vrede te bewaren, snap je? En dus dacht Ty – de andere programmeur – dat hij hetzelfde kon doen. Ons allemaal verrassen met nieuwe functionaliteit. Indruk maken op Jackson en Cooper.'

'Schat, daar kun je jezelf niet de schuld van geven.' Ze tikte met haar pruimkleurig gelakte vingers op het tafelkleed voor mijn bord om mijn aandacht te trekken. 'Dat is niet jouw schuld.'

'Het is mijn taak om leiding te geven. Om normen vast te stellen. Om ervoor te zorgen dat iedereen zich aan de regels houdt.'

Jamila schudde haar hoofd. 'Meid, je zou beter moeten weten. In hun hoofd zijn programmeurs half Bruce Willis in *Die Hard* en half Gandalf. Het zijn artiesten die alles weten. Proberen hen allemaal dezelfde kant op te sturen is als een kudde katten of ratelslangen hoeden. Of katten met de koppen van ratelslangen.'

'Ik weet het. En toch heb ik Cooper Fallon verteld dat ik het kon.'

'Dat kun je ook. Het heeft alleen tijd nodig.'

Toen ik me de uitdrukking op zijn gezicht tijdens de mislukte demo van vanochtend herinnerde, ging er een rilling over mijn rug. En daarna zorgden zijn botte, boze woorden in zijn kantoor voor een tweede rilling die weer omhoog kroop. 'Ik weet niet hoeveel tijd ik nog heb. Cooper was behoorlijk teleurgesteld.' Een understatement. Hij had me de huid vol gescholden en zelfs mijn kwalificaties in twijfel getrokken.

En het ergste was dat ik een seconde had overwogen om Jackson de schuld te laten krijgen. Mijn hart had een sprongetje gemaakt toen hij opstond en begon te praten. Ik was er bijna zeker van dat hij op het punt stond Cooper te vertellen dat hij Tyler had aangemoedigd in zijn cowboygedrag. Maar zelfs als dat zo was, wilde ik niet dat Jackson mij te hulp zou schieten. Dat kon ik niet willen. Ik kon alleen op mezelf vertrouwen. Dus had ik dwars door hem heen gepraat.

Jamila wuifde mijn woorden weg. 'Cooper is veel geblaat en weinig wol.'

Ik trok mijn wenkbrauwen op. 'Je wilt zeggen dat hij onder al dat ijs een zacht eitje is?'

Ze snoof. 'Dat heb ik *niet* gezegd. Hij doet alles voor zijn vrienden, maar voor hem is ieder ander ofwel een hulpmiddel ofwel een obstakel. Hij weet dat je je werk zult doen en het tij zult keren.'

'Je hebt me minstens een dozijn keer verteld dat we als vrouwen in een door mannen gedomineerd vakgebied harder moeten werken, sneller moeten zijn, betere resultaten moeten laten zien. Ik ben' – niet bang, dat zou ik niet toegeven – 'bezorgd dat ik geen tweede kans krijg. Niet zoals Jackson.'

'In Coopers ogen kan Jay niets verkeerd doen. Je hebt gelijk dat hij oneindig veel kansen zal krijgen en jij niet. Maar dit kun jij. Ik heb vertrouwen in je. Anders had ik je in de eerste plaats niet aanbevolen.'

Jamila geloofde nog steeds in me. En dat betekende veel. Ze was de slimste persoon die ik ooit had ontmoet. Ze was van een ondergefinancierde openbare school in East Austin naar de universiteit van Stanford gegaan. Ze had zich niets aangetrokken van de baanaanbiedingen die ze maanden voor haar afstuderen kreeg; in plaats daarvan had ze haar idee voor een app en een kleine erfenis gebruikt om haar eigen bedrijf op te bouwen. Jamila's gezicht had vorige week op de cover van een van de zakenbladen in de wachtkamer gestaan tijdens Noahs controle.

Als zij dacht dat ik het kon, was het nog een poging waard.

'Bedankt, Jamila. Zowel voor de aanbeveling als voor je steun. Ik zal je niet teleurstellen.'

'Je zou me nooit teleurstellen, zelfs niet als je vandaag ontslag nam.' Ze kraakte een wortel tussen haar tanden. 'En ik weet dat je jezelf niet zult teleurstellen. Of Noah. Hoe is het met die schattige enkebijter?'

Noah. Door haar over zijn gebroken arm te vertellen, moest ik weer denken aan de doktersrekening die de dag ervoor was gekomen. Het was precies het bedrag dat de assistente van dr. Ruiz me had verteld, maar door die komma werd het echt. Zelfs als ik me uit dit project had willen terugtrekken, kon het niet. Ik had rekeningen te betalen.

Trouwens, wat voor voorbeeld zou ik zijn als ik het na twee weken bij mijn eerste adviesopdracht al opgaf? Als ik opgaf, zou ik nooit meer zo'n kans krijgen. Ik had Coopers aanbeveling nodig. Ik moest harder mijn best doen. Net als de superheld uit de film moest ik weer opstaan, zelfs nadat vandaag me had neergeslagen.

Toen ik Jamila na de lunch naar Coopers kantoor bracht, schonk ik hem mijn stralendste glimlach. 'Ik zal die demo op afstand voor u opzetten, meneer Fallon. U zult onze vooruitgang voor het einde van de week zien.'

Hij glimlachte niet terug of vroeg me hem Cooper te noemen. 'Ik reken erop,' was het enige wat hij zei.

Ik sjokte terug naar de werkruimte van ons team. We zouden die bug vinden, we zouden Cooper Fallon versteld doen staan met onze demo, en ik zou die verdomde aanbeveling verdienen.

En het deed er niet toe dat ik even dacht dat Jackson Jones misschien voor me op zou komen. Of dat ik zijn geur niet meer uit mijn neus kreeg, zelfs niet nadat ik het kantoor had verlaten. Hij was een afleiding, een extra uitdaging, niets meer. Ik kon hem niet in de weg laten staan van mijn succes bij dit project. En ik moest slagen voor Noah. Voor Jamila. En voor mezelf.

11

JACKSON

ALICIA WEBER WAS NIET PERFECT.

Ik bedoel, niemand is perfect. Zelfs Cooper had zijn opvliegende karakter. Maar Alicia kwam elke dag het kantoor binnenzweven, tot in de puntjes verzorgd, geen haartje verkeerd in die vervloekte knot, en nooit te laat. Ze wist altijd wat ze moest zeggen, wat ze moest doen om het team te motiveren. Tyler vond bijna dagelijks wel een reden om haar om advies te vragen.

Alleen...

Ze had ons voor de volgende sprint weer verplicht tot pairprogrammeren en had een heel verhaal gehouden over samenwerking, over teamwork, over hulp vragen en het niet alleen doen.

Dat had anderhalve dag geduurd.

Zij en ik vormden weer een duo – net alsof we met gym waren en niemand anders me koos – en ze had mijn navigatie een hele dag verdragen en de volgende dag tot aan de lunch. Toen iedereen was afgedropen naar de foodtruck die buiten was gestopt, had ze me gezegd alvast te gaan en dat ze zelf nog even door zou werken. En toen ik terugkwam, had ze gezegd dat ik maar iets anders van het bord moest pakken om aan te werken.

Tegenover de rest van het team deed ze alsof we samenwerkten. Maar dat deden we niet. Tenzij je naast elkaar zitten met een koptelefoon op, werkend aan verschillende delen van het programma, als samenwerken beschouwt.

Het was prima. Als ze wilde dat ik haar met rust liet, dan kon ik dat.

Alleen…

Ik had een bug in haar code gevonden.

Vanavond was ik blijven doorwerken nadat iedereen naar huis was gegaan. Ik kon het niet opbrengen om terug te gaan naar dat eenzame appartement, vol met andere tijdelijke buitenbeentjes en pas gescheiden stadstypes. Ik kon goed opschieten met mijn bovenburen en ik had in de sportschool een sportmaatje ontmoet, Rick, maar ik had niemand die ik een vriend kon noemen.

Nog erger was het om uit te gaan in de nabijgelegen Sixth Street. Daar vond ik vrouwen genoeg. Maar Austin was een studentenstad, en na het stagiaire-incident van afgelopen voorjaar zagen ze er voor mij allemaal uit als studentes. En ik zou er nooit, maar dan ook nooit meer een aanraken. Zelfs degenen van wie ik zeker wist dat ze ouder waren, die een grijze haar of twee hadden of vage lachrimpeltjes op hun wangen, wisten mijn vuurtje niet aan te wakkeren.

Misschien was celibaat, als je er eenmaal mee begon, verslavend, net als roken. Of – gaf ik 's avonds laat toe, met mijn hand in mijn korte broek – misschien kreeg ik Alicia gewoon niet uit mijn hoofd. Niemand anders kon aan haar tippen. Niet meer sinds mijn verschrompelde hart weer was gaan fladderen toen ik een vinger op haar zachte huid legde, toen ik haar haar over die belachelijke Bliksem McQueen-pleister streek.

Dus, zonder sociale uitlaatkleppen na het werk, had ik weer overgewerkt. En nadat ik mijn code af had, had ik die van Alicia gecheckt, die ze natuurlijk, zoals het een brave programmeur betaamt, in de repository had geladen. Aangezien we zogenaamd samenwerkten, was het alleen maar logisch dat ik het controleerde.

En ik vond een bug. Niet eentje die de compilatie zou stoppen zoals die lastige in Tylers code van maandag, maar het zou de boel genoeg in de war schoppen dat we er vanaf moesten.

Maar zelfs ik was niet dapper genoeg om in Alicia's code te gaan zitten rotzooien.

Dus stuurde ik haar een berichtje.

> Bug in je code gevonden.

ALICIA WEBER

Sorry, wie is dit?

> Het is Jackson Jones.

Hoe kom je aan mijn nummer?

> Je visitekaartje?

> Oké, goed. Ik ben de oprichter van het bedrijf. Ik heb toegang op God-niveau tot ons HR-systeem.

De typbubbeltjes verschenen en verdwenen tot ik het wachten beu was.

> Hoe dan ook, er zit een bug in je code. Ik dacht, dan weet je dat.

Ga je me ook vertellen wat het is?

> Misschien. Maar daar staat wel wat tegenover.

Wat tegenover?

Het was niet mijn bedoeling om flirterig met haar te doen. Het was mijn bedoeling om haar erop te wijzen en haar er dan in te laten sudderen tot ze het de volgende ochtend kon oplossen zonder dat iemand anders dan ik het wist. Maar er gebeurde iets met mijn duimen.

Ik vind dat er informatie uitgewisseld moet worden. Ik vertel jou wat de bug is, jij vertelt mij waar je op dinsdag en donderdag naartoe gaat.

Dacht het niet. Ik vind hem morgen wel.

Nee, wacht! Wat dacht je ervan als ik drie keer mag raden?

Wat?

Jij geeft me drie kansen, zegt of ik goed of fout zit. Dan vertel ik je over de bug.

Twee kansen.

Warm of koud?

Nee.

Oké. Je bent een internationale spion, en op dinsdag en donderdag ga je naar het Mexicaanse consulaat om je minnaar/doelwit te ontmoeten.

Je weet volgens mij wel dat dat een "nee" is.

Was het proberen waard

Niet echt.

Je bent een parttime non, en op dinsdag en donderdag gebruik je je kornet om door de stad te vliegen en kittens en weeskinderen te redden.

Kornet?

Dat is een onderdeel van een habijt.

Dat klinkt niet eens alsof het echt bestaat.

Het bestaat echt. Wat dacht je van een hint?

Auw! Die vrouw was niet op haar mondje gevallen. Maar ik had er ook een, dus slikte ik mijn trots in en vertelde haar over de bug. Ze was beleefd genoeg om me te bedanken – ik had haar beschuldigd van onvolmaaktheid, niet van onbeleefdheid – stuurde dat ze moest gaan en reageerde daarna op geen enkel berichtje meer van mij.

Ik stuurde er maar twee. Of misschien vijf.

Ik hoopte dat ze ze had verwijderd.

12

ALICIA

IK STAK DE sleutel in het contact, maar draaide hem niet om. In plaats daarvan keek ik in de achteruitkijkspiegel naar Noah's norse gezicht.

'Waarom heb je me niet verteld dat je een onvoldoende voor taal staat?'

Hij haalde zijn schouders op. Zijn neongroene gips viel met een plof op zijn schoot.

Noah zou zijn tienerjaren niet halen als hij niet ophield met dat schouderophalen.

'Wist je het en heb je het me niet verteld, of wist je het niet?'

'Ik dacht wel dat het misschien niet zo goed ging.'

'En waarom heb je me dat niet verteld?'

Hij haalde opnieuw zijn schouders op.

'Is het omdat je bang was dat ik boos zou worden? Want nadat ik voor een jury van je leraren heb moeten zitten alsof het een soort inquisitie was, ben ik behoorlijk boos.'

'Sorry,' mompelde hij.

"Sorry' is een goed begin. Wat dacht je van: 'Alicia, ik beloof dat ik nooit meer mijn cijfers voor je zal verbergen."

Hij staarde naar zijn schoot en mompelde iets.

'Wat zei je?' snauwde ik.

'Ik beloof het.'

'Oké. Goed. En ik beloof dat als je me vertelt dat je in de problemen zit, ik niet tegen je zal schreeuwen. Dan zorg ik voor hulp. Is dat een afspraak?'

Hij keek niet op. 'Ja.'

'Oké.' Ik draaide de sleutel in het contact en liet Beyoncé de auto vullen.

Vijf minuten later, toen we de oprit op reden, sprak hij weer. 'Ga je het oma Diane en oma Esmy vertellen?'

Ik zette de auto uit en draaide me in mijn stoel om naar hem te kijken. 'Dat was ik wel van plan. Ik denk dat dit een alle-hens-aan-dek-noodsituatie is. Ik denk dat we alle hulp kunnen gebruiken, vind je ook niet?'

Hij haalde voor de vijfenzeventigste keer zijn schouders op. 'Ik denk het.'

'Schaam je er niet voor. Er is niets mis met om hulp vragen. Begrepen?'

Hij trok een vies gezicht. Hij was een Weber, dat was duidelijk.

Ik duwde het portier open en wachtte tot hij van de achterbank klauterde met zijn rugzak die meer woog dan hijzelf. We liepen via de achterdeur naar binnen, waar ik mijn hakken uitschopte en mijn schoudertas en handtas in het vakje zette dat ik had gebruikt voor mijn eigen rugzak toen ik zijn leeftijd had. Terwijl Noah zijn schoenen en tas opborg, liep ik door naar de keuken, waar ik diep de geur van mama's kookkunsten opsnoof.

'Spaghetti en gehaktballen?' Ik boog me over de pruttelende sauspan.

'Ze zijn veganistisch,' fluisterde ze. 'Niet doorvertellen.'

Ik keek naar een maïskorrel die naar de oppervlakte van de tomatensaus dreef. 'Ik denk dat ze er wel achter zullen komen. Probeer de volgende keer misschien dat nepvleesspul.'

Spaghetti met veganistische balletjes hielden niemand voor de gek, maar met genoeg kaas en knoflookbrood waren ze een succes. Mama's favoriete grap was dat haar zelfgemaakte pasta-saus alles kon redden, behalve haar huwelijk. Die avond dacht ik dat ze misschien gelijk had.

Mama wachtte tot Noah een tweede sneetje knoflookbrood pakte om te vragen: 'Dus, waar ging dat gesprek over?'

Ik knikte naar Noah, die slikte en diep ademhaalde. 'Ikstaonvoldoendevoortaal,' zei hij in één adem.

Net als de vleesloze gehaktballen, ging dat er niet in. 'Je staat onvoldoende voor taal?' vroeg Esmy en legde haar servet neer. Noahs hekel aan lezen krenkte haar trots als schoolbibliothecaresse.

Hij knikte. Hij haalde tenminste niet zijn schouders naar haar op.

'Wat is er gebeurd?' Esmy keek mij aan.

Nu haalde ik mijn schouders op. 'De papieren zaten allemaal verfrommeld onderin zijn tas. Ik had ze moeten ondertekenen, maar ik heb ze nooit gezien. Zijn leraar zei dat ik hem een speciale map moet geven voor werk dat thuis nagekeken en ondertekend moet worden.'

'Dat klinkt als een goed systeem.'

'We hebben nog extra mappen in de la van het bureau.' Mam knikte naar de hoek van de keuken waar zij, Esmy en ik om de beurt de huishoudelijke financiën deden.

'Ik denk dat we moeten overwegen' – ik haalde diep adem – 'om te minderen met buitenschoolse activiteiten.'

'Buitenschoolse activiteiten?' zei Esmy. 'Daar heb je al in gesneden. Het enige wat hij nu nog doet is...' Haar ogen werden groot.

'Voetbal?' Noah legde zijn stuk knoflookbrood neer. 'Nee. Ik hou van voetbal.'

'Het is zijn enige kans om buiten te zijn, te rennen,' zei Esmy. 'Kinderen krijgen tegenwoordig nauwelijks tijd om te spelen.'

Mam bleef stil.

'Ik mag de meeste dagen niet eens buiten spelen in de pauze,' mopperde Noah. 'Mijn leraar laat me binnenblijven om mijn werk af te maken.'

'Mis je het speelkwartier?' Mijn stem was te hoog, te luid. Ik greep naar mijn water en dronk het gulzig op.

'Ja.'

Ik schudde mijn hoofd. 'Dan denk ik...'

'Ik geef hem bijles,' onderbrak Esmy me. 'Na school help ik hem met zijn huiswerk.'

'Esmy...' begon mam.

'Nee, Diane. Ik wil dit doen. Zodat hij kan blijven voetballen.'

Mam stond op en pakte Esmy's bord, en daarna het hare.

'Noah,' zei ik, 'als oma Esmy dit voor je doet, moet je het serieus nemen. We proberen het een paar weken, en als we geen verbetering zien, praten we opnieuw over voetbal. Begrepen?'

'Ja. Bedankt, oma Esmy.'

Ze klopte op zijn hand. 'Zet je bord in de vaatwasser, dan kunnen we beginnen.'

Ik pakte een bakje voor de overgebleven vegetarische balletjes en begon ze erin te scheppen. Mam liet de kraan lopen in de gootsteen. Zelfs het stromende water klonk boos. 'Ik ruim het wel op, mam. Jij hebt gekookt, ik maak wel schoon.'

Ze keek over haar schouder naar de keukentafel, waar Noah een werkboek had opengeslagen. Ze zei met zachte stem: 'Normaal bemoei ik me niet graag met jouw opvoeding. Jij bent per slot van rekening zijn voogd.'

'Dat kun je nog steeds niet loslaten. Na zes jaar.'

'Nee.'

Mam en Esmy hielpen ons veel, ze hadden ons zelfs allebei in hun huis verwelkomd. Maar Melissa had Noah mijn verantwoordelijkheid gemaakt, niet die van mam. *Bedankt, zus.* Ik zette het bakje op het aanrecht, harder dan ik had bedoeld. 'Maar wat, mam?'

'Ik ben het met Esmy eens. Noah moet kunnen rennen en spelen. Hij is pas tien.'

'Mam, ik...' Ik hield me in. Wat ging ik haar vertellen? Dat als zij misschien in dat te kleine stoeltje bij die inquisitie had gezeten, zij ook had gedreigd hem van voetbal te halen? Dat ik het ermee eens was dat hij moest rennen en spelen zoals andere kinderen, maar dat andere kinderen geen onvoldoende voor taal stonden en het risico liepen om te blijven zitten? Dat het laatste wat die arme Noah nodig had, nog een reden was om het mikpunt van spot op school te zijn?

Uiteindelijk zei ik iets wat eerlijker was dan ik had bedoeld. 'Ik weet niet wat ik aan het doen ben.'

Ze gaf me een verdrietige glimlach. 'Lieverd, wat wie dan ook zegt, niemand van ons weet wat hij doet. Je moet het dag voor dag bekijken en je best doen. Ik wist verdomme ook niet wat ik deed, zwanger op mijn zeventiende en getrouwd met iemand van wie ik niet hield. Maar met Melissa is het goed gekomen. Met jou ook.'

We waren nooit knuffelaars geweest, dus klopte ik op haar arm terwijl ik naar de koelkast liep.

'Alicia, ik denk dat je telefoon pingelt,' riep Esmy.

'Pingelt of trilt hij?' vroeg ik.

'Hij pingelt zeker. Oh. Weet je? Het klinkt als dat nummer, 'You're So Vain'. Wie zong dat ook alweer, querida?'

'Carly Simon,' brulde mam terug.

'O, jee,' was de kindvriendelijke uitroep die ik gebruikte toen ik langs Noah liep.

'Shit,' was wat ik mompelde toen ik mijn telefoon uit mijn schoudertas viste en bevestigd zag dat het een sms van Jackson was. Had hij nog een bug gevonden? Ik wist dat we het pairprogrammeren hadden moeten voortzetten, maar ik kon nog geen van zijn neerbuigende correcties verdragen. Hij was er meestal vriendelijk over, maar moest hij altijd gelijk hebben?

Ik leunde tegen de droger en las zijn sms'je.

JACKSON JONES

Hey

Wat

Ik was te geïrriteerd om me druk te maken over interpunctie.

Ik wilde even checken hoe het met je gaat. Je gaat normaal niet vroeg weg op vrijdag.

Ik liet mijn telefoon bijna vallen. Jackson Jones was bezorgd om mij?

Ik bedoel, moest je snel weg naar uw contactpersoon bij Gurusoft om hem te vertellen hoe geweldig onze code is?

Stop met hengelen. Uw vreselijke gissingen leveren u niets op.

Althans, dat hoopte ik.

U heeft toch geen nieuwe bug gevonden?

Ik hield mijn adem in terwijl de puntjes verschenen die aangaven dat hij een antwoord typte.

Niet in de code van vandaag. Ik hoop er morgen wel een te vinden.

Sadist.

Alleen als je daarop kickt.

Mijn adem versnelde. Flirtte hij met me? De laatste keer dat we sms'ten dacht ik dat al, maar toen hij op het werk volkomen professioneel leek, had ik dat vermoeden van me afgeschud, denkend dat ik zijn sms'jes verkeerd had geïnterpreteerd. Maar dit laatste bericht was een flinke stap over de schreef.

En het ergste was dat ik het niet erg vond.

Mijn telefoon zong weer.

Sorry. Ik weet niet wat mijn duimen bezielde.

Ik knipperde met mijn ogen. *Oké dan.*

Maak u geen zorgen. Tot morgen.

Als vrouw in de techwereld – sowieso als vrouw – had ik genoeg uitnodigingen voor drankjes, seksuele toespelingen en ongevraagde dickpics ontvangen, hoewel, gelukkig, nooit van een collega. Maar Jackson's grap gaf me niet het gevoel dat ik was ondergeslijmd, of dat ik me moest schamen omdat ik hem de indruk had gegeven dat ik geïnteresseerd was, terwijl dat niet zo was.

Nee, het voelde als een paar collega's die een grapje maakten en elkaar een beetje plaagden. Zoals mijn sms'jes met Tiannah.

Of... dat mijn collega bezorgd was om me. Alsof het hem iets kon schelen.

En dat was erger.

Want als het project eindigde, zou ik doorgaan naar de volgende opdracht, en zou Jackson teruggaan naar San Francisco. Wij waren geen collega's. Hij was een klant, en ik was een tijdelijke consultant.

Grapjes – vriendschap – bezorgdheid – hadden geen plaats in onze relatie.

Erin, eruit. Weer focussen op mijn verantwoordelijkheden thuis totdat het met Noah weer goed ging. Door naar de volgende opdracht.

Geen tijd om de focus te verliezen nu. Ik verwijderde de sms'jes.

———

HET BEELD OP het videoscherm was zo helder dat ik het rood langs Cooper Fallons keel omhoog kon zien kruipen en zijn scherpe jukbeenderen kon zien raken. Die gebeitelde kaak spande zich aan.

Vorige week had Tiannah me een link naar een post op een

'thirst'-blog gestuurd: 'Dertig sexy nerds die je een hersenstijve bezorgen'. Ze had me er behulpzaam op gewezen dat Cooper en Jackson respectievelijk nummer twaalf en dertien op de lijst stonden.

Het was duidelijk dat de blogger nog nooit op zijn donder had gekregen van Cooper Fallon. Twee keer. Want ik kon hen uit ervaring vertellen dat er niets opwindends aan was. Mijn eierstokken moesten wel gekrompen zijn tot de grootte van erwten, want hij gaf me het gevoel dat ik te dom was om te leven, laat staan me voort te planten. En de krul van zijn lip zei dat ik zo ver beneden hem stond dat ik het niet waard was om in zijn videoaanwezigheid een vrouwelijke stijve te hebben.

'Dit is de tweede code review. Hoe kan het dat u weer niets te laten zien heeft?' Cooper leunde met zijn ellebogen op het donkerhouten bureau in zijn kantoor op het hoofdkwartier. Achter hem stonden planken vol boeken, afgewisseld met grote kornschelpen en een paar glazen awards. Het was veel weelderiger dan het kantoor waarin hij me de laatste keer dat hij hier was de huid had volgescholden. Hij wreef over zijn slapen.

Tyler maakte een wanhopig geluid, greep de prullenbak en rende weg, waardoor Jackson en ik alleen in de vergaderruimte achterbleven.

'Helaas...' begon ik.

Jackson onderbrak me. 'Het was mijn schuld. Ik probeerde te doen wat je me had opgedragen...'

'En wat was dat precies? Want ik heb je verdomme niet gezegd dat je het weer moest verknallen. Ik ben er vrij zeker van dat ik me dat zou herinneren.'

Ik kromp ineen, en Jackson ook. Maar hij zei: 'Je zei dat ik het respect van het team moest verdienen. Dus dacht ik dat ik iets aardigs voor ze zou doen. We werkten laat en ik had eten meegenomen.'

'Ik zei hun respect *verdienen*, niet *kopen*. Maar hoe heeft een etentje tot een totale mislukking geleid?'

'Ik had sushi besteld. We hebben een vegetariër in de groep, maar hij eet wel vis.'

'Sushi? In Austin, Texas?' Coopers wenkbrauwen schoten omhoog naar zijn haargrens. 'Alicia, hoeveel kilometer van de oceaan ligt Austin?'

'Iets meer dan driehonderd kilometer van de Golf. Het is iets meer dan drie uur rijden naar Galveston.' We hadden Noah deze zomer meegenomen naar het strand en ons gewicht in garnalen gegeten. 'We kunnen meestal wel aan fatsoenlijke vis komen...'

'Drie uur van het dichtstbijzijnde water. Lijkt het bestellen van sushi op zo'n plek een slim idee?'

Dat leek me nauwelijks een respectvolle manier om tegen een collega te praten, laat staan tegen zijn zakenpartner en vriend. Ik staarde strak in de camera naast het videoscherm. 'Even...'

'Het is oké, Alicia.' Jackson legde een hand op de mijne, waar ik die om de armleuning had geklemd. Warm en standvastig, zijn aanraking kalmeerde me als een verzwaringsdeken. Stond ik op het punt om op te staan en Cooper virtueel de waarheid te vertellen? Nee. Ik hoopte van niet, tenminste.

'Laten we even een tandje lager gaan, Coop.' Jacksons stem kreeg een lage brom die mijn zenuwen kalmeerde.

'Een tandje lager?' Coopers stem werd luider. 'Ik hoef geen tandje lager. Jullie moeten een tandje hoger. Stop met verdomme wat aan te klooien daar in Austin en bouw verdomme code. Ben je het vitale belang van dit project vergeten, Jackson? Want ik verdomme niet.'

Ik klemde mijn handen om de armleuning van de stoel. Hoe kon Jackson dit soort mishandeling zo kalm ondergaan?

Jackson drukte kort op mijn hand en tilde hem toen op toen hij zijn schouders ophaalde. 'Luister, ik heb er niet bij nagedacht, oké? Ik deed wat ik thuis zou hebben gedaan. Ik wist niet dat iedereen ziek zou worden van de sushi.'

Hij had het afgelopen donderdag gedaan, nadat ik voor die dag weg was. Iedereen die de sushi had gegeten, inclusief Jackson, had de vrijdag en het weekend kotsend doorgebracht. Nadat ik Jacksons zielige sms'je had gelezen, had ik onze module afgemaakt, maar hoewel ik zaterdag en zondag uren had gewerkt, had ik niet ieders werk kunnen afmaken. Deze keer had ik Cooper tenminste gemaild en hem verteld dat hij niet naar Austin hoefde te komen. De helft van het team was vandaag nog steeds afwezig.

'Er zijn vier weken van ons schema verstreken. We hebben nog maar zes weken. Hoe gaan jullie op tijd klaar zijn als jullie achterop blijven raken?'

Jackson en ik spraken tegelijk. Ik zei: 'We zullen de features bekijken, zien wat we kunnen schrappen en hard werken om het minimaal levensvatbare product op tijd te leveren.' Wat het juiste antwoord was. Degene die Cooper wilde horen. Jackson daarentegen zei: 'Software is een kunst. Je kunt er geen schema op plakken. Het is klaar als het klaar is.'

We keken elkaar geschokt aan. Hoe konden we ooit samenwerken als we er lijnrecht tegenover elkaar staande filosofieën op na hielden over software projectmanagement?

Cooper moet hetzelfde hebben gedacht. 'Hoe hebben jullie twee het hier nog niet eens over gehad? Wat hebben jullie in godsnaam al die tijd gedaan?'

Behalve het zorgvuldig vermijden van coderen met Jackson, het begeleiden van Tyler en het managen van de rest van het team? Me zorgen maken over Noah, elke avond obsessief zijn rugzak controleren en een dagelijkse correspondentie met zijn taalleraar onderhouden. Maar dat ging ik niet zeggen. Cooper wilde me zien als een automaat die aan het einde van de werkdag uitging, klaar om de volgende ochtend om acht uur weer op te starten.

Coopers ogen vlamden. 'Jackson, dat zou je niet doen. Niet na wat er in mei is gebeurd.'

Wat niet doen? Ik keek van Jacksons bleke gezicht naast me naar Coopers rode gezicht op het videoscherm.

'Ho eens even, Cooper.'

Eindelijk zou hij voor zichzelf opkomen.

Een blos kroop over Jacksons wangen en zijn ogen flitsten. 'Je gaat te ver. Wat er in mei is gebeurd, is niet relevant voor onze consultant.'

Hij had *consultant* laten klinken als een scheldwoord. Waar kwam dit in hemelsnaam vandaan? Waarom was ik plotseling het doelwit van de minachting van beide mannen?

'Ik kan niet geloven dat je onze consultant zou verleiden. Fuck, nu moet ik een andere plek vinden om je naartoe te sturen.' Hij wreef over zijn slaap. 'Ons kantoor in Delhi, misschien.'

Ik hield mijn adem in. Had Cooper Fallon me ervan beschuldigd met mijn klant te slapen?

Jackson stond op, vuur in zijn ogen. 'Ho eens godverdomme even. Ik slaap niet met Alicia. We zijn collega's. Dat is alles. Je weet dat ik nooit tegen je zou liegen, Coop.'

De mannen staarden elkaar aan, Jacksons woede smolt langzaam Coopers ijs als een snijbrander. Stille woorden werden tussen hen uitgewisseld, op de manier waarop Melissa en ik vroeger zonder woorden spraken, om te weten wat de ander dacht. Hoewel we dat nog nooit op drieduizend kilometer afstand via videoconferentieapparatuur hadden gedaan.

Ik stond ook op. 'Absoluut niet. We vinden elkaar niet eens leuk.'

Toen Jackson me aankeek, waren zijn ogen hun flits kwijt.

'Ik bedoel, we zijn strikt professioneel. Ik... ik hoef u niet leuk te vinden.' Ik sloot mijn ogen. Shit, ik groef mezelf steeds dieper in. Een van hen zou me zeker ontslaan, en dan zou ik de premie van de levensverzekering die voor het einde van de maand betaald moest worden niet kunnen betalen.

En het ergste was dat het een leugen was. Ik mocht Jackson wel. Of respecteerde hem tenminste. Hoewel het me gek maakte om met hem te coderen, was hij briljant. En grappig. Hij deed alsof hij om het team gaf. Hij had eraan gedacht om eten voor hen te kopen, ook al had hij pech gehad met een lading slechte sushi.

Hij had geïnformeerd hoe het met me was op de dag dat ik vroeg weg moest voor het oudergesprek van Noah.

Gedroeg hij zich als een primadonna? Ja. Dacht hij dat hij meer wist van coderen dan ik? Absoluut ja, en, hoe erg ik het ook vond om toe te geven, hij had gelijk. Keek hij op me neer omdat ik een vrouw was? Gedroeg hij zich alsof ik zijn ego bedreigde omdat ik codeervaardigheden had *en* rokken droeg? Nee, en dat onderscheidde hem van de meeste mannen met wie ik had gewerkt.

Maar wat had hij in godsnaam in mei gedaan? Dat moest vlak voordat hij naar Austin kwam zijn geweest. Het moest behoorlijk verschrikkelijk zijn geweest om in verbanning te resulteren. Ik wierp een snelle blik op hem, maar hij staarde naar Cooper op het scherm, een rode vlek hoog op zijn jukbeenderen.

Ik schudde mijn hoofd. Los van onze meningen over elkaar, moesten we samenwerken om dit project af te ronden.

'Kijk, meneer Fallon...'

'Cooper,' gromden ze tegelijkertijd.

'...we hebben een paar tegenslagen gehad. Maar ik weet dat we het met het talent in het team kunnen omdraaien en op tijd klaar kunnen zijn. Geef ons nog twee weken. Ik beloof het, we zullen u niet teleurstellen.'

Coopers blik ging naar Jackson, die zijn kin een fractie van een centimeter liet zakken.

'Prima. Maar ik wil een dagelijks voortgangsrapport, Alicia. Probeer niets te verbergen.'

'Ik zou er niet aan denken. En ik... we zullen u niet teleurstellen.'

Hij keek me lang aan, en hoewel mijn ogen brandden, knipperde ik niet totdat hij weer naar Jackson keek. 'Jij blijft,' zei hij. 'Alicia, ik zie je over twee weken.'

Op weg naar onze werkruimte stopte ik bij de koelkast en pakte zoveel blikjes ginger ale als ik kon dragen. We zouden nergens voor stoppen totdat we Cooper iets geweldigs te laten zien hadden.

En wat Jackson Jones betrof, zouden er geen sms'jes meer zijn na werktijd. Ik was niet van plan om ook maar de schijn van een te persoonlijke band te wekken. Niets zou Weber Technology Consulting ervan weerhouden om Cooper Fallons getuigenis te verdienen.

13

JACKSON

UREN NA HET telefoontje met Cooper was ik volledig geconcentreerd, met Led Zeppelin op vol volume door mijn koptelefoon, toen ik een tik op mijn schouder voelde.

Ik zette mijn koptelefoon af en draaide me om. Daar stond Tyler, met zijn tas over zijn borst geslagen. 'Ik ga ervandoor. Tenzij je nog iets nodig hebt?'

We waren de enigen die nog in de ruimte waren en de lichten in de afdeling naast ons waren al uit. 'Hoe laat is het?'

'Kwart over acht. De tijd vergeten?'

'Ik denk het wel.' Ik was bijna klaar met de module die ik vrijdag, voor het Slechte Sushi-incident, af had moeten hebben.

'Kan ik ergens mee helpen?' Hij tikte met zijn vingers tegen de zijkant van zijn spijkerbroek.

'Nee, het lukt wel.'

'O.' Knikkend duwde hij zijn bril omhoog. 'Oké.' Hij knikte nogmaals, maar verroerde zich niet. 'Gaat het wel goed met je?'

'Je bedoelt...' Ik wreef over mijn buik. Mijn buikspieren waren nog steeds pijnlijk van al het kotsen van het weekend.

'Nou ja, dat, en, eh... alles. Cooper.'

Niemand in het team kon gemist hebben hoe ik in de vergaderzaal was achtergebleven als een zesdeklasser die straf had. Alicia had hun vast verteld dat de vergadering niet zo goed was gegaan. Mijn maag draaide zich om, en dit keer niet van de slechte sushi. Door de herinnering aan wat Cooper Alicia bijna had verteld over mij en de stagiaire. Kut, wat zou ze van me denken als ze het wist?

Ik wou dat ik het allemaal kon terugdraaien. De extra shotjes tequila die een goed idee hadden geleken na mijn uitbrander van Weston, de CEO, over mijn gedrag buiten kantoor. Ja, ik had een dag gemist na de Grand Prix, en er was misschien een roddelbladfoto of twee verschenen van mij, zonder shirt, met een mooie vrouw... of vier. Ik was geraakt door een champagnedouche. Oké, het was mijn fles champagne.

Nadat Weston me de huid vol had gescholden, had ik de dichtstbijzijnde bar bij het kantoor opgezocht en geprobeerd de scherpe randjes eraf te drinken met tequila. Het enige wat het deed was mijn zicht vertroebelen, zodat ik niet zag – of het me kon schelen – dat de roodharige die naar me knipoogde aan de andere kant van de bar tien jaar jonger was dan ik. Een gevoel van roekeloosheid overmeesterde me toen ze me bij de mannentoiletten te pakken kreeg en al die vleiende dingen in mijn oor fluisterde en haar hand op de voorkant van mijn spijkerbroek legde. Ik dacht, ik kon me net zo goed gedragen als de klootzak die Weston dacht dat ik was. Als ik toch de straf moest uitzitten, waarom dan niet de misdaad plegen? Dacht hij dat die foto's van een onschuldige viering erg waren? Misschien zou een of andere paparazzi me betrappen terwijl ik deze maar al te gewillige vrouw tegen de achtergevel van de bar neukte. Probeer dat maar eens in de doofpot te stoppen, Weston.

Kon ik maar naast de Jackson van drie maanden geleden staan, dat laatste shotje tequila afpakken, hem in plaats daarvan een glas water laten atten en hem zeggen dat hij de deur uit moest lopen en naar huis moest gaan. Als ik naar huis was gegaan, had ik kunnen lachen toen ik de volgende ochtend met mijn kater een vergadering binnenstrompelde en haar, de roodharige, aantekeningen zag maken op een tablet. Ik had mezelf kunnen feliciteren met mijn ontsnapping terwijl we grapjes maakten over katers.

Maar er was voor mij geen ontsnappen aan. Mijn huid voelde alsof die bedekt was met bijen toen ik Coopers kantoor binnenstoof en bekende dat ik het met Callie had aangelegd in dat steegje. Hoewel ik haar nog nooit eerder op kantoor had opgemerkt en geen idee had dat ze onze stagiaire was, had ik haar alsnog moeten vermijden. Ik had de uitbrander die hij me gaf verdiend.

Zoals altijd ruimde Cooper mijn rotzooi op. Hij verbande me naar Austin. Liet Callie haar zomerstage bij Synergy afmaken en stuurde haar weg met een mooie bonus en een aanbevelingsbrief.

Maar hij zou het niet nog een keer doen. Zijn dreigement over Delhi was hol. Dit was mijn laatste kans. Ik wist het. Cooper wist het. Die klootzak Weston wist het. Als ik het hier zou verpesten, zou me worden gevraagd om verlof op te nemen. Mogelijk permanent. Cooper zou me niet kunnen beschermen.

Ik richtte mijn aandacht weer op Tyler. 'Ja, met mij komt het wel goed.' Ik zou me koest houden en keihard werken. Niets zou me afleiden. Als het niet een van Coopers drie geboden was – op tijd goede code produceren, het respect van het team verdienen of samenwerken – deed ik het niet. Er was geen enkele manier waarop ik in de problemen kon komen als ik het pad volgde dat Cooper had uitgestippeld.

'En jij en Alicia? Komt dat ook goed?'

'Ik en Alicia?' Misschien was dat waar *samenwerken* in het spel kwam. We zouden daar aan dat bureau zitten, recht vooruit naar onze schermen staren, terwijl de bittere citrusgeur van haar thee mijn neusgaten prikkelde. De schijn van 'pair programming' ophouden, zodat types als Tyler zich niet rot zouden voelen als ze hulp nodig hadden met hun code.

Maar we zouden absoluut geen grenzen overschrijden, zoals Cooper op de een of andere manier dacht dat we hadden gedaan.

Ik zou een strook afplaktape – of een draad scheermesdraad – in het midden van het bureau leggen als het moest.

'Met Alicia en mij gaat het prima. Afzonderlijk van elkaar gaat het prima. Zoals je ziet, gaat het hier prima met mij, en met haar gaat het prima... ergens anders.' Thuis? Ik had nog nooit aan Alicia's thuis gedacht. Misschien sliep ze in een crypte, net als een vampier.

'Oooké.' Hij knipoogde. Ik had de code van de Texaanse knipoog nog niet gekraakt. Eerst dacht ik dat het flirterig was, maar toen knipoogde de witharige vrouw die mijn bus deodorant scande bij de kassa van de CVS naar me toen ze zei: 'Fijne dag verder.' En de kale, zweterige man die de tamale-kar bemande, knipoogde altijd en zei: 'Buen provecho,' wanneer hij me het zakje gaf. Dus ik zei niets in reactie op Tylers knipoog. Misschien was het als een leesteken.

Hij hees zijn tas op. 'Blijf niet te lang. Het is er morgen ook nog wel.'

Ik schonk hem een strakke glimlach. 'Bedankt. Tot ziens.'

Hoeveel morgens hadden we nog als we dit project niet op tijd afkregen? Niet veel, had Cooper gezegd. Hij had gezegd dat Weston weer liep te mopperen over het snoeien in onnodig personeel om het bedrijf slanker en wendbaarder te maken. Ik dacht dat we al verdomd wendbaar waren, maar Cooper en Weston waren de mannen van de cijfers.

Zou Tyler een van die onnodige personeelsleden op de ontslaglijst zijn? Hij zou wel weer op zijn pootjes terechtkomen, natuurlijk. Maar Alicia dan? Zonder Coopers goede woord zou zij niet veel meer van dit soort prestigieuze klussen krijgen. En ik kon het niet verdragen de reden te zijn dat haar bedrijf faalde.

Ik zette mijn koptelefoon weer op en staarde naar mijn scherm. Ik zou het afmaken voor haar. En voor Tyler. En voor Cooper. Ik zou hen niet teleurstellen.

14

ALICIA

VAN HET GEKRAS van Noahs potlood op zijn papier kreeg ik een zenuwtrekje in mijn oog.

Jackson had zijn ratelende toetsenbord en zijn lekkende koptelefoon. Tyler en de andere programmeurs programmeerden ook met muziek op. Ik, daarentegen, had stilte nodig. Zeker als ik aan het debuggen was.

Maar Noah zat tegenover me aan de keukentafel ijverig aan een boekverslag voor Nederlands te krabbelen en ik ging hem echt niet vertellen dat hij een stiller potlood moest pakken. Mam en Esmy waren naar bed en we waren verenigd in het doorwerken tot laat.

Toen ik mijn code probeerde te compileren en uit te voeren, had die een runtime-fout veroorzaakt. Ik had mijn code nagekeken, maar niets gevonden. Daarna had ik de andere modules een voor een gecontroleerd. En wiens code verpestte die van mij? Die van Jackson. Ik had eerder weg gemoeten voor voetbal, maar ik had mezelf gezworen de bug te vinden en te repareren voordat we de volgende dag weer aan het werk gingen. Als ik geluk had, zou hij er nooit achter komen en konden we als 'koppel' blijven werken, met de luxe dat we niet tegen elkaar hoefden te praten. Precies zoals hij wilde.

Noahs hoofdje knikte en hij knipperde hard met zijn ogen. Zijn potlood had een uitschieter gemaakt op het papier en hij gumde de verkeerde streep uit.

'Hé, vriend, ik denk dat het bedtijd is.'

'Maar ik ben nog niet klaar.'

'Je kunt er morgen aan verder werken. Ik schrijf wel een briefje voor je. Dan kun je je leraar laten zien dat je eraan begonnen bent.'

Hij trok een vies gezicht en keek weer naar zijn papier.

'Het komt wel goed. Echt waar. Ga maar naar bed. Je voelt je morgen beter als je slaapt.'

'Oké.' Hij stond op en rekte zich uit. 'Welterusten, Alicia.'

'Welterusten, Noah.' Hij slofte naar zijn bed, met Teigetje in zijn kielzog.

Ik richtte mijn eigen wazige ogen weer op het scherm van mijn laptop. Er was een stukje code dat er niet helemaal goed uitzag…

Mijn telefoon zoemde op mijn bureau. Als een slang schoot mijn hand naar voren om hem te pakken. Het was niet Carly Simon, en Jackson had me sinds de uitbrander van Cooper op maandag niet meer geappt, maar toch hoopte ik half dat hij het op de een of andere manier was. Ik zou hem over de bug vertellen en we zouden grapjes kunnen maken, net als toen hij die bug in mijn code vond. Ik glimlachte half bij de herinnering aan zijn vreselijke gissingen over wat ik op dinsdag en donderdag deed. Een kornet.

TIANNAH

We hebben elkaar niet kunnen spreken bij de wedstrijd vanavond. Gaat het?

Ik was in mijn auto gebleven, met één oog op de wedstrijd en het andere op mijn laptopscherm. Het was geen effectieve manier om naar voetbal te kijken of om code te debuggen, maar het was het leven van een werkende moeder.

Sorry, moest in de auto werken. Mis je.

Ik was nog niet eens klaar met het typen van *Ja* toen mijn telefoon overging. Ik veegde over het scherm om op te nemen. 'Hoi.'

'Hoi jij. Vind je het erg als ik even mijn hart lucht?'

Ik leunde achterover in de stijve keukenstoel en glimlachte. 'Brand los.'

Ze begon meteen over de kwaadaardige ouderraadmoeders. Een mindere vrouw – ik – zou jaren geleden het veld al geruimd hebben. Maar Tiannah liet zich niet kisten. Ze ging de strijd met ze aan over van alles, van de invoering van een notenvrije zone in de kantine tot het diversifiëren van het kerstconcertprogramma. Soms won ze, soms verloor ze, maar ze klaagde – of kraaide victorie – altijd bij mij.

Nadat ze haar verhaal had afgerond en ik haar had verteld dat ze natuurlijk gelijk had, was ze even stil. 'Gaat het wel goed met je? Diane zei dat je een zware week op je werk had.'

Ik verschoof op mijn stoel. 'Het gaat wel. Het is gewoon...' Ik was niet van plan het haar te vertellen, maar de woorden stroomden uit me. De fout van Tyler twee weken geleden. Mijn mislukte pairprogrammeren met Jackson. De sushi. Coopers dubbele uitbrander. Alle schaamte, de frustratie, de angst van de afgelopen vier weken die ik voor iedereen, inclusief mijn beste vriendin, verborgen had gehouden, spuugde ik eruit als een portie bedorven sushi.

'Die Jackson Jones klinkt als een lastpak', zei ze.

'Hij valt best mee.' Ik beet op mijn lip.

Maar Tiannah, mijn beste vriendin, hoorde de woorden die ik niet uitsprak. 'Valt best mee?'

'Hij is een geweldige programmeur en hij heeft me zoveel geleerd. Hij probeert op een goed blaadje te komen bij het team. Om er een hechter team van te maken. Ik heb hem in het begin denk ik verkeerd ingeschat. Ik haat hem niet meer.' Ik kromp ineen, blij dat ze me niet kon zien.

'Wauw. Je haat hem niet? Bedoel je dat je hem leuk vindt?'

'Niet op die manier.' Maar de woorden waren er te snel uitge-floept. 'Ik respecteer hem.'

'Meid, wees voorzichtig.'

'Ik weet het. Maar hij is anders dan de andere mannen met wie ik heb samengewerkt.'

Tiannahs stilte sleepte zich voort, waardoor ik precies wist wat ze dacht.

'Je weet dat ik nooit...'

'Ik weet het. Maar gevoelens zijn lastig in bedwang te houden.'

'Laat me nog een paar dagen fangirlen. Dan doet hij vast wel weer iets irritants en herinnert hij me eraan waarom ik hem in eerste instantie haatte.'

'Dat doen ze altijd, schat. Maar ik weet dat je jezelf in de hand houdt. Je zou nooit je bedrijf op het spel zetten voor een lul.'

'Ik zei niks over een lul. Ik zei alleen dat ik die man leuk vond.'

'Alicia.' Haar stem klonk waarschuwend. 'Vergeet niet wat belangrijk is.'

Noah. En Weber Technology Consulting. *Focus je daarop, niet op je slimme collega en zijn vlugge vingers.*

'Je kunt dit. Je zult iedereen laten zien hoe slim en capabel je bent, en dan zul je aanbiedingen moeten gaan afslaan.'

Aanbiedingen afslaan. Was het maar zo. Voorlopig moest ik het werk afmaken waarvan ik had gezegd dat ik het kon. En, zoals gewoonlijk, moest ik twee keer zoveel presteren om dezelfde erkenning te krijgen.

'Kan ik je ergens mee helpen?'

O, nou, help me deze code te debuggen, zoek uit wat er met Noah en Nederlands aan de hand is, en praat me tot rede zodat ik niet bij elke appje opspring. 'Nee hoor, het gaat wel. Bedankt dat je belde. Ik hou van je.'

'Ik ook van jou. Zie ik je donderdag?'

'Ja.'

Met een zucht richtte ik me weer op Jacksons code, die zich helaas niet vanzelf had gedebugd.

15

JACKSON

IK ZETTE DE muziek op pauze en trok mijn koptelefoon af. Ik was al de hele ochtend op zoek naar die verdomde bug in mijn code, maar hij zat beter verstopt dan dat haarscheurtje in de cilinderkop van mijn Lamborghini. Alicia programmeerde altijd in stilte; misschien zou ik dat verdomde ding kunnen vinden als ik dat ook eens probeerde. Ik scande het programma nogmaals.

Een zweetdruppel gleed van mijn slaap in mijn baard. Het was bloedheet op kantoor vandaag. Hadden ze de airco uitgezet? Het was verdomme oktober en het zou geen dertig graden meer moeten zijn. Het menselijk lichaam was er niet op gebouwd om zes maanden van dit soort hitte te overleven. Mijn lichaam niet.

Ik keek vluchtig naar Alicia, die netjes zat te typen in haar smalle, zwarte rok en zijden blouse. Ze nam een slokje van haar thee. Hete thee met dit soort temperaturen? De inmiddels vertrouwde geur ervan dreef naar me toe. Earl Grey. Ik had op een avond aan alle zakjes in de keuken geroken om erachter te komen. Het rook bitter, net als die keer dat een jongen op school me had uitgedaagd om een sinaasappel als een appel te eten, met schil en al. Ik had dagenlang niets anders kunnen proeven.

Ze hield de beker onder haar neus en liet de stoom langs haar gezicht omhoog kringelen. Het streelde haar slapen op de manier waarop ik dat die eerste dag had gedaan. Op de manier waarop ik had gedagdroomd dat ik het weer zou doen. Zij en haar hete thee zorgden ervoor dat ik zweette. Ik schoof mijn stoel een decimeter bij haar vandaan, herpositioneerde mijn toetsenbord en staarde weer naar mijn scherm.

Een paar minuten later gromde mijn maag. Ah. Ik had wat eten nodig om mijn hersens goed te laten werken. Een paar minuten weg van het scherm zou me goed doen.

Ik stond op, rekte me uit en stopte mijn telefoon in mijn zak.

Alicia keek op van haar perfecte code. 'Ga je lunchen?'

'Ja.' Toen kreeg ik een briljant idee. Ik zou met Alicia over mijn code kunnen praten. Misschien zou dat net het duwtje zijn dat me zou helpen uit te vogelen wat ik verkeerd had gedaan. 'Wil je meekomen?'

'Eh.' Haar ogen dwaalden van mijn gezicht af. 'Ik denk niet...'

'Kom op. Jij hebt een pauze en eten nodig, en ik ook. Waarom gaan we niet samen? Dan kun je er zeker van zijn dat ik op tijd terugkom.' En ik zou het niet erg vinden om wat tijd met Alicia door te brengen buiten kantoor. Misschien was ze daar minder stijfjes. Zou ze me nog een paar keer laten raden naar haar verplichtingen op dinsdag en donderdag?

Ze keek snel naar het raam achter me, alsof ze het weer als excuus kon gebruiken. Maar het was heet en zonnig, precies zoals het gisteren en eergisteren en de hele verdomde zomer was geweest.

'Ik trakteer. En jij kiest het restaurant uit', zei ik.

Ze zuchtte alsof het een enorme opgave was om op een lunch getrakteerd te worden. 'Oké.' Ze pakte haar tas uit haar bureaula, controleerde snel haar telefoon en liet die erin vallen. 'Laten we gaan.'

Toen we in het zonlicht stapten, zette ik mijn zonnebril op. 'Waar wil je naartoe?'

Ze keek naar links. 'Mijn favoriete tacorestaurant is een paar straten die kant op. Heb je zin in een wandeling?'

'Jij bent degene die hakken draagt.' Ik maakte de fout om omlaag te kijken. Vandaag waren ze beige met een opening bij de teen waar één glimmende, zwartgelakte teennagel uit piepte. Droeg Alicia zwarte nagellak? Had ze een soort dubbelleven als gothic? Misschien sliep ze wel echt in een crypte. Misschien waren dinsdagen en donderdagen de avonden dat ze naar...

Ik sloeg mezelf bijna tegen mijn voorhoofd, daar op de stoep. Natuurlijk! Ze had een vriend. Het verbaasde me niet dat Alicia's liefdesleven strak geregeld was. Dinsdagen en donderdagen – en waarschijnlijk zaterdagen, maar daar had ik geen zicht op – waren dateavonden. Hoe had ik dat na meer dan een maand met haar werken nog niet door? Aanstaande woensdag- of vrijdagochtend zou ik het kunnen bevestigen door haar gezicht te controleren op een nagloed.

Nagloed? Ik klemde mijn tanden op elkaar.

'Jackson?' Ze was al een paar stappen verder op de stoep. 'Kom je?'

'Ja.' Ik jogde een paar passen om haar in te halen en liep toen naast haar, mijn Converse-schoenen stil naast het klik-klik-klik van haar hakken. We passeerden groepjes studenten van de nabijgelegen universiteit, een paar jongens met skateboards, andere techneuten van de tientallen hardware- en softwarebedrijven die ons omringden, en zelfs een paar politici in pak die ver van het regeringscomplex waren afgedwaald.

Ik wreef over het midden van mijn borst en probeerde het plotselinge branderige gevoel te verzachten. Ik had geen enkel recht om jaloers te zijn. Alicia, onze consultant, was verboden terrein. We konden niet daten. Het was waarschijnlijk maar goed dat ze een vriend had. Ik had veel egoïstische dingen in mijn leven gedaan, maar ik had nooit geprobeerd een vrouw te verleiden tot vreemdgaan.

Bovendien had ze tegen Cooper gezegd dat ze me niet eens leuk vond. En dat had meer pijn gedaan dan het zou moeten. Het had me absoluut niet moeten deren dat ze met iemand anders uitging. Ik probeerde mijn kaken te ontspannen.

Kut, waarom was ik hier eigenlijk, op het punt om alleen met haar te gaan lunchen? Ik zou haar nergens anders dan op kantoor moeten zien. Ik stopte met lopen. Ik zou beweren dat mijn maagklachten terug waren.

Ze liep lichtvoetig de trap op naar Linda's Taquería, een bouwvallig huis van één verdieping met een enorm houten terras erachter. Ze draaide zich om bij de deur, haar gezicht rood van onze wandeling en de huid die zichtbaar was door de V-hals van haar blouse glinsterde. 'Kom je?'

Wie hield ik voor de gek? Ik zou Alicia overal naartoe volgen.

We liepen de trap op en naar binnen, waar het gelukkig donker en koel was en naar komijn en chili rook. Mijn maag gromde.

'Een tafeltje voor twee?' vroeg de gastvrouw.

'Ja, en kunnen we op het terras zitten?' vroeg Alicia.

Het terras? Mijn van het zweet natte huid schreeuwde om de eetzaal met airconditioning.

'Zeker.' Ze leidde ons naar buiten naar het terras, dat overdekt was door een pergola. Bloeiende ranken slingerden zich tussen de open houten latten boven ons, waardoor het er marginaal koeler was dan op de parkeerplaats, waar ik hittegolven van het grind zag opstijgen.

'Buiten?' Ik plofte op de hete plastic stoel.

Ze begroef haar neus in het gelamineerde menu. 'Het is zo lekker vandaag. En ik dacht dat we wel wat frisse lucht konden gebruiken.'

Frisse lucht, mijn reet. De vochtigheid verstopte mijn longen en maakte mijn T-shirt zo slap als een vaatdoek.

Alicia bestelde ongezoete ijsthee en ik vroeg om limonade. Ik wou dat ik een margarita had kunnen bestellen, maar ik had geen zin in Alicia's afkeurende blik of de hoofdpijn die ik die middag zeker zou krijgen.

Nadat we hadden besteld, vouwde Alicia haar handen op haar

papieren placemat en gaf me een strakke glimlach. 'Dus, Jackson, vind je Austin leuk?'

'Het is een beetje te warm naar mijn smaak.' Ik trok de hals van mijn T-shirt van mijn huid en wapperde ermee om te proberen een briesje naar binnen te leiden.

'Oh, sorry, daar heb ik niet eens aan gedacht. Wil je liever binnen eten?'

Ja. 'Nee.' Ik wuifde haar weg. 'Dit is prima.' Als zij gelukkig was, zou ze me later gewilliger met mijn code helpen.

'Ik ben er denk ik aan gewend, vooral omdat het nu is afgekoeld. Het wordt vandaag niet eens dertig graden. Vanavond zal het aangenaam zijn als de zon laag staat.'

'Vanavond. Donderdagavond.' Ik rekte de woorden langzaam uit. 'Ik kan niet geloven dat het zo lang duurde voordat ik het doorhad.'

Ze trok haar wenkbrauwen op. 'Wat precies doorhad?'

'Wat je op dinsdagen en donderdagen doet.'

'O?' Ze sleepte een vinger door de condens op haar theeglas.

'Je hebt een date.'

Ze knipperde met haar ogen. 'Een date.'

'Je weet wel, uit eten en naar de film gaan, of misschien thuisblijven voor een beetje Netflix and chill?'

'Netflix and chill?'

'Je weet wat ik bedoel. Je hebt een vriendje.' Geen verloofde. Ze droeg geen ring. Toen ze niets zei, sperde ik mijn ogen wijd open. 'Of een vriendinnetje.'

Ze lachte, en het was de eerste keer dat ik het hoorde. Ze liet haar tanden zien – nog een zeldzame gebeurtenis in mijn ervaring – en het geluid begon hoog en eindigde als een lage grinnik. 'Denk je dat mijn leven zo geordend is dat ik elke dinsdag- en donderdagmiddag dates heb?'

Ik glimlachte ook en haalde mijn schouders op. 'Je bent gewoon zo... zo georganiseerd.' Ik stelde me haar voor, als de montage van het verzamelen van benodigdheden in een heistfilm, waar ze een strip condooms, een flesje glijmiddel en misschien een kaars op haar nachtkastje op een rijtje legde, en dan, zakelijk, begon haar zijden blouse open te knopen... *shit!* Geen fantasieën over haar die een striptease doet. Ik wreef met een hand over mijn ogen om het beeld te wissen.

'Wow. Oké, zeker. Op dinsdag spelen we Bunco in zijn kerk, en op donderdag gaan we naar de nieuwste film in de bioscoop.'

'Zie je?' Ik wees naar haar nauwelijks ingehouden glimlach. 'Ik wist het.'

'Sorry, weer een slechte gok. Hoewel...' Ze beet op haar lip.

'Wat?' Er was praktisch een hint uit Alicia's kluis geglipt. Opgewonden verwachting deed me mijn adem inhouden. Ze had gezegd dat haar tweewekelijkse verplichting geen date was. Ik was meer opgelucht dan ik had moeten zijn.

'Niets.'

'Een hint. Een kleintje.'

Ze dacht even na en bekeek mijn gezicht. 'Nee.'

'O, kom op.' Ik liet me achterover vallen in mijn stoel.

'Hoe gaat het met je code?'

Ik haatte het dat ze van onderwerp was veranderd, maar dit was waarom ik haar mee uit lunchen had gevraagd. 'Ik ben op een probleem gestuit.'

'O?' Ze kneep nog een citroen uit in haar thee en roerde er met een lange theelepel in, het ijs kletterde.

'Ja.' Ik beschreef kort het probleem aan haar, en daarna alle dingen die ik had gecontroleerd en alle methodes die ik had geprobeerd om het op te lossen. 'Enig idee wat er aan de hand kan zijn?'

Ze opende haar mond om te spreken, maar keek toen over mijn schouder en glimlachte. Onze serveerster zette een enorme schotel met enchiladas, bonen en rijst voor me neer en een met papier bekleed mandje met taco's voor Alicia.

Ik pakte mijn vork en sneed een hoekje van de meest linkse enchilada af. Kip, spinazie en romige witte kaassaus. Heerlijk.

Aan de overkant van de tafel sprenkelde Alicia hete saus over haar taco's voordat ze er een oppakte en erin beet met haar rechte, witte tanden. Ze legde hem terug in het mandje en kauwde langzaam. Ik keek hoe ze slikte en haar lippen depte met haar servet. De lunch was een slecht idee geweest. Te veel focus op Alicia's verleidelijke mond. Het was belachelijk om jaloers te zijn op een taco.

'Is je eten goed?' Ze knikte naar mijn bord waar maar één hap uit was.

Ik schudde mijn hoofd en sneed een hap van de tweede enchilada af, een met kaas. 'Ja, het is geweldig.'

'Ik wist dat je het lekker zou vinden.'

De rode saus was pittig. Ik dronk mijn limonade in één teug leeg. 'Nog ideeën over mijn code?'

'Ah.' Ze veegde zorgvuldig haar vingers af aan haar servet. 'Ik heb eerder deze week misschien iets gezien.'

'Iets?'

'Een bug.' Ze legde het me uit – God, ik moest minstens een dozijn keer over de foute code heen hebben gekeken – en toen zei ze: 'Ik, eh, ik heb het opgelost in de ontwikkelsandbox.'

Ik liet mijn vork op mijn bord kletteren. 'Wat heb je gedaan?'

'Het veroorzaakte een probleem in mijn code, dus heb ik het opgelost zodat mijn module zou draaien. Ik... ik zou het je vertellen.'

'Wanneer?' Ze had me een ochtend vol frustratie kunnen besparen.

'Wanneer je het zou vragen, oké?'

Dat was geen teamwork. Dat was verraad. Dat had ze nooit bij Tyler of Kevin of wie dan ook gedaan. 'Waarom? Waarom zou je in godsnaam wachten?' Mijn stem was te luid geworden, en een paar hoofden draaiden mijn kant op. 'Waarom heb je het me niet verteld?' vroeg ik zachter, hoewel woede mijn keel nog steeds dichtkneep.

'Dit. Precies dit.' Ze duwde haar mandje taco's van zich af. 'Mannen willen geen kritiek horen van hun vrouwelijke collega's. Als ik een vrouwelijke programmeur over het probleem zou vertellen, zou ze me bedanken en verdergaan. Ze zou meer respect voor me hebben omdat ik haar hielp. Maar mannen zijn onfeilbaar, en het is onmogelijk dat ik, met mijn zwakke vrouwelijke hersentjes, iets zou kunnen bedenken wat jij niet kan. En als ik dat wel doe, moet het zijn omdat een of andere man me geholpen heeft.' Haar gezicht was rood en er droop een zweetdruppel van haar kin. 'Ik dacht – ik hoopte – dat jij anders was, maar ik zie nu dat ik het mis had. Het draait allemaal om je ego, net als bij elke andere man met wie ik heb gewerkt.' Ze verfrommelde haar servet en gooide het op tafel voordat ze haar stoel achteruitschoof.

'Wacht even', zei ik, en stak mijn hand naar haar uit. 'Dat bedoelde ik niet...'

'O, ik denk het wel.' Ze stond op en torende boven me uit, de korte haartjes bij haar slapen krulden in de vochtigheid en lieten haar eruitzien als een vlammende zon. 'Je hebt me niet als gelijke voor een lunch uitgenodigd, maar als iemand die je kon helpen. En toen ik je hielp, bekritiseerde je me. Ik... ik...' Zonder haar zin af te maken, draaide ze zich om en liep terug door het restaurant, me alleen achterlatend met mijn gigantische bord enchiladas.

Ik had haar verdomme niet bekritiseerd. Ik had haar alleen gevraagd waarom ze het me niet had verteld. Ja, misschien was ik een beetje luid geworden. Dat is wat mensen deden als ze...

Ik depte het zweet uit mijn nek met een extra servet en zakte onderuit in de stoel. Kut, ik had precies gedaan wat ze zei. Vanuit haar perspectief was ik tenminste een klootzak geweest. Misschien was ik vanuit elk perspectief wel een klootzak geweest.

De serveerster kwam eraan en bekeek onze tafel vol onaangeroerd eten. 'Is alles in orde?'

'Ja, alleen... zou je dit voor ons willen inpakken? Alsjeblieft?'

'Natuurlijk.' Ze tilde mijn bord en Alicia's taco's op. 'Nog iets anders?'

'Een ijsthee en een limonade om mee te nemen, alsjeblieft.'

Toen ik terugkwam op kantoor, zette ik de beslagen piepschuimbeker thee aan Alicia's rechterhand. Ik bukte me en zei zachtjes: 'Ik heb de rest van je lunch in de koelkast gezet. Je naam staat erop.'

Zonder op te kijken van haar scherm zei ze: 'Bedankt.' Haar toon was killer dan mijn glas limonade.

Die avond, nadat Alicia was vertrokken voor haar donderdag-avondverplichting, vond ik, toen ik mijn overgebleven enchiladas wilde pakken, het piepschuim bakje met *Alicia* erop in de prullenbak.

16

ALICIA

TIJDENS HET AVONDETEN op vrijdagavond ging de bel.

Esmy veegde haar mond af en schoof haar stoel naar achteren. 'Ik ga wel.'

'Misschien is het een man met een gigantische cheque', zei Noah met grote ogen.

'Of een van die mannen zonder shirt in een kilt van de omslagen van die liefdesromans', zei mama.

'Lief.' Ik grijnsde. Ze probeerden me allemaal op te vrolijken na mijn kloteweek op het werk. Maandag: een uitbrander van Cooper Fallon; dinsdag en woensdag: overwerken om de code te repareren; donderdag: overdreven reageren en weglopen van de beste taco's ter wereld omdat Jackson Jones van het voetstuk was gevallen waar ik hem als fangirl op had gezet.

En ten slotte vrijdag, de kers op de taart, had Jackson me de hele dag lastiggevallen om met me te praten over God weet wat, waarschijnlijk weer een of ander probleem met zijn code dat hij door mij wilde laten oplossen om me er vervolgens de mantel voor uit te vegen.

Ik wist dat ik mijn excuses had moeten aanbieden voor mijn

uitbarsting. Of hem op zijn minst had moeten aanhoren. Maar met alle stress – niet alleen van mijn werk en Noah, maar ook de boekhouding, belastingen en verzekeringen voor mijn nieuwe bedrijf – was ik bang dat ik weer tegen hem zou ontploffen. Ik had hoofdpijn gekregen en was eerder weggegaan van kantoor, wat betekende dat ik dit weekend meer werk te doen had. Ik balde mijn handen tot vuisten onder de tafel.

Esmy kwam de keuken weer binnen met een wit papieren apothekerstasje. 'Alicia, als ik had geweten dat je iets van de drogist nodig had, had ik het wel voor je meegenomen toen ik er vandaag na schooltijd was.'

'Maar ik heb niks bij de drogist besteld.'

'De jongen zei dat het een bezorging voor jou was. Met je naam erop en alles.'

Vreemd. Had ik een tijdje geleden iets besteld en was ik het vergeten? Ik was de laatste tijd zo gefocust op mijn werk en Noah, dat dat best zou kunnen. 'Ik kijk er wel naar als we de afwas hebben gedaan. Ik was af, en, Noah, jij droogt af.'

'Awww', kreunde hij. 'In het weekend kan ik als enige tijd computerspelletjes spelen.'

'Je kunt spelen nadat we de afwas hebben opgeruimd. Laat me nu je huiswerkmap zien.'

Ik wachtte tot nadat we de afwas hadden gedaan, nadat mama en Esmy een programma op tv hadden gekeken terwijl ik mijn dagrapport afmaakte en naar Cooper mailde, en nadat ik Noahs controller had afgepakt en hem naar bed had gestuurd. Pas toen nam ik het pakje mee naar mijn kamer.

Het was dezelfde kamer waarin ik had geslapen vanaf het moment dat we in dit huis kwamen wonen toen ik zes was totdat ik ging studeren. En nadat Melissa was overleden, waardoor ik, de bewoonster van een tweekamerappartement in een hoog gebouw in de binnenstad, de voogd van Noah werd, waren we er allebei weer ingetrokken. Ik had het hemelbed van een eenpersoonsbed naar een tweepersoonsbed opgewaardeerd, maar de witgeverfde commode en het nachtkastje waren nog hetzelfde. De posters van boybands waren weg, vervangen door botanische prenten die ik bij een lokale kunstgalerie had gekocht. Noah sliep naast me in de oude kamer van Melissa, nu versierd met posters van superheldenfilms en een *Star Wars*-sprei, met een Jack-en-Jill-badkamer die zijn ruimte van de mijne scheidde.

Ik plofte op het bed en zette de apothekerstas neer. Ik haalde de nietjes los en keek erin. In de tas zaten twee artikelen, plus een stuk papier.

Ik haalde eerst het flesje ibuprofen tevoorschijn. Ik kocht meestal het huismerk, en dit was een A-merk. Dat leek niet iets wat de vorige Alicia zou kopen. Het tweede item was een kartonnen doosje aambeienzalf. *Dat* leek al helemaal niet op mij. Iemands bestelling was verwisseld met wat ik had besteld. Iemand met een brandende kont en hoofdpijn vroeg zich waarschijnlijk af wat hij met een doosje tampons en een tube Great Lash mascara moest.

Misschien stonden op de bon de contactgegevens van de echte ontvanger, en kon ik de spullen bij de lijdende eigenaar krijgen. Ik haalde het vel papier uit de tas. Het was geen bon, maar een briefje.

Sorry dat ik zo'n pijn in de kont was. Je bent een geweldige programmeur.
- Jackson

Wat? Ik liet het briefje op mijn lichtblauwe dekbed dwarrelen. Oké, het was een beetje lief dat hij me medicijnen voor mijn hoofdpijn had gestuurd, maar hoe kwam hij er in hemelsnaam bij dat ik aambeien had? Hij moest een soort privacywet overtreden hebben. Ik klemde mijn tanden op elkaar, greep mijn telefoon en stuurde verwoed een sms'je.

Wat is dit, Jackson?

Een paar seconden later ging mijn telefoon. Hij had me nog nooit gebeld, dus het was de standaard beltoon, maar zijn naam flitste over het scherm.

Ik aarzelde even. Sms'en was veilig, bijna anoniem. Een telefoontje was een grens overschrijden. Zijn stem horen, hem in zijn ruimte voorstellen, en hij die mij in de mijne voorstelt, voelde intiem. Zeker op een vrijdagavond. Was ik daar klaar voor? Nee.

Maar hij wist dat ik de telefoon had. Het gesprek negeren zou van mij een lafaard maken. Ik tikte op de opneemknop. 'Hallo?'

'Heb je mijn excuusbriefje niet gekregen?'

O, wauw, hij viel meteen met de deur in huis. 'Ik heb een briefje gekregen met twee kontgrappen die een basisschoolleerling niet zouden misstaan. En de, uhm, spullen. Ik heb ze niet nodig.' *Aambeienzalf. Wat een klootzak.*

Mijn bh-bandje had al uren in mijn schouder gesneden en de tailleband van mijn rok zat strak nadat ik me te buiten was gegaan aan Esmy's pupusa's bij het avondeten. Ik trok mijn blouse over mijn hoofd en gooide hem richting de wasmand, maar hij was te licht en kwam niet ver genoeg.

Jacksons stem was zacht, rustgevend. 'Het was een grap. Over dat ik een lastpak ben. Ik heb ook luiercrème en glijmiddel overwogen, maar ik dacht dat die misschien de verkeerde boodschap zouden afgeven. Om verschillende redenen.' Hij zweeg even toen ik niets zei. 'Heb ik verkeerd gekozen?'

Ik moest een beetje glimlachen. Ik had een speciale waardering voor onderbroekenlol. Ik maakte de strakke band van mijn bh los, propte hem op en gooide hem naar de wasmand, dankbaar dat we niet aan het videobellen waren.

'Zoals gewoonlijk heb je heel verkeerd gekozen. Een wenskaart was veel veiliger geweest.' Ik trok mijn ladekast open, vond een zachtgrijs UT-shirt en trok het aan, waardoor ik me twintig procent beter voelde.

'Ik hou niet echt van veilig.' Jackson klonk een beetje buiten adem. 'Behalve bij seks. Daarmee ben ik heel veilig.' Hij zweeg even. 'Maar ook weer niet té veilig.'

Mijn huid tintelde alsof hij met zijn vingers over me had gestreken. Ik rilde.

Jackson schraapte zijn keel. 'Ik moet het waarschijnlijk niet met jou over seks hebben.'

Ik had mijn rok losgeknoopt, maar nu voelde het raar om hem uit te trekken. Nee, hij *zou het* niet met mij over seks moeten hebben. We werkten samen. We kenden elkaar nauwelijks, spraken zo min mogelijk op kantoor. Afgezien van zijn vragen over mijn verplichtingen op dinsdag en donderdag en het onhandige gevraag naar mijn liefdesleven gisteren tijdens de lunch, had hij me nooit naar mijn privéleven gevraagd. Dat was precies wat ik wilde toen ik mijn adviesbedrijf begon. Focus op het werk. Het was niet nodig om elkaar te leren kennen. Geen gepraat over familie. De mannen met wie ik werkte, zouden me zien als iemand zoals zij: geen afleidingen of verantwoordelijkheden die mijn werk beïnvloedden. En toch, zijn diepe stem zette zenuwuiteinden in mij aan waar ik het bestaan bijna van vergeten was.

Hij zei: 'Moet ik me weer verontschuldigen?'

Ik grinnikte. 'Ik was aan het wachten om te zien hoe diep je dat gat zou graven.'

'Ik denk dat ik de bodem heb bereikt.'

'Goed. Je kunt nu stoppen. Ik waardeer de verontschuldiging.'

We moesten bijna klaar zijn met het gesprek, maar ik kon geen seconde langer wachten. Ik ritste mijn rok open, liet hem op de grond vallen en stapte eruit. Ik wreef over de rode lijnen waar de naden in mijn huid hadden gedrukt.

Maar hij was nog niet klaar. 'Het spijt me echt van de lunch gisteren. Ik geef toe, ik heb je meegenomen voor de lunch om je mening over mijn code te horen. Omdat ik je respecteer. Omdat je getalenteerd bent. Maar dat had ik duidelijk moeten maken toen ik je vroeg om mee te gaan.'

Een warme gloed begon in mijn buik en ik glimlachte, ook al kon hij me niet zien. Ik trok een pyjamashort aan. 'Dank je. En het spijt mij ook. Voor mijn uitbarsting. Het is gewoon... je raakte een gevoelige snaar. Ik...' Ik haalde diep adem. 'Ik heb te maken gehad met een paar behoorlijk minachtende opmerkingen. Op het werk. Omdat ik een vrouw ben.' Ik hield mijn adem in.

'Je weet dat ik nooit...'

'Ik weet het. Ik denk het wel.'

'Ik heb een zus. Zij is ook programmeur. Ze heeft me het een en ander verteld. Het spijt me dat ik dat bij je heb opgeroepen.'

De spanning die ik in mijn schouders had vastgehouden, verdween. 'Geen excuses meer, oké? We hebben allebei onze boete gedaan toen we de taco's van Linda misliepen.'

Hij lachte, laag en sexy. *Niet sexy!* 'De volgende keer beloof ik dat de lunch puur voor de gezelligheid is.'

Ik raapte mijn rok en blouse op en gooide ze in de wasmand. Gezellige lunches – zeker met een man zo aantrekkelijk en briljant als Jackson Jones – zouden mijn geordende leventje ingewikkeld maken. Sterker nog, ze waren precies het tegenovergestelde van mijn doel: mijn werk en privéleven gescheiden houden. Geen bedrijfspicknicks. Geen borrels. Alleen werk en een salaris. 'Ik denk niet dat dat een goed idee is.' Voordat hij kon aandringen, vroeg ik: 'Heb je je bug gevonden?'

'Ja. Bedankt.' Zijn stem klonk nu geïrriteerd. Goed.

'Fijn. Ik zie je maandag.'

'Wacht!'

'Wat?' Waar kon hij het nog meer over hebben? Met mijn telefoon nog in mijn hand, sloeg ik de dekens terug en klom in bed.

''Ik zie je maandag' klinkt hard nadat ik je een cadeau heb gestuurd.' Zijn stem klonk benepen.

Ik proestte. 'Je stuurde me dure ibuprofen en aambeienzalf.'

'Het gaat om de gedachte achter het cadeau.'

'De gedachte dat je me hoofdpijn bezorgde en me iets stuurde wat ik niet ga gebruiken?'

Zijn stem werd speels. 'Kut, had ik toch het glijmiddel moeten sturen.'

Ik kon geen enkel passend antwoord daarop bedenken.

'Dan kon je aan me denken terwijl je het gebruikte', ging hij verder. 'Wacht, ik bedoelde het niet zoals het eruit kwam.'

Ik proestte. 'Mayday, mayday, optrekken.'

'Eerder terugtrekken. Kut! Ik bedoelde, om mijn blunder recht te zetten. Niet...'

Een paar seconden stilte tikten voorbij.

'Ik kruip wel weer in mijn gat', zei hij. Toen kreunde hij.

Als ik hem nog langer door liet gaan, zou hij misschien iets zeggen wat me daadwerkelijk zou beledigen. 'Je zou een app voor jezelf moeten bouwen die je telefoontjes naar collega's censureert.'

'Daar ga ik meteen mee aan de slag.'

Ik grinnikte. 'Je deed het weer.'

'Oeps.'

'Het spijt je helemaal niet.'

'Je hebt gelijk. Het spijt me niet. Maar de lunch wel. Bedankt voor het redden van mijn reet.'

Mijn borstkas zette uit. 'Daar ben ik voor. Om je code te redden, niet je reet.' Ik kromp ineen. 'Reageer daar maar niet op.'

Hij was een paar seconden stil. 'Ik ben blij dat je deze baan hebt aangenomen, Alicia Weber.'

Was ik blij? Jackson Jones was een enorme lastpost geweest. We wisten het allebei. Hij had het toegegeven en stuurde de aambeienzalf om het te bewijzen.

Maar goed ook, anders was het te makkelijk geweest om te vallen voor mijn slimme collega die toevallig ook nog eens heter was dan het asfalt in Texas in juli. Maar die twee minpunten — lastpost en collega — betekenden dat ik geen derde nodig had.

'Ik ben ook blij', zei ik. 'En nu echt, tot maandag.' Ik tikte op de knop om op te hangen en opende mijn boek over belastingboekhouding voor kleine bedrijven.

17

ALICIA

IK GOOIDE MIJN tas terug in de la en hoorde mijn telefoon op de metalen bodem vallen. Laat maar. Ik zou hem de volgende keer dat ik me naar de wc moest haasten om mijn tampon te verwisselen wel op de goede plek leggen. Ik scheurde het papieren zakje met pijnstillers open dat ik in de EHBO-doos in de keuken had gevonden. Dit kantoor vol mannen had dan misschien geen menstruatieproducten in de damestoiletten, maar ze hadden tenminste medicijnen die mijn krampen zouden verzachten. Ik slikte ze door met mijn lauwe thee.

'Alles in orde?' vroeg Jackson zachtjes.

'Natuurlijk. Waarom niet?' Ik smeet de la dicht. Hij deinsde achteruit.

'Zomaar.' Hij staarde naar de la.

Hij kon de pot op met zijn aannames. Ik wilde hem en iedereen in mijn team afsnauwen. En niet alleen omdat het allemaal mannen waren. We hadden nog een week om de code af te maken voor Coopers volgende beoordeling, waarin we hem moesten imponeren. Of anders... 'Zou jij niet moeten programmeren?'

'Eigenlijk...'

Geweldig, daar gaan we weer. Hij heeft vast een briljant nieuw idee dat het hele project overhoop zal gooien.

'Ik dacht dat we misschien weer konden proberen om samen te werken.' Hij knikte naar de andere programmeurs die naast elkaar achter hun bureaus zaten te werken. 'Het lijkt voor de rest van het team goed te werken. Misschien zijn we efficiënter als we samenwerken?' Zijn stem ging aan het eind onkarakteristiek omhoog, alsof het een vraag was.

Precies. Hij wilde het proces halverwege veranderen. Ook al was dat wat ik vanaf het begin had willen doen, het was nu te laat. 'Ik denk het niet, Jackson. Ons proces lijkt te werken. Ik kijk je code wel na als je klaar bent.' Misschien kon hij die hele verdomde code in zijn eentje schrijven terwijl ik ergens ging liggen. Ik wreef met een hand over mijn buik, alsof ik de stekende pijn eruit kon strijken.

Zijn blik volgde mijn hand. 'Weet je zeker dat je oké bent?'

'Hou op me dat te vragen,' siste ik. 'Ik moet me op mijn werk concentreren, en jij ook.' Ik dacht dat we die ochtend de ongemakkelijkheid van na het telefoongesprek hadden opgelost. En met *opgelost*, bedoelde ik *compleet genegeerd*. Het was prima. Hij had waarschijnlijk gedronken of een videogame gespeeld, met zijn halve aandacht op het scherm terwijl we praatten. Hij had niet echt gemeend wat hij had gezegd over mij respecteren. Of liever, *mijn talent* respecteren. Hij had alleen maar gezegd wat hij dacht dat ik wilde horen. De zachtheid in zijn stem, de vriendelijkheid in zijn ogen vanmorgen, de manier waarop hij om me leek te geven, had ik me vast ingebeeld. Nee, niet *geven om*. Ik bedoelde *bezorgdheid*. Hij was alleen maar bezorgd dat ik op het punt stond om hem en de rest van het team met hormonale woede aan te vallen.

Ik dwong mijn aandacht naar mijn scherm en logde weer in op mijn computer. Ik scande de regels door om te zien waar ik aan had gewerkt voor mijn uitstapje naar het toilet. Ah. Ik kromde mijn vingers boven het toetsenbord, denkend aan wat er nu moest komen. De achterkant van mijn nek prikte, waardoor ik mijn focus verloor.

Ik wreef erover en keek opzij naar Jackson. Hij rukte zijn blik terug naar zijn eigen scherm. Helaas voor hem was dat in de slaapstand gegaan en zwart geworden.

'Wat?' snauwde ik. Als hij één woord over pms zei, zou ik hem met mijn toetsenbord slaan.

'Niets. Ik... Kan ik iets voor je halen? Meer thee?' Zijn wangen kregen een roze blos.

Ik kon alleen maar staren naar hem en zijn irritant mooie ogen, zijn donkere wenkbrauwen opgetrokken in iets wat verdacht veel op sympathie leek. Jackson Jones die aardig tegen me deed? Op het werk? Hij moest wel een bijbedoeling hebben.

En ik was er zo moe van: de constante controles of ik wel het juiste deed, het juiste zei, me gedroeg als een man in een mannenwereld. Ik was naïef geweest om te denken dat het hebben van mijn eigen bedrijf me dat allemaal zou besparen.

'Kunnen we gewoon... niet?' Ik balde mijn handen tot vuisten en legde ze toen plat op mijn toetsenbord. 'Kunnen we ons gewoon gedragen als collega's en het werk doen? Zonder al die uitputtende strijd? Tenminste voor vandaag?'

Zijn schouders zakten in. 'Ik bedoelde het alleen maar... sorry.'

Schuldgevoel doorboorde me, maar voordat ik iets kon zeggen, barstte er een gerommel los uit de bureaula. Ik had mijn telefoon zoals gewoonlijk op trilstand laten staan, en het maakte een geluid als een naderende trein tegen de metalen bodem van de la. Ik trok hem open en haalde mijn telefoon tevoorschijn.

School van Noah, stond er op het scherm.

Ik pakte hem en nam op, mijn stem zacht, terwijl ik met snelle passen naar de dichtstbijzijnde lege vergaderruimte liep.

'Hallo, mevrouw Weber, u spreekt met Janet, de schoolsecretaresse. Ik bel over Noah. Hij was vanmiddag betrokken bij een gevecht. We hebben u hier op school nodig.'

'Een gevecht?' Mijn lieve Noah, in een gevecht? Ik stelde me voor hoe hij op de straatstenen lag, geschopt door grotere, gemenere kinderen, en mijn hart versplinterde. Toen vormde het zich opnieuw tot gekartelde scherven van staal. Hij had zijn arm in het gips, in vredesnaam! Ik zou ervoor zorgen dat die kinderen van school werden gestuurd. Of erger. Kon je aangifte doen tegen een tienjarige? 'Is hij in orde?'

'Slechts wat schrammen en blauwe plekken. Maar u moet komen. Nu.'

'Juist. Natuurlijk.' Schrammen en blauwe plekken klonken niet zo erg, maar misschien moest ik hem weer naar de eerste hulp brengen als ze zijn verwondingen bagatelliseerde. 'Zeg maar tegen hem dat ik er over twintig minuten ben.'

Toen ik terugkeerde naar onze werkruimte, kondigde ik aan dat ik een persoonlijke kwestie had en naar huis moest. Daarna ging ik naar mijn bureau en begon mijn spullen in te pakken.

Jackson stond op, nerveuze energie trilde van hem af en botste met mijn eigen onrust. Mijn tanden jeukten.

'Kan ik je ergens mee helpen?' vroeg hij zachtjes.

Ik legde mijn telefoon naast mijn toetsenbord. 'Kun je gewoon… de jongens in de gaten houden? Zorgen dat ze op schema blijven? We kunnen het ons niet veroorloven achter te lopen.'

'Zeker, maar ik bedoelde… voor jou.'

Voor mij? Mijn hart, die verrader, bonsde hard genoeg om mijn blouse te laten trillen. 'Nee. Ik red me wel.' Ik slingerde mijn laptoptas over mijn schouder en pakte mijn telefoon.

Hij knikte naar mijn kant van het bureau. 'Vergeet je laptop niet.'

'O. Shit. Juist.' Ik schudde mijn hoofd. *Focus.* Ik legde mijn telefoon neer, haalde mijn computer uit het dockingstation en schoof hem in mijn tas. Tas! Ik zou niet ver komen zonder mijn sleutels. Ik bukte me om hem uit de la te trekken en controleerde of mijn sleutels aan de ring binnenin waren geklemd. 'Tot morgen.'

Ik liep zo snel als ik kon zonder te rennen naar de trap en daalde voorzichtig af. Schrammen en blauwe plekken. Mijn maag draaide zich om. Hadden ze zijn arm opnieuw geblesseerd? Het duurde nog maar een week voordat het gips eraf mocht.

Eenmaal buiten rende ik de straat over naar de parkeergarage. Laat ze me maar de controle verliezen. Ik moest naar Noah. Voor hem zorgen was het allerbelangrijkste.

***

JACKSON

NEE, ik keek niet hoe Alicia naar de trap liep, haar wiegende heupen betoverend in dat strakke zwarte rokje.

Oké, fuck, ja, dat deed ik wel. Want Tyler moest me op mijn arm stompen om me uit mijn trance te halen.

'Hé, Jay, alles oké?'

'Ja, prima. Hoezo?'

'Ik probeerde je aandacht te trekken. Ik wilde het niet aan Alicia vragen omdat ze, ehm, niet zichzelf leek, maar ik kan wel wat hulp gebruiken. Heb je een minuutje?'

'Zeker.' Ik was niet zijn eerste keus geweest, maar hij vroeg me om hulp. Dat moest een stap in de goede richting zijn om het respect van het team te verdienen en samen te werken, toch? Ik liep met hem mee naar zijn bureau, schoof een extra stoel aan en luisterde terwijl hij het probleem uitlegde.

Het bleek niet moeilijk te zijn, en we losten het in minder dan een uur op, inclusief enkele best practices voor programmeren die ik er gratis bij gaf.

Toen ik terugliep naar mijn bureau, voelde ik me bijna net zo trots als toen ik een lastige bug in mijn eigen code had opgelost. Tyler was naar me toe gekomen voor hulp, en ik had hem geholpen. Cooper zou trots op me zijn geweest. Hij zou zeggen dat ik het respect van het team had verdiend. Mijn borst zwol van trots onder mijn ZZ Top-T-shirt.

Tot ik het zag.

Haar telefoon. Alicia's telefoon, half onder haar toetsenbord geschoven.

Er verscheen een melding op haar vergrendelscherm. Was het iets wat ze moest zien?

Ik ademde in. Uit.

Misschien was het een junkbericht, of een bericht van een politieke campagne.

Of misschien was het belangrijk, zoals het telefoontje dat ze had gekregen vlak voordat ze was vertrokken, dat telefoontje dat haar gezicht bleek had gemaakt en die blauwe ogen groot.

En ze zou het pas morgen ontvangen.

Als ik gescheiden was van mijn telefoon, kreeg ik de kriebels. Zij zou zich waarschijnlijk hetzelfde voelen, dat misselijke, wegzakkende gevoel wanneer ze besefte dat ze hem was vergeten. Die leegte van een ontbrekend ledemaat wanneer ze ernaar reikte maar hij er niet was.

Ik pakte hem op, koel van het uur dat hij was achtergelaten.

Het was maar een telefoon. Mensen hadden duizenden jaren zonder telefoons overleefd.

Maar ik zou ervoor zorgen dat Alicia dat niet hoefde te doen.

18

JACKSON

DE BUNGALOW IN de wijk Cherrywood, niet ver van het centrum, was vrolijk zonnegeel geschilderd en had een paarse deur. Aan een van de stevige verandapalen wapperde een regenboogvlag.

Ik kneep mijn ogen tot spleetjes om het adres op mijn telefoon te lezen en controleerde toen het huisnummer naast de paarse deur.

Niet het huis dat ik me bij Alicia zou hebben voorgesteld. Zij was strak en serieus, het type voorzitter van de vereniging van eigenaren dat met een liniaal de grashoogte kwam controleren. Geen frivole roze bloemen die uit gebarsten terracottapotten naast de verandatrap puilden.

Maar dit was het adres dat ik had.

Ik sprong uit de cabine van de pick-up en mijn Converse kwakten op straat. Ik sjokte het korte pad op tussen een paar grillig gevormde bomen die bedekt waren met trossen tere, lavendelkleurige bloemen. Twee korte passen en ik stond op de schaduwrijke veranda, met mijn vinger boven de deurbel. De geur van geroosterde kip en knoflook zweefde uit het open raam naast de deur, samen met vrouwenstemmen. Met bijna dichtgeknepen ogen drukte ik op de bel.

Lichte, snelle voetstappen naderden de deur, die openzwaaide. Een mager jochie met zijn arm in groen gips glimlachte naar me door de metalen hordeur. De blauwe plek onder zijn oog had dezelfde kleur als de paarse deur. Hij kon niet ouder dan acht zijn, met stroblond haar dat over zijn oren krulde. Zijn ogen waren bruin, en niet het oceaanblauw van die van Alicia; toch had zijn mond dezelfde vorm als de hare – dat kon ik weten, aangezien ik er stiekem door geobsedeerd was.

'Hé,' zei hij.

Ik had de vrouw niet horen aankomen. Ze droeg een gebloemde jurk die bijna tot haar enkels reikte en liep op blote voeten. Er liepen zilveren draden door haar donkere haar. De lijntjes rond haar ogen werden dieper toen ze haar ogen tot spleetjes kneep. 'Kan ik u helpen?' Haar klinkers waren zacht en hadden de zangerige klank van de bluesmuziek die ik soms in de kroegen op Sixth Street hoorde.

Had iemand misschien een typfout gemaakt bij het invoeren van Alicia's adres in het salarissysteem van Synergy? Ik keek naar het huis rechts. Onopvallende rode baksteen. Kortgemaaid gras als een putting green. Misschien was dat haar huis. Ik keek naar het huis links. Op de bladderende veranda stond een roestige wasmachine. Waarschijnlijk die niet.

'Meneer?' vroeg de vrouw.

'Eh, hoi. Woont Alicia Weber hier?' Ik verplaatste mijn gewicht naar mijn achterste voet, klaar om me om te draaien, de trap af te lopen en naar het huis rechts te gaan.

'Ja, die woont hier,' zei het jochie. 'Wie ben jij?'

Wauw. Ik verdeelde mijn gewicht weer gelijkmatig. 'Ik ben Jackson Jones. We werken…'

'We kennen jou.' Het jochie kneep zijn ogen tot spleetjes.

Hij kende me? Het was alweer een tijdje geleden dat ik op de cover van een businessblad had gestaan. En deze mensen leken me niet het type dat *Car and Driver* las.

'Hij bedoelde dat we weten dat jullie collega's zijn.' De lippen van de vrouw werden een strakke streep, alle zachtheid was uit haar gezicht verdwenen.

O, shit. Ik kon me de verhalen die Alicia thuis over me had verteld wel voorstellen. Was dit haar... tante? Veel oudere vriendin? Het jochie moest wel van Alicia zijn, want hij en de oudere vrouw hadden geen enkele overeenkomst.

'Ik, eh. Ze is haar telefoon vergeten. Op het werk. Die kom ik brengen.' Ik hield het toestel omhoog, terwijl mijn huid tintelde omdat mijn hoop Alicia te zien de grond in werd geboord.

'Wat doen jullie...' Alicia, ook op blote voeten, was achter de vrouw verschenen. Haar haar viel in losse, onregelmatige golven over haar schouders en ze had haar zijden blouse en strakke rok ingeruild voor een oranje Texas Longhorns-shirt en een afgescheurde zwarte joggingbroek. Ik had haar knieën al eerder gezien als ze aan ons bureau zat en haar rok omhoog kroop. Maar ik had nog nooit zoveel van haar bleke dijen gezien.

'Jackson?' Haar stem raakte me als een elektrische schok en ik rukte mijn blik van haar benen los en richtte die op haar open mond. *Shit! Ogen! Kijk naar haar ogen!*

Haar eigen blik daalde naar mijn nog steeds uitgestoken hand. 'Heb je mijn telefoon meegenomen?'

'Ja, ik... je had hem op kantoor laten liggen.'

Ze stapte om de vrouw heen en duwde toen voorzichtig het jochie opzij, zodat ze de hordeur open kon duwen. Ze stond op blote voeten een trede hoger dan ik – mijn ogen brandden van verlangen om een glimp op te vangen van die glanzend zwartgelakte teennagels – en keek me recht in de ogen. Haar vingers raakten mijn handpalm toen ze de telefoon van me aannam. 'Dank je wel.'

Ik rilde, ondanks de klamme avondwarmte.

'Nodig je hem niet binnen?' zei de vrouw. 'Hij is er helemaal voor hiernaartoe gekomen.'

'Het... het was niet ver,' zei ik.

'Hoe wist je вообще...' zei Alicia op hetzelfde moment.

'Je moeder heeft je betere manieren geleerd.' Nu klonk de stem van de vrouw zo scherp als een hete peper. 'Jackson, wil je blijven eten?'

Het water was me al in de mond gelopen van de heerlijke geuren om me heen. En was dat kaneel? Ik snoof hoopvol.

'Hij kan echt niet...' begon Alicia.

'Ruik ik taart?' zei ik.

'Appeltaart,' zei de vrouw.

Ik keek Alicia recht in de ogen. 'Ik blijf heel graag eten.'

Ze stak haar puntige kin vooruit, maar zei niets. Ze hield alleen de hordeur voor me open tot ik mijn handpalm erop legde en naar binnen stapte.

De ondergaande zon stroomde door de nog openstaande deur achter me en verlichtte de felle kleuren binnen. Terwijl ze me door de kleine hal – eigenlijk maar een paar tegels die in het tapijt van de woonkamer waren gelegd – loodsten en we om de woonkamer heen de keuken inliepen, ving ik een glimp op van geel-, oranje- en turkooisgeschilderde muren, een rode fluwelen bank, dubbele rijen boeken in boekenkasten met doorgebogen planken, boeken die op tafels lagen opgestapeld en zelfs in hoeken torens vormden.

Een belletje rinkelde toen een oranje kat van de rugleuning van de rode bank sprong en achter ons aan de keuken in liep, waar Alicia's oudere evenbeeld door het knapperige vel van een geroosterde kip sneed.

Ik moest wel in de 'Mirror, Mirror'-aflevering van *Star Trek* beland zijn. Want alleen een spiegelbeeld-Alicia zou een *verdomde korte joggingbroek* dragen die haar kont nauwelijks bedekte. En een kind hebben. De Alicia die ik kende, deed alsof haar leven buiten het kantoor van Synergy Analytics niet bestond.

Of deed ik alsof haar leven buiten kantoor niet bestond? Ik had fucking veel aannames gedaan. Dat was zeker.

Terwijl ik probeerde mijn positie te bepalen, hadden we ons allemaal in de kleine keuken gepropt. Serieus, de keuken van mijn appartement, degene die ik nooit gebruikte behalve om een paar sixpacks lokaal bier in te bewaren, was groter dan dit.

'Jackson.' Alicia's ogen knepen samen alsof ze fysieke pijn had. 'Dit zijn mijn moeder, Diane. Haar vrouw, Esmy. En Noah. Mensen, dit is Jackson Jones, over wie ik het al eerder heb gehad.' Ze sprak heel langzaam en duidelijk toen ze eraan toevoegde: 'Hij *is de eigenaar van het bedrijf* waar ik werk.'

Mijn vermeende macht leek niet veel gewicht in de schaal te leggen in huize Weber. Diane legde haar trancheermes opzij, maar hield haar vingers eroverheen gekromd, klaar om het te grijpen en te steken. Esmy stak haar hand naar me uit, en toen ik die automatisch vastpakte, kneep ze hem fijn. Noah staarde me aan, zijn ogen tot spleetjes geknepen, net als die van Alicia.

De kat snuffelde aan de neus van mijn Converse, blies zich op als een pluizige basketbal en blies, waarbij hij zijn scherpe tanden ontblootte en zijn oren platlegde. Niemand wees hem terecht. Misschien was hij de woordvoerder van de familie.

Iemand moest de spanning breken. Ik zei: 'Ik kan me niet herinneren wanneer ik voor het laatst een huisgemaakte maaltijd heb gegeten. Ik denk dat het met Pasen was, toen de moeder van mijn vriend Cooper voor ons kookte.' Ik slikte het speeksel door dat bij de hartige geur die de keuken vulde in mijn mond was gelopen. 'Dank u wel voor de uitnodiging.'

Esmy glimlachte in elk geval meelevend. 'We zijn blij dat je er bent.'

Alicia leek er niet hetzelfde over te denken. Een stalen band klemde zich om mijn bovenarm. 'Het eten is klaar. Ik zal je laten zien waar je je handen kunt wassen,' zei ze.

Ze marcheerde me terug door de woonkamer en een donkere gang in, langs een open slaapkamerdeur, die ze dichtdeed voordat ik naar binnen kon gluren, en naar een smalle badkamer die was ingericht in fel blauwgroen met oranje anemoonvissen op het douchegordijn.

Alicia volgde me de badkamer in, deed de deur dicht en zette de kraan aan. Ze boog zich dicht naar me toe en zei met een lage stem waarvoor ik moest bukken om haar te horen: 'Luister naar me. Ik houd mijn privéleven en werkleven gescheiden. Slechts een paar mensen met wie ik heb gewerkt, zijn bij me thuis geweest. We gaan hier morgen op kantoor niet over praten. Nooit. Begrijp je me?'

'Ik denk het? Ik bedoel, ik praat op het werk niet over mijn familie, maar dat is omdat iedereen alles al over hen weet. Ze staan overal in de zakenkaternen. En Coop...'

Nee, ik kon haar niet over Coopers familie vertellen. In ieder geval niet over zijn gewelddadige vader. Ze hadden elkaar niet meer gesproken sinds we studeerden en Cooper deed meestal alsof hij dood was.

'Jouw familie lijkt... niet verschrikkelijk? Je... schaamt je niet voor ze?' Mijn blik viel op de blauwe beker op de wastafel waarin twee tandenborstels stonden, een rode en een in de vorm van Superman.

'Nee, natuurlijk niet.'

'Waarom dan...'

'Kijk. Ik ben een vrouw in de technologiesector. Waar wij werken, hebben mensen bepaalde vooroordelen over vrouwen met een gezin. Als we zeggen dat we niet kunnen overwerken, zijn we meer toegewijd aan ons gezin dan aan het bedrijf. Hetzelfde geldt als we een lange lunchpauze moeten nemen om een kind naar de kinderarts te brengen, of thuis moeten werken als hij ziek is en niet naar school kan. Mannen – en kinderloze vrouwen – krijgen promotie omdat ze toegewijd zijn aan hun carrière. Vrouwen met een gezin niet.'

'Dat is niet...'

Ze schudde haar hoofd. 'Zeg het niet eens. Je denkt misschien dat jouw bedrijf dat nicht doet, maar dat doen ze wel. Het begint op het moment dat een vrouw om zwangerschapsverlof vraagt en het achtervolgt haar haar hele carrière. Wist je dat vrouwen met kinderen vijftien procent minder verdienen dan vrouwen zonder? En dan heb ik het nog niet eens over de loonkloof tussen vrouwen en mannen. Of mensen van kleur en witte mannen.'

Ik schudde mijn hoofd. Op het moment dat ze 'zwangerschapsverlof' had gezegd, was mijn brein vastgelopen en cirkelde rond dat concept. Terwijl ik haar personeelsdossier open had gehad om haar adres te vinden, had ik het natuurlijk doorgebladerd. Iedereen zou dat gedaan hebben. Geen echtgenoot of partner vermeld. Aangenomen dat Noah acht was, was ze tweeëntwintig toen ze hem kreeg. Praktisch zelf nog een kind. Een gezin stichten leek niet iets wat een tweeëntwintigjarige, net afgestudeerd, zou doen. Tenzij...

'Ben je gescheiden? Weduwe?'

Alicia knipperde met haar ogen en deed een stap achteruit. 'Wat? *Dat* is wat je hebt onthouden van wat ik zei?'

'Nee, nee, ik volgde je. Niet over je familie praten op het werk. Ik snap het. Maar ik begrijp niet waar Noah vandaan komt.'

Ze rolde met haar ogen. 'Je bedoelt, waar is de spermadonor?'

Wauw, het was heet in de badkamer. Ik draaide de kraan naar koud.

'Dat weten we niet. Mijn zus heeft ons nooit verteld wie Noahs vader was. En ik denk dat we het prima hebben gedaan door hem op te voeden in een huishouden van werkende vrouwen. Dus begin maar niet met je holbewonersideeën.'

Mijn mond viel open. Noah was haar neefje. Waar was de zus nu? Maar dat kon ik nicht fragen. Nog niet. Dus haalde ik de klassieke Jackson Jones tevoorschijn. 'Holbewoner? Ik?'

'Dat zei ik. Was je handen. We zijn te lang weggeweest.'

Zwijgend pompte ik zeep. Dacht ze dat echt van me? Nadat we een maand hadden samengewerkt, nadat ik haar pas drie dagen geleden had verteld hoe geweldig ze was? Ik schrobde mijn handen onder de kraan. 'Ik denk nicht dat je me zo goed kent als je denkt.'

Ze pompte de zeep, en toen ik mijn handen wilde afdrogen aan de blauwe handdoek, waste zij haar handen. 'Misschien niet. Ik heb gewoon veel ervaring met mannen zoals jij.'

'Mannen zoals ik.'

'Stoere techneuten. Denken altijd dat ze de slimste persoon in de kamer zijn, dat iedereen dezelfde kansen heeft gehad als jij, dezelfde prioriteiten, en dat het een zwakte is als iemand anders het nicht zo ver heeft geschopt.'

'Wauw.' Ik gaf haar de handdoek en probeerde mijn stem luchtig te houden ondanks de knoop in mijn maag. 'Je hebt nicht echt een hoge pet van me op, hè?'

'Ik bescherm mezelf en mijn familie.' Haar glimlach was bitter. 'Ik ben een paar keer voor de gek gehouden. Nooit meer.'

Ik overwoog om weg te gaan. Om gewoon de gang weer door te lopen en de voordeur uit te gaan. Als ze echt dacht dat ik net zo was als al die andere klootzakken die aan haar voorbij waren gegaan, had ik dat moeten doen. Maar de glinstering in haar blauwe ogen, de manier waarop haar mondhoek omhoog krulde, suggereerde dat ze hoopte dat ik dat niet was. En dat was genoeg om me daar te houden, in die *Finding Nemo*-badkamer, in het huis dat ze deelde met haar twee moeders en een neefje waarvan ik het bestaan niet wist, vastbesloten om de code van Alicia Diane Weber te kraken.

Ze opende de deur en we keerden terug naar de keuken, waar haar familie rond de ronde tafel aan de rand van de keuken zat.

'Ik dacht al dat je verdwaald was,' zei Diane. Ze legde een van de kippenpoten op Noahs bord.

'Mijn handen waren extra vies van al die code op mijn werk,' zei ik. 'Nu weer helemaal schoon.' Ik hield ze omhoog, met mijn handpalmen naar voren, voor inspectie.

Noah proestte het uit.

Alicia nam plaats op de lege stoel naast Noah en ik ging tussen haar en Esmy in zitten. De tafel was bedoeld voor vier personen, dus het was nogal krap. Mijn linkerknie rustte tegen Alicia's rechterknie. Esmy gaf me een kom aardappelpuree aan die naar een hemelse knoflookgeur rook. Ik schepte een bescheiden hoeveelheid op en gaf de kom aan Alicia.

'Vertel eens wat over uzelf, Jackson,' zei Esmy.

'Mijn vrienden noemen me Jay.' Ik schonk haar mijn charmantste glimlach.

Diane zei: 'Alicia noemt je Jackson.'

'Dat klopt. Maar daar werk ik aan.' Mijn glimlach wankelde toen Diane me een vernietigende blik toewierp die niet voor die van Cooper onderdeed.

Esmy haakte er weer op in. 'Alicia vertelde ons dat u het bedrijf hebt opgericht waar ze nu werkt.'

'Mijn beste vriend, Cooper, en ik zijn ermee begonnen toen we nog op de universiteit zaten. Ik was gek op auto's en wilde computers gebruiken om uit te zoeken hoe ik ze sneller kon laten rijden.'

'Zoals onze Honda?' vroeg Noah.

'Nou, zeker. Een aantal van de grote autofabrikanten zijn onze klanten. We zijn begonnen met het oude barrel van Coopers vader, een Ford Escort uit 1995 in de kleur *diep juweelgroen metallic*. We hebben haar gebruikt voor een project voor mijn vak werktuigbouwkunde. Ze was verroest en zoop olie, maar we hebben haar omgetoverd tot een krachtige, efficiënte, intelligent adaptieve machine. Aan de roest konden we alleen niets doen.' Ik leunde achterover in mijn stoel, terwijl ik terugdacht aan de manier waarop Cooper en ik door het project een band hadden gekregen. 'Maar waar ik het meest in geïnteresseerd was, waren raceauto's. Ken je Formule 1?'

'Duh, ja,' zei Noah.

Esmy vroeg: 'Is dat zoiets als NASCAR?'

Noah rolde met zijn ogen. 'Nee, oma Esmy. Dat is totaal anders.' Met heel weinig hulp van mij legde hij de verschillen uit aan zijn grootmoeder, die in ieder geval deed alsof ze geïnteresseerd was.

Ik begon die jongen wel te mogen. 'Ben je ooit naar de race hier in Austin geweest?'

'Nee.' Hij keek naar zijn bord. 'Ik heb hem wel online gekeken.'

'De race is volgende maand. Ik heb kaartjes en ik zou…'

Alicia's knie stootte onder de tafel tegen mijn dij. 'Au!' Ik wreef over mijn been. Die knieën van haar waren scherp.

'Noah heeft het te druk met school en voetbal om een heel weekend op een racecircuit door te brengen,' zei ze.

'Voetbal! Speel je?'

'Ja, we hebben elke dinsdag en donderdag wedstrijden.'

Dinsdag en donderdag. Ik wierp Alicia een triomfantelijke blik toe. Ze tuitte haar lippen om een glimlach te verbergen en schudde haar hoofd.

'Heb je daar dat blauwe oog aan overgehouden?' Ik schoof het laatste vorkje aardappelpuree in mijn mond. Absoluut heerlijk. Ik hoopte dat ik nog een keer mocht opscheppen. Misschien zelfs een derde keer.

'Nee, alleen de gebroken arm.' Hij hield zijn gips omhoog. 'Ik ben vandaag op school in mijn oog geslagen.'

'Hoe ziet die andere jongen eruit?'

'Jackson!' Alicia legde haar vork neer.

'Ik heb hem op zijn mond geraakt. Zijn lip was open, maar dat is het wel zo'n beetje.' Hij hield zijn linkerhand omhoog, waar verband om een knokkel zat.

'Stoten in het gezicht zijn moeilijk goed uit te voeren. De volgende keer…'

'Jackson!' Ze raakte me op dezelfde plek met haar knie. 'De volgende keer moet je je woorden gebruiken, was wat Jackson wilde zeggen.'

Ik kromp ineen en wreef over mijn been. 'Precies. Waar ging het gevecht over? Zijn vriendinnetje afgepakt?'

Dit keer legde Alicia haar hand op mijn dij. Niet op een seksuele manier – hoewel mijn lichaam reageerde alsof dat wel zo was – maar om me te manen voorzichtig te zijn.

Noah schoof een paar zwartoogbonen onder zijn aardappelpuree. 'Hij zag mijn proefwerk met een onvoldoende erop. Hij noemde me dom.'

'Wat niet erg aardig is,' zei Alicia, 'maar geen reden om iemand te slaan.'

Ik leunde achterover in mijn stoel en legde mijn vork op mijn lege bord. 'Je lijkt me een slimme jongen. Waarom haalde je dan een onvoldoende?'

Alicia draaide haar hoofd zo snel om dat haar haren tegen mijn schouder sloegen. Haar haar. Het rook naar sinaasappels, net als haar thee. Maar er was niets warms aan de blik waarmee ze me bestookte.

Noah haalde zijn schouders op.

Wat had ik hem gevraagd? O ja. Cijfers. 'Ik deed het ook niet zo goed op school, totdat mijn dokter erachter kwam dat ik ADHD had. Ik weet hoe het is om het moeilijk te hebben. En om gefrustreerd te zijn. En om het op te geven.' Ik wreef over een veeg op het saffierglas van mijn horloge. 'Maar nadat ik de hulp kreeg die ik nodig had, ging het wel oké.'

Er verscheen een frons tussen Alicia's wenkbrauwen. Ze staarde me aan alsof ze een stuk code bekeek dat niet deed wat het moest doen. 'Je deed het beter dan oké. Je hebt op Stanford gezeten.'

'Mijn familie is rijk. Ze hebben voor veel bijles en examentraining betaald.'

'Doe jezelf niet tekort.' Haar toon was aanvankelijk scherp, maar had een zachte ondertoon. 'Je bent een slimme vent. En je moet er hard voor hebben gewerkt.'

Ik boog mijn hoofd. Dat zeiden niet veel mensen. Als je met alle privileges opgroeit, gaan veel mensen ervan uit dat de weg naar succes makkelijk is. Zeker, voor mij was het makkelijker geweest dan voor Alicia of voor iemand wiens ouders geen significante donateurs van de universiteit waren, maar dat iemand mijn inspanning zag, zag dat niet alles me was komen aanwaaien, betekende iets. Dat het van Alicia kwam, betekende alles.

'Mag ik de rest van de aardappelpuree?' vroeg ik, terwijl ik naar het laatste hoopje in de kom knikte.

'Ga uw gang.' Esmy gaf me de kom aan.

Toen mijn maag strak stond van het eten plus een extra groot stuk appeltaart met Blue Bell-ijs, liep Alicia met me mee naar buiten. Haar kin was weer strak, waarschijnlijk om me eraan te herinneren dit morgen op het werk niet ter sprake te brengen.

Maar toen ze haar mond opendeed, zei ze: 'Is dat jouw auto?'

Aan het einde van het tuinpad wachtte de zwarte Ford F-150 op me. 'Het is een huurauto. Maar, ja, ik dacht, *when in Texas…*'

'Huur je een pick-uptruck?' Ze lachte. 'Om je materialen voor hekreparatie mee te vervoeren? Heb je je veetrailer bij je appartement laten staan?'

Ik stak mijn handen in mijn zakken, dankbaar voor het zwakke licht van de veranda dat mijn blos verborg. 'Hij rijdt leuk, zo hoog boven het andere verkeer. Verrassend krachtig. En als je ooit iets vervoerd moet hebben, ben ik je man.'

Ze rimpelde haar neus. 'Draag je daarom die laarzen?'

Ik was niet van plan haar te vertellen dat ik ze alleen droeg om Cooper te irriteren. Ik hoopte dat ik vanavond wat punten bij haar had gescoord en wilde die niet verliezen door kleinzieligheid. 'Ja, ik denk het. Ik dacht eigenlijk dat meer mensen ze op het werk zouden dragen. En dat ze comfortabeler zouden zijn.'

Ze snoof. 'Ze zijn comfortabel als je ze eenmaal hebt ingelopen. Laarzen vergen toewijding, Jackson.' Haar glimlach loste op alsof ze net hoorde wat ze had gezegd. Ze beet op haar lip.

'Ik kan me toewijden. Ik heb alleen een reden nodig.' Wat de fuck zei ik nou? Ik had me nooit ergens aan toegewijd, behalve aan doen alsof het me niet kon schelen wat iemand van me dacht.

Ze liep naar de pick-up. 'Ik neem aan dat je je al een tijdje aan je bedrijf hebt toegewijd.'

Waar. 'Meer dan tien jaar.'

'En Cooper?'

'Beste vrienden sinds onze eerste dag op de universiteit.' Ik dacht na. 'Meestal.'

'Meestal?' Ze was bij de glimmende zwarte zijkant van de pick-up aangekomen en draaide zich nu om, een mondhoek opgetrokken.

'Het is ingewikkeld.'

'Aangezien wat ik van Cooper weet, kan ik me dat voorstellen.'

Ik sprak haar niet tegen. Geen van beiden was makkelijk in de omgang. Maar hoeveel ik ook verprutste, Cooper had me nooit opgegeven, en ik was niet van plan een vriend als hij te laten gaan.

Het licht van de veranda scheen goudkleurig op haar haar, waar het over haar schouders krulde. De helft van haar gezicht was in de schaduw. Haar lippenstift was allang verdwenen en haar ogen vielen dicht van vermoeidheid. Ze zag er zacht en breekbaar uit, hoewel ik wist dat ze zo sterk was als de pick-up achter haar.

'Misschien probeer ik de laarzen nog eens,' zei ik, alsof dat ook maar enigszins relevant was.

'Dat zou je moeten doen. Hoewel...'

'Hoewel?'

'Er is niet veel tijd meer voordat het project eindigt en je teruggaat naar San Francisco.'

Ik sleepte met mijn sneaker over de stoep. 'Ik weet niet zeker of ik terugga na het einde van het project. Cooper heeft niet gezegd dat dat mag.'

'Je bent zijn partner. Laat jij hem je vertellen wanneer je moet gaan en wanneer je terug mag komen?'

Vrijwel wel. 'Hij is de slimme. Ik ben maar de programmeur.'

'Je bent niet *maar* iets.' Ze stapte mijn ruimte binnen en porde me in de borst. 'Jij bent ook de slimme. Ik heb nog nooit zo'n briljante programmeur ontmoet. En je bent goed met het team. Tyler kijkt tegen je op. Je zou zoveel meer kunnen zijn als je uit Coopers schaduw zou stappen en de leider zou zijn waarvan ik weet dat je het kunt zijn.'

Ik keek op van mijn sneakers om te zien of ze het meende. Haar kaken stonden strak en haar ogen waren vernauwd. Ze geloofde in me.

Ik verkleinde de afstand tussen ons en reduceerde onze professionele afstand tot niets. Ze kantelde haar gezicht omhoog en ik boog het mijne naar beneden. Kaneel van de taart vermengde zich in de adem die we deelden.

Zou ik haar echt gaan zoenen? Zou ze me dat laten doen? Haar wimpers fladderden neer op haar wangen. Ik was dichtbij genoeg om haar gladde huid aan te raken, om mijn vingers in haar losse haar te begraven. Ik liet mijn gezicht zakken tot een paar centimeter boven haar volle, roze lippen. Dit was niet zoals het flirten via sms, of zelfs niet zoals ons telefoongesprek vol insinuaties. Hier was geen weg meer terug. Ik ademde de rijke geur van zoete sinaasappel in haar haar in.

Nee. Ik kneep mijn ogen dicht en deed een stap achteruit. 'Alicia, ik… ik heb het verknald.'

Ze knipperde haar ogen open en nam de lege ruimte tussen ons in zich op. Ze sloeg haar armen over elkaar. 'Wat?'

'Vlak voordat ik naar Austin kwam. Daarom zei ik die eerste dag dat ik niet met je uit kon gaan. Waarom ik je nu niet kan kussen.'

Er vormde zich een klein rimpeltje tussen haar wenkbrauwen.

Ik stak mijn hand uit om het weg te strijken en stopte, mijn hand in mijn spijkerbroekzak duwend. 'Er stonden wat foto's van mij van de Grand Prix van Monaco in de roddelbladen. Weston riep me op zijn kantoor en schreeuwde tegen me dat ik een vertegenwoordiger van Synergy was, zelfs in het weekend, en ik was pisnijdig. Cooper had het druk en wilde mijn geklaag niet aanhoren. Dus ging ik naar de dichtstbijzijnde bar en heb ik me klemgezopen.' Ik streek met mijn hand over mijn baard. 'Er… er was een vrouw aan de andere kant van de bar. Ze, eh, ze flirtte met me, en toen gingen we, eh, naar de steeg achter de bar. Je weet wel?'

Natuurlijk wist ze dat niet. Ze had nog nooit in haar leven zoiets onverantwoordelijks gedaan. Toch mompelde ze: 'Mmhmm.'

Nu het ergste. 'De volgende dag ging ik naar kantoor en daar zag ik haar. Ze was een van onze stagiaires van de universiteit. Callie. Ik zweer dat ze eenentwintig was. Ik flipte. Ik ben direct naar Coops kantoor gerend en heb het hem verteld. En hij… hij heeft het opgelost. Ervoor gezorgd dat ze oké was. Ze was het ermee eens dat het met wederzijdse instemming was. Cooper heeft een formele verontschuldiging geregeld, met HR erbij. En toen heeft hij me hierheen gestuurd, zodat ik haar niet hoefde te zien. Of zodat ik haar niet kon zien.'

Ze slikte. 'Wilde je haar weer zien?'

'Nee! Ik bedoel, ik weet zeker dat ze een geweldig persoon is. Maar het betekende niets. Ik had geen idee dat ze bij mijn bedrijf werkte of dat ik haar ooit weer zou zien.'

'Is dat hoe je over mij denkt?' Ze keek naar haar slipper.

'Nee. Nooit.' Ik legde een vinger onder haar kin en tilde die op totdat ze mijn blik beantwoordde. 'En daarom kan ik je niet kussen.'

Haar glimlach was een beetje treurig. 'We geven allebei te veel om onze bedrijven om een kus iets meer te laten worden.'

Ik propte mijn andere hand in mijn zak om te voorkomen dat ik door haar haar zou strijken, dat ik haar zachte huid zou aanraken. 'Ik mag je, Alicia. Denk je dat we de rivaliteit op kantoor kunnen laten varen en… vrienden kunnen zijn?'

'Vrienden?' Een ondoorgrondelijke uitdrukking verscheen op haar gezicht. 'Ik denk dat we het kunnen proberen.'

Het was op zijn best lauw, maar ik nam er genoegen mee. Ik kon niet doen alsof ik een hekel had aan de vrouw met de titanium kern die ik pas na een maand had ontdekt. Ik wilde mijn armen om haar heen slaan – dat doen vrienden – maar gezien de stijve houding van haar schouders, stak ik in plaats daarvan mijn hand uit.

Ze schudde hem. 'Bedankt voor het brengen van mijn telefoon.' Toen draaide ze zich om en liep vlot het pad op, haar slippers kletsend op het beton.

Toen ze de paarse deur dichttrok, liep ik om de voorkant van de pick-up heen en klom erin. Ik leunde met mijn hoofd achterover tegen de hoofdsteun. Na vier maanden in Austin had ik mijn eerste vriendin gemaakt.

En toch wilde ik zo veel *meer*.

19

ALICIA

IK MOET WEL GEGLIMLACHT HEBBEN, want Tiannah gaf me een por in mijn zij. 'Waar gaat dat over?'

'Niks.' Ik liet mijn telefoon in de bekerhouder van mijn nylon stoel vallen.

'Dat ziet er niet uit als niks. Het lijkt erop dat iets je doet blozen.'

'O, je weet wel. Gewoon een appje van iemand van mijn werk.' Shit, ik had werk niet moeten noemen. Waarom had ik niet kunnen doen alsof ik iemand had ontmoet in de supermarkt of in de rij bij de gemeente? Ik staarde naar de kinderen die oefeningen deden voor de wedstrijd, in de hoop dat ze erover op zou houden.

'Van Jackson Jones?'

Verdorie. Haar wenkbrauwen waren zowat in haar haargrens verdwenen.

Esmy boog zich langs me heen. 'Hij is gisteravond komen eten.'

Tavon klom op Tiannah's schoot en stak zijn duim in zijn mond. Ze sloeg een arm om hem heen en liet haar kin op haar andere hand rusten. 'Jackson Jones, de multimiljonair, is gehaktbrood komen eten bij Casa Weber?'

'Hij bracht Alicia haar telefoon,' zei Esmy. 'Is hij echt een multimiljonair?'

Met één hand tikte Tiannah een zoekopdracht in op haar telefoon. Ze draaide het toestel om. Op de foto droeg Jackson een rood racepak vol met logo's van oliemaatschappijen en een autofabrikant, en zijn haar was warrig en bezweet alsof hij net een helm had afgezet. Daaronder stond een bedrag dat zo groot was dat ik de komma's moest tellen.

Gelukkig had ze de foto van hem met ontbloot bovenlijf niet gevonden. Ik had er gisteravond over gedacht om die op te zoeken, maar vrienden doen dat soort gluiperige dingen niet.

Mijn moeder floot. 'Je zou denken dat een man met zo'n banksaldo wel iemand heeft om telefoons naar mensen te brengen.'

'Mam.' Ik leunde achterover in mijn stoel en wapperde mezelf koelte toe. Al die komma's hadden mijn hoofd doen tollen. 'Hij is gewoon een doodnormale vent.' Tenminste, zo leek hij op het werk. Zijn Converse schoenen hadden een gat aan de zijkant.

'Alicia. Dit is geen doodnormale vent.' Tiannah zwaaide weer met de telefoon onder mijn neus. 'Hij heeft vorig jaar meer belasting betaald dan jij in, pakweg, tien jaar zult verdienen. En dat is *ondanks* ons oneerlijke, regressieve belastingstelsel dat de rijken bevoordeelt. Jackson Jones is de verdomde één procent. Hij is, zeg maar, de één-tiende van één procent. Bedenk eens hoeveel hij aan goede doelen zou kunnen geven zonder het ook maar te voelen.'

Ik zakte onderuit in mijn stoel en hield mijn vingers ver uit de buurt van mijn telefoon. Tot een minuut geleden was zijn eigendom van het bedrijf abstract geweest. Een vage soort macht die hij had kunnen uitoefenen over mij en de andere jongens in het team, over iedereen in het gebouw, maar dat tot nu toe niet had gedaan. Hij had zich gedragen als een doorsnee cowboy-programmeur. En het geld? Wat deed iemand met al dat geld? Stond het bij de plaatselijke kredietbank, net als het mijne, waar het elke maand minuscule rente opleverde? Of was het geïnvesteerd in de aandelenmarkt en obligaties zoals mijn pensioenrekening? Bewaarde hij het in zijn matras? Dat zou een behoorlijk dikke matras zijn.

'Heb je het hem erover gevraagd?'

'Over het geld? Nee, natuurlijk niet. We zijn collega's. En we beginnen vrienden te worden.' Het woord voelde nog steeds vreemd in mijn mond.

Ze legde haar handen over Tavons oren. 'O, nee, echt niet. Dan spoor je niet als je denkt dat jij en die multimiljonair elkaars gelijken zijn. Dat is een gevaarlijk spelletje dat je speelt met je flirterige appjes en je zelfgemaakte maaltijden.'

Ze pakte de voetbal van onder haar stoel en gaf hem aan Tyesha. 'Isha, neem je broer mee naar dat lege veld en oefen met dribbelen.' Tyesha nam Tavons hand en liep met hem en de bal weg.

Tiannah leunde over de armleuning van haar stoel en zei met zachte stem: 'Dat soort mannen denken er niet over na hoe ze gewone mensen zoals wij kwetsen. Hij wil die appjes gebruiken' – ze knikte naar mijn telefoon – 'om je tussen de lakens te krijgen. En zodra hij verder wil, doet hij dat zonder ook maar een seconde na te denken over jou of je carrière.'

'Maar Jackson lijkt niet zo'n type. Hij is zorgzaam. Attent. Soms zelfs aardig.' Ik keek naar Esmy, maar die was discreet met mam gaan praten toen Tiannah begon te fluisteren.

Ik had gisteravond langer dan zou moeten nagedacht over het verhaal dat hij me had verteld over de stagiair. Uiteindelijk was ik tot de conclusie gekomen dat hij een fout had gemaakt en dat hij en Cooper het daarna zo goed mogelijk hadden proberen recht te zetten.

Het was een fout om Jackson te zoenen zoals ik gisteravond

had gewild. Het zou de zaken op het werk ingewikkeld maken. Als het team het zou weten, zou het de hele dynamiek verpesten. Misschien ook het project. Om nog maar te zwijgen over mijn gloednieuwe bedrijf. Cooper zou door het lint gaan als we daadwerkelijk hadden gedaan waarvan hij dacht dat we het gedaan hadden. Weg was mijn aanbeveling. Wat als mensen in de techwereld erachter zouden komen dat de CEO van Weber Technology Consulting een extraatje bood bij haar opdrachten? Mijn wangen werden heet, en dat kwam niet door de warme middagzon.

'Vast. Hij heeft vast ook met Noah gepraat. Een manier gevonden om een band met hem op te bouwen.' Tiannah tuitte haar lippen.

Auto's. Hoe wist hij dat Noah gek was op auto's? Ik knikte. 'Ze konden het goed met elkaar vinden. Ik heb alleen niet toegestaan dat hij aanbood om Noah mee te nemen naar het Circuit of the Americas.'

'O, meisje.' Ze schudde haar hoofd. 'Hij heeft je helemaal door. De weg naar je poes loopt rechtstreeks via Noah.'

'Ieuw, Tee. Dat is zo goor.'

'Dat maakt het niet minder waar.'

Verdomme, ze had gelijk. Ik was tenminste niet gezwicht en had hem geen mannenvriendschap met Noah laten sluiten. Jackson ging weer weg. Zijn leven in Austin was tijdelijk. Het zou al erg genoeg zijn als ik hem in mijn eigen hart toeliet. Het ergste zou zijn als hij en Noah een band kregen en Jackson dan de stad verliet. Ik keek naar het veld en vond Noah's benige, met sokken bedekte knietjes. Hij dribbelde met de bal langs Orlando, die het doel verdedigde.

Mijn telefoon trilde. Hoewel mijn ogen jeukten om Jacksons laatste bericht te zien, negeerde ik het.

Tiannah keek er met een boze blik naar. 'Om nog maar te zwijgen over de schade die je andere vrouwen op dat kantoor zou berokkenen. Als er iets tussen jullie gebeurt en het komt uit, is dat een excuus voor het management om geen vrouwelijke consultants of werknemers meer aan te nemen. En dan heb je nog de vrouwen die er al werken en denken dat je een man tussen de lakens moet toelaten om hogerop te komen.'

'O mijn God.' Ik begroef mijn gezicht in mijn handen. 'Ik ben de ergste.' Ik wist maar al te goed wat zelfs een zweem van voortrekkerij kon doen. Die engerd Dr. Fletcher hoefde alleen maar bij mijn bureau te blijven hangen, mijn hand op een te familiaire manier aan te raken en mijn werk te vaak te prijzen, en de rest van de klas begon al over me te fluisteren, me uit te sluiten van hun studiegroepjes. Me te bestempelen als iemand die het had gedaan voor een beter cijfer.

'Nee, schat, je bent niet de ergste.' Tiannah legde haar hand op mijn schouder. 'Je bent een sterke vrouw, geweldig in je werk en een moederbeer die Noah beschermt. Vergeet nooit dat je onder een vergrootglas ligt; voor Noah, voor je klanten en voor iedereen bij dat bedrijf. Ik wou dat het niet zo was, maar het is nu eenmaal zo.'

Ze wist waarover ze het had. Als een van de weinige zwarte vrouwelijke programmeurs in de omgeving, had Tiannah nog meer uitdagingen. Ze had tijdens twee zwangerschappen doorgewerkt en was na beide teruggekomen naar kantoor, deels, zo had ze me verteld, omdat ze aan iedereen – inclusief zichzelf – wilde bewijzen dat zwarte vrouwen tegelijkertijd top-programmeurs en moeders konden zijn. Bij de derde zwangerschap was ze uitgeput. Zelfs jezelf bewijzen was het niet meer waard als je drie kleintjes thuis had.

'Ik weet het. Ik zal sterk zijn, net als jij.'

'Nee, schat. Je hoeft niemand anders te zijn. Wees jezelf. Jij bent sterk. Ik weet dat je zult doen wat juist is.'

Ik glimlachte naar mijn beste vriendin en pakte haar hand vast.

Het fluitje klonk en we richtten onze aandacht weer op het veld. Noah speelde als aanvaller aan de andere kant van het veld. Hij staarde aandachtig naar de bal.

Focus. Ik moest mijn focus op de bal houden, net als Noah. En die bal was niet een of andere onderbelaste multimiljonair die voor de lol met dure sportauto's speelde. Het was mijn baan, mijn bedrijf en mijn toekomst. De toekomst van mijn familie.

20

ALICIA

DIE VRIJDAG, met Coopers persoonlijke demo die na het weekend op de loer lag, ging ik na de 'stand-up' meteen naar mijn werkplek. Doordat ik maandag eerder was weggegaan en moest jongleren met Noahs verplichte driedaagse schorsing wegens vechten, was ik achteropgeraakt. Ik stond mezelf geen nieuwe thee toe, geen tripjes naar het toilet. Ik zou niet uit mijn stoel komen voordat ik mijn code had ingecheckt. Tijdens de vergadering had ik dezelfde regel opgelegd aan iedereen die nog niet klaar was. Minus het toiletverbod. Ik was een strenge manager, maar geen monster. Onze demo moest vlekkeloos zijn. Cooper zou dit keer geen reden hebben om ons de mantel uit te vegen.

Jackson plaatste zijn handpalm op het bureau naast me en boog zich voorover om naar mijn scherm te turen. De korte mouw van zijn Queen-T-shirt spande om zijn biceps, en ik volgde de ader die over zijn onderarm naar zijn pols kronkelde. Hoe zou die sterke arm om me heen voelen? Ik rilde.

'Nog steeds met je code bezig?' vroeg hij. Jackson had al zijn taken al naar de *Klaar*-kolom verplaatst.

'Inderdaad.'

'Laat me je helpen. We zijn sneller klaar als we samenwerken. We proberen gewoon weer pair-programmeren.'

Tyler en Amit staken de koppen bij elkaar en scanden hun code. Voor hen had het prima gewerkt. En Jackson was snel. Als ik zijn code nakeek terwijl hij erdoorheen vloog, zouden we aan het eind van de dag klaar zijn.

'Oké. Ik probeer het. Over vijf minuten.' Ik liep met snelle passen naar beneden en vond het IT-hol. Toen ik bij ons bureau terugkwam, gaf ik Jackson een doos met een gloednieuw toetsenbord waarop stond dat het fluisterstil was. 'Je mag zelfs achter het stuur zitten.'

Grijnzend plugde hij het toetsenbord in en ik rolde mijn stoel dichter naar hem toe. Hij opende het programma en we gingen aan het werk. Hij wist de niet-zo-fluisterstille toetsen nog steeds hoorbaar aan te slaan, maar het beukte niet meer zo in mijn hoofd als die eerste dag. Of misschien was het zijn geur van leer en dennenbos die me omhulde en me alles deed vergeten wat me eerst irriteerde.

'Alicia?'

'Hmm?' Ik richtte mijn aandacht abrupt op Jacksons gezicht, dat hij over zijn schouder naar me toe had gedraaid.

'Ik vroeg of je het goed vond wat ik daar deed. Het is een beetje ongebruikelijk, maar ik denk dat we zo efficiënter het gewenste resultaat krijgen.'

'O, eh...' Ik scande de code en zag het stuk waar hij naar vroeg. 'Het ziet er goed uit. Misschien kun je een opmerking toevoegen voor het geval iemand er later vragen over heeft.'

Hij draaide zich weer naar het scherm en ik schoof mijn stoel een stukje bij hem vandaan. Vrienden. Dat was alles waar we ons aan konden binden. Mijn verraderlijke intieme delen moesten zich daar maar bij neerleggen.

Een paar uur later knorde Jacksons maag.

Ik keek op de klok aan de muur. Het was bijna één uur. 'Waarom neem je geen lunchpauze? Ik werk wel door.' Ik had mijn lunch van thuis meegenomen, wetende dat ik vandaag geen minuut mocht verspillen.

'Geen lunch.' Hij spande zijn vingers boven het toetsenbord. 'Jouw regel.' Zijn maag borrelde opnieuw.

'Goed dan. Wil je de helft van mijn boterham?' Ik haalde de koeltas uit de la. 'Het is Esmy's huisgemaakte pimentospread.'

'Pimentospread?'

'Als ik je vertel wat erin zit, vind je het vast walgelijk. Maar het is pittig en heerlijk. Proberen?' Ik legde de helft van de boterham op een servet en gaf de rest, nog in plasticfolie, aan hem.

'Oké.'

Toen hij de boterham van me aannam, was het alleen een lage bloedsuikerspiegel die mijn huid deed tintelen. Ik nam een hap van mijn boterham en hij deed hetzelfde. Over een minuut zouden we ons allebei beter voelen.

Hij slikte. 'Dat is echt lekker. Weet je zeker dat je me niet wilt vertellen wat erin zit?'

'Geen schijn van kans. Hé, let op die extra witruimte.'

Om vier uur begon er beneden muziek te spelen. Eén vrijdag per maand had Synergy een eigen borrel voor werknemers met bier, hapjes en muziek. Naarmate ons team hun code afrondde en groen licht kreeg van het geautomatiseerde testsysteem, slenterden ze een voor een naar beneden, totdat alleen Jackson en ik nog over waren om onze code af te maken. Na nog een halfuur werk tikte hij op de knop om de code naar het testproces te sturen.

Jackson leunde achterover in zijn stoel en wreef over de plek waar zijn schouder overging in zijn nek. Hij wierp een blik op het bord en de slinkende stapel werk. 'Nog twee sprints na deze. Ik denk dat we zelfs tijd hebben voor wat refactoring.'

Ik grinnikte. 'Laten we niet te gek doen. Vier weken is niet veel tijd. Er kan van alles gebeuren.'

'Kom op. Je weet dat je deze code wilt laten zingen.'

Ik rolde met mijn polsen. 'Oké, ja, dat wil ik. Ik wil dat hij zo snel draait dat Coopers hoofd ervan tolt.'

'Als we de nieuwe features in de volgende sprint afmaken, kunnen we de laatste besteden aan het opvoeren ervan.'

Hoe zou het zijn om Cooper Fallon, tech-superster, te imponeren met onze demo? Verdomd goed. 'Oké. Als we alle features vroeg af hebben, doen we het.'

Hij grijnsde naar de voortgangsbalk op het scherm.

De testroutine eindigde met een foutloos rapport. Jackson checkte de code in in de repository, en ik gebruikte mijn eigen computer om te controleren of ieders code stond waar die hoorde te staan.

Hij stond op. 'Kom mee.'

'Wat?' Maar ik stond ook op en strekte mijn rug.

'We moeten even bewegen.' Hij liep door de open gang en sloeg linksaf naar de glazen schuifdeur die naar het kleine dakterras van Synergy op de tweede verdieping leidde, met uitzicht op de rivier. Nu iedereen beneden op de borrel was, was het terras leeg, net als de bureaus binnen die erop uitkeken. Hij liep naar de reling, leunde er met zijn ellebogen op en staarde naar de bomen en het glinsterende water daarachter.

Ik trok mijn jasje uit, legde het over de reling en nam dezelfde houding aan.

'Dus wat ga je hierna doen?'

Ik hield mijn hoofd schuin naar hem toe. 'Vanavond bedoel je? Naar huis. Filmavond met Noah.'

De hoek van zijn mond krulde omhoog en ik wilde die met mijn vinger volgen. 'Nee, ik bedoelde na dit project. Heb je je volgende klus al geregeld?'

'O. Ja, een lokaal ziekenhuis heeft wat hulp nodig met hun patiëntendossiersysteem. Een voormalige collega heeft me aanbevolen. Dat zou me tot het einde van het jaar bezig moeten houden.' Het zou niet het cachet van het Synergy-project hebben, maar het was een inkomen. Ik kon Coopers aanbeveling gebruiken voor de klus daarna en zo beginnen op te klimmen op de ladder van grote bedrijven. Misschien kon ik volgende zomer zelfs een opdracht buiten de stad binnenhalen. Dan kon ik eindelijk reizen zoals ik altijd al had gewild.

'Mooi.' Hij leunde over de reling en overzag de groene ruimte beneden.

'Wat ga jij na het project doen?' vroeg ik.

'We moeten nog wat losse eindjes aan elkaar knopen. Het testteam er een klap op laten geven. En daarna, ik weet het niet. Het hangt allemaal van Cooper af.'

'Denk je echt dat hij je niet terug zou laten gaan naar het hoofdkantoor als je dat zou willen?'

'Dat hangt ervan af.' Hij haalde zijn schouders op. 'Als hij nog boos op me is, niet.'

'Waarom laat je hem je zo behandelen?' Ik dacht terug aan mijn eerste dag bij Synergy, toen Cooper Jackson niet had verteld dat ik aan zijn project kwam werken. 'Jullie zijn partners. Gelijkwaardig.'

Hij verstijfde. 'Hij is beter in het zakelijke dan ik. Bovendien moet hij het altijd oplossen als ik de boel verpest.'

'Je verpest...' Maar toen herinnerde ik me de stagiaire. Hij had gezegd dat Cooper de situatie voor hem had opgelost. Toch leek het allemaal niet zo erg. Ze had haar stage afgemaakt en een aanbeveling gekregen. 'Ik weet zeker dat Cooper ook wel eens fouten heeft gemaakt.'

'Niet zoals de mijne.' Hij keek me aan, zijn bruine ogen vol van iets dat mijn hart zwaar maakte. 'De beursgang. De avond voordat we met de bankiers afspraken, gingen Cooper en ik uit. We hebben ons klemgezopen. Normaal gesproken is hij de chagrijnige dronkenlap en ik de vrolijke. Maar om de een of andere reden – de stress van alles, ik weet het niet – kreeg ik ruzie met een agent buiten. Ik belandde in de cel. Cooper was al terug naar het hotel gegaan en lag knock-out, en hij kreeg mijn bericht pas de volgende dag. Hij heeft me eruit gehaald, maar ik verscheen op onze afspraak in de kleren van de vorige avond, ruikend naar de gevangenis.' Hij trok zijn neus op bij de herinnering. 'De bankiers zeiden dat we een ander als CEO moesten aanstellen. Iemand die zij uitkozen.' Zijn gezicht vertrok toen hij zei: 'Weston.'

Ik onderzocht zijn gezicht. Zou hij een goede CEO zijn geweest? We hadden een moeilijke start met het project, maar de laatste paar weken had hij echt leiderschap getoond. Hij had potentieel. Jammer dat hij er zoveel moeite in had gestoken om te bewijzen dat hij niets gaf om een bedrijf waar hij duidelijk van hield. Ik legde een hand op zijn arm. 'Je hebt hier niets verpest. Je bent geweldig geweest met de jongens. Een leider. Je zou zoveel meer kunnen zijn.' Ik wilde zeggen *als je zou stoppen Cooper je klein te laten houden,* maar hij zou het misschien niet leuk vinden als ik hem zou vertellen wat ik echt van zijn beste vriend dacht. Ik zou iedereen die een kwaad woord over Tiannah probeerde te zeggen, de ogen hebben uitgekrabd.

'Jij hebt me een betere programmeur gemaakt. Een betere leider.' Hij draaide zich naar me toe, zijn bruine ogen oprecht, veeleisend. 'We werken goed samen. Geef het toe.'

'Dat doen we.'

Hij hield zijn hoofd schuin. 'Ik dacht dat je het met me oneens zou zijn.'

'Nee. Ik lieg niet. Ik heb het geprobeerd toen Melissa – mijn zus – ziek was. Ik probeerde haar te vertellen dat het goed zou komen, dat ze zou herstellen en dat we weer alles zouden doen wat we vroeger deden. Dat was in ieder geval wat ik hoopte.' Ik staarde naar de rivier, die traag naar de Golf stroomde. 'Ze zei me dat ik onzin uitkraamde, en dat ze niet genoeg tijd meer had om die te verspillen door naar me te luisteren.'

'Auw.'

'Ja. Melissa had niet veel geduld met leugens – noch die we aan anderen vertellen, noch die we aan onszelf vertellen. Daarom heb ik Noah. Ze heeft onze moeder nooit vergeven dat ze zo lang bij onze vader bleef. Wachtend tot hij ons zou verlaten.' Ik slikte met moeite. Waar kwam dat allemaal vandaan? Ik sprak nooit over Melissa. Zeker niet met collega's.

'Ik denk dat ze nu trots op je zou zijn. Dat je voor jezelf bent opgekomen. Dat je je eigen bedrijf bent begonnen. Denk je niet?' Hij legde een hand over de mijne, die nog steeds op zijn arm rustte.

'Het is deels de reden waarom ik het deed. Voor haar. En voor

Noah. Om hem te laten zien dat wij Webers alles kunnen bereiken wat we willen.'

Hij kneep in mijn hand. 'Alicia, ik—'

'Hé!' De schreeuw kwam van beneden ons en ik trok mijn hand terug. Tyler stond op het gras, een rode beker in zijn hand. 'Het feestje is hier beneden, jullie twee!'

Ik legde een hand op mijn razende hart. Had hij me Jackson zien aanraken op een niet-zo-collegiale manier?

'We komen eraan,' schreeuwde Jackson naar beneden. 'Hadden even frisse lucht nodig.'

Tyler hief zijn beker als een toost en sjokte toen de hoek van het gebouw om richting de muziek.

'Ik moet maar eens naar huis.' Ik pakte mijn jasje en schudde het uit, terwijl ik hoopte dat mijn wangen zouden afkoelen.

'Eén biertje. Je kunt één biertje met me drinken. Met het team.'

Een biertje klonk goed op een vrijdag na al dat code schrijven. Na het blootleggen van onze zielen. 'Eén biertje met het team.' Ik wierp hem een plagende glimlach toe. 'Jij mag er ook bij zijn.'

'Je hebt me de gelukkigste nerd in Austin gemaakt.' Hij bood me zijn elleboog aan. 'Zullen we?'

Hoe graag ik zijn arm ook wilde pakken, ik kon het niet. Geen van beiden konden we ons de fout veroorloven om gezien te worden als iets meer dan vriendschappelijke collega's.

'Kom op.' Ik stapte opzij en schoof de glazen deur open. 'Laten we ons bij de rest van de nerds voegen.'

21

JACKSON

IK LEGDE MIJN benen op de stoel naast me aan de hoge bartafel en kruiste mijn enkels, waardoor mijn laarzen praktisch in Coopers schoot belandden.

Hij keek ernaar alsof het een paar met stront besmeurde werklaarzen waren, maar hief toen zijn glas dure bourbon. 'Op het keren van het tij voor het project. Ik ben onder de indruk, Jay.'

Ik draaide mijn glas rond en keek hoe de goudkleurige extra añejo tequila tegen de zijkanten klotste. 'Het is allemaal Alicia. Ze is geweldig.'

Hij trok zijn dikke wenkbrauwen op. 'Toen ik vanmiddag een bespreking met haar had, zei ze dat het allemaal aan jou te danken was.'

'Ik denk dat we goed samenwerken. En we zijn allebei bescheiden.'

Hij proestte het uit. 'Jij bent nooit het bescheiden type geweest. De eerste keer dat je een tien haalde voor een paper in onze eerstejaars literatuurles, liet je die "per ongeluk" aan de hele klas zien.' Die klootzak had nog het lef ook om aanhalingstekens in de lucht te maken. Ik was gestruikeld over de losse veter van mijn Converse en de paper was uit mijn hand gevallen. Ik greep alleen de kans om het met het cijfer naar boven te laten vallen.

'Dat was ook een teamprestatie. Zonder jou had ik die les nooit gehaald. Verdomme, ik was nooit afgestudeerd.'

'Er is niets mis met een beetje hulp nodig hebben. Ik wou dat je…' Hij schudde zijn hoofd en nam een slok van zijn whiskey.

Ik kneep mijn ogen tot spleetjes. 'Je wou dat ik wat?'

'Ik wou dat je niet altijd alles alleen probeerde te doen, als een cowboy.' Hij knikte naar mijn laarzen.

Ik haalde mijn benen van de stoel en haakte de hakken van mijn laarzen om de dwarsbalk van mijn barkruk. Als ik alleen werkte, stelde ik mijn shit aan niemand anders bloot. Of sleepte ik hen mee in mijn val. Maar Alicia had me niet uitgelachen, geen enkele keer. Zelfs niet toen ik door de code heen sprong of vorige week, op die dag dat ik me nergens op leek te kunnen concentreren en ze me vijf verschillende keren had betrapt terwijl ik voor me uit staarde. Ze had me er zachtjes aan herinnerd waar we mee bezig waren en pakte de draad weer op. Sterker nog, het hele team leek sneller en beter te coderen. We hadden de afgelopen twee weken samen meer gedaan dan de vier weken daarvoor afzonderlijk.

Er waren maar twee andere mensen die ik vertrouwde om me niet te bespotten. Een daarvan was mijn zus, Sam. 'Jij en ik hebben ook altijd goed samengewerkt.'

'Waar.' Zijn blauwe ogen brandden in de mijne, een beetje rood aan de randen van de bourbon. 'We zijn een geweldig team. Daarom hebben we het bedrijf Synergy genoemd. Weet je nog?'

Ja, ik wist het nog. Vaag. We dronken toen goedkopere drank, de avond voordat we ons plan aan de durfkapitalisten presenteerden. Een flits van een herinnering: Cooper die lallend 'Ssssynergie. Dassit,' zei. Ik heb hem daarna misschien gekust. Of misschien was het alleen die ene keer op de universiteit. We waren toen jonger en de katers waren niet zo pijnlijk.

'Op jou en Alicia Weber,' zei hij. 'Een samenwerking die het bedrijf gaat redden.'

Deze keer hief ik ook mijn glas en dronk het leeg. Ik had zo lang geprutst voordat Alicia bij ons kwam. Wat zij of Cooper ook zeiden, zij maakte het verschil. Zij had het project gekeerd, niet ik. Maar voor een keer nam ik het niet kwalijk dat ik hulp nodig had. Ik wenkte de serveerster voor nog een rondje.

'Ik denk dat je, nadat je dit project hebt afgerond, terug moet komen naar het hoofdkantoor. We hebben een paar initiatieven die jouw expertise kunnen gebruiken. Misschien kun je aan beide werken in een adviserende rol. Je gaan gedragen als een vicepresident van ontwikkeling in plaats van een senior programmeur.'

Ik knipperde met mijn ogen naar hem. 'Serieus?'

'Je kunt dit project op afstand afronden. Dan ben je op tijd thuis voor het Thanksgiving-diner met je familie.'

De serveerster zette onze drankjes op tafel en ik dronk de helft in één teug op. Met het glas nog in mijn hand, wees ik naar Cooper. 'Jij komt ook naar Thanksgiving.'

De bovenkant van zijn wangen kleurde roze. 'Natuurlijk. Dat zou ik geweldig vinden.'

Natuurlijk zou hij dat. Mijn moeder was dol op hem. In tegenstelling tot haar eigen zoon was hij perfect.

Ik duwde de gedachte opzij. Ik werd uit mijn ballingschap bevrijd. Ik ging naar huis. Terug naar het hoofdkantoor van Synergy en mijn kantoor op de bovenste verdieping waar niemand de baas over me speelde. Oké, behalve mijn assistente, Marlee.

Maar er zou geen Alicia zijn om subtiel haar hoofd te schudden als ik te veel post-its van de backlog trok. Om mijn code door te spitten met die scherpe blauwe ogen. Om me aan te moedigen mijn beste zelf te zijn. Om in me te geloven.

Geen wonder dat ik niet enthousiast was.

———

HET HUIS WAS donker toen ik buiten parkeerde. Shit. Ik keek op mijn horloge. Na elven. Ik zette de motor van de pick-up uit en zat een minuut in de stille duisternis.

Misschien sliep ze nog niet. Ik typte: *Ben je wakker?*

Na een minuut sms'te ze terug: *Nee.*

Prima. Ik hield een vinger boven de startknop. Maar mijn telefoon zoemde met nog een bericht.

ALICIA

Moet je praten?

Kun je me op je veranda ontmoeten?

Het gordijn bij een raam boven bewoog, en een paar seconden later ging het licht op de veranda aan. Ik klauterde de pick-up uit en rende het pad op en de voordeurstrap op.

Alicia stond achter de hordeur, haar armen over een hemdje gekruist. Ze droeg een pyjamashort die nog korter was dan de afgeknipte joggingbroek die ze de vorige keer droeg. 'Wat doe je hier?'

'Ik moest praten. En we zijn vrienden, toch? Vrienden praten.'

Ze aarzelde even voordat ze de hordeur openduwde en naar buiten stapte. Ze liep naar de schommelbank aan een kant van de veranda, en ik volgde. Het kraakte toen ik aan de andere kant van de bank ging zitten.

Alicia trok haar knieën op tot onder haar kin en sloeg haar armen eromheen.

'Heb je het koud?'

'Nee, ik—'

Haar armen stonden vol kippenvel. Ik trok mijn trui over mijn hoofd en gaf hem aan haar. Ze staarde er een seconde naar en pakte hem toen met tegenzin aan en trok hem over haar hoofd. Ze stak haar neus in de kraag.

'Sorry, hij ruikt waarschijnlijk naar de kroeg.'

'Nee. Hij is perfect. Dank je. Waar wilde je over praten?'

Ik trok mijn T-shirt naar beneden, dat omhoog was gekropen toen ik mijn trui uittrok. 'Cooper zegt dat ik naar huis mag aan het einde van het project.'

Ik kon haar mond niet zien, verborgen door de trui. Haar stem was gedempt toen ze zei: 'Dat is goed nieuws.'

'Is het dat? Het is wat ik al heel lang wil. Maar toen hij het zei, voelde ik me... Ik weet niet wat ik voelde.'

'Gerehabiliteerd? Opgelucht?'

'Teleurgesteld.'

Ze trok de kraag van de trui naar beneden zodat ik haar gezicht weer kon zien. 'Waarom teleurgesteld?'

'Ik denk dat ik het hier ga missen. Ik ga het team missen. Ik ga jou missen.'

Haar lippen krulden in een glimlach, maar haar ogen leken verdrietig. 'Het team zal hier nog steeds zijn. Misschien kun je op afstand met ze samenwerken. Of sommigen vragen om overgeplaatst te worden naar het hoofdkantoor.'

'Maar—maar jij niet.' Zij zou naar haar volgende adviesklus in het ziekenhuis gaan.

'Ik zou je sowieso verlaten. Dit is voor mij maar een klus.'

Een scherpe steek, als een papiersnede, schoot door mijn borst. 'Zou je ooit overwegen om deze klus... permanent te maken?' Hoe zou het zijn om elke dag naast haar te werken? Om haar aanmoediging te hebben, zelfs als niemand anders erin geloofde dat ik het kon? De hemel.

'Daar ben ik geweest, dat heb ik gedaan en ik heb de emotionele littekens om het te bewijzen.' Haar ogen glinsterden in het licht van de veranda.

'Maar Synergy is niet zo. We waarderen onze vrouwelijke werknemers. Verdorie, onze trans- en non-binaire werknemers ook. We hebben personeelsnetwerken—'

Ze reikte naar me en legde een hand op mijn arm. Een rilling steeg helemaal op naar mijn borst, waardoor mijn hart sneller ging kloppen.

'Ik weet zeker dat het geweldig is om bij Synergy te werken. Maar mijn eigen bedrijf geeft me onafhankelijkheid. Flexibiliteit. De macht om nee te zeggen.'

Mijn borstkas kromp ineen. 'De macht om weg te lopen.'

'Nee, dat is niet—' Ze beet op haar lip. 'Ik denk dat dat er deel van uitmaakt.'

'Waarom is dat belangrijk, Alicia?' Het was oneerlijk van me, vooral nadat ze me had verteld dat ze niet loog. Maar ik kon de vraag niet voor me houden. Iemand had haar gekwetst, en ik wilde weten wie.

Ze was heel lang stil voordat ze sprak, zo lang dat ik niet zeker wist of ze het me zou vertellen.

'Mijn vader vertrok toen we Melissa's diagnose kregen. Ik weet niet of het was omdat hij de stress niet aankon of dat hij al met één been buiten de deur stond en dat de druppel was. Behalve de scheidingspapieren hebben we sindsdien niets meer van hem gehoord. Toen zag ik wat er met Noahs vader gebeurde. Melissa zei dat hij al weg was toen ze erachter kwam dat ze zwanger was. En toen, de kanker kwam terug, ernstiger dan ooit, en zij—zij vertrok ook.' Ze stak haar handen in de te lange mouwen van mijn trui. 'Ik denk dat ik daarna degene wilde zijn die vertrok. Die er een einde aan maakte. Tiannah—dat is mijn beste vriendin—zegt dat ik belachelijke redenen verzin om relaties te beëindigen.'

'Echt waar?' Ik kon het me niet voorstellen. De solide, stabiele Alicia die iemand de bons geeft omdat hij met zijn mond open kauwt? 'Geef me een voorbeeld.'

Ze glimlachte, en ik was blij dat ik de sfeer had verlicht. 'Oké, hier is de ergste: de laatste man met wie ik uitging was perfect. Kon het geweldig vinden met Noah, had zelfs een kind van zijn leeftijd. Lekkere kont.'

'Maar?' Ik rekte het woord uit.

Ze grijnsde om mijn flauwe woordspeling. 'Maar, toen we eindelijk met elkaar naar bed gingen, was het… niet denderend.'

Hitte steeg op uit mijn kern, en ik balde mijn handen tot vuisten. 'Hij heeft je toch geen pijn gedaan?'

'Nee, nee. Het was gewoon... mwah.' Ze haalde haar schouders op. 'Ik kon me niet voorstellen dat ik dat voor de rest van mijn leven met hem zou willen doen.'

Mijn handen ontspanden zich. 'Ik ben geen sekstherapeut, maar misschien had je er met hem over moeten praten?'

'Misschien had ik dat moeten doen. Maar het was makkelijker om het uit te maken. Minder pijnlijk dan wanneer ik mezelf te betrokken had laten raken, en hij me dan zou verlaten. Ik weet dat dat verschrikkelijk klinkt. Maar'—ze haalde opnieuw haar schouders op—'bewijs mijn ongelijk maar.'

'Is dat een uitnodiging?' Wat zei ik nu? Ik was Meneer Onenightstand. Alicia maakte er een einde aan voordat het te ver ging; ik liet het nooit beginnen.

'Je weet dat we dat niet kunnen. Het zou een professionele ramp zijn. Voor ons allebei.'

'Het is maar een klus voor je, weet je nog. We zouden vrij zijn om te daten zodra het project voorbij is.'

'Je vertelde me net dat je terugging naar San Francisco.'

'Ik zei dat Cooper zei dat ik dat kon. Ik zou kunnen blijven. Als ik een reden had.' Mijn borst voelde lichter zodra de woorden mijn mond verlieten. Ik zou kunnen blijven. Hier. Bij Alicia. Ik zou met haar op deze schommelbank kunnen zitten. Haar hand vasthouden. Haar kussen zoals ik die andere avond al wilde.

'Ik zou een reden zijn om te blijven.' Haar toon was vlak, ongelovig. Verdomme, ik geloofde zelf amper wat ik zei.

Ik reikte naar haar, pakte haar hand en schoof de mouw van mijn trui terug totdat onze handpalmen elkaar raakten. 'Jij bent de enige reden die ik nodig zou hebben.'

Haar blauwe ogen, zoveel warmer dan die van Cooper, werden zachter. 'Laten we erover praten als het project af is. Als we het dan nog steeds willen proberen. Kijken hoe het een paar weken gaat.'

Een proefrit, zoals we op het circuit deden. Om te zorgen dat de auto geschikt was om te racen. Alleen in dit geval was ik de auto. 'Oké.'

Ik tilde haar hand op en kuste haar knokkel. Toen stond ik op. 'Welterusten, Alicia.'

'Welterusten, Jackson. Wacht, je trui.'

Ik was al de trappen van de veranda af en liep terug naar mijn pick-up. 'Houd hem maar.' Als bewijs dat ik nergens heen ging.

22

JACKSON

IK ZETTE MIJN telefoon op het aanrecht, leunend tegen de enorme, plastic pompoenlantaarns-o'-lantern, en liet de tassen met decoratiespullen op de grond vallen.

'Kun je echt niet een dag eerder komen?' Ik voegde een hoopvol tintje aan mijn stem toe, alsof ik wilde dat hij kwam.

Dat wilde ik niet.

'Nee, ik heb vanavond een benefietfeest.' Op het scherm bewoog Cooper heen en weer, zweetdruppels liepen langs de donkere punten van zijn haar terwijl hij op zijn hometrainer fietste. 'Je houdt je feest altijd *op* Halloween, niet de dag ervoor.'

Ik voelde me bijna schuldig. *Bijna.* Cooper en ik hadden sinds ons eerste jaar op de universiteit geen Halloween samen overgeslagen. Van de studentenfeesten die we op onze kamer organiseerden tot meer extravagante feesten in loodsen tot dat ene memorabele weekend in Amsterdam - tenminste, het deel waar ik geen black-out van had - Halloween was mijn ding. Geen familieverplichtingen van de Jonesen, alleen de anonimiteit en het gebrek aan verantwoordelijkheid dat gepaard ging met kostuums en een hoop drank. Ja, ik geef het toe: die uitbundige feesten droegen bij aan het playboy-imago dat ik zo hard had proberen te cultiveren. De feesten, het racen, de vrouwen, alles vormde een harde schil die ik had opgebouwd rond de onzekere jongen die zich niet kon concentreren, de oprichter van het bedrijf die regelmatig mensen teleurstelde.

Zelfs Cooper prikte er niet doorheen.

'De laatste keer dat Halloween op een doordeweekse avond viel, moest ik Marlee de volgende ochtend achter je aan sturen. Weet je nog?' vroeg hij liefkozend. 'Waar heeft ze je opgespoord?'

'Op een ligstoel naast het zwembad van Weston.' Om de een of other reden had ik het een goed idee gevonden om op 1 november vroeg bij de CEO op te duiken, maar ik was op zijn terras in slaap gevallen voordat ik de grap die ik van plan was uit te halen had kunnen uitvoeren.

'Marlee is een redder in nood.'

Dat wist ik maar al te goed. Een van de vele redenen waarom ik had geweigerd haar te ontslaan. Ik tilde een pak spinnenslingers uit een van de tassen. Ik zou die boven de deur naar het terras hangen, zodat mensen erdoorheen konden strijken op weg naar een biertje.

'Sommige mensen die ik uitnodig hebben kinderen. Die zouden niet naar een feest voor alleen volwassenen komen op Halloween. Dus deed ik het een dag eerder.' Ik had bijna gedanst, daar op kantoor, toen Alicia zei dat ze zou komen.

Cooper trapte langzamer. 'Dat is eigenlijk best attent van je.'

Ik haalde mijn schouders op. 'Ik groei zeker op of zo.' Ik haalde een pakje ijsvormpjes in de vorm van oogballen tevoorschijn. 'Deze vind ik geweldig!'

'Opgroeien,' mopperde Cooper. Hij versnelde. 'Misschien kan ik morgen vroeg komen. Dan kunnen we een ritje maken. Of een wandeling.'

Als alles vanavond goed ging, hoopte ik dat Alicia me vielleicht zou uitnodigen om met Halloween naar haar toe te komen. Samen konden zij en ik met Noah door de buurt lopen voor trick-or-treat. Dat had ik niet meer gedaan sinds mijn zussen klein waren. Ik had me voorgesteld dat we ons als vrienden zouden gedragen. Niet als collega's.

Nu ik had besloten om in Austin te blijven, had ik weken, zo niet langer, om met Alicia door te brengen. Misschien liet ze me wel naar een van Noahs voetbalwedstrijden komen.

'Zekerheid. Laten we dat doen.' Ik zou de volgende dag doorbrengen met mijn beste vriend, die maar een avond of twee in de stad zou zijn.

Cooper vertraagde weer en glimlachte stralend naar me. 'Ik ben er rond het middaguur. En, Jay, ik ben trots op je.'

Ik glimlachte terug, niet zo breed. 'Ik kan niet wachten.'

ALICIA

IK KREEG EEN knoop in mijn maag toen ik Jacksons adres in de e-mailuitnodiging zag. Er waren veel appartementencomplexen in die straat. Het kon niet dezelfde zijn. Zoveel pech kon ik toch niet hebben.

Maar dat had ik wel. De knoop veranderde in een zwaar, naar gevoel toen ik voor Jacksons gebouw parkeerde. Ik keek naar de andere kant van het complex, langs het zwembad, het sportveld en het clubhuis. Ik kon niet eens het gebouw zien waarin het appartement was waar ik die ene keer met Rick had geslapen. Ik vertraagde bewust mijn ademhaling. Dit was een risico dat ik kon vermijden. Als ik in Jacksons appartement bleef, en vooral als ik vroeg wegging, was de kans dat ik Rick zou zien minuscuul.

Ik stapte uit mijn Honda, streek mijn kostuum glad en schudde mijn haar op. Met een diepe zucht zocht ik het gebouw af tot ik zijn appartementnummer vond - hoewel de AC/DC die uit zijn deur schalde het al verraadde - en liep naar binnen.

Het appartement was donker, op gekleurde lichten na die op het plafond waren gericht, de uplights die iedereen een griezelige gloed gaven. Overal hingen slingers: verspreid over de muren, bungelend aan het schiereiland dat de keuken van de woonkamer scheidde, wapperend over de open schuifpui naar het terras. Er leek geen thema te zijn, anders dan dingen die je in een tijdelijke Halloweenwinkel kon vinden: er waren skeletten, spinnen, vleermuizen, zelfs een paar *heel* enge clowns. Plastic pompoenlantaarno'-lanterns stonden op elk plat oppervlak, met flikkerende kaarsjes op batterijen erin.

Jackson kwam op me afgestormd, in spijkerbroek en een roze polo die niet in zijn broek zat, met een opgezette kraag om een gouden ketting om zijn nek te showen. Een omgekeerd honkbalpetje bedekte zijn donkere haar, en een zonnebril glinsterde bovenop zijn hoofd. En natuurlijk droeg hij zijn nu alomtegenwoordige laarzen. Zijn uitdrukking was dezelfde als die van Noah vorig jaar toen we op Halloweenavond de veranda afstapten om snoep op te halen: jongensachtig plezier. Jackson stak zijn hand uit alsof hij me een knuffel wilde geven, maar bij mijn waarschuwende blik liet hij zijn handen langs zijn zij vallen. Zeker, vrienden knuffelen. Maar collega's niet, en ik had Kevin al in de hoek zien staan, met een oranje plastic beker in zijn hand.

'Ik ben blij dat je er bent.' Hij nam me van top tot teen op. 'Eleven uit *Stranger Things*, toch?'

'Ja.' Ik had het shirt met de geometrische print in een vintagewinkel gevonden en het gecombineerd met een jeans met hoge taille en bretels. 'Ben jij... ook jaren tachtig-thema?'

Zijn gezicht betrok een beetje. 'Ik ben een *bro*grammeur. Snap je?' Hij maakte jazz hands.

'O. Tuurlijk.' Ik rimpelde mijn neus om niet te giechelen. Het *was* best slim bedacht.

'Kan ik wat te drinken voor je halen?'

'Eh, oké. Een biertje?'

Hij leidde me naar buiten, door de bungelende spinnen, naar een koelbox. Hij somde de biersoorten op, ik koos een lokale IPA, en hij viste die voor me uit het ijs en maakte het flesje open.

Hij trok een flesje water uit de andere koelbox en leunde tegen de paal die het balkon erboven ondersteunde. Hij hield zijn hoofd schuin en keek me aan.

'Wat?' Ik controleerde mijn kostuum. Alle knopen zaten nog dicht, alles in orde.

'Ik heb je op kantoor gezien. En bij je thuis. Maar dit is de eerste keer dat ik je hier zie, bij mij thuis.' Een mondhoek van hem krulde omhoog.

Hij had Linda's Taquería niet genoemd. 'En?'

De andere mondhoek ging ook omhoog. 'Ik vind het leuk. We zouden kunnen proberen samen naar andere plekken te gaan.'

'Jackson, ik—'

'Hoor me even aan. We zijn vrienden. Ik zou naar een van Noahs voetbalwedstrijden kunnen gaan. Wat van die dinsdag-donderdag-magie zien.'

'Nee, Jackson, ik... ik wil Noah erbuiten houden. Ik begrijp dat je teruggaat naar San Francisco' - ik stak een hand op - 'uiteinde-lijk. Maar hij niet.'

Zijn glimlach zakte in. 'Oké, dan moet je me maar wat van de bezienswaardigheden van Austin laten zien. Zoals het Capitool. En de Alamo.'

Ik spuugde mijn bier bijna uit. 'De Alamo is in San Antonio.'

Hij rimpelde zijn neus. 'Echt waar?'

'Anderhalf uur rijden bij weinig verkeer. En je zult teleurge-steld zijn. Mensen die geen Texanen of geschiedenisliefhebbers zijn, zijn dat altijd.'

'Ik hou van autorijden. En als ik met jou was, zou ik niet teleurgesteld kunnen zijn.'

Hij stond een goede twee meter van me vandaan, veel verder dan wanneer we elleboog aan elleboog op kantoor werkten. Toch begon er een warmte in mijn buik die lager zakte, een tinteling veroorzakend waar mijn dijen samenkwamen in mijn jeans met hoge taille. Ik spande alles vanbinnen aan. *Niet doen.*

'Ik moet je niet van je gasten afhouden.'

Hij wierp me een blik toe alsof hij dwars door me heen kon

kijken. 'Laten we naar binnen gaan. Ik stel je voor aan wat mensen.'

'Wie is hier eigenlijk?' Behalve Kevin herkende ik nog een paar andere gezichten van Synergy. Nog geen Cooper Fallon, dankzij de halloweengeesten. Maar er waren veel mensen die ik nicht herkende. Hoe had Jackson zoveel vrienden in Austin?

'Mensen van het werk. Mensen die ik hier in de buurt heb ontmoet. Kom op.'

Hij stelde me voor aan zijn bovenburen, de man die het appartementencomplex beheerde, en een paar mensen die op het Formule 1-circuit ten zuiden van de stad werkten. We waren nog aan het praten met zijn buren, die totdat ik het hun vertelde niet wisten dat ze boven een wereldberoemde programmeur woonden, toen er een zware arm op mijn schouders landde.

'Hé, lui.' Tylers adem in mijn oor rook naar drank. 'Hoe is 't?'

'Hé, man.' Jackson, die nu ook Tyler overeind hield, klopte op zijn schouder. 'Vermaak je je?'

'O, ja. Ik speelde Fuzzy Duck met je buren daarginds.' Hij zwaaide naar een groep jonge mannen, allemaal verkleed als Tom Cruise in *Risky Business*, met witte overhemden, boxershorts en zonnebrillen. Eén lag half op de bank, een ander wiegde waar hij stond, en nog twee zaten op de grond, ernstig met elkaar te praten.

'Heb je de studenten uitgenodigd?' vroeg Jacksons buurvrouw June.

'Nee. Ik denk dat ze van nature afgestemd zijn op de frequentie van feestmuziek. Ik zou ze niet buiten kunnen houden als ik het wilde.'

'Ze zijn gewel-dig,' zei Tyler.

'In tegenstelling tot jou kunnen zij wel naar huis lopen. Laten we wat water voor je halen,' zei Jackson.

'Ik doe het wel.' Ik dook onder Tylers arm vandaan. Hij wiegde maar bleef overeind, leunend op Jackson. Buiten op het terras stak ik mijn hand in het halfgesmolten ijs en haalde er twee flesjes water uit. Ik wou dat ik mijn hoofd erin kon onderdompelen om de nevel te verdrijven die ik voelde rondom Jackson Jones. Omdat ik dat niet kon doen, zou ik het water drinken en dan naar huis gaan, waar ik veilig zou zijn voor de tintelingen die ik begon te voelen wanneer hij in de buurt was.

Maar toen ik via de spinnenslinger het appartement weer binnenstapte, zag ik iets waardoor ik wenste dat ik een biertje of iets sterkers had gekozen.

'Alicia!' Jackson had tussen de bank en de schuifpui gestaan. Hij nam een van de flesjes water aan en gaf het aan Tyler, die nu op de bank naast Tom Cruise nummer één ineengezakt zat. Hij greep mijn ijskoude hand en trok me naar zijn zijde. 'Laat me je voorstellen aan mijn sportmaatje.'

'Rick, dit is Alicia. We werken samen.'

Ik staarde in het laatste paar ogen dat ik vanavond had willen zien. 'We kennen elkaar,' zei ik met gespannen stem.

'We hebben af en toe wat met elkaar,' zei Rick tegelijkertijd.

Ik staarde hem aan. 'Af en toe? We hebben het vier maanden geleden uitgemaakt.'

Hij haalde zijn schouders op. 'Ik dacht dat je während des seizoens nicht wilde daten en dat we het daarna weer zouden oppakken.'

Jacksons hand kneep convulsief de mijne fijn. 'Alicia is de vrouw over wie je me in de sportschool vertelde?' Zijn wangen waren roze en hij keek me niet aan.

Shit, wat had Rick hem verteld?

'Je hebt niet gezegd dat je met iemand uitging.' Ricks blik schoot naar waar onze handen nog steeds in elkaar geklemd waren.

'Dat is niet—' begon ik.

Jackson liet mijn hand los. 'Alicia en ik werken samen.'

Een kilte daalde neer in mijn borst.

'Rick. Jij en ik komen niet mehr bij elkaar.' Mijn stem knetterde van de kou. 'Niet als het seizoen voorbij is. Nooit meer.'

Zijn groene ogen vlamden. 'Je was sowieso al slecht in bed, ijskoningin.'

Een fractie van een seconde later stond Jackson vlak voor zijn neus. 'Wegwezen.'

'Maar ik—'

'Wegwezen.' Jackson gebruikte zijn grotere lichaam om Rick naar de deur te drijven, en negeerde de mensen die ze onderweg opzijduwden.

Ik bleef staan waar ze me hadden achtergelaten, mijn voeten aan de vloer genageld alsof ik precies was wat hij me had genoemd, een ijskoningin, een standbeeld. Ik had geprobeerd open tegen hem te zijn. Ik had hem in ons leven toegelaten. Hij had mama en Esmy ontmoet. We hadden de jongens sogar meegenomen op een paar van onze dates.

Maar had ik hem echt binnengelaten? Had ik iets achtergehouden, hem geen kans gegeven? Zou ik altijd een deel van mezelf achterhouden, zoals mama bij papa had gedaan?

Was ik het die slecht was in bed, en niet hij?

Ik trok de dop van het flesje water en klokte het leeg, de koude vloeistof brandde in mijn keel. Tegen de tijd dat Jackson weer bij me kwam, had ik het flesje leeg. Ik duwde het in zijn hand. 'Ik ga nu. Bedankt voor de uitnodiging.' Mijn stem was vlak, net als mijn hart.

'Ga niet weg.' Hij legde een hand op mijn arm, net onder mijn schouder, niet om me vast te pinnen, maar troostend, en kneep erin. 'Sorry van Rick. Ik wist niet dat hij degene was over wie je me had verteld.'

'Ja. Nou ja.' Ik staarde naar zijn laarzen. 'Ik had niet moeten komen.'

'Alicia.' Zijn grote lichaam schermde me af van Tyler en die student die op de bank hingen, en ook van de rest van het feest. Zijn stem was laag, dringend. 'Ik ben blij dat je gekomen bent. Ik wil je hier hebben. Laat die klootzak Rick dit alsjeblieft niet voor je verpesten. Je bent een sterke vrouw, een van de sterkste die ik ooit heb ontmoet. Ik ben vereerd dat je me toestaat je vriend te zijn. Mensen dichtbij laten komen is jouw keuze. Niet de mijne, en niet de zijne.' Hij knikte naar de deur waar hij Rick doorheen had geduwd.

Mijn keel kneep dicht en de woorden hoopten zich erachter op als water achter een dam. Hoewel we omringd waren door mensen, door luide hairmetal, door de spookachtige uplights, waren wij tweeën helemaal alleen onder de luifel van Synergy, zijn zachte vingers depten het bloed bij mijn haargrens weg. Ik pakte zijn hand en verstrengelde mijn vingers even met de zijne. Ik hoopte dat hij de dankbaarheid in mijn ogen kon zien stralen.

'Auw.' Hij kromp ineen.

Ik maakte mijn greep zachter en tilde onze verstrengelde handen op. Zijn knokkels waren rood en op een ervan zat een schaafwond waar bloed uit begon te sijpelen.

Ik staarde hem met grote ogen aan.

Hij haalde zijn schouders op. 'Een klap in het gezicht is moeilijk goed uit te delen.'

Een gekreun van Tyler verstoorde het moment. Ik liet Jacksons hand los en gluurde langs hem heen. 'Tyler, gaat het?'

'Draaierig', mompelde hij.

Ik legde een hand op Jacksons borst en zei: 'Misschien moeten we hem naar je badkamer brengen.'

Een mondhoek van Jackson trok op in net geen glimlach, en hij haalde een schouder op. 'Laten we dat maar doen. Ik heb liever geen kots op te ruimen vannacht.'

Hij zei iets tegen de studenten, en ze strompelden overeind, ondersteunden hun ingestorte vriend en schuifelden naar de deur. Het appartement was al leger aan het worden en de muziek leek harder nu er minder lichamen waren om het te absorberen.

Hij hurkte naast Tyler, sloeg een van zijn armen over zijn schouder en hees hem overeind. Ik haastte me om Tylers andere arm te ondersteunen en we strompelden door de gang. Jackson liep de open badkamerdeur voorbij en opende de deur aan het eind van de gang.

Ik zag aan de grijze Converse-schoenen en de tas op de grond dat het zijn slaapkamer was. Jackson stuurde ons naar een open deur aan de linkerkant, die naar een ruime badkamer leidde die bijna net zo groot was als mijn slaapkamer thuis. Toen we bij het toilet kwamen, tilde ik Tylers arm van mijn schouders. 'Red je het vanaf hier?'

Jackson knikte. 'Wacht je op me in de slaapkamer?'

'Oké.'

Ik had maar een paar seconden om zijn bed met het generieke, witte dekbed en de stapel wasgoed die uit de kast stroomde te bekijken, voor Jackson weer bij me kwam en de badkamerdeur sloot. 'Hij zegt dat het goed met hem gaat.'

Er kwamen geen geluiden uit de badkamer.

'Je laat hem niet naar huis rijden, hè?'

'Nee, hij kan zijn roes uitslapen in de logeerkamer.'

'Goed. Dan denk ik dat ik maar beter…'

'Blijf. We… praten wel.' Met twee stappen overbrugde hij de afstand tussen ons. Zijn lippen krulden tot een zondige grijns. Ik stelde me de vele, vele dingen voor die hij met die lippen met me kon doen. Geen daarvan had iets met praten te maken.

'Misschien een paar minuutjes.'

Hij pakte mijn hand alsof we dit elke dag deden en leidde me naar de woonkamer.

June, zijn bovenbuurvrouw, zwaaide vanuit de voordeur. 'Iedereen gaat naar de bar aan de overkant voor karaoke. Kom je ook?'

'Misschien later', zei hij.

Toen ze de deur dichttrok en ons alleen in het appartement achterliet, zette hij de muziek zachter. 'Huh. Mijn feestjes duren meestal langer dan dit.'

Op elk plat oppervlak stonden oranje bekers en flessen. Er lag een kledingstuk op de keukenvloer naast een plakkerig uitziende plas rode punch. Een zak chips in de hoek van het tapijt was ontploft, en kruimels bedekten een gebied van een vierkante meter.

'Laat me je helpen met opruimen.'

'Dat doe ik morgenochtend wel. Vanavond wil ik liever ontspannen. Met jou.'

'Ontspannen?' Ik veegde kruimels van het bankkussen voordat ik erop neerplofte. 'Ik ben niet zeker of ik dat woord ken.'

Hij grinnikte. 'Hier. Geef me je hand.'

'Mijn... hand?' Ging hij die weer kussen, als de held in een oude zwart-witfilm?

'Ik geef geweldige handmassages. Het verlicht stress en helpt tegen al die tijd die we zittend achter de computer doorbrengen.' Hij stak zijn hand uit, met de palm naar boven. 'Mag ik?'

'Maar... je hand.' Hij had nog zo'n Bliksem McQueen-pleister over de gespleten knokkel geplakt.

'Doet geen pijn meer. Niet als ik bij jou ben.'

Ik proestte het uit om die opmerking, en legde toen mijn handpalm op de zijne. Wat voor kwaad kon een kleine handmassage? 'Oké.'

Hij draaide mijn hand om en drukte zijn andere duim stevig in het midden van mijn handpalm, waarbij hij kleine cirkels maakte. Langzaam voerde hij de druk op tot mijn hand warm en ontspannen aanvoelde.

Ik leunde tegen de bankkussens. 'Doe je dit bij al je collega's?'

Hij keek op van mijn hand. 'Nee. Alleen bij mijn zus, Sam. Ze is ook een programmeur. Ze krijgt last van haar polsen.' Hij draaide mijn hand om en maakte de cirkels op de rug van mijn hand.

Dus daar kwam dat geduld vandaan. Daarom had hij me gecoacht in plaats van me te bekritiseren om mijn ondermaatse vaardigheden. Ik wilde net naar zijn zus vragen, maar hij was me voor.

'En mijn vader. Toen hij nog bij ons was.'

'Is hij weggegaan?' We hadden meer gemeen dan ik had gedacht.

'Nee.' Hij voerde de druk iets op terwijl hij naar mijn pols bewoog. 'Hij is overleden.'

Lekker bezig, Alicia. 'Wat erg voor je.' Ik wou dat ik hem online had opgezocht, zoals ik al zo vaak in de verleiding was gekomen.

Hij haalde zijn schouders op. 'Het is al een tijdje geleden. De zomer na mijn eerste jaar op de universiteit. Hartaanval. Hoe dan ook...'

'Nee, Jackson. Het spijt me echt. Het maakt niet uit hoe lang geleden, of hoe oud je was, het deed pijn. Ik begrijp het.'

Hij keek op en onze blikken haakten in elkaar. Melissa's dood was langzaam en pijnlijk geweest, maar we hadden tenminste afscheid kunnen nemen. Jackson had die kans misschien niet gehad. 'Ik weet dat je het begrijpt. Dank je.'

Hij maakte lange, langzame streken tussen de pezen en drukte de huid tussen elke vinger. 'Voordat hij zijn bedrijf begon, voordat hij een CEO werd, was papa ook een programmeur.'

'Net als jij.'

'Net als ik. En zijn handen deden dan pijn. Hij wreef ze altijd. Dus ik heb een paar video's bekeken en geleerd hoe ik het voor hem moest doen. En dan... praatten we.'

Hij had gelijk dat het goed was tegen de stress. Het voelde alsof hij mijn ruggengraat had verwijderd en ik een plaid was, uitgespreid over zijn bank. 'Praten. Zoals jij en ik nu doen.'

'Ja, tussen zijn start-up en mijn drie broers en zussen was het meestal de enige tijd die we met z'n tweeën hadden.' Hij legde mijn hand tussen de zijne, en liet zijn lichaamswarmte erin trekken. 'Het is fijn om weer een massage te geven. En om me dit te herinneren.'

Gedeelde ervaring. Dat was die spookachtige draad die hem met mij verbond. Dat moest de reden zijn waarom ik me levend voelde bij hem in de buurt, en leeg als we apart waren. Ik kwam overeind van de bankkussens en reikte langs onze samenge-voegde handen om zijn wang te kussen. Zijn baard was niet prik-kelig zoals ik had verwacht, maar zacht en warm. Hij bleef doodstil zitten met mijn lippen op zijn wang. 'Dank je', fluisterde ik.

Ik had terug in de kussens moeten zakken, maar ik deed het

niet. Ik had het middelpunt van zijn bedwelmende geur gevonden, en die hield me daar vast, en krulde zich om me heen als een derde arm. Ik was zo dicht bij hem, de stugge stof van mijn shirt schuurde tegen zijn polo, dat ik zijn razende polsslag bijna in mijn borst kon voelen. Hij klopte in zijn nek.

'Alicia, ik kan niet...'

'Ik weet het.' Hij had dezelfde woorden gezegd op de dag dat we elkaar ontmoetten. Toen hij wist dat ik bij Synergy werkte, en een relatie verboden terrein was. Ik kende alle redenen waarom mijn lippen niet op millimeters van de zijne hadden moeten zijn, mijn hand gevangen tussen de zijne, mijn eigen hartslag bonzend tussen mijn benen.

'Nee. Ik bedoel, ik kan me niet inhouden.' Zijn lippen raakten de mijne.

Het was zacht, aarzelend, in het begin, en gaf me tijd en ruimte om me terug te trekken. Maar dat was het laatste wat ik wilde. Ik tilde een hand op naar zijn nek, trok hem dichterbij en voelde een corresponderende hand op mijn rug, die me strakker tegen zijn hijgende borst trok. Mijn hart versnelde en bonkte tussen ons in.

Eindelijk. Ik kuste Jackson Jones. En het was de hemel.

Ik likte zijn mondhoek en hij opende zijn mond, zodat ik naar binnen kon duiken. Hij smaakte naar snoepmaïs en zonde. De kortere haartjes rond zijn mond prikkelden mijn lippen terwijl mijn tong lichtjes over de zijne gleed, als in een dans. Ondertussen was mijn polsslag veranderd in een beukend ritme door mijn lichaam, dat me aanspoorde om sneller te gaan, dieper te gaan, om hem te omhelzen en de pijn in mijn momjeans te verzachten.

Toen ik me terugtrok om adem te halen, sleepte hij zijn lippen over mijn wang en langs mijn nek, en liet een vlammend spoor van hitte achter. Ik gooide mijn hoofd naar achteren en maakte de weg voor hem vrij om naar het kuiltje tussen mijn sleutelbenen te kussen. Tintelingen schoten van overal waar hij me aanraakte rechtstreeks naar mijn kern. Mijn goedkope shirt van een polyestermix stond op het punt van me af te smelten.

'Alicia', mompelde hij tussen de kussen door, 'ik wil meer.' Hij traceerde met zijn hand over mijn ribben naar mijn borst en bedekte die, en wreef zachte cirkels over mijn tepel door mijn shirt heen.

God, ik wilde hem meer geven. Ik wilde hem precies vertellen wat hij moest doen om mijn lichaam te laten zingen. Met beide handen leidde ik zijn gezicht terug naar het mijne en kuste hem, waarbij ik met mijn tong tegen de zijne een ritme bepaalde. Een belofte van hoe we samen zouden zijn, de vereniging van onze lichamen, het perfecte duwen en trekken dat zou opbouwen tot een explosieve climax. Ik verstrengelde mijn vingers in het haar in zijn nek en liet mijn andere hand over de korrelige stof van zijn polo glijden.

'Jay?'

We draaiden tegelijk ons hoofd, onze borsten hijgden tegen elkaar en onze wangen plakten aan elkaar door een laagje zweet.

Tyler leunde tegen de muur in de gang, zijn oogleden hingen halfdicht. 'Vind je het goed als ik op je bank crash?'

Met een laatste, spijtige blik op mij zei Jackson: 'Natuurlijk, maat.' Hij stond op, liep naar Tyler, pakte hem bij zijn bovenarm en leidde hem terug de gang in en naar de tweede slaapkamer. Ik volgde en bleef in de deuropening staan. Tyler plofte achterover op het bed en gooide zijn arm over zijn ogen. 'Welterusten, mam. Welterusten, pap.'

Jackson woelde door zijn haar, en ik kwam de kamer in om zijn sportschoenen uit te trekken en ze naast het bed op de grond te zetten. Ik liep voorop de gang weer in en Jackson sloot de deur achter ons.

Jackson wierp een blik op zijn slaapkamerdeur. Hij moet dezelfde gedachte hebben gehad als ik, om verder te gaan waar we gebleven waren. Maar we wisten beiden dat het een verschrikkelijk slecht idee was. Tyler had ons betrapt. Gelukkig was hij te dronken om het zich 's ochtends te herinneren.

'Jackson, ik...' God, wat wilde ik het graag. Mijn lichaam zoemde voor hem. Twee weken. We hadden nog maar twee weken tot het project klaar was. 'Ik ga nu maar.'

'Oké.' Met een zacht schuren van zijn baard, kuste hij mijn wang. 'Tot maandag.'

'Tot maandag', zei ik. 'Bedankt voor... voor alles. Ik heb het naar mijn zin gehad.'

Hij gaf me weer die grijns, die me in vuur en vlam zette. 'Ik ook.'

Voordat ik daar ter plekke in zijn tapijt smolt, dwong ik mijn voeten de gang door, de voordeur uit de nacht in. De koele lucht prikkelde mijn wangen, een echo van het schuren van zijn baard.

We hadden afgesproken vrienden te zijn. Ik raakte mijn huid aan, nog warm van onze kussen. Maar nadat we het project hadden afgerond, was er een kans dat we meer konden zijn?

23

JACKSON

IK STAARDE NAAR de trap naar de tweede verdieping, mijn onderlijf protesteerde al na het korte stuk naar het kantoor. Waarom had ik gisteren tijdens onze rit niets gezegd, Cooper niet gevraagd om vijf minuten te stoppen om mijn fiets bij te stellen?

Omdat hij Cooper was, en ik ik, en zo werkte het tussen ons. En nu betaalde ik de prijs met scheuten pijn in mijn benen en... andere regionen.

Maar vandaag hoefde ik niet stoer te doen. Ik schuifelde naar de lift.

'Jay! Hoe was de rit?' Tyler sprong naast me op.

'Uitstekend. Bedankt voor de tip.'

Ik had hem laat zondagochtend mijn appartement uit moeten trappen vanwege mijn geplande rit met Cooper. Toen ik hem over onze plannen had verteld, had Tyler de fietsenverhuur bij de Barton Creek Greenbelt aangeraden.

Hij kantelde zijn hoofd naar de trap. 'Ga je omhoog?'

Ik keek naar de lift en zuchtte. 'Ja.'

Mijn pijnlijk langzame tempo ontging Tyler niet, en tegen de tijd dat we de keuken bereikten, had hij het hele verhaal al uit me getrokken.

Terwijl ik koffie en ibuprofen pakte, dook hij de koelkast in. 'Wil je een ijscompres nu ik hier toch ben, opa?'

Ik stak mijn middelvinger naar hem op.

Hij had het lef om te lachen. 'Dacht gewoon dat je sneller wilde herstellen zodat je op je best kunt presteren met— goedemorgen, Alicia.' Hij stak zijn hoofd weer in de koelkast alsof hij niet al een blikje Mountain Dew in zijn hand had.

'Goedemorgen, Tyler.' Ze fronste. 'Sorry, ik wilde jullie niet storen.'

Mijn pols dreunde in mijn oren, en niet op een goede manier. Niet zoals toen ik haar laatst kuste. 'Je onderbrak niets,' zei ik. Ik wierp Tyler een vernietigende blik toe, waarmee ik hem uitdaagde me nog eens 'opa' te noemen.

Tyler sloot de koelkast en kwam naast me staan bij het koffiecounter. Ik slikte een grom in. Hij dronk die troep niet. Waarom ging hij tussen Alicia en mij instaan?

'Je hebt iets op je gezicht,' gromde ik.

Blozend wreef hij met zijn hand over zijn kin. 'Is het weg?'

Ik kneep mijn ogen samen. 'Nee.'

Alicia zuchtte. 'Tyler, hij plaagt je om je baard.'

'*Dat is* een baard?' De jongen leek alsof hij pluis uit de droger op z'n gezicht had geplakt.

Hij werd nog roder. 'Het is nog in de maak.'

Alicia vormde met haar lippen, *Rolmodel,* achter zijn rug.

Fuck. 'Eh, staat je goed.' Ik krabde aan mijn eigen baard.

'Bedankt, man.' Tyler liep naar het schiereiland middenin en bleef in de keuken hangen als een ouderwetse chaperonne; hij pakte een servetje en nam alle tijd om iets uit de fruitschaal te kiezen.

Alicia liep naar het koffiestation en kwam naast me staan om haar ochtendthee te maken. Ik snoof de kruidige geur op van haar haar dat naast haar oor zwaaide.

'Je draagt je haar los vandaag,' mompelde ik. Had ik haar verteld dat ik het los geweldig vond? Had ze het voor mij gedaan?

Ze trok een grimas en schoof de sluier ervan weg van haar hals, waar een rode uitslag opvlamde. *Baardbrand,* articuleerde ze geluidloos.

'O, fuck,' zei ik luid genoeg dat Tyler opkeek van de fruitschaal. 'Sorry,' mompelde ik.

Ze schonk me een snelle glimlach. 'Het was het waard,' fluisterde ze.

Mijn borst zwol. Onze codereview had later die ochtend in de soep kunnen lopen, en ik was nog steeds de gelukkigste vent van Austin geweest. Maar we hadden publiek, dus om mijn grijns te verbergen, keek ik naar de ibuprofen die ik nog in mijn hand had, waarvan de oranje coating al op mijn huid begon te smelten. Ik gooide de pillen in mijn mond en spoelde ze weg met koffie.

'Je bent toch niet brak?' vroeg Alicia zacht, terwijl ze nog steeds haar theezakje dompelde.

'Nee, alleen wat zeurende pijn van een fietstocht gisteren.' Ik veegde mijn hand aan mijn jeans af.

'Gaat het wel? Heb je ijs nodig, of een warmtekussen?'

Ja, graag. Laat me op een bank in een donkere kamer liggen en kus het beter.

Tyler snoof en mompelde iets over 'oude botten'.

'Nee, ik ben oké.' Om het te bewijzen hinkte ik de keuken door en tikte tegen de achterkant van Tylers hoofd.

'Au!' jankte hij, terwijl hij pijn veinsde.

'Jay, wat is hier aan de hand?' Cooper stond rechtop in de deuropening van de keuken.

Fucking perfect, laat het aan Cooper over om me te betrappen terwijl ik me als een twaalfjarige gedraag. 'Niks. Gewoon wat bonden met mijn teamgenoot.' Ik sloeg een arm om Tylers schouders en wreef met mijn knokkels door zijn haar.

'Laten we proberen te bonden zonder fysiek contact.' Coopers glimlach was strak.

Tyler en ik verstijfden allebei. Langzaam liet ik hem los. Hij deed een stap opzij en ging met zijn vingers door zijn haar.

'Gaat het, Tyler?' vroeg Cooper.

'Gaat wel,' mompelde hij.

'Goed.'

Tyler schoot de keuken uit. Alicia wilde hem achterna, maar Cooper hield haar tegen door te zeggen: 'Goedemorgen, Alicia.'

'Goedemorgen, Cooper. Heeft u een fijne vlucht gehad?'

'Ja, dank u.'

Van hun koetjes-en-kalfjespraat brak het zweet me uit. Zou Cooper de baardbrand op Alicia's hals zien en op de een of andere manier weten dat de baard in kwestie de mijne was? Zou hij de seksuele spanning die tussen ons knetterde oppikken? Ik had lucht nodig. En dat wij drieën nooit meer in dezelfde ruimte zouden zijn.

Toen ik mijn ademhaling kalmeerde en weer in hun gesprek schakelde, was Cooper aan het zeggen: 'Jay en ik zijn gisteren gaan fietsen bij Barton-iets.'

'Barton Creek. Hebben jullie op de greenbelt gefietst?'

'Dat hebben we, al heeft deze man het een beetje overdreven.' Cooper grinnikte en wierp me een warme glimlach toe. 'Voel je je vandaag beter?'

'Veel beter.' Mijn gezicht voelde te strak.

Alicia keek van de een naar de ander. 'Nou, ik ga even bij de rest van het team kijken, zorgen dat we klaar zijn voor de demo.'

'Voordat u gaat, Alicia—'

Fuck. Fuck fuck fuck. Op de een of andere manier had hij het ontdekt. Wie had ons kunnen zien zoenen en het aan Cooper doorgegeven? Paniekerig ging ik in gedachten de party na.

'—ik dacht dat we na de review lunch zouden laten komen. En ik heb een verrassing voor u.'

'Voor mij?' Ze legde een hand op haar borst. Misschien probeerde haar hart er ook uit te bonken.

'Voor u. Gaat u maar, anders word ik in de verleiding gebracht het te verklappen.'

Met nog een laatste, bezorgde blik op mij haastte ze zich weg, haar thee tegen zich aangedrukt.

'Een verrassing? Ik hoop dat het een goeie is.' Zoiets als: niet ontmaskerd worden omdat ze me heeft gezoend.

'Ze zal het leuk vinden. Jij ook.'

'Geef me een hint.'

'Sorry, Jay. Mijn lippen zijn verzegeld.'

Waarom moest hij nou lippen noemen? Nu zou ik naar Alicia's mond zitten staren terwijl ze de demo gaf.

Hij verkleinde de afstand tussen ons en gaf me een duwtje met zijn elleboog terwijl hij een beker zwarte koffie inschonk. 'Echt, gaat het?'

Nee. 'Absoluut.'

ALICIA

IK VERWACHTTE DE standaardselectie aan broodjes en een enorme kom salade, uitgestald op het dressoir bij de deur van de vergaderruimte. Wat ik niet verwachtte te zien, was—

'Jamila!' gilde ik en snelde naar haar toe voor een omhelzing.

'Hé meid, hoe is het met je?'

Ik smachtte ernaar om al mijn zorgen en verwarring eruit te gooien, maar een paar van de jongens waren al in de ruimte en bovendien, wat zou mijn mentor denken van de puinhoop waarin ik mezelf had gewerkt bij mijn allereerste klus, eentje waarvoor zij me had aanbevolen?

'Goed,' zei ik, mijn stem te hoog.

Ze trok een sierlijk gevormde wenkbrauw op. 'Kom bij me zitten.' Ze pakte mijn hand en leidde me naar de achterkant van de ruimte, weg van het eten.

'Cooper zegt dat je een rockster bent geweest.' Ze sloeg het ene lange been over het andere, haar champagnekleurige rok schoof op tot aan haar knie.

'Het team is geweldig geweest. We zijn echt naar elkaar toe gegroeid.' Mijn wangen werden heet toen ik me herinnerde hoe Jackson en ik bij zijn feest bij elkaar waren gekomen.

Jamila's stem werd laag en dringend. 'Alicia, je moet je succes claimen. Niemand anders doet het. Zeg: "Ik ben een rockster."'

'Ik ben een rockster,' papegaaide ik.

'Zij is een rockster.' Jacksons hand landde half op de rugleuning van de stoel en half tussen mijn schouderbladen. Hij glimlachte naar me.

Jamila stond op en omhelsde Jackson. 'Het is lang geleden, Jay. Kom erbij, dan kletsen we bij.'

'Ik haal eerst wat te eten,' zei hij. 'Alicia, wil je deze? Ik heb zo'n chicken-Caesarwrap voor je gepakt die je lekker vindt.'

Hij had een bord voor me gemaakt. Mijn favoriete broodje naast een berg groene salade met balsamicodressing, en hij had zelfs die vieze pastasalade weggelaten. Apart erbij lag een dubbel-chocolatechipkoekje. Mijn ogen prikten, en ik knipperde snel.

'Dank je. Dit is perfect.'

Hij gaf me een grijns en slenterde terug naar de rij bij het eten.

Jamila trok weer haar wenkbrauw op. 'Hij heeft eten voor je opgeschept.'

Net als ik was Jamila opgegroeid in Austin. Zij kende onze gewoonten. Jackson niet, en het hoefde niets te betekenen. Al… misschien toch wel. Jackson deed zo zijn best om het te verbergen, maar ik had hem zien laten merken hoeveel hij gaf om anderen. Zoals die groene smoothie die hij Cooper had gehaald de dag na de kick-off. Voedselvergiftiging daargelaten, hij had de jongens eten gekocht toen ze laat hadden doorgewerkt. Hij had met Noah over auto's gepraat. En nu had hij lunch voor me gehaald terwijl ik dat prima zelf kon.

'Hij—'

Ze knikte. 'Je hebt je team goed getraind. Ik vind dat je het prima doet.'

'Prima?' Cooper was geruisloos aan Jamila's andere kant opgedoken. 'Ze doet het geweldig. Onze codereview vanmorgen was onberispelijk.' Hij zette zijn bord neer.

'O, je hebt me een bord gebracht. Wat lief,' zei Jamila. 'Kom terug en schuif aan als je je lunch hebt.'

Een mini-frons trok over zijn gezicht, maar hij draaide zich om en voegde zich bij Jackson aan de buffettafel. Jamila staarde naar het bord dat hij had gebracht, torenhoog vol salade en zonder koekje. 'Noorderjongens.' Ze schudde haar hoofd, maar pakte de vork en prikte een hap salade.

'Je kent hen al lang, hè?' zei ik.

'Eeuwen. Sinds ons eerste jaar op Stanford. We zaten in een paar vakken samen. Ik ontmoette eerst Jay, en hij stelde me voor aan Cooper, die zijn kamergenoot was. Ik ben Cooper denk ik hechter blijven zien door de jaren heen. Hij en ik komen uit een vergelijkbare achtergrond. We begrijpen elkaar. Jay is een beetje... anders. Hij laat niet veel mensen dichtbij. Eigenlijk alleen Cooper.'

Een warme gloed nestelde zich in me, vlak naast de chicken-Caesarwrap. Hij had me over zijn ADHD verteld. Over zijn vader. Ik was een van zijn selecte paar vrienden geworden.

De stoel naast me schoof van de tafel, en toen ging Jackson erin zitten. Ik hoefde niet eens te kijken om te weten dat hij het was. Ik herkende hem aan zijn geur en aan de manier waarop hij achter me ruimte innam. Shit, ik ontwikkelde Jackson-Jones-radar.

Cooper ging aan Jamila's andere kant zitten. 'Jamila, je probeert toch niet stiekem Synergy-bedrijfsgeheimen uit Alicia te trekken?' Hij grinnikte om zijn eigen grap.

'Nee, Coop, ik kijk alleen of je goed voor mijn meisje zorgt.'

'Wat is het oordeel?'

Ze glimlachte naar Jackson. 'Ik denk van wel.'

Mijn hart ging van een nerveuze draf naar een volle galop. Kende ze hem zo goed dat ze kon zien dat er iets speelde tussen Jackson en mij? Dat ik hem laatst had gekust?

Jacksons knie drukte tegen de mijne onder de tafel. 'Adem,' fluisterde hij.

Ik knikte. Ik haalde een bevende adem, hield die even vast en liet hem los.

'Dus, Jay, heb je dit jaar weer een van je legendarische Halloweenfeesten gegeven?' vroeg Jamila.

'Zeker. Al was het vrij ingetogen. Muziek, versiering en bier.'

Cooper zei: 'Jay vertelde me dat hij mensen van kantoor had uitgenodigd. Bent u geweest, Alicia?'

'Ik—ik ben geweest.' Shit, had hij iets gehoord?

'Dan kunt u ons vertellen of het legendarisch of ingetogen was.'

Een deel van mijn spanning waaide met mijn adem weg. 'Ik ben niet echt een partypersoon, dus ik ben geen goede graadmeter.'

'Ik denk dat Jay een feest pas ingetogen vindt als iedereen zijn kleren aanhoudt,' zei Jamila met een scheve glimlach.

'Dan zeker ingetogen,' zei ik. Mijn stem trilde. Ik had mijn kleren aangehouden—nét.

'Dat is dan jammer,' zei Jamila. 'Al spijt het me dat ik het gemist heb. Ik hoop dat je volgend jaar weer in San Francisco bent zodat ik kan gaan.'

'Je hoeft niet lang te wachten totdat Jay terug is in de Bay Area,' zei Cooper. 'Hij komt terug naar het hoofdkantoor als het project over een paar weken is afgerond.'

Ik wierp Jackson een blik toe. Hij had me verteld dat hij langer in de stad zou blijven. Loog hij dus tegen mij of tegen zijn beste vriend?

Jackson hakte met een hand door de lucht. 'Coop, laten we—'

'In dat geval,' zei Jamila, 'moeten we ervoor zorgen dat je de volledige Austin-ervaring krijgt. Ooit Chicken Shit Bingo gespeeld?'

Jackson trok zijn neus op. 'Kan niet zeggen dat ik dat al gedaan heb.'

'En jij, Coop?'

Hij schudde zijn hoofd. 'We hebben het toch niet over echte—'

'Vanavond. Alicia, jij gaat ook mee.'

'Vanavond?' De avondroutine van avondeten en huiswerk tolde door mijn hoofd.

Jamila las mijn gedachten. 'Diane en Esmy kunnen het wel aan,' fluisterde ze.

Maar het was Jacksons hoopvolle glimlach die me over de streep trok. 'Oké.'

'Kippenstront.' Cooper schudde zijn hoofd. 'Wat jullie twee me toch allemaal laten doen.'

24

JACKSON

'NEGENTIEN!' brulde Cooper, terwijl hij zijn armen in de lucht gooide.

Op het tv-scherm boven hun hoofden pikte de kip naar het getal en scharrelde toen naar de hoek van de kooi.

'Verdomme.' Zijn handen ploften boven op zijn hoofd.

Ik stootte Alicia aan. 'Ik kan niet geloven dat hij zo competitief is over waar een kip schijt. Kun je-'

Ze siste dat ik stil moest zijn en mompelde: 'Kom op, schatje.'

Er ging een rilling door me heen. Ze had nog nooit een koosnaampje voor me gebruikt. Het was waarschijnlijk beter als we dat niet deden tot het project voorbij was. Ik draaide me om en zag dat haar ogen op het scherm gericht waren. 'Doe het op nummer vijf,' fluisterde ze.

Ik probeerde Jamila's blik te vangen aan de andere kant van de statafel, maar haar aandacht was ook op het scherm gericht. Ze klemde haar houten fiche met het nummer tweeëntwintig vast.

Ik schoof mijn stoel naar achteren over de terrastegels. 'Nog iemand iets te drinken?'

Alle drie sisten ze dat ik stil moest zijn, dus ik pakte mijn lege flesje en liep richting de bar. Maar voordat ik er was, trok iets mijn aandacht. Ik liep ernaartoe om op onderzoek uit te gaan.

Een eindje van de bingokooi en de menigte vandaan stonden een paar kippenhokken, en in een van de hokken pikte het vreemdste wezen dat ik ooit had gezien naar een kom met zaad. Het was geelbruin als een leeuw en het leek alsof het een vacht had in plaats van veren, maar het had een scherpe, blauwzwarte snavel. Zijn poten waren verborgen onder pluizige bollen en een andere dot pluis boven op zijn kop verborg zijn ogen.

Ik bukte me om het te bekijken. 'Is dat een kip of een kleine lama?'

Een tienermeisje met een stem zo stroperig als melasse zei lijzig: 'Dat is Leo. Hij is een Silkie.'

'Dus wat is hij?'

Ze lachte. 'Het is een haan. Een kip.'

Ik ging weer rechtop staan. 'Is hij van u?'

Ze gooide een rode vlecht over de schouder van haar geruite westernblouse. 'Al sinds hij een ei was. Ik fok ze.'

'Fokt u ze?' Toen ik haar leeftijd had, was ik nog niet eens verantwoordelijk voor een goudvis. Dat was ik nog steeds niet.

'Ja, deze zijn niet zo moeilijk. Vriendelijk. Kalm. Hij gaat zo zijn hokje in als het tijd is om hiernaartoe te komen.'

'Doet hij-?' Ik knikte richting de bingokooi.

'Nee. De eigenaar van de bar vraagt me om mijn vogels mee te nemen voor de kinderen. Voor het geval ze zich vervelen, weet u wel. Sommige ouders kunnen er nogal in opgaan, snap je?'

'O, dat weet ik.' Het publiek in de bar brulde. De kip moest haar behoefte hebben gedaan. 'Leuk u te ontmoeten-?'

'Bonnie.' Ze schonk me een verlegen glimlach.

'Jay. Veel succes met de kippen.' Ik liep richting de bar.

Met vier longnecks in mijn hand keerde ik terug naar de tafel. Jamila pakte er een en begon in Alicia's oor te fluisteren. Ik gaf er een aan Cooper, die mompelde: 'Een beetje jong, zelfs voor jou.'

'Waar heb je het over?' Ik zette een biertje voor Alicia neer en nam een slok van de mijne.

'Dat meisje daar is nog geen zeventien.'

Ik keek weer naar Bonnie, die een peuter had opgetild om in Leo's kooi te kijken. 'We hadden het over kippen. Dat is Leo, en het is een Silkie. Wat is je probleem, Coop?'

De vrouwen onderbraken hun gesprek om naar ons te kijken, en Cooper hield in wat hij ook wilde zeggen.

Jamila legde een hand op zijn arm. 'Hé, Alicia, misschien moeten jij en Jay even naar de muziek binnen gaan kijken.'

'Goed idee.' Alicia liep langs me heen, en met een laatste frons naar Cooper volgde ik haar door de deuren de donkere bar in. Ze leidde me naar de rand van de kleine dansvloer, waar een paar koppels ronddansten op het levendige nummer dat uit de luidsprekers schalde.

'Hé, gaat het?' Ze greep mijn onderarm vast en sprak recht in mijn oor, haar adem kietelde mijn wang.

'Niet echt. Hij beschuldigde me er serieus van dat ik met dat... dat kind flirtte.'

Ze beet op haar lip. 'Jullie zijn niet wat ik had verwacht. Is hij altijd zo... pittig?'

'Coop en ik?' Jamila zei dat we beste vrienden waren met een stekelig randje. 'Ik hou van hem als een broer. En we vechten als broers. Ik vertrouw hem mijn bedrijf toe; ik zou hem ook mijn leven toevertrouwen.'

'Toch verdien je het om met respect behandeld te worden. Dat weet je toch?'

Ik haalde mijn schouders op. Ik begreep waarom hij die opmerking had gemaakt. Ik had het behoorlijk verpest met Callie. Hij zou me dat niet snel laten vergeten.

Haar stem werd fel. 'Jackson Jones, je bent het waard. En laat je door Cooper niets anders wijsmaken.'

Ik wendde mijn blik van de dansers af en keek in haar ogen, blauw als de warmwaterbronnen bij Santa Barbara. Ze geloofde in me op een manier zoals niemand anders ooit had gedaan, zelfs ik niet. Ik wilde haar kussen, daar in die bar vol mensen, waar Jamila of Cooper elk moment konden binnenlopen.

Maar ik deed het niet. In plaats daarvan pakte ik haar hand. 'Wil je me leren dansen?'

'Wil je de two-step leren?' Ze hield haar hoofd schuin.

'Ik wil je aanraken, en dit is de enige manier waarop ik dat kan doen met hem erbij.' Ik knikte richting het bingoterras.

Haar wangen werden roze, maar ze hield onze ineengestrengelde handen omhoog en legde de andere op mijn schouder. Ze hoefde me niet te vertellen dat ik mijn hand op haar middel moest leggen. Ik had naar de andere koppels gekeken.

'Ik ga achteruit, jij gaat vooruit. Schuif met je voeten. Begin met links. Quick-quick-slow-slow.'

Binnen een minuut schuifelden we over de vloer, onderdeel van de kring van andere dansers. De zolen van mijn laarzen gleden over de houten dansvloer, en Alicia kwam op haar tenen zodat haar hakken ons niet lieten struikelen.

'Stop met naar je voeten te kijken. Die doen het goed.'

'Maar ik wil niet op de jouwe-' Ik besefte dat het een fout was zodra ik opkeek. Haar ogen, vlammend in de donkere bar, zogen me naar binnen tot ik niets anders meer kon zien. Zelfs de nasale countrymuziek verdween naar de achtergrond. Alicia geloofde in me. Ze geloofde dat ik kon dansen. Dat ik tegen Cooper op kon. Dat ik het team en zelfs het bedrijf kon leiden. Dat ik het waard was om een schat als haar in mijn armen te houden.

'Alicia, ik-' Ik boog mijn hoofd naar voren tot onze lippen slechts centimeters van elkaar verwijderd waren, tot ik haar borstkas tegen de mijne voelde rijzen en dalen, en me kon voorstellen wat er zou kunnen gebeuren als we alleen waren, zoals we zaterdagavond bijna in mijn appartement waren geweest.

'Hé, jullie.' Jamila's stem sneed door de waas van mijn gedachten. 'Ik denk dat we moeten gaan. Cooper heeft weer verloren en hij is chagrijnig.'

Ik rukte mijn hoofd omhoog en deed een stap bij Alicia vandaan. Haar wangen waren rood geworden. Ze maakte haar vingers los uit de mijne. 'Ja, tijd om te gaan.'

Jamila ontging niets. Ze zag Alicia's blos, mijn vingers die nog steeds naar haar reikten. Maar ze zei geen woord toen we terug-liepen door de bar, zelfs niet toen we ons bij een zwijgzame en nurkse Cooper in zijn huurauto voegden.

Tijdens de rit terug, dicht genoeg op de smalle achterbank om Alicia's zoete geur van sinaasappel en aan de lijn gedroogd katoen te ruiken, vroeg ik me af wat er gebeurd zou zijn als Jamila ons niet had onderbroken. We dansten op het scherp van de snede tussen vriendschap en iets wat ik meer dan wat dan ook wilde, iets wat ik niet kon hebben.

Of kon ik het wel? Haar ademhaling was net zo zwaar geweest als de mijne, haar brandende blik een weerspiegeling van de mijne. We waren samen beter in coderen. Konden we ook buiten het werk een paar vormen? En niet voor één nacht, maar voor een eindeloze reeks nachten? Meer dan een proefperiode van een paar weken. Voor altijd?

Was dat wat ik wilde?

Mijn razende hart gaf antwoord: *dat is het, dat is het, dat is het.*

25

JACKSON

TOT DAN TOE had Alicia me die middag, de woensdag na onze geweldige code review en die magische momenten op de dansvloer van de honky-tonk, per ongeluk twee keer onder ons bureau geschopt, haar thee omgestoten en Tyler afgesnauwd omdat hij een, toegegeven, domme vraag stelde. Ik was bijna opgelucht toen ze om tien over drie opstond.

'Ik ga ervandoor.' Haar stem was staalhard en ze balde haar handen tot vuisten.

'Wat is er aan de hand?' vroeg ik haar, zo zacht dat de andere jongens het niet konden horen.

'Ik heb vanochtend aan iedereen verteld dat ik vandaag eerder weg moest.' Ze liet haar laptop in haar tas glijden.

'Dat weet ik nog. Ik bedoel, wat is er met jou aan de hand?'

Ze trok haar la zo hard open dat haar tas tegen de achterkant ervan klapte. 'Dat gaat je niets aan, Jackson.'

'Je bent... nerveus of zo. Ik wil helpen.'

'Het is niet iets waar je mee kunt helpen. Het is geen stukje code of een feestje.'

Ik glimlachte ondanks de stekende pijn in mijn borst. 'Ik kan met andere dingen helpen.'

Haar neusvleugels trilden. 'Niet hiermee.' Ze draaide zich abrupt om, liep me bijna omver met haar laptoptas en stampte naar de trap.

Ik pakte mijn sleutels en portemonnee en rende haar achterna. 'Je bent van streek.'

Zonder haar pas in te houden zei ze: 'Niet van streek. Bezorgd, misschien.'

'Waarom? Waar ga je naartoe, Mordor?'

Haar kaak was strakgespannen, als steen. Ze keek achterom om er zeker van te zijn dat we buiten gehoorsafstand van het team waren en zei: 'Nog een gesprek voor Noah. Zijn lerares heeft een lange lijst met... met zorgen.'

'Zorgen?' Voor zover ik had gezien die ene keer dat ik hem had ontmoet, was Noah een geweldige jongen. Behalve dat vechten dan, misschien. 'Heeft hij weer ruzie gehad?'

We hadden de bovenkant van de trap bereikt en ze vertraagde om voorzichtig op haar hakken de trap af te gaan. 'Nee. Het zijn dingen als onvoldoendes halen en de les verstoren. Voor zich uit staren als hij aan het werk zou moeten zijn. Ze vroeg me of hij drugs gebruikte. Hij is tien!' Ze moest haar pas twee keer op de lezer tikken voordat die groen werd.

Ik had wel een paar kinderen gekend die in de vijfde klas wiet hadden gerookt achter onze elitaire privéschool. Goed, ik was een van die kinderen geweest. En Moeder had meer dan genoeg gesprekken met mijn leraren gehad om soortgelijke zorgen te bespreken. Maar ik dacht niet dat die feiten Alicia op dat moment zouden helpen.

Ik hield de voordeur voor haar open en ze beende naar buiten, de zon in. Nadat ze had gekeken of er verkeer aankwam, rende ze de straat op. Ik volgde haar. Aan de overkant draaide ze zich om.

'Wat doe je?'

'Ik ga met je mee. Ik denk dat je te van streek bent om te rijden.'

'Absoluut niet!' Ze drukte per ongeluk op het 'omlaag'-knopje van de lift voordat ze op het 'omhoog'-knopje drukte.

'Ik denk van wel.' Ik stapte met haar de lift in en we gingen naar de derde verdieping. Ze beende naar 's werelds meest generieke grijze Honda Civic en klungelde met de autosleutel.

'Laat mij maar. Alsjeblieft?' Ik stak mijn hand uit voor de sleutels.

'Hoe kom je dan terug?'

'Ik neem een taxi. Ik beloof je dat ik je niet tot last zal zijn.'

Ze rolde met haar ogen. 'Je bent me niet tot last. Behalve dan dat ik door dit geruzie te laat kom.'

Ik knipoogde naar haar, iets wat ik in Texas uitprobeerde, samen met de truck en de laarzen. 'Ik beloof je dat je niet te laat zult komen.'

Ze schudde haar hoofd, maar liet de sleutel in mijn handpalm vallen. Ik schoof de bestuurdersstoel helemaal naar achteren en stelde de spiegels af terwijl zij op de passagiersstoel ging zitten. Toen ze haar gordel had vastgegespt, reed ik het parkeervak uit en verliet voorzichtig de garage. Ik wachtte tot we op de hoofd-wegen waren voordat ik gas gaf om de verloren tijd in te halen.

'Dus als ik het goed begrijp, is dit niet de eerste keer dat zijn lerares je heeft ontboden?'

'We hadden vorige maand een gepland gesprek met zijn docententeam. Ze had toen al wat zorgen. En daarna, natuurlijk, die vechtpartij, maar dat was met de directeur. Ik... ik weet niet wat ik moet doen. Ik wou dat kinderen met een handleiding kwamen. Of een klantenservice. Weet je wel? Het is gewoon veel.'

'Krijg je geen steun van je moeder en Esmy?' Ze leken gewel-dig, laatst.

'Nee, dat wel.' Ze beet op haar lip en keek uit het raam. 'Maar Melissa heeft mij als voogd aangewezen en mam is daar altijd een beetje terughoudend over geweest. Dus de meeste voogdijzaken doe ik alleen. En toen mam Melissa en mij opvoedde, had ze niet echt te maken met problemen zoals die van Noah.'

Ik grinnikte. 'Dat kan ik me voorstellen.' Alicia zou de perfecte leerling zijn geweest, de perfecte dochter. Zoals mijn broer Andrew en mijn jongste zus Natalie. Totaal anders dan Sam of ik. 'Van wat ik die avond bij jullie thuis zag, doe je het geweldig met hem. Hij lijkt gelukkig en goed aangepast.'

'Dat lijkt ook zo, hè? Ik snap er niets van wat er op school gebeurt.'

'Heb je erover gesproken met zijn kinderarts?'

'Zijn kinderarts? Nee. Bij zijn controles is hij in orde. En eerlijk gezegd kennen de mensen van de eerste hulp hem het beste. We hebben daar veel tijd doorgebracht met alle voetbalblessures en de schrammen en blauwe plekken die hij vroeger op de speelplaats opliep.'

'Is hij een brokkenpiloot?'

'Zijn alle jongens dat niet?'

Ik keek haar aan. 'Niet alle jongens.'

'O.' Ze beet op haar lip en het enige wat ik wilde was haar knuffelen, haar een beter gevoel geven.

'Dus je hebt hem nooit laten testen op een leerstoornis of een neurologisch probleem?'

'Nee.' Ze keek me aan, een frons op haar voorhoofd. 'Zou ik dat moeten doen?'

'Ik vertelde je dat ik veel problemen had op school. Toen ik onderaan de klas bungelde, kwam ik erachter dat er twee soorten kinderen bij me in de buurt zaten: kinderen die niets om school gaven omdat ze grotere problemen hadden, wat bij Noah niet het geval lijkt te zijn, en kinderen met ongediagnosticeerde leerstoornissen of neurologische verschillen. Dat was ik, voordat ik de diagnose ADHD kreeg. Misschien moet je met zijn dokter praten.'

'Maar als ik… als ze ontdekken dat hij anders is, halen ze hem dan uit de klas voor speciaal onderwijs?'

'Ja, ik vond het niet leuk om eruit gepikt te worden voor hulp. Maar die hulp maakte voor mij het verschil tussen falen en succes. Ik had Stanford nooit gehaald zonder de studievaardigheden, zonder de organisatorische hulp die ik kreeg van mijn zorgcoördinator. Bovendien, als ze Noah eenmaal hebben geïdentificeerd als iemand met een "handicap"...' Ik maakte aanhalingstekens in de lucht omdat ik het liever als een verschil zie dan als een stoornis. '... krijgt hij speciale voorzieningen op school. Extra tijd voor gestandaardiseerde toetsen. Dingen die hem zullen helpen slagen.'

'Wat als... wat als ze hem medicijnen voorschrijven? Ik heb gehoord dat het de persoonlijkheid van kinderen verandert. Ik wil ook niet dat het zijn groei belemmert. Hij is al aan de kleine kant.'

'Medicatie is niet voor iedereen de juiste keuze. Jij en Noahs arts moeten beslissen wat het beste voor hem is. Maar ik denk niet dat ik Synergy had kunnen starten zonder de focus die het me gaf.'

'Slik je het nog steeds?' Haar ogen werden groot. 'Sorry, dat is privé medische informatie. Vergeet dat ik het vroeg.'

'Dat geeft niet. Ik slik het niet elke dag. Alleen als ik merk dat ik meer afgeleid of impulsiever ben dan normaal.' Ik grijnsde. 'Oké, ik zou het waarschijnlijk altijd moeten slikken. Ik ben behoorlijk impulsief.' Ik gebaarde naar het interieur van haar auto. Ik had mijn code absoluut niet ingecheckt voordat ik het kantoor uitrende.

Ze werd stil en sprak alleen om me de weg naar Noahs school te wijzen. Het schoolterrein had dat lege gevoel zonder kinderen, maar de parkeerplaats voor leraren stond nog vol.

Ze haalde diep adem en legde haar hand op de deurklink. 'Dank je, Jackson. Ik waardeer het advies. En de rit.'

'Kan ik... wil je dat ik met je meega?'

'Met mij mee naar binnen? Nee.' Ze rimpelde haar neus op die manier die ik schattig vond.

'Voor de morele steun.'

'Nee, ik... Goed dan. Als je wilt.'

We stapten uit en ik deed de auto op slot en gaf haar de sleutel. Ze leidde me naar binnen, waar we ons aanmeldden. De geuren van ontsmettingsmiddel, boeken en stinkende kindersneakers brachten me direct terug naar mijn eigen schooltijd. Ik verwachtte half dat ik Baron Sinclair en zijn pestkoppenbende om de hoek zou zien komen, dreigend mijn neus in elkaar te slaan. Maar de stilte, alleen onderbroken door een paar zachte volwassen stemmen verderop in de gang, vertelde me dat er geen kinderen in het gebouw waren.

We liepen door de gang, versierd met overgebleven pompoenen van gekleurd papier, naar een deur met het bordje *Mevrouw O'Reilly, 5e klas Engels*. Alicia klopte en opende de deur.

'Mevrouw Weber. Kom binnen.' Mevrouw O'Reilly had een van mijn oude leraressen kunnen zijn. Haar haar was rozeachtig rood, maar de rimpels rond haar naar beneden gekrulde mond verraadden haar leeftijd. Ze zat achter haar bureau en wees naar een paar stoelen van kinderformaat ervoor. Alicia zat er delicaat op een. De mijne piepte toen ik ging zitten en mijn knieën kwamen bijna tot aan mijn borst.

Mevrouw O'Reilly keek me over haar halve leesbril aan. 'En u bent?'

'Een vriend van de familie,' loog ik.

'Dit is hoogst—'

'Mevrouw O'Reilly, ik weet dat we maar twintig minuten hebben,' onderbrak Alicia haar, wat de lerares deed fronsen. 'Ik wil graag uw zorgen over Noah horen.'

'Noah doet het niet goed in mijn klas. Hoewel zijn cijfers zijn verbeterd' — ze wierp Alicia een veelbetekenende blik over haar bril — 'enigszins, is hij storend geweest. Voor zijn beurt praten, met zijn potlood tikken, met de andere kinderen praten. Om nog maar te zwijgen van de vechtpartij op het schoolplein vorige maand.'

'Het... het spijt me,' zei Alicia, haar gezicht bleek. 'Wat denkt u dat we kunnen doen om hem te helpen?'

'Ik heb alles gedaan wat ik kon bedenken,' zei mevrouw O'Reilly. Ze wees naar een bureau achterin het klaslokaal met een kartonnen afscheiding eromheen. 'Ik heb hem van de andere kinderen gescheiden. Ik heb hem gestraft.' Ze wees naar de rand van het whiteboard achter haar met een lijst kindernamen en ofwel lachende ofwel verdrietige gezichtjes. Naast Noahs naam stonden veel verdrietige gezichtjes. 'Hij heeft de hele week binnen gezeten tijdens de pauze om zijn klaswerk af te maken.'

'Binnen zitten tijdens de pauze?' Mijn bloeddruk was gestegen naarmate ze elke interventie had opgesomd. Toen ze de pauze noemde, dacht ik dat mijn hoofd zou ontploffen. 'Dat is het slechtste wat u voor hem kunt doen.'

'Uw naam?' Dit keer zette ze haar bril af en doorboorde me met een priemende blik.

'Jackson Jones, mevrouw.'

'Meneer Jones, ik weet niet waarom u hier bent, maar ik spreek met de voogd van Noah.'

'Het is oké,' zei Alicia. 'Waarom is de pauze zo belangrijk, Jackson?'

'Als hij ADHD heeft, moet hij zijn overtollige energie op de een of andere manier kwijt. De hele dag binnen zitten maakt het alleen maar erger. Zelfs als hij het niet heeft, hebben kinderen beweging nodig. Ze moeten rondrennen. Socialiseren. Een pauze nemen. Geen wonder dat hij zich misdraagt.' Ik stond op en ijsbeerde achter de stoel. Dit klaslokaal en de herinneringen aan mijn eigen ellende op de basisschool maakten me zenuwachtig.

Mevrouw O'Reilly draaide zich om zodat ze Alicia aankeek. 'Ik begrijp dat Noahs vader niet bij u woont.'

'Nee. Wij, ah. Nee.'

'Kinderen die opgroeien in eenoudergezinnen hebben meer kans om drugs te gebruiken.'

Ik draaide me op mijn laars om. 'Waar haalt u die statistiek vandaan?'

Ze keek me boos aan. 'Dat weet iedereen.'

Alicia schraapte haar keel. 'Hij woont ook bij zijn oma's.'

De dunne wenkbrauwen van mevrouw O'Reilly verdwenen in haar voorhoofdsrimpels. 'Krijgt hij thuis enige vorm van discipline? Of zit hij de hele nacht videogames te spelen?'

Alicia's gezicht veranderde sneller van bleek naar rood dan waarschijnlijk gezond was. 'Natuurlijk straffen we hem. En hij mag geen video's kijken of spelletjes spelen voordat hij zijn huiswerk af heeft.'

'Misschien zouden strengere discipline en een meer gestructureerd thuisleven helpen.' Mevrouw O'Reilly wierp me een berekenende blik toe. 'Ik weet niet zeker of meneer Jones de beste persoon is om dat te bieden.'

Alicia hapte naar adem. Ik legde een hand op haar schouder om te voorkomen dat ze iets zou zeggen waar ze spijt van zou krijgen.

'Heeft de school een zorgcoördinator?' vroeg ik.

'Ja, natuurlijk,' zei de lerares.

'Alicia, ik denk dat je een afspraak moet maken met de zorgcoördinator. Misschien ook met de directeur. Praat over manieren waarop de school hem kan helpen.' Hoe graag ik het ook wilde, ik zei niet dat mevrouw O'Reilly volkomen de verkeerde lerares was voor een kind als Noah.

Alicia kneep haar ogen tot spleetjes naar mevrouw O'Reilly. 'Ik denk dat dat een uitstekend idee is.' Ze stond op. 'Dank u, mevrouw O'Reilly. Ik zal met Noah praten over een deel van dit gedrag. Ik zal ook met zijn kinderarts en de zorgcoördinator praten. We gaan hem helpen.'

De glimlach van de lerares was gespannen. 'Uitstekend. We willen allemaal wat het beste is voor Noah.'

'Dat willen we.' Alicia stond op. 'Een fijne avond.' Ze beende naar buiten en ik haastte me om haar bij te houden.

Toen we de benauwde school verlieten voor de frissere lucht buiten, rende ik om haar heen en dwong haar te stoppen. 'Gaat het?'

Haar ogen schitterden van de tranen. 'Nee.'

Voorzichtig, zoals ik bij een wild hert of een zwerfkat zou doen, strekte ik mijn hand uit en aaide haar arm. 'Je deed het geweldig daarbinnen.'

'Tot ik vandaag dat klaslokaal binnenstapte, had ik geen idee hoe vreselijk het was. Zo was het niet tijdens de Open Avond. Geen wonder dat Noah een hekel heeft aan school.'

'Was zijn lerares vorig jaar ook zo… zo als zij?' Ik kon me maar net inhouden om mevrouw O'Reilly niet iets te noemen waar ik spijt van zou krijgen.

'Nee. Ik bedoel, ja, we hadden wat problemen, maar niets zoals dat. Dat was een geweldig idee van je. Om met zijn zorgcoördinator te praten. En de kinderarts. Ik bel ze allebei morgen. Bedankt dat je met me meeging.'

Mijn borst vulde zich met warmte. Dit was één ding dat ik niet had verpest.

'Ik wou dat ik kon beloven dat een diagnose of medicatie al zijn problemen zal oplossen, maar dat deden ze bij mij niet. Ik had het moeilijk. Ik heb het nog steeds moeilijk. Maar je doet het juiste. Je zet stappen. Je helpt hem.'

Ze kwam dichterbij en sloeg haar armen om me heen, haar wang rustend op mijn schouder. 'Dank je. Ik wou—'

'Wat wou je?'

Ze omhelsde me steviger en deed toen een stap achteruit. 'Niets.'

Wat wou ze? Ik zou haar alles geven wat ze wilde. Zou ze me een bijlesleraar voor Noah laten inhuren?

Toen Alicia naar haar auto begon te lopen, herinnerde ik me dat ik een rit naar het centrum nodig had. Ik opende de app en vroeg een auto aan terwijl ik haar volgde.

'Je bent daar echt goed in. Opkomen voor kinderen,' zei ze. Haar ogen waren nu droog.

'Vind je?' Ik kon mijn grijns niet onderdrukken.

'Heb je ooit overwogen om organisaties te financieren die kinderen met leerproblemen helpen? Of er zelf een op te richten?'

Ik, een liefdadigheidsorganisatie oprichten? Ik moest bijna lachen, maar toen zag ik de koppige trek om haar kaak. 'Eh, nee.'

'Je hebt aanzienlijke middelen. Zowel mentaal als financieel. Je zou ze moeten gebruiken voor iets goeds.'

Ik deinsde achteruit. 'Wat?'

'Je bent een zeer rijke man, Jackson. Je zou nooit alles kunnen uitgeven wat je hebt. Je zou het kunnen gebruiken om anderen te helpen.'

'Maar ik—' *Ik ben een mislukkeling,* wilde ik zeggen. Asociaal. Onbetrouwbaar. Nauwelijks zindelijk. Maar als Alicia zei dat ik dat niet was...

'Denk erover na.' Ze leunde tegen haar auto. 'Je zou veel goeds kunnen doen.'

Niemand had ooit zoiets tegen me gezegd. Niemand, zelfs Cooper niet, had zo in me geloofd.

Een zwarte Nissan reed de parkeerplaats op. Mijn rit.

'Ik zal erover nadenken.' Ik staarde in haar blauwe ogen, zo vriendelijk. Ik wilde haar niet eens kussen. Oké, dat wilde ik wel. Maar de dankbaarheid die ik voelde, overtrof de lage lust die in mijn aderen sudderde. Ze geloofde in me.

Misschien kon ik ook in mezelf geloven.

26

ALICIA

OP VRIJDAG, tegen vijven, had het damestoilet van Synergy dat
lege einde-van-de-daggevoel. De ijdeltuiten waren al weg, neerge-
streken bij de borrel. Degenen met een gezin waren er met de rest
vandoor geglipt, te popelen om terug te keren naar hun dierbaren.
Ik had een van hen moeten zijn.

Ik zette mijn voet op de leuning van de bank om mijn sneaker
te strikken. Hoe had ik me hiertoe laten overhalen?

Ik wist precies hoe. Ik was voor Jackson Jones aan het vallen.
Met zijn codeervaardigheid, de vriendelijkheid die hij achter zijn
buitensporige branie probeerde te verbergen en de morele steun
die hij had geboden tijdens de bespreking met mevrouw O'Reilly,
had hij al mijn verdedigingslinies doorbroken, en nu kon ik niet
anders dan hopen dat hij echt in Austin zou blijven, zoals hij had
gezegd, en dat we onze vriendschap naar een hoger niveau
zouden tillen. Het niveau waarop niet alleen meer nuttig advies
over Noah en meer uitgedachte mogelijkheden voor Jackson
buiten het coderen een rol speelden, maar ook meer zoenen. Want
hoewel Jackson Jones misschien wel de beste programmeur was
die ik ooit had ontmoet, was hij een nog betere zoener.

Mijn wangen gloeiden. Ik haalde een baseballpet uit mijn tas en trok hem over mijn haar, dat ik uit de knot had gehaald en had ingevlochten. De klep verborg een deel van mijn blos. Maar het werd al laat en ik kon niet wachten tot die helemaal was weggetrokken.

Ik duwde de deur van het toilet open en botste tegen een harde borstkas in een Pantera-T-shirt. Jackson had zich hier niet voor hoeven omkleden.

'Klaar voor?', vroeg hij, stuiterend op zijn tenen.

'Ja. Ik leg dit even op mijn bureau.' Ik hield de draagtas omhoog.

Hij nam hem van me aan. 'Ik wil niet dat je afgeleid raakt door je laptop. Misschien vliegen ze vanavond vroeg uit.' Hij denderde over de houten vloer naar onze werkplek en rende weer terug. 'Kom, we gaan.'

Ik kon mijn glimlach niet onderdrukken. 'Je bent net zo erg als Noah.'

Hij liep richting de trap en ik liep met hem mee. 'Heb je hem er al eens mee naartoe genomen?'

'Niet speciaal. We zijn wel een of twee keer op het pad geweest toen het gebeurde. Er speciaal naartoe gaan om te kijken is meer iets voor toeristen.' Ik beet op mijn lip. Het was niet de bedoeling dat het er zo neerbuigend uitkwam.

'Niemand zal geloven dat ik in Austin ben geweest als ik zeg dat ik de vleermuizen nooit heb gezien. Gaan we het op tijd halen? Hoe zit het met het verkeer?'

'We lopen. We zijn tien minuten verwijderd van een perfecte kijkplek.'

'Tien?' Hij keek op zijn telefoon. 'De zon gaat over vijfentwintig minuten onder.'

'Nu begin je op mij te lijken.' Op sneakers waren onze voetstappen stil in de lege lobby. 'Als je je nu maar net zo druk zou maken om projectdeadlines.'

'Ik maak me wel druk om projectdeadlines.' Hij hield de deur voor me open en ik stapte de late middagzon in. 'Ik maak me er druk om dat ze onze aandacht afleiden van wat echt belangrijk is, namelijk de kwaliteit van de code. Mijn naam staat op de website van het bedrijf. Elke regel is mijn reputatie.'

Ik gaf hem een duwtje richting het zebrapad. 'Zo had ik het nooit bekeken. Maar goed, zonder deadlines zouden we nooit iets uitbrengen. Dan zouden we de rest van onze carrières besteden aan het perfectioneren ervan.'

Hij grijnsde. 'Je snapt het!'

Hoofdschuddend ritste ik mijn jas dicht.

'Heb je het koud?' Hij droeg geen jas.

'Het is een beetje frisjes, vind je niet?'

Hij pakte mijn hand en zwenkte de straat op, zich een weg banend tussen de auto's die voor het verkeerslicht stonden. 'Dit is het comfortabelst dat ik me heb gevoeld sinds ik uit het vliegtuig stapte uit San Francisco. Het is perfect.'

Het pad langs het meer was makkelijk te vinden, en we volgden het tot het vanachter de bomen tevoorschijn kwam en ons een onbelemmerd uitzicht gaf op het water en de Congress Avenue Bridge. Het was geen toeristenseizoen, en het werd te koud voor de lokale bevolking, maar er stonden groepjes mensen als silhouetten op de brug tegen de ondergaande zon. We stapten van het pad af in de richting van het water tot de grond onder mijn sneakers zacht begon te worden.

'Komen ze daar tevoorschijn?', vroeg Jackson, wijzend naar de brug.

'Ja, maar ze zijn minder betrouwbaar in deze tijd van het jaar. Ze zijn al begonnen met migreren. Wees niet te teleurgesteld als ze helemaal niet tevoorschijn komen, oké?' Hoewel ik het vreselijk zou vinden als mijn geboortestad hem zou teleurstellen. *Stel ons niet teleur, vleermuizen.*

'Is dat er één?' Hij wees naar een donkere vorm boven ons hoofd tegen de dunne, roze wolken.

'Dat is een havik. De vleermuizen zijn heel klein. Ze hebben er ooit een paar meegenomen naar mijn school. Ze pasten in de palm van een kinderhand.'

'Ah.' Hij staarde over het water naar de brug.

Ik wist dat we een paar minuten hadden, dus liet ik mijn blik over het pad dwalen. Een stel fietsers zoefde voorbij, gevolgd door een vrouw die een kinderwagen voor zich uit duwde. Het was een populaire plek voor fietsers en hardlopers. Ik zou zelfs verbaasd zijn geweest als Jackson hier zelf niet had hardgelopen. Zijn appartementencomplex lag dicht bij een toegangspunt van het pad. Rick had me verteld dat hij hier vaak hardliep, en soms fietste hij over het pad naar zijn werk.

Alsof de gedachte hem had opgeroepen, dook er een bekende, slungelige gestalte op tussen de bomen. Ik hapte naar adem. 'Rick!'

Hij keek nog eens en stopte, hijgend. 'Alicia.' Toen spande hij zich aan. 'Jay.' Hij had een groenige plek op zijn kaak, die hij tegen zijn schouder wreef.

Jackson draaide zich weg van het water en stapte voor me. 'Rick.' Hij leek groter te worden tot ik mijn ex niet eens meer kon zien. Ik gluurde langs Jacksons arm.

'Mooie avond voor een rondje hardlopen.' Rick veegde met zijn onderarm het zweet van zijn voorhoofd.

'Vast wel.' Jacksons stem klonk hard, zoals ik hem nog nooit had gehoord. Zijn altijd aanwezige gevoel voor humor was verdwenen.

'Hé, Alicia, hoe is het met—'

'Moet jij niet verder? Straks verkrampen je spieren. Dan zou je kunnen struikelen en vallen.' Jackson sloeg zijn armen over elkaar.

Rick rukte zijn blik van mij los en keek naar Jackson. 'Juist. Ik zie je.' Hij sprintte weg.

Ik legde een handpalm op Jacksons keiharde biceps. 'Waar sloeg dat op?'

Hij ontspande zich, maar zijn wenkbrauwen waren bijna samengefronst. 'Gaat het met je?'

'Het gaat prima.' Rick was niet lang genoeg gebleven om iets vervelends te zeggen. Nu ik erover nadacht, had ik hem al een tijdje niet meer gezien, zelfs niet op het pizzapartijtje aan het einde van het seizoen voor Noahs team. Ik had gevreesd dat hij onverwachts zou opduiken. Had Jackson daar iets mee te maken?

Toen ik opkeek om het hem te vragen, zag ik een stip door de lucht schieten. 'Ze beginnen.'

Hij draaide zich weg van het pad en staarde over het water, dat zilver en roségoud schitterde door de ondergaande zon. De zon kuste de horizon en stuurde zijn laatste citruskleurige salvo de lucht in. Boven ons was de hemel lichtblauw gekleurd.

Van onder de brug stroomden miljoenen kleine wezentjes de lucht in, de zonsondergang tegemoet. Ze zwenkten in een S-vorm, waaierden daarna uit en vlogen dan weer in een lus terug naar de brug, zich verspreidend tot een gespikkelde wolk. Het ene moment waren ze een zwerm vogels die samen cirkelden, en het volgende moment verspreidden ze zich door de lucht, op zoek naar hun maaltijd van insecten.

Toen een groepje boven ons hoofd fladderde, overstemde hun geklik en gepiep het verkeer op de nabijgelegen straten. Jackson hield zijn telefoon omhoog om het vast te leggen. Ik stond stil en probeerde patronen in hun vlucht te ontdekken.

Eindelijk verspreidden ze zich, hoewel er af en toe een vleermuis overvloog op zoek naar zijn avondeten.

'Dat was geweldig.' Jackson staarde nog steeds naar de lucht. Een ster of planeet pinkte helder in het donker wordende blauw.

'Dat was het, zelfs voor een afgestompte local zoals ik.'

Hij rukte zijn blik los van de hemel. 'Bedankt dat je me hebt meegenomen op mijn clichématige toeristenmissie.'

Ik glimlachte, hoewel hij het in het donker waarschijnlijk niet kon zien. 'Dat is wat vrienden doen.'

Hij kwam dichterbij. 'Zijn we niet meer dan vrienden?'

'Niet tot het project voorbij is.' Ik sloeg mijn armen over elkaar.

Jackson legde zijn handen op mijn schouders en wreef langzaam op en neer over mijn biceps, waardoor mijn koude armen opwarmden. 'Niet lang meer.'

'Nog één week.'

'En dan?' Zijn duim streek over de bovenkant van mijn borst, en zelfs door mijn jas en shirt heen, stuurde zijn aanraking een elektrische stroom rechtstreeks naar mijn kruis. Mijn schoot trok samen. Zonder erbij na te denken, schoof ik dichterbij, zodat onze sneakers elkaar flankeerden. Onze knieën en heupen raakten elkaar en ik leunde met mijn borst tegen de zijne, op jacht naar die sensatie.

'Dat hangt ervan af', mompelde ik.

'Waarvan?' Hij boog zijn hoofd dichterbij tot ik zijn warme adem op mijn wang voelde.

'Of je in de stad blijft of naar huis gaat.'

'Huis? Huis is hier. Bij jou.' Hij raakte met zijn lippen de mijne aan, en in het donker, terwijl het roze overging in paars in de met sterren bezaaide hemel, ontstak er een vlam in mij. Als ik mijn ogen had kunnen openen, had ik verwacht dat mijn vingers tegen zijn borst zouden gloeien. De vleermuizen en de slapende vogels maakten zachte muziek om ons heen.

Jackson had mijn geboortestad genomen en er meer van gemaakt. Hij had de zonsondergang feller gemaakt, een extra swing aan de honky-tonkmuziek toegevoegd en me op mijn werk levend laten voelen zoals ik me nog nooit had gevoeld.

En hij bleef. Als het project over een week op maandag afliep, zou ik het nieuwe-en-door-Jackson-verbeterde Austin behouden.

'Alicia', mompelde hij, terwijl hij over mijn wang naar mijn oor kuste, 'ik hoor je nadenken. Laat het los. Geniet van het moment.' En toen vond hij een plekje op mijn hals dat me ontstak als de neonreclames in Sixth Street. Ik krulde mijn handen achter zijn nek en hield me voor mijn leven vast terwijl hij met zijn neus lager naar de kraag van mijn jas ging en dan weer omhoog en mijn lippen weer vond.

We nipte, we proefden, we verslonden elkaar. Toen ik mijn heupen tegen de zijne draaide, wreef de stalen rand van zijn erectie beloften tegen mijn buik.

Hij drukte zijn voorhoofd tegen het mijne, zwaar ademend. 'Eén week.'

Verdomme. Als hij zich niet had teruggetrokken, had ik hem de bosjes in gesleurd. Ik zuchtte. 'Eén week.'

Hij bukte zich en raapte mijn baseballpet op, die op een bepaald moment was afgevallen, waarschijnlijk toen ik had geprobeerd hem droog te neuken in een openbaar park. Hij zette hem achterstevoren op mijn hoofd en kuste me toen zachtjes op mijn slaap. 'Misschien laat je me na het project de Alamo zien?'

'Vergeet niet dat die in San Antonio staat. Anderhalf uur heen en anderhalf uur terug.'

'Dan zouden we moeten overnachten, denk ik.' Een mondhoek van hem trok omhoog.

Een hotelkamer. En Jackson Jones. Ik rilde, hoewel ik het niet koud meer had. 'Oké.'

'Beloofd?' Net als vanavond zou hij zo opgewonden zijn als een kleine jongen.

'Beloofd.'

'Het is nog vroeg. Zin om uit eten te gaan?'

'Kunnen we net zo goed doen. Ik ken een geweldige plek voor taco's.'

Hij grijnsde. 'Natuurlijk ken je die. Kom, we gaan.'

Ik legde mijn hand in de zijne en leidde hem terug het pad op en naar de felle lichten van het centrum.

———

'HÉ.'

De volgende vrijdag deed Jacksons stem me opschrikken. Ik keek op van de code die ik aan het controleren was. Hij hield een rode plastic beker vast, en de scherpe geur van hop kringelde mijn neus in.

'Was het feestje niks?', vroeg ik.

Hij glimlachte. 'Nee. Jij was er niet. Dus ik heb het feestje naar jou gebracht.' Hij plofte de beker naast me op het bureau.

'Dat is lief, maar ik—' Ik wees naar het scherm. Ik zou wat hopelijk onze laatste demo aan Cooper Fallon was, niet verpesten.

Ik scande elke regel code, zelfs nadat die het geautomatiseerde testproces had doorstaan. Laat het maar aan Cooper over om een toetsencombinatie uit te voeren die het kwaliteitscontroleproces niet testte.

'Je weet wat ze zeggen over alleen maar werken.'

'Je bedoelt dat het zorgt voor een vlekkeloze demo?'

Hij fronste zijn wenkbrauwen. 'Niet wat ik in gedachten had.' Hij stak zijn hand uit en liet hem een paar centimeter boven mijn schouder zweven. 'Mag ik?'

Ik keek om me heen. De verdieping was verlaten. Zelfs aan de andere kant van de rij potplanten tikte geen toetsenbord. 'Ik denk het?'

Hij kneedde de spieren die mijn nek met mijn schouder verbonden en groef er toen met zijn vingers in. 'Is dit oké?'

Ik kreunde. Dit. Was. Hemels.

'Je moet je schouders ontspannen terwijl je typt. Je draagt al die stress in je nek.'

Ik liet mijn hoofd hangen om hem een betere toegang te geven. 'Ik draag sowieso een hoop stress met me mee. Minder praten. Meer nekmassage.'

'Jazeker, mevrouw.' Er klonk een glimlach in zijn stem. Hij stapte achter mijn stoel en legde beide handen op me, terwijl hij mijn schouders masseerde. De spieren ontspanden zich onder de druk en de warmte van zijn handen.

Ik hief mijn hoofd op om mijn controle van de code te hervatten, maar het had geen zin. De letters en cijfers zwommen voor mijn ogen. Zijn duimen dwaalden naar weerszijden van mijn ruggengraat, tussen mijn schouderbladen. Magisch.

'Ik ga één hand voor je schouder leggen en met de muis van mijn hand—'

Maar op het moment dat hij zijn grote hand onder mijn sleutelbeen legde en zijn stiekeme vingertje de bovenkant van mijn borst streelde, rolde ik mijn stoel naar achteren, tegen zijn laars aan, en stond op.

'Au! Waarom deed je—'

'Niet hier', fluisterde ik. Ik stond te dicht bij hem. Zo dichtbij dat ik de hitte van zijn lichaam voelde. Mijn zenuwen tintelden nog van zijn aanraking en schreeuwden om meer. Op mijn hakken was ik op ooghoogte met zijn lippen. Die zachte, roze lippen die ik vorige week had gekust aan de oever van Lady Bird Lake. Het enige wat ik wilde was er opnieuw kennis mee maken.

Zijn lippen gingen uit elkaar. 'Waar dan?'

Ik draaide me om en liep met grote passen naar de hoofdgang. Toen ik merkte dat hij niet achter me liep, draaide ik me om. Ik wenkte hem. *Kom hier,* gebruikte ik mijn lippen om te vormen.

Hij knipperde met zijn ogen en rende om me in te halen.

Ik sloeg linksaf de kleinere hal met de toiletten in. Toen ik de deur van het damestoilet openduwde, sprongen de bewegings-sensoren aan. Ik strekte mijn hand uit, trok Jackson achter me aan naar binnen en deed toen de deur op slot.

Hij keek om zich heen. 'Hé, wij hebben geen bank in—'

Ik duwde hem tegen de deur en kwam op mijn tenen staan. 'Minder praten, meer zoenen.' Ik drukte mijn lippen op de zijne.

Na een seconde van geschokte stilte, sloeg Jackson zijn armen om me heen en werden zijn lippen zacht onder de mijne. Zoals we bij hem thuis op Halloween hadden gezoend, maar dan *meer.* De smaak van bier op zijn tong. Het leer en de dennengeur op zijn huid. De ruwheid van zijn baard die mijn wangen en neus schuurde. Plus het verhoogde gevoel van urgentie omdat we op het werk zoenden, waar elk moment iemand op de deur kon bonken. Ik greep een dubbele handvol van zijn T-shirt vast. Welke band was het vandaag? Deed er niet toe. Het enige dat ertoe deed was het glijden van zijn tong tegen de mijne, de druk van zijn stevige borst tegen mijn harde tepels, de tintelingen die me vertelden dat mijn slipje niet lang droog zou blijven.

Hij onderbrak de zoen om met zijn lippen over mijn nek te gaan en zijn neus in mijn kraag te begraven. 'Fuck, Alicia, ik—ik wil je optillen en naar die bank dragen.' Zijn duim wipte de bovenste knoop van mijn blouse open, en hij nestelde zich dieper in mijn decolleté, zijn baard schurend tegen de welving van mijn borst boven mijn beha. 'Ik wil je rokje optrekken, afscheuren wat je eronder draagt en je proeven.' Hij liet zijn tong over mijn huid gaan en mijn knieën werden week.

Ja, ja, ja. Mijn hersenen waren veranderd in een cheerleaderssquad voor de schunnige praatjes van Jackson Jones. Hij hoefde me niet op te tillen. Ik zou er gewillig heen sprinten, me over de bank draperen en hem zijn gang laten gaan.

'Maar.' Hij gaf een gesloten kus in het ondiepe kuiltje tussen mijn borsten en maakte toen de knoop die hij had losgemaakt weer vast. 'Ik ga je niet voor het eerst proeven in het damestoilet.'

'Je—je gaat dat niet doen?' Het gejuich in mij veranderde in boegeroep.

'Nee, schatje.'

Het laatste wat ik nodig had, was dat hij me *schatje* noemde tijdens de codebeoordeling op maandag. 'Niet—'

Hij legde een vinger op mijn lippen en kuste toen mijn mondhoek. 'Je bent geen toilet- wip. Ik wil meer.' Hij wreef met zijn duim onder mijn onderlip. Zijn eigen lippen hadden dezelfde roze kleur als mijn lippenstift. 'Je verdient meer. De hele nacht.'

Het geklop tussen mijn benen herhaalde het. *De hele nacht, de hele nacht, de hele nacht.*

'Beloofd?'

Hij kuste me nog een laatste keer, een gesloten kus met zijn lippen. 'Beloofd.'

Ik probeerde mijn door het zoenen verslapte mond in de plooi te krijgen. 'Daar houd ik je aan, Jones. Nadat we het project hebben afgerond.'

'Nadat we het project hebben afgerond.' Zijn handen streelden mijn heupen en vielen toen langs zijn zij. 'Die code is verdomd perfect. Check hem in en ga naar huis.'

Hij had gelijk. Het was klaar, en het laatste wat we nodig hadden was dat iemand – ik – per ongeluk een nieuwe bug zou introduceren. 'Niet aankomen dit weekend, hè, cowboy?'

'Niet de code. Ik kan je garanderen dat ik wel iets anders zal aanraken.' Hij verschoof zijn heupen en een harde rand drukte tegen mijn buik.

Een centimeter of vijf lager en ik had tegen hem aan kunnen schuren. Het zou waarschijnlijk minder dan een minuut duren om mezelf klaar te laten komen. Misschien om ons allebei klaar te laten komen. Maar hij had gelijk. We waren op het werk. Aangenomen dat de demo goed ging, zou het project op maandag eindigen. En dan zouden we niet langer collega's zijn. We zouden vrij zijn om elkaar aan te raken waar we maar wilden.

'Bewaar wat voor mij.' Ik knipoogde.

Zijn ogen werden groot, en toen schoten ze naar de bank. 'Nu ik erover nadenk—'

Zo snel als een ratelslang haalde ik de deur van het slot en trok hem open. 'Tot maandag', riep ik over mijn schouder, lachend terwijl ik terugdraafde naar ons bureau. Zelfs Jackson Jones was niet zo brutaal om met een stijve in zijn strakke spijkerbroek door het kantoor te lopen. En ik was de deur al uit voordat hij terugkeerde naar onze werkplek.

27

JACKSON

HET WAS WAAR ik al op wachtte sinds ik vijf maanden geleden naar Texas werd verbannen: Coopers zeldzame, brede glimlach, degene die ik alleen kreeg als ik op de een of andere manier *niet* iets had verkloot.

'Dit is geweldig, iedereen.' Cooper stond aan het hoofd van de vergadertafel. We waren in dezelfde ruimte waar het allemaal was begonnen, waar Alicia was binnengelopen met een nog bloedend schrammetje op haar voorhoofd en ik had gedacht dat we haar niet nodig hadden. Ik had gedacht dat *ik* haar niet nodig had. Ik had er nog nooit zo naast gezeten.

Iemand deed de lichten aan en zette de projector uit. 'Ik ben echt trots op jullie allemaal,' zei mijn beste vriend. 'Jullie hebben de schouders eronder gezet en iets heel bijzonders opgebouwd.'

Mijn borstkas stond op ontploffen, of ik zou iets belachelijks doen als huilen van vreugde als ik niet zou bewegen. Toen ik opstond, keek iedereen me verwachtingsvol aan. Verwachtten ze dat ik iets... als een leider zou zeggen? Meestal was het Cooper die de zaken regelde en het woord voerde, niet ik. Ik wierp een blik op hem en hij gaf me een bijna onmerkbaar knikje.

Ik schraapte mijn keel. 'Eh… ik wil elk teamlid erkennen voor jullie bijdragen. Jullie zijn superhelden.' Langzaam liep ik om de tafel heen en zei over elke persoon iets belangrijks wat diegene voor het project had gedaan. Het werd steeds makkelijker, dus tegen de tijd dat ik bij Alicia aankwam, voelde ik me op mijn gemak en ontspannen. 'Ten slotte, Alicia. Het is haar gelukt om ons allemaal bij elkaar te brengen, ze steunde ons allemaal toen we dachten dat het ons niet zou lukken. Ze heeft ons laten zien hoe echt leiderschap eruitziet.'

Ze knipperde snel met haar ogen en snoof. Haar lippen trilden toen ze naar me glimlachte, maar haar blauwe ogen straalden trots en fel. Ik snakte ernaar haar in mijn armen te nemen en haar te kussen, hier aan de vergadertafel. Maar daar zou Cooper wel iets van hebben gevonden.

Hij stond op uit zijn stoel. 'Er zal de volgende betaalperiode een extraatje bij jullie salaris zitten, als blijk van onze waardering. En ik weet dat het pas maandag is, maar ik zou jullie graag allemaal willen trakteren op een etentje en een drankje om het te vieren.'

De jongens juichten. Cooper maakte hetzelfde rondje langs de tafel als ik, beginnend bij Alicia, en schudde ieders hand en wisselde een paar woorden met hen. Langzaam liep de kamer leeg, tot alleen Cooper en ik over waren. Hij stak zijn hand uit, en toen ik die pakte, trok hij me naar zich toe voor een omhelzing met een paar flinke klappen op mijn schouder. 'Je hebt het geflikt, Jay.'

Ik schudde mijn hoofd. 'Zonder Alicia was het ons niet gelukt. En de rest van het team.'

Cooper trok zijn wenkbrauwen op. 'Het team?'

Ik rechtte mijn rug. 'Tyler is enorm gegroeid. Ik denk dat hij een aanwinst zou zijn voor onze automotive-analyse-groep in San Francisco. Zou jij hem willen vragen of hij geïnteresseerd is in een overplaatsing?' Dat zou hij zijn; ik had hem al gepolst. Maar Cooper nam de beslissingen over aannemen en ontslaan.

'Natuurlijk.' Hij trok zijn mond scheef. 'Het verbaast me dat het je iets kan schelen. Je hebt normaal gesproken geen interesse in personeelszaken.'

Ik haalde mijn schouders op en schoof mijn stoel aan. 'Ik groei zeker weer.'

'Dat is geweldig.' Hij legde een hand op mijn schouder. 'Als je terug bent in San Francisco, praten we erover om een rol voor je te creëren die je helpt die groei voort te zetten.'

Mijn borstkas kneep niet samen. Ik werd niet misselijk. Leiderschap klonk niet langer als een zekere manier om mijn vader achterna te gaan naar een vroeg graf, zoals vroeger. Of iets wat ik gegarandeerd zou verpesten, waarna mijn naam in alle zakenbladen zou staan als de Jones die het probeerde, maar het niet aankon.

Alicia had me laten zien dat ik in staat was tot leiderschap. Ik zou onderweg misschien fouten maken – dat bargevecht met Tyler was er één – maar ik kon me herstellen. *Wij* konden ons herstellen als we allemaal samenwerkten aan een gemeenschappelijk doel.

Verdomme, precies zoals Cooper me had verteld op de dag van de projectaftrap. Hij had al die tijd gelijk gehad.

Ik hoefde geen CEO te zijn. Of Chief van wat dan ook. Ik zou het niet erg vinden om toezicht te houden op de ontwikkeling, strategisch te kijken naar onze producten en hoe we de beste onderdelen van elk product konden gebruiken om ze allemaal beter te maken. Jonge programmeurs zoals Tyler koesteren om hen ook te helpen groeien.

Maar ik bleef hier. Misschien liet hij me mijn nieuwe rol vanuit Austin opbouwen. Toen ik mijn mond opendeed om het te vragen, keek hij me aan met de blik die hij me alleen gaf als we samen waren, degene die op het werk zo zeldzaam was geworden. Zorgzaamheid. Vriendschap. Ik miste die blik. En ik kon die niet wegvagen door te zeggen dat ik hier wilde blijven, waar mijn beste vriend niet was. In ieder geval niet vandaag. Ik zou het hem morgen vertellen. 'Dat zou ik fijn vinden.'

Zijn telefoon zoemde, en toen hij ernaar keek, fronste hij. 'Weston. Wat wil hij in hemelsnaam?'

Ik was dan misschien een leider, maar ik zou onze CEO het feestje van mijn team niet laten bederven. 'Ik zie je in het restaurant. Zorg dat je door die klootzak niet te laat komt.'

Hij knikte afwezig en bracht de telefoon naar zijn oor. Ik glipte zijn kantoor uit.

Terug bij ons bureau had Alicia haar pasje boven op haar door Synergy verstrekte laptop gelegd. Toen ik dat zag, kromp mijn maag ineen als een van Tylers aluminiumblikjes Mountain Dew.

'Ik denk dat dit het dan is.' Ik stak mijn handen in mijn zakken.

Een mondhoek van haar krulde omhoog. 'Ik denk het ook. Ik had er niet echt bij stilgestaan hoe verdrietig het zou zijn om een bedrijf al na een paar maanden te verlaten. Beroepsrisico.'

'Je hoeft niet weg. Je zou kunnen blijven.'

Ze keek om zich heen naar de andere programmeurs, die hun spullen voor de dag inpakten. 'Het team valt uit elkaar. Amit zegt dat hij in de datamodelleringsgroep gaat werken. Het zou niet hetzelfde zijn.'

'Ik blijf. Je zou met mij kunnen werken.'

'Cooper lijkt te denken dat je teruggaat naar San Francisco.' Ze stopte haar telefoon in haar tas.

Ik hield mijn stem zacht. 'Ik praat morgen met hem. Ik beloof het.'

Het licht keerde terug in haar blauwe ogen, als de zon op Lady Bird Lake. Ik wilde dat licht elke dag zien. Ik wilde dat het het eerste was wat ik 's ochtends zag en het laatste wat ik 's avonds zag. Ik wilde het op werkdagen en in het weekend.

Verdomme. Wat was dit? Het was geen vriendschap, zelfs niet de soort die ik met Cooper had. En het was geen lust. Ik had nooit willen blijven om mijn partner 's ochtends te zien, met haar make-up op de kussensloop en haar haar in de war. En ik had zeker niet gewild dat zij mij zagen, naakt, alle schijn van macht verdwenen, gewoon Jackson Jones en zijn gekloot.

Alicia was niet zo. Zij keek voorbij de boegbeeldpositie en het geld op de bank. Ze had me vernederd gezien, en ze had me zien zegevieren. Ze geloofde dat ik geen complete verspilling van ruimte was. Dat ik waardevol was. Dat ik meer kon zijn dan ik was. En misschien kon ik dat, met haar aan mijn zijde.

'Dus... feestje?' Beide mondhoeken van Alicia krulden omhoog. En toen drong het tot me door. Het project was voorbij. Alicia was voor een salaris niet langer afhankelijk van Synergy. We konden nu samen zijn. Als in, zijn. Samen.

'Ja.' Na het teamdiner zou ik haar meenemen naar mijn huis. We konden afmaken waar we op mijn bank aan waren begonnen na het Halloweenfeest, in het park met de vleermuizen. In het damestoilet van Synergy.

Haar ogen werden groot bij wat de blik van een uitgehongerde wolf op mijn gezicht moet zijn geweest. En toen werd haar glimlach breder. 'Loop je met me mee naar buiten?'

Op dat moment, als ze me had gevraagd haar mee te lopen naar de diepten van de hel, had ik hetzelfde gezegd. 'Ja.' Toen, luider: 'Hé, jongens, ik loop even met Alicia mee naar haar auto. We zien jullie in het restaurant.'

Ik pakte de sleutels van mijn truck, mijn portemonnee en Alicia's laptop. Ze slingerde haar tas over haar schouder en controleerde de bureaus en lades nog een laatste keer. Toen ze klaar was, liepen we naar beneden naar de IT-grot, waar ze haar apparatuur en haar pasje inleverde. Ze had voor iedereen die we tegenkwamen een vriendelijk woord en een bedankje, van de IT-stagiair tot Ivan bij de receptie.

Ik liep met haar mee naar haar Honda, die een paar plekken verderop geparkeerd stond dan mijn huurauto. Ik draaide de afstandsbediening van mijn sleutel om mijn vinger, plotseling onwillig om haar uit het oog te verliezen. Wat als ze van gedachten veranderde en besloot naar huis te gaan, naar haar familie? 'Wil je met me meerijden?'

Ze deed haar autodeur open. 'Nee, ik heb liever mijn eigen auto voor het geval het laat wordt. Maar je mag met mij meerijden als je wilt.'

Ik snelde naar het passagiersportier en gleed naar binnen. Zelfs in de schaduw van de garage schitterden haar ogen zo fel dat ik bijna mijn zonnebril opzette.

'Je was geweldig tijdens het project,' zei ze.

'We zijn een goed team. Ik zou willen dat je erover nadacht om-'

Ze snoerde me de mond met een kus, die mijn woorden verslond in een vlammenzee van hitte. En ik was geen idioot. Ik ging erin mee, liet mijn hand langs haar schouder omhoog glijden, om haar nek, en hield haar tegen me aan zodat ik diep in haar zachtheid kon duiken, en haar passie en zoetheid weer kon proeven. Ik zou hier blijven, in haar krappe Honda, mijn knieën tegen de kunststof console gedrukt, de bobbelige stoffen hoofdsteun die in mijn baard bleef haken, tot mijn ledematen verkrampt zouden zijn en ik haar lippen niet meer kon bereiken.

Het jankende geluid van een autoalarm deed ons van schrik uit elkaar gaan.

'Zullen we hier weggaan?' Ik streelde haar hand waar die op mijn binnenbeen rustte.

Ze schraapte haar keel. 'Ik kan wel een drankje gebruiken.'

'Ik heb bier in huis. Tenzij je liever met het team uitgaat?' *Alsjeblieft, zeg niet dat je liever met het team uitgaat.*

'Perfect. Ik stuur Tyler een berichtje dat ik naar huis ga. Stuur jij Cooper een berichtje dat je niet komt?'

Ik nestelde mijn gezicht in haar nek. 'Je kunt Tyler vertellen dat we er allebei tussenuit knijpen.'

Ze rolde met haar schouder en ik stopte met het kussen van haar zachte huid. Zonder op te kijken van haar berichtje zei ze: 'Ik heb die getuigenis van Cooper nog nodig. Ik heb liever niet dat hij erachter komt van ons voordat ik die op mijn website heb staan.'

Mijn hart, dat plotseling niet meer zo verschrompeld was, zwol op. Ze had *ons* gezegd. Misschien voelde zij hetzelfde vreemde gevoel als ik.

Terwijl ze de paar straten naar mijn appartement reed, kon ik mijn handen niet van haar afhouden. Ik liet mijn hand op haar knie rusten, speelde met de zoom van haar rok en zag hoe haar ademhaling versnelde naarmate ik hem hoger schoof. Ik streelde de zachte huid van haar binnenbeen, zoals ik al had willen doen sinds het etentje met haar familie. Er verscheen kippenvel op haar huid en ik streek eroverheen. Toen we stopten voor het stoplicht vlak voor de afslag naar mijn complex, greep ze mijn hand, boog zich voorover en kuste me vurig. 'Stop daarmee. Ik wil dat we veilig bij je appartement aankomen. Dan laat ik je die belofte nakomen die je vrijdag hebt gedaan.'

'Belofte?' fluisterde ik. Ik herinnerde het me. Ik had haar de hele nacht beloofd. Ik draaide ongedurig in mijn stoel; mijn spijkerbroek was plotseling te strak.

Ze antwoordde niet, maar een mondhoek van haar trok omhoog.

Ik ging op mijn handen zitten, maar over mijn ogen had ze niets gezegd. Ik nam in gedachten elk deel van haar op dat ik wilde aanraken, proeven: de welving van haar nek, de zachte ronding van haar borsten verborgen achter haar blouse – ik slikte – shirt, die dijen die me hadden uitgedaagd toen ze haar afgescheurde joggingbroek droeg. De binnenkant van haar enkels.

Toen ze voor mijn gebouw stopte, stond ik op het punt om over de console heen te springen en haar te bespringen. In plaats daarvan sprong ik uit de auto en liep om de auto heen om haar deur te openen.

Ze zwaaide haar lange benen uit de auto en zette haar schoenen – de krachtige rode slingbacks die ze droeg als Cooper in de stad was – op de stoep. Ik stak een hand uit en ze legde haar handpalm op de mijne en duwde zich omhoog.

Haar gezicht was slechts centimeters van het mijne. Cooper kon ons hier niet zien. Dus kuste ik haar, trok haar tegen me aan en liet haar mijn wanhopige opwinding voelen, terwijl ik mijn nieuwe gevoelens – wat ze ook waren – in de kus goot.

Uiteindelijk duwde ze tegen mijn borst en lachte ademloos. 'Laten we dit binnen voortzetten.'

Ik moet een snelheidsrecord hebben gevestigd tussen haar

auto en mijn voordeur. Ik liet de sleutel bij de eerste poging vallen, maar bij de tweede lukte het me de deur te ontgrendelen. Ik duwde hem open, deed het licht aan en liet haar voorgaan.

Zodra de deur dichtviel, drukte ik haar ertegenaan en pinde haar handen aan weerszijden van haar hoofd. Ik kuste haar nek, haar kaak, de V-hals van haar blouse. Haar huid smaakte hemels, en ik wilde elke centimeter verslinden. Ik snuffelde in haar shirt om mijn tong langs de bovenste ronding van haar borst te laten glijden. Ik had meer nodig – meer huid, meer smaak, meer van de zachte geluidjes die ze maakte als ik op de pees tussen haar nek en schouder zoog.

'Jackson,' hijgde ze. 'Stop.'

Ik verstijfde en liet haar handen los. Ik deed een halve stap achteruit zodat ik haar gezicht kon zien. 'Stop?' Had ik haar pijn gedaan? Of bedacht ze zich?

'Ik moet eerst naar huis bellen. Noah even checken.'

'Juist.' Ze had verantwoordelijkheden. Ik hoopte dat het niet betekende dat ze haar interesse had verloren.

'Zie ik je over tien minuten in je slaapkamer?'

'Verdomme ja.' Ik snelde naar mijn badkamer, waar ik mijn tanden poetste en 's werelds snelste douche nam. Daarna liep ik op blote voeten de slaapkamer in, haalde het ongeopende doosje condooms uit het nachtkastje en legde ze bovenop. Terwijl ik mijn blik over de rest van de kamer liet gaan, kromp ik ineen. Het bed was onopgemaakt en er lagen overal kleren. Hoeveel meer tijd had ik nog?

Ik raapte de kleren op en rende naar de kast. Ik schoof de deur open en gooide alles op de grond. Op de bovenste plank lag een ongeopend pak lakens, de reserveset die ik nooit had gebruikt. Ja, ik had mijn lakens gewassen in de vijf maanden dat ik in het appartement woonde – ik was geen monster – maar ik had altijd de pas gewassen lakens weer op het bed gelegd. Ik scheurde de verpakking open, vond het hoeslaken en twee kussenslopen en verving wat er op het bed lag. Ik maakte een prop van de vuile lakens en gooide ze bovenop de stapel kleren en schoof de kastdeur dicht. Ik schopte de sprei in een hoek van de kamer.

Had ik Alicia's tien minuten opgebruikt? Ze had zich toch niet bedacht? Ik trok een schone joggingbroek aan en liep terug door de gang naar de woonkamer.

Ze zat op mijn bank en staarde naar haar telefoon. 'Hé.'

'Is alles oké?' Ik ging naast haar zitten en legde een sussende hand op haar rug.

'Ja, het is goed. Ik... ik doe dit niet vaak. Ik bedoel, met een partner.' Haar wangen werden rood.

Al het bloed schoot uit mijn hersenen rechtstreeks naar mijn kruis bij de gedachte dat ze zichzelf aanraakte, een speeltje op zichzelf gebruikte. Verdomme, had ik er maar aan gedacht om een vibrator te kopen. Dat was een goede manier geweest om er rustig in te komen. En toen dacht ik natuurlijk aan hoe ik rustig Alicia in zou komen, en mijn joggingbroek verborg niets over hoe ik me daarover voelde.

Ik kuste haar zachtjes op haar lippen. 'We kunnen zo langzaam gaan als je wilt, schatje. We hoeven niet eens te neuken. Ik kan je gewoon vasthouden. Wil je me dat laten doen?'

Ze trok zich terug. 'Denk je dat dat is wat ik wil? Dat ik geen seks wil omdat ik... omdat ik frigide ben?'

'Nee, schatje.' Verdomme, ik had het enige andere waar ik goed in was – neuken – verkloot. 'Ik vind je prachtig en sexy. En alles wat ik wil is jou een goed gevoel geven.' Ik raakte lichtjes haar kaak aan, en toen ze zich niet terugtrok, nam ik haar gezicht in mijn hand. Ik kuste haar opnieuw, dit keer minder zacht, en probeerde, op een manier die me met mijn onhandige woorden niet lukte, over te brengen wat ik voor haar voelde.

Toen ze naar adem snakte, kuste ik haar jukbeen, haar keel, de plek die ik de vorige keer aan de zijkant van haar nek had gevonden. Toen ze kreunde, grijnsde ik. Misschien zou ik dit niet verpesten.

Ik tilde haar op mijn schoot en leunde achterover om haar de leiding te laten nemen, terwijl ik mijn armen over de achterkant van de bank spreidde. Ze staarde even naar mijn blote borst en stak toen een vinger uit om een van de druppels op te vangen die van mijn vochtige haar op mijn nek waren gelopen. Ze smeerde de nattigheid over mijn linker tepel, waardoor die verstijfde. Elektriciteit schoot rechtstreeks naar mijn kruis. Ik had niet gedacht dat ik nog stijver kon worden. Ik had het mis. Ik greep de kussens vast om mezelf ervan te weerhouden haar blouse van haar lijf te rukken.

'Ik denk dat ik liever heb dat we elkaar allebei een goed gevoel geven.' En ze verschoof, zodat ze met haar billen tegen mijn lul wreef.

Ik gooide mijn hoofd naar achteren om te voorkomen dat ik haar op de bank zou gooien en een hand onder haar rok zou schuiven. Ik had besloten haar de leiding te laten, en als ze me wilde plagen, zou ik haar laten doen.

Ze stond op en ik miste haar gewicht, de streling van haar heup tegen me. Toen verstrengelden haar vingers zich met de mijne. 'Laten we dit naar de slaapkamer verplaatsen.'

Ik was in een flits opgestaan en leidde haar door de gang naar mijn haastig opgeruimde slaapkamer. Ik strekte me uit in het midden van het bed en wachtte op haar volgende zet.

Ze knielde aan de zijkant van het bed. Toen kroop ze op handen en knieën naar me toe, waarbij haar rok steeds hoger optilde naarmate ze dichterbij kwam. Uiteindelijk tilde ze haar rok hoog genoeg op om schrijlings op mijn heupen te gaan zitten.

'Als ik iets doe wat je niet prettig vindt, zeg dan dat ik moet stoppen, oké?'

Mijn ogen werden groot. Wat ging ze in hemelsnaam met me doen? Wat was er voorbij superstijf? Want mijn lul werd keihard en probeerde een gat in mijn joggingbroek te boren. 'O-oké.'

Toen raakte ze me aan. Haar vingertoppen gleden lichtjes van mijn sleutelbeen over mijn borstspieren en dwarrelden door mijn borsthaar. En het zette me in vuur en vlam. Mijn huid verlangde naar meer en ik trok samen.

Met de bal van haar duim streek ze over mijn linker tepel.

Gehoorzaam verstijfde hij. Ze kneep erin, niet hard, maar genoeg om me naar adem te doen happen.

'Vind je dat lekker?'

'O, ja.' Het klonk als een zucht.

Ze streek met haar vingers naar mijn rechter tepel, draaide er een vinger omheen en kneep.

'Harder,' gromde ik.

Ze trok haar wenkbrauwen op, maar ze deed het, wat een withete pijn van mijn tepel rechtstreeks naar mijn kruis deed schieten. Ik kreunde. God, nu wenste ik dat ik er een had afgetrokken onder de douche. Ik zou klaarkomen zodra ze mijn lul aanraakte.

Toen streelde ze mijn tepel, waardoor de tintelende pijn verzachtte. Mijn borstkas deinde op en neer van de inspanning om de kussens vast te grijpen en haar – of mezelf – niet aan te raken. Ik was niet gewend aan uitgesteld genot. De pols die in mijn pik klopte, deed pijn.

Ze keek naar achteren, naar de tent in mijn joggingbroek. Haar glimlach werd duivels. 'Sta je te popelen om te beginnen?'

'Alsjeblieft, mag ik… mag ik je zien?'

Ze beet op haar lip maar knikte. Ze maakte de manchetten van haar blouse los en begon toen met de bovenste knoop.

'Langzaam?' hijgde ik. Ik had gedroomd van die verdomde knopen, me afgetrokken bij mijn eigen fantasie waarin zij ze langzaam losmaakte en onthulde wat eronder zat. Dit zakelijke uitkleden was te veel.

Haar vingers verstijfden en bewogen toen naar de zoom. Ze speelde met de onderste knoop. 'Zo?'

Ik kon niet praten door de krop in mijn keel, maar ik knikte, mijn ogen puilden uit.

Uiterst langzaam maakte ze de knopen van haar blouse los, waardoor ik een glimp opving van de huid van haar buik en een flits van wit kant. Ik spande elke spier in mijn lichaam aan toen ze de laatste bereikte. Toen tilde ze zich van me af en draaide zich op haar knieën om met haar rug naar me toe te gaan zitten.

'Nog één knoop,' zei ze met een uitdagende blik over haar schouder. Ze spreidde haar handen op de achterkant van haar rok en liet ze naar de knoop aan de achterkant glijden. Haar lange vingers maakten hem los, en toen bewogen ze naar de korte rits eronder. Ik zag slechts een V-vorm van wit voordat ze haar adem inhield, haar shirt uittrok en het over mijn gezicht gooide.

'Oeps,' mompelde ze. 'Dat was niet de bedoeling – momentje.'

Ik schudde mijn hoofd om haar blouse van me af te krijgen, maar alles wat ik zag was witte stof. Ik hoorde geritsel en toen griste ze haar shirt van mijn gezicht. Ik knipperde met mijn ogen. Ze was helemaal naakt.

Ik nam haar aanblik in me op – vrij kleine borsten, een smalle taille, bredere heupen. De blekere huid in de vorm van een totaal niet onthullend badpak deed me denken aan warme briesjes en naast haar liggen op verblindend wit zand. Een keurig driehoekje donkerblond haar dat haar schaamstreek verborg. Ik liet mijn blik omhoog glijden naar haar gezicht. Ze beet weer op haar lip.

'Mag ik… mag ik je aanraken?' Ik ontspande mijn vingers die de lakens vastgeklemd hielden.

Ze liet haar lip los en glimlachte. 'Alleen met je mond.'

'Verdomme, ja.'

'Ik heb mijn schoenen aangehouden,' zei ze. 'Is dat oké?'

'O, mijn God.' De rode slingbacks. 'Ja, alsjeblieft.'

Ze knielde op het bed. Toen ging ze schrijlings op mijn borst zitten. Te ver weg. Ze boog zich over me heen zodat haar borsten als rijpe vruchten boven mijn gezicht hingen. Ik likte aan de ene roze tepel, toen aan de andere. Ze boog haar rug en duwde ze naar mijn gezicht. Langzaam, voorzichtig, tilde ik mijn handen op en drukte haar borsten tegen elkaar, mijn tong in een achtvorm over de toppen wervelend. Ze kreunde en maalde op mijn borst.

Ik nam een van haar borsten in mijn mond en zoog hard aan de tepel. Ze hijgde, maar drukte zich tegen me aan. Ik juichte vanbinnen. Ze verloor haar zelfbeheersing. Door mij. Ik liet mijn handen langs haar ribben naar beneden glijden, naar waar haar heupen uitwaaierden, en streek toen lichtjes met mijn duimnagels over haar billen. Ze rilde.

Dapper liet ik een hand langs de ronding van haar billen naar de vallei tussen haar benen gaan. Nog voordat ik haar centrum bereikte, gleden mijn vingers door haar nattigheid. Ik bracht haar in kaart met mijn vingers: lippen, haar uitnodigende spleet en haar gezwollen clitoris. Ze verstijfde toen ik die aanraakte.

'Mag ik' – ik moest slikken om de woorden door mijn plotseling droge keel te krijgen – 'mag ik je proeven?' Ik wist dat het oneerlijk was, maar ik liet haar clitoris trillen terwijl ik de vraag stelde.

Ze ging rechtop zitten. 'Eh, ik denk het?'

'Je denkt het?' Ik wist dat ze bestonden, maar ik had niet veel vrouwen ontmoet die niet van orale seks hielden. Zou Alicia er een van zijn? Ik hoopte van niet, maar zelfs als dat zo was, zou ik wel iets vinden wat ze lekker vond. 'Schuif wat dichterbij. We proberen het, en je kunt me op elk moment zeggen te stoppen.'

Ze greep het hoofdeinde vast en schoof op. Niet dichtbij genoeg. Ik tilde haar kont op en schoof zelf naar beneden tot mijn doelwit recht boven me was. Ik draaide mijn hoofd naar links en likte de nattigheid op haar binnenbeen, lang en langzaam. Zout, muskusachtig, zoet. Ik draaide me naar rechts en herhaalde de beweging. Toen, haar heupen vasthoudend, wervelde ik mijn tong recht over haar centrum en recht omhoog naar haar clitoris, die ik met het puntje van mijn tong aanraakte. Ze hijgde.

Bemoedigend. 'Is dat oké?'

'Ja.' Het woord was scherp genoeg, maar haar stem was hoog en ademloos.

Ik ging aan het werk alsof ik een lastig stuk code aanpakte, testend terwijl ik proefde, controlerend wat werkte – wat haar deed kronkelen en kreunen – en wat niet. Notitie van de ontwikkelaar: er was heel weinig dat niet werkte. Al snel hijgde ze terwijl ik aan haar clitoris zoog, mijn middelvinger in en uit haar gleed.

Ik liet haar knopje even los en blies er een zuchtje koele lucht overheen. 'Je mag zo luid zijn als je wilt. Er is geen buur aan deze kant van het appartement.'

Ze kreunde toen ik mijn tanden over haar gevoelige huid haalde. Toen, terwijl ik zachtjes mijn wijsvinger in haar schoof, maakte ze een onsamenhangend geluid. Ze kreunde mijn naam, en ik zoog harder aan haar clitoris en sloot mijn tanden om de basis.

Ze maakte een jammerend geluid – niet luid, maar het was genoeg. Mijn pik, gevangen in mijn joggingbroek, pulseerde en mijn zicht werd even zwart terwijl ik klaarkwam. Ik gromde en liet haar clitoris los, en gaf haar lange, platte likken om haar tot rust te brengen. Mijn adem streek over haar heen en ze rilde.

'Dus ik neem aan dat dat oké was?' Ik kon mijn zelfvoldane grijns niet verbergen toen ze naar me neerkeek.

Ze plofte op haar rug naast me en gooide een arm over haar ogen. 'Is er iets waar je niet goed in bent? Behalve bescheidenheid?'

Ik haalde mijn schouders op en tilde mijn plakkerige broek van mijn huid. 'Impulsbeheersing?'

28

ALICIA

Ik zweefde ergens tussen volkomen rozig zijn en het beste orgasme van mijn leven herbeleven, toen Jacksons stem me uit de roes haalde. Ik haalde mijn zware arm van mijn gezicht en knipperde met mijn ogen. Hij leunde over de rand van het bed en hield een flesje water omhoog.

Ik steunde op mijn elleboog en nam het van hem aan. Ik nam een slok en gaf het toen terug. Hij klokte de rest achterover.

Hij had zijn broek uitgetrokken en was nu voor het eerst naakt. Of beter gezegd, de eerste keer dat ik hem naakt zag. Hij had die grijze joggingbroek vast gedragen om me te plagen. Die was ronduit onzedelijk en verborg niets terwijl hij naast me op de bank zat. En zijn overduidelijke opwinding had me de moed gegeven om te vergeten wat Rick over me had gezegd, om het vertrouwen te hebben dat seks met Jackson iets speciaals kon zijn.

Wow, en hoe.

Seks met Rick was als de stokoude Buick die Melissa aan me had doorgeschoven toen ze ging studeren. Het begon wel oké, maar uiteindelijk stond ik met pech langs de kant van de weg en moest ik op eigen kracht mijn bestemming zien te bereiken. Jackson had me ervan overtuigd dat hij meer zou zijn als mijn Honda, een betrouwbaar ritje dat de hele afstand volhield. Maar, o mijn God, hij was de Corvette waarin een van Melissa's vriendjes ons die ene keer naar school had gereden. Pure kracht, ingehouden in de bochten en klaar om te brullen op het volgende rechte stuk.

En dan had ik zijn pik nog niet eens gehad. Ik staarde ernaar terwijl hij de dop op het lege flesje draaide en het op het nachtkastje zette. Hij zag er iets slapper uit dan daarnet. Had ik hem afgeknoopt?

De rillingen liepen over mijn huid. Ik had me zo kwetsbaar opgesteld, hem mijn lichaam laten zien, zelfs mijn geheime plekjes, terwijl ik op zijn gezicht reed. Ik bedekte mijn borsten met een arm en sloeg mijn benen over elkaar. Waarom had hij geen bovenlaken zodat ik me kon bedekken?

'Koud?' vroeg hij.

'Mmm-hmm.'

Hij draaide zich om, waardoor ik een glimp opving van de sexy kuiltjes bovenaan zijn billen. Toen zijn volle kont – o, mijn God, die kon absoluut wedijveren met die van Rick – terwijl hij bukte om het witte dekbed van de vloer te pakken. Hij hield het naar me uit, en ik griste het weg en kroop eronder.

Het matras naast me deukte in. 'Gaat het? Heb ik iets verkeerds gedaan?'

'Nee.' Ik stak mijn hoofd onder het dekbed vandaan. 'Vond jij het fijn? Wil je dat ik...' Ik liet mijn blik vallen op de plek waar zijn pik op zijn dij lag.

'Verdomme, nee. Ik bedoel, ik zou het geweldig vinden als je dat zou willen. Maar dit is geen transactie. We bedrijven... we genieten van elkaar. Je hebt geen idee hoe lang ik je al zo wilde aanraken. Je proeven. De geluiden horen die je maakt als je klaarkomt. Ik kwam klaar zonder dat een van ons me aanraakte. Je was geweldig.'

'Ja?' Ik wist niet dat mannen dat konden.

'Jij had het toch ook naar je zin?'

Ik had sterretjes gezien. 'Natuurlijk. Zo ben ik in... nog nooit klaargekomen.'

Hij rolde dichterbij en legde een hand op het dekbed dat me bedekte. 'Ik hou van' – hij slikte – 'hoe eerlijk je bent.'

Mijn hart sloeg op hol. Stond hij op het punt te zeggen dat hij van me hield? Daar ging dit toch niet over? Was het wel zo? Zoals hij had gezegd, we waren twee volwassenen die met wederzijdse instemming van elkaars lichaam genoten.

'Denk je dat daar nog plaats is voor mij?' Hij knikte naar het dekbed. 'Het is een beetje fris hierbuiten, en ik ben een knuffelaar.'

'Daar geloof ik geen seconde van.' Toch smolt ik door de hoopvolle uitdrukking op zijn gezicht. Ik sloeg een kant van het dekbed open en bedekte mijn romp met de rest. 'Kom er dan maar bij.'

Hij wurmde zich naar binnen en lepelde zich toen om me heen. Een arm vouwde zich onder mijn hoofd en de andere legde hij om mijn middel. Het dekbed raakte om ons heen verstrengeld, waardoor er een ongemakkelijke bobbel onder mijn heup ontstond. Ik wiebelde en trok eraan om het recht te krijgen, en tegen de tijd dat mijn heup plat op het matras lag, was mijn kont strak tegen Jacksons stijver wordende erectie gedrukt en voelde ik zijn hete adem in mijn oor.

Zijn hand sloop omhoog om mijn borst te omvatten. 'Kan ik u misschien interesseren voor een tweede ronde?' Hij speelde met mijn tepel.

Dat gebaar stuurde een schok rechtstreeks naar mijn kern. Ik snakte naar adem door de intensiteit. Elk deel van mij was het eens met zijn voorstel. 'Je zei dat je wilde knuffelen,' plaagde ik, terwijl ik weer tegen hem aan kronkelde.

'Dat was voordat jij je prachtige zachte delen tegen mijn niet-zo-zachte delen schuurde.' Om zijn punt te bewijzen, gleed de eikel van zijn pik tussen mijn benen.

Ik onderdrukte een kreun. 'Ik probeerde alleen maar een comfortabele houding te vinden.'

'Dit is best comfortabel, vind je niet?' Hij trok zijn heupen terug en duwde ze toen naar voren, zijn pik over mijn kutje glijdend.

Mijn kutje trok samen, hongerig naar hem. Het plagen was voorbij. 'Voelt goed.'

Hij liet zijn vingers over mijn buik glijden en omvatte mijn kruis. 'Hoe voelt dit?' Hij tokkelde met zijn vingers over mijn clitoris.

Ik gooide mijn bovenste been over het zijne en kreunde.

'Oké,' fluisterde hij tegen mijn nek. 'Ik ga dat interpreteren als "fucking fantastisch".'

Hij streelde me hoger en hoger tot ik mijn adem inhield, wachtend op het orgasme dat tergend net buiten bereik hing. 'Jackson,' mompelde ik, 'laat me klaarkomen.'

'Wat heb je nodig, schat?'

'Ik… ik weet het niet.'

'Wat dacht je van…' Hij kuste me, precies waar mijn schouder overging in mijn nek, en toen voelde ik zijn tanden in mijn huid bijten. De kleine pijn, gecombineerd met een kneepje in mijn clitoris, schoot door me heen en stuurde me met een gil over de rand.

Toen ik terugkwam van mijn sterren-bezaaide orgasme, kuste hij de plek die hij had gebeten en drukte hij zachtjes op mijn clitoris.

Ik probeerde zijn naam te zeggen, maar het kwam eruit als een onverstaanbaar gemompel. Mijn mond werkte niet. Geen van mijn spieren werkte.

'Alles goed, baby?'

Mijn huid tintelde bij het koosnaampje. Hij mocht me zo noemen zo veel hij wilde, nu we niet meer samenwerkten. Geen kans meer dat hij zich zou verspreken voor het team. Ik knikte.

Hij rolde even weg, en ik hoorde papier scheuren. Hij gleed terug onder het dekbed en knielde tussen mijn knieën. Maar in plaats van er meteen in te duiken, schoof hij naar het voeteneind van het bed en boog zich voorover zodat zijn kin tussen mijn benen zweefde.

'Mag ik je weer proeven? Ik zal voorzichtig zijn als je gevoelig bent.'

Nog steeds in het dal van post-orgastische gelukzaligheid knikte ik.

Voordat hij me aanraakte, voelde hij onder het dekbed tot hij mijn enkels vond. Ik droeg nog één schoen. De andere was ergens tussen de orgasmes door afgevallen. Hij klemde ze om zijn middel en zorgde ervoor dat de punt van mijn rode hak in de plooi van zijn heup rustte. 'Geef me maar de sporen,' zei hij met een grijns. 'Maar pas op voor de bungelende zaakjes, anders loop je misschien nog een orgasme mis.'

Hij boog zich voorover en schraapte zijn stoppelige kaak langs de binnenkant van mijn dij tot hij mijn centrum bereikte. Hij spreidde me met zijn duimen en likte mijn kutje van binnen en van buiten. Mijn benen begonnen te trillen en ik groef mijn hielen in zijn heupen.

'Dat is het, baby,' zei hij tegen mijn kruis. 'Geef het me nog eens.'

Mijn heupen kwamen omhoog en ik schuurde mezelf tegen zijn gezicht. Wat was er toch met deze man dat mijn weerstand deed smelten, dat dwars door de barstjes in mijn pantser drong? Ik concentreerde me uitsluitend op mijn genot en hoe hij het verhoogde.

Hij liet een vinger of twee in me glijden, pulserend, en verplaatste zijn lippen naar mijn clitoris. Hij begon langzaam, met kusjes en zachte likjes. Mijn benen bibberden harder.

'Houd je aan me vast, schat,' zei hij. 'Kun je meer aan?'

'Ja, ja.' De woorden barstten uit me.

Hij speelde met zijn tong over mijn clitoris, waardoor die weer op toeren kwam, voordat hij zijn mond erover sloot en een lange, harde zuigbeweging maakte die me van het matras deed opveren.

Toen waren zijn vingers weg, vervangen door een stompe druk bij mijn ingang. Hij omvatte mijn heupen met zijn handen en gleed met een lange, langzame stoot in me. Mijn naschokken knepen om hem heen.

'O, God, baby, ja. Voelt zo goed.' Hij bleef onbeweeglijk, mijn heupen vastgeklemd.

Eindelijk opende ik mijn ogen. Ik wou dat ik dat niet had gedaan, want alles was te zien in zijn ogen, zacht van verlangen. Zijn uitdrukking weerspiegelde de pijn in mijn borst, die alleen maar erger zou worden als hij eindelijk terug zou gaan naar Californië.

We staarden elkaar een lang moment in stilte aan. Hij was de eerste die wegkeek en zijn blik liet vallen op waar mijn benen gespreid over het bed lagen. Een van ons had het dekbed van zich af gegooid. Hij tilde mijn voet op en trok mijn schoen uit. Toen legde hij mijn enkel op zijn schouder. Hij tilde mijn andere been op en legde het op zijn andere schouder. Toen trok hij zijn heupen terug en stootte opnieuw in me, waardoor ik diep vanbinnen oplichtte. Een scherp piepje ontsnapte me.

'Oké, daar gaan we dan maar mee door,' zei hij met een grijns.

Hij zette een gematigd ritme in waardoor we konden genieten van de wrijving terwijl hij in en uit me gleed. Mijn benen trilden tegen zijn schouders tot hij zachtjes zijn handen over mijn enkels legde. Hij draaide zijn gezicht om de een te kussen, en daarna de ander, zo teder dat tranen achter mijn ogen prikten.

'Waar was dat voor?' Ik tilde mijn handpalmen op om het vocht in mijn ooghoeken weg te deppen.

'Dat wilde ik vanmiddag al doen. Ik heb nog meer plekjes die ik wil kussen.' Hij stootte nog twee keer zonder iets te zeggen.

'Ga je het me vertellen?'

'Ik zal het je laten zien,' zei hij. 'Later.'

Zijn mond vertrok en hij versnelde zijn ritme. Een hand gleed naar beneden tussen ons in en hij streelde met zijn duim over mijn clitoris. In combinatie met de dieper wordende druk in mij, zorgde zijn aanraking ervoor dat ik me om hem heen klemde. Hij zoog op zijn duim en drukte hem terug op mijn clitoris, rond-draaiend. Mijn benen gleden van zijn schouders en ik stootte tegen hem, een keer, twee keer, voordat ik mijn climax uitschreeuwde.

Hij hield zich stil, en ik wist niet of de pulsaties in mij van hem of van mij waren. Toen, met mijn knieën om zijn middel geklemd, rolde hij om zodat mijn lichaam over het zijne drapeerde. Mijn haar was uit mijn knot losgekomen en plakte aan zijn huid. *Ik* plakte aan zijn huid, en ik wilde daar blijven, aan hem vastgekleefd, voor altijd. Ik aaide over de zijkant van zijn borst en liet mijn arm toen op het matras vallen. Hij fluisterde mijn naam in mijn haren.

Ik moet ingedommeld zijn, want ik was me er maar vaag van bewust dat hij onder me vandaan schoof, naar de badkamer ging en terugkwam.

Toen ik even later mijn ogen openknipperde, was het gouden middaglicht verdwenen en was de kamer donker. 'Hoe laat is het?' mompelde ik.

'Niet te laat. Halfacht. Heb je honger?'

Alleen naar meer van hem. Meer van zijn warmte om me heen. Meer van zijn sussende woorden over hoe geweldig ik was. Meer van de zachtheid in zijn ogen die weerspiegelde wat ik voelde.

Liefde.

Een klein gilletje begon in mijn hoofd. Ik was verliefd geworden op Jackson Jones. Op een man die had gezegd dat hij zou blijven, hoewel zijn baan, zijn bedrijf, bijna drieduizend kilometer verderop was. Misschien konden we een tijdje doen alsof we samen waren, maar uiteindelijk zou hij terug moeten. Daar hoorde hij thuis als leider.

De vloek van de Weber-vrouwen had me ingehaald.

Blijf kalm, zei ik tegen die gillende stem. Ik zou die vervelende emotie in een doos stoppen. Zeker, die zou rammelen als Jackson wegging. Maar dan zou ik hem met rust laten, hem laten verstoffen. Misschien zouden de motten erbij komen, zoals ze hadden gedaan met moeders trouwjurk op zolder, die vol gaten zat als gatenkaas, zodat we er geen moeite mee hadden om hem in de prullenbak te gooien.

Het gegil werd luider. Wie hield ik voor de gek? Wat ik voor Jackson voelde was nieuw, maar het was te groot om in een doos te bewaren. Het was als het gigantische babymonster waar de superheld tegen vocht in een van Noahs favoriete films. Te onschuldig, te onbewust om te begrijpen welke vernietiging het aanrichtte. Het zou alles op zijn pad verbrijzelen en mij als een ruïne achterlaten.

Als ik bleef, zou ik het zeker opbiechten. Jackson had me misschien de controle over mijn lichaam doen verliezen, maar ik was niet bereid om mijn emoties zo de vrije loop te laten.

'Ik moet gaan.' Ik keek naar de vloer. Waar had ik mijn ondergoed gegooid, die enorme, onsexy witte slip met 'Grote Meiden Onderbroek' op de kont gedrukt, die Tiannah me voor de grap voor mijn laatste verjaardag had gegeven, die ik vergeten was dat ik droeg tot ik die striptease voor hem probeerde op te voeren?

'Kun je niet blijven? Zelfs niet voor het eten? Hier vlakbij zit een geweldige Thaise afhaalzaak. Ze zijn echt snel.'

Ik schoof weg en ging rechtop zitten. 'Ik kan niet. Het is een schoolavond, en ik wil Noah graag nog even zien voordat hij naar bed gaat.'

Hij pakte mijn hand. 'Wil je douchen?'

Ik zag zijn gezicht tussen mijn benen voor me terwijl ik mijn wang tegen de gladde tegels drukte. 'Verleidelijk, maar ik moet echt naar huis.'

'Geen gekkigheid. Dat beloof ik. Gewoon schoon worden. Je mag zelfs alleen douchen als je dat wilt.'

Mijn lippen krulden op tot een glimlach. Wie had ooit gedacht dat Jackson Jones, top-programmeur en internationale playboy, me zou smeken om met hem te douchen nadat hij me wie-weet-hoeveel orgasmes had bezorgd? Ik, de seksgodin voorheen bekend als de IJskoningin? 'Vooruit dan maar,' zei ik. 'Kom maar mee.'

Zijn douche was ruim genoeg voor twee, en het zou makkelijk zijn geweest om nog een ronde te doen. Maar de enige aanraking was dat we elkaars rug inzeepten. Toen Jackson vroeg of hij mijn haar mocht wassen, liet ik hem zijn gang gaan. Het warme water kletterde op mijn borst en mijn buik, en ik sloot mijn ogen terwijl zijn grote vingers alle spanning uit mijn hoofdhuid masseerden. Ik had hem binnengelaten, zowel emotioneel als fysiek, en hij had het niet tegen me gebruikt. In plaats daarvan gaf hij me het gevoel dat ik veilig was, dat er voor me gezorgd werd. Gekoesterd. Na zo veel jaren voor mezelf – en Noah – te hebben gezorgd, wilde ik dat het voor altijd zou duren.

Hoe lang konden we dit volhouden? Een paar weken tot Thanksgiving ons zou scheiden? Of langer? Zouden we op zaterdagavond uitgaan, door Sixth Street slenteren, hand in hand en van de muziek proeven die uit elke bar kwam? Kon ik luie zondagen bij hem doorbrengen, in zijn T-shirts, terwijl we in zijn keuken lang over de koffie deden?

Het water kletterde op mijn kruin en mijn onderrug, Jacksons grote lichaam verwarmde mijn voorkant. Al te snel had hij het schuim uit mijn haar gespoeld en reikte hij om me heen om de kraan dicht te draaien.

Nadat we ons hadden afgedroogd, streek ik mijn haar strak naar achteren in een knot. Jackson stond erop de knoopjes van mijn blouse dicht te doen – wat totaal onnodig was – maar hielp ook handig met de rits en het knoopje aan de achterkant van mijn rok. Hij vond ergens in zijn slaapkamer een schoon T-shirt en een korte broek en liet me toen op de rand van het bed zitten terwijl hij mijn rode slingbacks aanschoof alsof ik Assepoester was.

Hij trok me overeind. 'Wanneer kan ik je weer zien?'

Het beste was dat ik geen neppe reden hoefde te verzinnen om het uit te maken met Jackson. We hadden er al een ingebouwd. 'Je gaat weg.'

Zijn ogen werden scherp als een scalpel en sneden mijn verdedigingslinies weg. Verdomme. Hij wist van de smoesjes en waarom ik ze verzon. 'Ik heb je gezegd dat ik blijf.'

'Voor hoe lang?'

Zijn mond vertrok even. 'Lange termijn was nooit mijn ding. Ik ben meer een man van onenightstands. Ik ben nog nooit met iemand geweest – heb mezelf nooit toegestaan met iemand te zijn

– die me uitdaagt zoals jij dat doet, die ook nog eens mooi en slim is. Iemand die ik respecteer.'

'Je bedoelt toch niet dat ik niet ben zoals andere meisjes, hè?' Ik sloeg mijn armen over elkaar.

'Nee.' Een blos verspreidde zich over zijn voorhoofd. 'Ik bedoel, natuurlijk ben je uitzonderlijk. Maar ik… ik dacht niet dat ik met iemand zou kunnen zijn die…'

'Je op je flauwekul wijst?'

Hij proestte het uit. 'Precies. Wat ik probeer te zeggen is dat dit een primeur is voor mij. Ik ga het waarschijnlijk verknoeien. Maar ik… ik wil het proberen. Ik was al van plan om morgen met Cooper te praten over de mogelijkheid om vanuit Austin te blijven werken. Ik wil dit een kans geven. Ons een kans geven.'

'Je gaat toch niets tegen Cooper zeggen, hè? Over… ons?' Was er echt een *ons?*

Hij huiverde. 'Nog niet. We zorgen er eerst voor dat hij die aanbeveling voor je schrijft.'

Ik liet mijn armen zakken en sloot mijn handen om de zijne. 'Bedankt.' Het kon geen kwaad om hem nog een paar keer te zien voordat hij wegging. Hoe dan ook, ik zou geruïneerd zijn. En ik had liever de versie met orgasmes dan die zonder.

'Mijn volgende klus begint pas volgende week, dus ik ben de rest van deze week vrij.'

'Cooper blijft tot morgen. Maar overmorgen zou ik kunnen spijbelen.'

'Ik ben één dag van het project af en je bent al aan het spijbelen?'

'Ik ben een mislukkeling.' Hij haalde zijn schouders op. 'Iedereen verwacht het.'

Mijn maag kromp ineen. Ik wilde hem door elkaar schudden. 'Luister naar me, Jackson Jones. Je bent geen mislukkeling. Je bent een ster. Cooper heeft je geprezen, en ik heb het gevoel dat hij dat niet vaak doet. Jij hebt die software gebouwd en het laten zingen.'

Zijn gezicht werd zachter. 'Ik weet het. Maar het klinkt beter als jij het zegt.'

Ik kuste hem hard op zijn lippen. 'En je verdient af en toe een dagje vrij.'

Zijn armen sloegen zich om me heen. 'Jij ook. Je moet tijd doorbrengen met je vriendje, die toevallig ook de beste minnaar is die je ooit hebt gehad.'

Een rilling van opwinding ging door me heen. 'Laten we niet op de zaken vooruitlopen. Je hebt me nog niet eens mee uit eten genomen.'

'Overmorgen. Ik neem je woensdag mee uit.'

'Oké. Stuur me een berichtje.' Ik leunde naar voren om hem een kusje op zijn lippen te geven, maar hij nam mijn mond gevangen in een verslindende kus die mijn knieën week maakte en mijn adem benam. Het deed me vergeten waarom we zo lang hadden gewacht om met elkaar naar bed te gaan.

Cooper. De gedachte aan zijn veroordelende gezicht liet ijs door mijn aderen stromen.

'Wat? Waarom zei je "Cooper"?' mompelde Jackson in mijn nek.

'Oeps.' Ik stapte om hem heen, de slaapkamer uit. Hij volgde, zijn blote voeten gedempt door het tapijt.

'Hé,' zei hij toen we de woonkamer bereikten. 'Misschien kunnen jij, ik en Noah iets samen doen. We kunnen naar een basketbalwedstrijd gaan. Of wandelen. Zelfs naar een van die irritante plekken met animatronics en kartonnen pizza.'

Het zou al erg genoeg zijn voor mij als Jackson vertrok. Ik kon niet nog een van Noahs verlangende blikken verdragen, zoals die hij altijd had als we Rick zagen. 'Ik… ik wil Noah niet in de war brengen. Dus ik betrek hem er liever niet bij.'

Jackson liet zijn gezicht vallen. Toen gaf hij me een halve glimlach die zijn ogen niet verlichtte. 'Wat jij wilt, schat.'

Ik wilde het terugnemen om hem weer te zien glimlachen. Maar dat kon ik niet. Ik kon hem Noah geen pijn laten doen. Ik nam zijn hand en kneep erin. Eindelijk krulde de andere hoek van zijn mond omhoog.

'Stuur je me morgen een berichtje?' zei ik.

'Ik stuur je vanavond nog een berichtje.'

Ik ging op mijn tenen staan en kuste hem, een lange, lome, we-hebben-alle-tijd-van-de-wereld kus. Voorlopig zouden we allebei doen alsof hij lang genoeg zou blijven om ons een kans te geven. Misschien, als we hard genoeg deden alsof, zou het waar worden.

'Ik stuur je een berichtje terug. Welterusten, Jackson.'

Ik stapte de koele novembernacht in, mijn wangen gloeiend bij de gedachte dat ik overmorgen met Jackson zou spijbelen. Het zou niet voor altijd duren, maar hij had zichzelf mijn vriendje genoemd, en de gedachte om hem weer te kussen maakte mijn knieën week.

Hoe lang kon hij hier in Austin blijven? Ik wist het niet, en ik denk dat hij het ook niet wist. Maar voor één keer in mijn leven ging ik me geen zorgen maken over een jaar of zelfs een maand van nu. Ik zou zo lang mogelijk van dit nieuwe avontuur met Jackson Jones genieten.

Daarna zou ik breken.

29

JACKSON

NADAT ALICIA WAS VERTROKKEN, voelde mijn maag leeg. Ik zocht in mijn la met afhaalmenu's, pakte dat van het Thaise restaurant waarmee ik haar had proberen te verleiden, maar legde het weer terug in de la naast de in plastic verpakte vorken, eetstokjes en zakjes ketchup. Zelfs Thais eten zou de leegte in mij niet kunnen vullen.

In de slaapkamer snoof ik aan beide kussens. Eén rook vaag naar zoete sinaasappel, dus nam ik die mee naar de woonkamer. Ik strekte me uit op de bank zodat mijn voeten over de leuning hingen, stopte het kussen onder mijn wang en pakte de afstandsbediening. Waar had ik zin in? Sport? Een comedy? Iets sexy en romantisch?

Ik liet de afstandsbediening uit mijn hand vallen. Niets kon tippen aan de herhaling van mijn middag met Alicia in mijn gedachten. Ik wreef met een hand over mijn Led Zeppelin-T-shirt. Eén tepel prikte nog van haar kneepje. Ik vroeg me af of ik een afdruk op haar nek had achtergelaten. Of ze vanavond een beetje beurs zou zijn. Of ze aan haar huid zou ruiken om sporen van mij te vinden.

Woensdag. Woensdag zou ik haar zien. Misschien konden we langs de rivier gaan wandelen. Of kon ze me een rondleiding door het Capitool geven. Ik zou de domme toerist zijn die het meest belachelijke snuisterijtje kocht dat ik in de cadeauwinkel kon vinden en zij zou mijn sexy gids zijn.

Of misschien huurden we 's middags een hotelkamer met uitzicht op de rivier en zouden we de liefde bedrijven tegen de ramen.

De liefde bedrijven? Ik bedoelde neuken. Ketsen. Haar akker ploegen. Knielen aan haar altaar. Beffen.

Fuck. Ik kneep in het kussen. Wie dacht ik dat ik voor de gek hield? Mezelf niet.

Dit gedoe met Alicia was anders. Zeker, ik voelde me al vanaf de eerste dag tot haar aangetrokken, toen ik haar haar opzij streek en haar wond met mijn T-shirt depte. En daarna had ik een hekel aan haar gekregen. Nou ja, niet echt aan haar, maar aan alles wat haar aanwezigheid over mij zei. Tot de wrok plaatsmaakte voor respect. Bewondering. En iets zachters dat me vanbinnen deed oplichten telkens als ik naar haar keek.

Fuck. Was ik verliefd?

Ik was nog nooit verliefd geweest. Ik had nog nooit met iemand een relatie gehad met wie ik zo'n klik had. Het was veiliger om met vrouwen uit te gaan om wie ik niet gaf. Als het me niet kon schelen, zou het geen pijn doen als ze me uitlachten en verlieten.

Maar na alles wat we samen hadden meegemaakt, dacht ik niet dat Alicia me dat zou aandoen. Ik had die uitdrukking op haar gezicht gezien onder de douche, nadat ik haar haar had gewassen. Ze had me aangekeken alsof zij ook om me gaf. Alsof ze me uiteindelijk binnen zou laten als ik maar lang genoeg op haar poort klopte. Als ik volhardend en betrouwbaar was, zou ze me misschien zelfs in haar leven toelaten. Behalve het deel met Noah.

Daarvoor vertrouwde ze me niet genoeg. Misschien was dat terecht, aangezien ik nog steeds dingen verprutste. En bij een kind was er geen ruimte voor fouten. Die arme jongen had al genoeg ellende in zijn leven, aangezien hij geen ouders en waarschijnlijk ADHD had.

Die bijeenkomst had ik echter niet verprutst. Ik had Alicia erdoorheen geholpen. En misschien, als ze Noah eenmaal uit die vreselijke klas had gehaald en hem had laten behandelen, zou hij het beter doen op school.

Zou ze me dan kunnen vertrouwen?

Ik stelde het me voor: fietsen op de groenstrook. Of ze meenemen naar San Francisco en toeristische dingen doen zoals Alicia met mij en de vleermuizen had gedaan. Met Noah naar de zeeleeuwen kijken. Ik zou ze niet meenemen naar Alcatraz; dat was griezelig. We zouden in Golden Gate Park naar muziek luisteren of langs het strand wandelen of de California Academy of Sciences bezoeken. We zouden een gezin zijn.

Was ik klaar voor een gezin? Was dat prikkelende gevoel in mijn vingers opwinding of angst?

Tijdens het etentje met Alicia's familie was ze zo sterk, zo zelfverzekerd geweest. Zoals ze altijd op haar werk was. Op het werk waren we partners geworden. Zouden we dat ook met haar familie kunnen zijn?

Ik plofte achterover op de bank en gaf me over aan mijn fantasie. Ik zou ze aan mijn moeder voorstellen. Ze zou betoverd zijn door Alicia's volwassenheid en gedrevenheid. Zouden we de feestdagen met haar familie of de mijne doorbrengen? Misschien zou Kerstmis in de Alpen het beste zijn. Of het Caribisch gebied. Ik stelde me Alicia in een bikini voor. Hand in hand wandelend op het strand met de maan glinsterend op het water, luisterend naar het gebulder van de branding, warm water dat tegen onze tenen klotst. Ik verloor mezelf in de fantasie.

Daarom lag ik ineengedoken onder mijn dekbed, omhuld door Alicia's geur, toen drie harde klappen op mijn deur dreunden.

Mopperend gooide ik het dekbed van me af. Er was maar één persoon die zo klopte. Ik liep op mijn tenen naar de deur en keek door het spionnetje. Jawel, Cooper stond daar, nog in zijn werkkleding, en keek met een woedende blik naar de deur. Fuck, wat had ik nu weer gedaan?

Ik deed de deur open. 'Hé, Coop.'

Hij stapte naar binnen en monsterde me van mijn T-shirt tot mijn boxershort en blote voeten.

'Is ze hier?'

'Wie?' Ik deed de deur dicht. Hij had zijn 'ik-ga-zo-tegen-je-schreeuwen'-gezicht op.

'Onze voormalige consultant, Alicia Weber.'

Fuck. Ze had zijn getuigenis nodig. Ik loog nooit tegen Cooper, maar deze ene keer kon ik de waarheid een beetje verdoezelen.

'Waarom zou ze hier zijn?' Ik liep terug naar de bank en gooide het dekbed en het kussen erachter. Hij zou haar toch niet kunnen ruiken?

Hij ging in de stoel tegenover de keuken zitten. 'Echt? Ga je hierover liegen tegen je beste vriend? Toen je met die stagiaire naar bed ging, was je tenminste nog eerlijk.'

Hoe kon hij daar in godsnaam achter zijn gekomen? Alicia zou hem niet hebben gebeld. En zij en ik waren de enigen die wisten wat we een paar uur geleden hadden gedaan. Ik plofte op de bank. 'Waar heb je het over?'

'Toen je niet bij het etentje was—'

Fuck. Alicia had me gevraagd Cooper te sms'en om te zeggen dat ik er niet bij zou zijn.

'—vertelde Tyler me dat jullie al weken een affaire hebben.'

'*Tyler* zei dat?' Ik had nooit gedacht dat hij ons zou verlinken. Ik dacht natuurlijk dat iedereen blind was voor hoe hecht Alicia en ik waren geworden.

'Hij zei dat hij dacht dat het algemeen bekend was.'

'Wat was algemeen bekend?'

Maar Cooper trapte niet langer in mijn onschuldige act. Zijn gezicht was rood in het licht van de lamp. 'Dat je het deed met de consultant die ik heb ingehuurd. Eerlijk gezegd dacht ik dat ze te professioneel, te volwassen was om voor jouw'—hij gebaarde naar mijn boxershort—'charme te vallen. Jamila zei dat ze onberispelijk was. Het toppunt van integriteit. Ik denk dat Alicia haar voor de gek heeft gehouden, en ze dacht dat ze mij ook voor de gek kon houden. Maar zoals ze hier in Texas zeggen, ik kom niet van achter de ploeg vandaan.'

'Zeggen ze dat hier? Heb ik nog nooit gehoord.' Ik moest hem tegenhouden voordat hij echt op stoom kwam.

'Ik zal ervoor zorgen dat ze nooit meer voor een gerenommeerd bedrijf werkt. Ze zal zich niet een weg omhoog neuken langs de techleiders van Austin als ik er iets over te zeggen heb.'

'Wacht even—' Ik stond op. Ik wenste echt dat ik een broek aanhad. En mijn stoere laarzen.

'Je deed het zo goed. Drie maanden hier zonder incidenten. En dan duikt zij op en ga je weer de fout in.' Hij kneep zijn ogen tot spleetjes. 'Ze is niet eens jouw type.'

'Luister naar me, Cooper. Ik heb het niet met Alicia gedaan terwijl we samen aan het project werkten.'

'Tyler lijkt te denken van wel.'

Een steek van pijn ging door me heen. 'We kennen elkaar al veertien fucking jaar. En je gelooft een junior programmeur boven mij, je beste vriend?'

'Ja, we kennen elkaar al veertien jaar, en ik heb nog nooit gemerkt dat je ook maar de geringste terughoudendheid toonde als het om je lul ging. Je hebt elke heteroseksuele vrouw in ons studentenhuis geneukt.'

'Ik was achttien fucking jaar oud. Denk je niet dat ik sindsdien veranderd ben? Vanmiddag zei je nog dat ik volwassen was geworden.'

'Dat was voordat ik wist dat jij en Alicia hier aan het neuken waren in plaats van met ons mee te vieren.'

'Zij en ik waren niets meer dan collega's op kantoor. Alicia is door en door professioneel.'

'Blijkbaar vond zij dat professionele integriteit niet gold voor gebeurtenissen buiten kantoor. Tyler zei dat jullie samen op je Halloweenfeest waren.'

Mijn bloed verstijfde. Had hij me haar zien kussen? We waren onvoorzichtig geweest in zijn bijzijn, denkend dat hij te dronken was om het zich te herinneren. Nee, *ik* was onvoorzichtig geweest. En nu moest ik ervoor boeten.

'Tyler was die avond dronken. Hij is uiteindelijk in mijn logeerkamer in slaap gevallen. Maar hij begreep verkeerd wat hij zag. Ja, ik zat achter Alicia aan, maar zij beantwoordde mijn toenadering niet. Ik kuste haar op het feest. Ze was te aardig om me een klap te geven, maar ze vertelde me dat ze niet geïnteresseerd was. Ze is weggegaan.'

'Maar jullie zijn vanavond wel samen weggegaan van kantoor.'

Ik klemde mijn tanden op elkaar. Ik haatte het om tegen mijn vriend te liegen, maar Alicia's bedrijf, haar fucking carrière, stond op het spel. 'Ik vroeg haar om een lift. Ik probeerde haar weer te kussen in haar auto. Ze zette de auto aan de kant en schopte me eruit. Ik ben hierheen gelopen. Ik denk dat geen van beiden daarna nog zin had om iets te vieren. Ze is vast naar huis gegaan.'

Cooper wreef over zijn slapen. 'Fucking hell, Jackson. Nu moet ik het bedrijf beschermen tegen een aanklacht wegens seksuele intimidatie. Bovenop—'

'Ik—ik denk niet dat ze een aanklacht zal indienen. Ze wil waarschijnlijk gewoon haar getuigenis.' Ik zakte neer op de salontafel tegenover mijn vriend.

Hij wreef over zijn gezicht. 'Dit is niet eens mijn grootste probleem van vandaag.'

'Wat bedoel je?' Ik hield mijn adem in. Als hij een groter probleem had dan ik, ging hij misschien vroeg terug naar San Francisco en liet hij me met rust.

'Weston. Hij heeft een code rood situatie op het hoofdkantoor. We hebben een activistische aandeelhouder die onze relatie met dat offshorebedrijf in twijfel trekt.'

Ik verstijfde. 'Dat bedrijf dat Weston binnenhaalde omdat ze goedkoper waren dan ons team in Singapore?'

'Precies. Het lijkt erop dat ze geen leefbaar loon betaalden, en nu moeten we de schade beperken.'

'En fucking herstelbetalingen doen.'

Hij liet zijn handen zakken en doorboorde me met zijn staalharde blik. 'Daarom ga je met me mee.'

'Ik—wat?' Ik kon niet met hem meegaan. Alicia en ik hadden een date op woensdag.

'Alle hens aan dek geldt ook voor onze nieuwe vicepresident Ontwikkeling, onder wiens bevoegdheid relaties met offshore ontwikkelaars vallen.'

'Wat?' De radertjes in mijn brein liepen vast.

'Dit is ook jouw fucking probleem. Je gaat met me mee om het op te lossen.'

'Ik—ik kan niet.'

'En waarom niet? We zijn partners. Synergy is de helft van je bedrijf.'

Omdat ik tegen je gelogen heb en het doe met onze voormalige consultant. Nee. *Omdat ik verliefd ben geworden op onze voormalige consultant.* Waar, maar dat zou hij ook niet accepteren.

Fuck. Alicia wilde dat ik een leider was. Een leider zijn was klote.

'Prima. Vertrekken we vanavond?'

Hij stond op. 'Morgenochtend. We gaan even langs kantoor voor een snel gesprek met Tyler om hem recht te zetten, en dan gaan we terug met de jet. Pak vanavond je spullen. Het team maakt het hier af. Jij hoeft niet terug te komen.'

'Maar—'

'Als ik thuis ook maar een gerucht hoor over seksuele intimidatie, stuur ik je naar dat klooster in de bergen bij Big Sur. Dan kun je je code met een ezel naar beneden sturen.'

Ezel? Ik was degene die zich op het punt stond als een ezel te gedragen.

30

ALICIA

DE VOLGENDE OCHTEND staarde ik in mijn eentje met een mok thee in de keuken van mijn moeder langer dan nodig naar het appje van Jackson, terwijl ik de woorden ontleedde en de betekenis erachter probeerde te vinden. Het waarom.

Maar het waarom deed er niet toe. Niet echt.

Het enige wat ertoe deed, was dat hij weg was.

Gisteren had hij al die perfecte dingen gezegd. Over hoe onvolmaakt hij was. Hoe hij nog nooit een relatie had gehad, maar het wel wilde proberen.

En toen was hij vertrokken, nog voor de baardbrand op mijn dijen was vervaagd.

Ik huiverde en stond op, terwijl ik mijn badjas strakker om me heen trok. Ik zette mijn koude thee in de magnetron en wachtte tot hij opgewarmd was.

Mam zou zeggen dat ik hem had gegeven wat hij wilde, dus dat er geen reden meer was om te blijven.

Tiannah zou het botter zeggen. Zij zou me vertellen dat mijn poesje en ik recht in zijn val waren gelopen.

Melissa zou me zeggen dat ze trots op me was dat ik me kwetsbaar had opgesteld, ook al was het op niets uitgelopen.

Ik veegde een traan van mijn wang. Jackson Jones was mijn tranen niet waard.

'Cariño.' Ik had Esmy de keuken niet horen binnenkomen. 'Is er iets mis?'

'Nee.' Ik snoof. 'Vast een allergie.'

'In november?' Ze klakte een paar keer met haar tong en legde de rug van haar hand tegen mijn voorhoofd. 'Dit heeft toch niets te maken met je date van gisteravond, hè?'

'Date?' Ik deed een keukenkastje open en pakte de fles honing.

'Ik ben al een tijdje uit de roulatie, maar in mijn tijd betekende het dat je actie had gehad als je thuiskwam met nat haar en verkreukelde kleren.' Ze drukte op de knop van de magnetron. 'En die thee wordt niet warm als je hem niet aanzet.'

Ik trok een grimas. 'Jij en mam zeggen altijd dat ik meer moet daten.'

'En dat moet je ook. Maar je straalt vandaag niet zoals gisteravond.'

Gisteravond was ik praktisch het huis binnengezweefd. Vanmorgen, sinds ik Jacksons appje had gelezen, had ik lood in mijn aderen.

'Het gaat goed met me.' En dat zou het ook. Mensen hadden de hele tijd one-nightstands. En dat was alles wat de avond ervoor was geweest. Ik moest alleen mijn opengebarsten hart nog overtuigen.

En, blijkbaar, Esmy. Ze kneep haar ogen tot spleetjes. 'Weet je het zeker?'

'Zeker weten.' De magnetron piepte en ik haalde mijn thee eruit. 'Ik ga wat kasten uitmesten. Ik zie je later.'

Het werk deed me goed. Ik blèrde Rihanna door mijn oortjes

terwijl ik Noahs kledingkast en lades doorzocht en alles wat te klein leek in zakken stopte. Ik spoot zijn voetbalschoenen af in de achtertuin en zette ze op het terras om te drogen. Daarna pakte ik mijn eigen kamer aan. Jacksons trui, waarvan hij had gezegd dat ik hem mocht houden die avond dat we samen op de schommelbank op de veranda zaten, belandde in de donatiezak bij Noahs te klein geworden SpongeBob-pyjama.

Die avond, om Esmy te laten zien dat het goed met me ging, maakte ik in de door mij schoongemaakte keuken King Ranch Chicken, Noahs favoriet.

Toch tuitte ze haar lippen telkens als ze me aankeek aan de andere kant van de tafel.

Woensdag ging het niet zo goed. Nadat Noah op de schoolbus was gestapt, keek ik elk uur op mijn telefoon, in de hoop een appje of gemiste oproep van Jackson te zien. Iets als reactie op het berichtje dat ik hem had gestuurd.

Kom je nog terug?

Niets.

Toch slaagde ik erin me aan te kleden voordat Noah thuiskwam van school, en ik maakte zelfs spaghetti voor het avondeten.

Toen ik donderdag terugliep van de bushalte, pakte ik Tigger op en rolde me met hem op op mijn bed. Wat had ik verkeerd gedaan? Was ik slecht in bed geweest? Ik had een tijdje raar gedaan, me verstopt onder zijn dekbed. En toen had ik al die dingen gezegd waardoor ik totaal niet klonk als de Wonder Woman die ik zo hard had geprobeerd uit te stralen. Misschien had hij besloten dat ik de moeite niet waard was.

Waarschijnlijk was ik dat ook niet.

Tigger kneedde mijn hoofdhuid, zijn klauwen door mijn haar halend, wat me herinnerde aan Jacksons shamoomassage onder zijn douche. Hij was zo teder geweest, zo zorgzaam. Had hij me voor de gek gehouden? Deed hij maar alsof?

Die zin die hij had gebruikt over dat hij zichzelf nooit had toegestaan om bij iemand te zijn die hij respecteerde, tot aan mij, had mijn verdediging doorbroken. Maar het was niets meer dan dat geweest: een versiertruc. Had hij diezelfde zin bij die stagiaire gebruikt? Misschien gebruikte hij hem bij iedereen met wie hij naar bed wilde.

Ik was niet speciaal. Niet voor Jackson Jones. Als ik dat wel was geweest, had hij zijn belofte gehouden.

Voorzichtig tilde ik Tigger van mijn kussen en sloeg het om mijn hoofd. Ik slaakte een gil, gedempt door de veren, en nog een, en nog een, tot ik schor was. Misschien ontsnapte er een traan. Of misschien twee. Mijn kussen zoog ze op en niemand die er iets van wist.

Ik verstopte me tot ver in de middag onder mijn sprei. Uiteindelijk sleepte ik mezelf onder de douche en zag ik er redelijk normaal uit tegen de tijd dat Noah binnenkwam.

Ik vond wat vissticks en aardappelkroketjes in de vriezer voor het avondeten. Esmy beet op haar lip, maar zei niets.

Eindelijk, op vrijdag, keek ik naar de wallen onder mijn ogen van mijn tweede slapeloze nacht en besloot ik dat ik hulp nodig had.

Tiannah deed de deur open met Tavon op haar heup. 'Jij ziet eruit alsof je wel een margarita kunt gebruiken.'

'Het is half elf 's ochtends.'

'Een mimosa dan. Kom op, we gaan wat doen.'

Terwijl Tiannah Tavon in zijn autostoeltje vastgespte, raapte ik Cheerios van de vloer van haar minivan.

Ze keek over mijn schouder. 'Maak je geen zorgen. Orlando en de kinderen wassen elke zaterdag mijn auto. Hij haalt die wel weg.'

Tiannah had Orlando, die genoeg van haar hield om Cheerios uit haar auto te stofzuigen. Met zijn hoofdhuidmassage op maandag had Jackson me laten geloven dat hij om me gaf. Toch kon hij niet eens de moeite nemen om mijn appje te beantwoorden.

Een traan plofte op de leren zitting. Er volgde nog een. Toen een snik zo heftig dat ik mijn handen op de autodeur moest steunen om niet in elkaar te zakken, daar op de plakkerige stoel.

'O nee, schat, wat is er aan de hand?' Tiannah wreef over mijn rug.

'Het is gewoon… gewoon… Jackson.'

De zijdeur schoof open en een paar seconden later draaide Tiannah me zachtjes weg van de bus. 'Kom. Laten we weer naar binnen gaan.'

We zaten op haar bank terwijl Tavon op een speelgoedkeyboard ramde.

'Vertel het me maar,' zei ze.

Ik veegde de tranen van mijn gezicht met de verfrommelde tissue die ze uit haar spijkerbroekzak haalde. 'Nou, maandag, na de projectevaluatie met Cooper Fallon, zouden we het team in een restaurant ontmoeten voor het eten. Maar in plaats daarvan gingen Jackson en ik terug naar zijn huis.'

Haar wenkbrauwen gingen omhoog. 'En?'

'We, eh…' Ik keek naar Tavon. '…we zijn met elkaar naar bed gegaan.'

'Meid…' Ze schudde haar hoofd. 'Oké, hoe was het?'

'Goed. Dacht ik. En toen voelde ik me… raar.'

'Raar? Bedoel je lichamelijk?'

'Nee. Te blootgesteld, weet je wel?'

'Kwetsbaar. Oké.'

'En toen zorgde hij ervoor dat ik me beter voelde. Veilig. Verzorgd. Ik dacht dat het iets b-betekende.'

Ze liep naar de badkamer en gaf me een doos tissues. 'En toen?'

'We zeiden dat we woensdag iets zouden doen. Maar hij appte dinsdag dat hij weg was. En toen ik vroeg of hij terugkwam, reageerde hij niet. Hij heeft me g-geghost.' Ik hikte.

Ze wreef een cirkel op mijn rug. 'Misschien is er iets met hem gebeurd.' Aan de manier waarop de woorden door haar opeengeklemde tanden kwamen, klonk het alsof zij ervoor zou zorgen dat hem iets zou overkomen als dat niet het geval was.

'Het goede aan daten met iemand die beroemd is, is dat je vrijwel zeker weet of er iets met hem is gebeurd. Ik, eh…' Ik sloot mijn ogen en zuchtte. '…ik heb een Google Alert voor hem ingesteld. Niets. Ga je gang, je mag me wel vertellen dat je me gewaarschuwd had.'

'Waarom zou ik je dat aandoen?' De cirkels stopten niet.

'Omdat je me zei er niet bij betrokken te raken. Dat hier niets goeds uit kon komen voor mij. Dat ik gekwetst zou worden. Je had gelijk.'

'Ik ga je niet natrappen als je al op de grond ligt. Liefde doet al genoeg pijn.'

'Liefde?' Ik depte mijn ogen. 'Ik ben niet verliefd.' Zeker, ik had het even gedacht. Maar ik kon het uitwissen, doen alsof het nooit gebeurd was.

'Schat, je bent te slim, te gedreven, om je carrière op het spel te zetten voor iets minder dan liefde. Ik weet dat je niet zomaar met je collega het bed in bent gedoken—'

'Voormalige collega.'

'En de beste vriend van de persoon die je een getuigenis moet schrijven. Dat zou je niet hebben gedaan uit lust. Liefde laat je domme dingen doen. Als het niet zo verkeerd was afgelopen, zou ik zeggen dat ik trots op je ben dat je iemand hebt binnengelaten.'

Het was maar een barstje geweest, maar hij had zich er met zijn brede schouders doorheen gewurmd en me met een gapende wond en doodbloedend achtergelaten. De tranen begonnen weer te stromen.

Tavon duwde zichzelf omhoog, waggelde naar me toe en omhelsde mijn knieën. Ik streek met mijn hand over zijn zachte krullen.

'Die fout maak ik niet nog een keer.'

'Ach, schatje. Ik weet dat het nu pijn doet. Maar voelde het niet even goed? Om om iemand te geven en het gevoel te hebben dat er om je gegeven wordt?'

Ik trok Tavon op mijn schoot en knuffelde hem. 'Ik denk het.'

'Ooit zul je de juiste man vinden die emotioneel volwassen genoeg is om over zijn gevoelens te praten. Die niet vertrekt als het moeilijk wordt.'

'Bestaan zulke mannen? Aan mij kun je het niet bewijzen.'

Ze tuitte haar lippen. 'Je hebt een paar slechte voorbeelden gehad.'

'Dit, hier?' Ik wees naar mijn opgezwollen ogen en door tissues ruw geworden neus. 'Dit is wat er gebeurt als ik mezelf laat vallen voor een man. Je maakt me altijd belachelijk omdat ik mannen dump om onbenullige redenen. Maar dat is beter dan dit.'

'Laat het er allemaal maar uit, schatje.'

'Misschien moet ik op vrouwen gaan daten, zoals mam.'

'Misschien moet je dat doen. Maar krijg geen ideeën. Ik ga Orlando echt niet bedriegen met jouw magere, witte kontje.'

Ik grinnikte, en toen giechelde Tavon, en ik begon zo hard te lachen dat ik niet meer kon stoppen.

'Ik heb sinaasappelsap en W-O-D-K-A. Wat dacht je van een screwdriver?'

Ik kon niet stoppen met lachen, maar ik stak mijn duim op.

Nadat Tiannah de keuken in was gegaan, gaf Tavon me een plakkerige knuffel. Uiteindelijk nam mijn hysterische gelach af. Ik ademde zijn babyshampoo-geur in. Wat had ik gedaan? Waarom leek Jackson ook zo verstrikt in zijn gevoelens, en dan… niets?

Ik tilde Tavon op en bracht hem naar de keuken, waar ik hem in zijn kinderstoel gespte. Tiannah zette een tuitbeker voor hem neer en strooide Cheerios over het blad. Ze gaf me een drankje.

'Op mijn beste vriendin, wijs in de wegen van het hart.' Ik klinkte mijn glas tegen het hare.

'Je komt wel over die smeerlap heen. Als je eenmaal aan je volgende project begint, heb je het zo druk dat je niet zo in je gevoelens blijft hangen.'

Mijn telefoon rinkelde in mijn tas. Ik sprong er niet op af, zoals ik de afgelopen drie dagen had gedaan telkens als hij overging.

'Neem je niet op?' vroeg Tiannah. 'Wat als het…'

'Dat is hij niet.' Het was niet zijn beltoon. 'Het is vast Jamila.'

'Heb je het haar verteld? Ze belt je waarschijnlijk om te laten weten dat ze hem bijna een pak R-A-M-M-E-L heeft gegeven.'

'Nee! En jij vertelt het haar ook niet. Ik wil niet dat ze weet wat voor... wat voor dwaas ik ben geweest. Ze belt over een opdracht. Ze heeft een paar berichten achtergelaten.'

'Een opdracht hier in Austin?'

'Nee. Het is bij haar kantoor in San Francisco. Een lange klus die in het nieuwe jaar begint.'

'Dat moet je doen. Om je gedachten te verzetten.'

In San Francisco zijn, waar Jackson woonde, zou mijn gedachten nergens van afleiden. 'Ik kan Noah niet achterlaten. Of jou.'

'Het is tijdelijk. We kunnen voor Noah zorgen voor je.'

'Tee.' Ik reikte over de tafel en legde mijn hand op de hare. 'Ik ga niet.' Ik dronk mijn glas leeg.

'Jij hebt een nieuw drankje nodig.' Ze pakte mijn glas.

'Meer W-O-D-K-A deze keer, alsjeblieft?'

'Regel ik.' Ze maakte het drankje, dit keer met slechts een scheutje sinaasappelsap. 'Wat dacht je ervan als jij en Noah morgen langskomen? Orlando gooit wat steaks op de grill en we laten de kinderen in de tuin rondrennen.'

Toen ze me het glas gaf, nam ik een slok; het sterke drankje brandde in mijn keel. 'Dat klinkt goed.' Het zou me ervan weerhouden om —alweer— langs zijn appartement te rijden, op zoek naar zijn truck.

Ze greep mijn hand. 'Je komt hier wel doorheen.'

Ik schudde mijn hoofd. 'Ik denk het niet.' Ik was er niet zeker van of de wond ooit zou helen. Dat de pijn ooit zou stoppen. 'Ik denk dat het goede is dat ik iets heb geleerd: ik ben waardeloos in relaties. Ik had al die tijd gelijk om er ver van weg te blijven.'

'Schatje, dat is niet—'

'Ik word wat Rick me noemde, een ijskoningin.' Ik stelde het me voor. Hoewel het niet heel anders was dan de persoonlijkheid die ik in mijn begintijd bij Synergy had aangenomen.

'Noemde hij je zo?' Tiannah werd nijdig.

'Op Ja... op het feestje.' Maar ik wilde niet denken aan hoe Jackson voor me was opgekomen en zijn voormalige trainingsmaatje had geslagen. 'Wie heeft er een partner nodig als er zo'n verscheidenheid aan speelgoed op batterijen is? Misschien bestel ik een nieuwe.' Iemand moest er toch een maken die aan mijn klit zoog zoals Jackson dat had gedaan.

'Krijg de t... krijg de klere, Rick. Ik mocht hem toch al niet.'

'Je zei dat ik hem nog een kans moest geven.'

'Ik wist niet dat hij je zo had genoemd. Ik zal hem de waarheid zeggen de volgende keer dat ik hem zie.'

'Ik neem de popcorn mee.'

'De juiste man komt nog wel. Het is niet Rick, en het is niet Jackson Jones. Maar hij is er ergens.'

'Maakt niet uit. Ik ben klaar met mannen.' Ik zou niemand anders de kans geven me te kwetsen.

Ze pakte mijn glas. 'Ik maak nog een voor je. We worden lekker aangeschoten voor de lunch.' Ze trok haar lippen samen. 'Ik ben trots op je, weet je. Dat je kwetsbaar bent. Dat je iemand ver genoeg hebt binnengelaten om je te kunnen kwetsen.'

'Je bent er trots op dat ik dwaas genoeg was om gekwetst te worden? Hoeveel van die heb jij al op?' Ik knikte naar het lege glas in haar hand.

'Schat, kwetsbaar zijn maakt je niet zwak. Je gedragen als een vrouw met gevoelens maakt je niet zwak. Zwakheid is jezelf afschermen voor pijn. Nooit risico's durven nemen om iets te krijgen wat je wilt. Jij hebt een risico genomen. Deze keer is het niet gelukt. Maar de volgende keer misschien wel. En ik wil niet dat je dat mist.'

Verdomde moederlijke wijsheid.

31

ALICIA

IK GRISTE EEN glas champagne voor de moed van het dienblad van een ober, terwijl ik op de eerste december de lobby van het Synergy-kantoor in Austin binnenstapte. De winterse duisternis buiten de grote ramen weerspiegelde de duisternis in mijn hart.

Ik liet mijn blik door de ruimte gaan. Normaal gesproken zou ik de lanceringsparty van een klant niet hebben bijgewoond. Als zzp'er hoorde ik mijn werk onopvallend te doen en niets anders te verwachten dan een salaris. Maar nadat ik de afgelopen twee weken al zijn lunchuitnodigingen had afgeslagen, had Tyler me gesmeekt om te komen, omdat hij me zogezegd persoonlijk iets moest vertellen. Dus hier was ik.

Eerlijk is eerlijk: ik was ook op zoek naar afsluiting. Ik zou eindelijk Jackson Jones onder ogen kunnen komen en hem vertellen wat ik van zijn gebrek aan emotionele intelligentie vond.

Hij was niet in de lobby en Tyler ook niet. Nog steeds nippend aan mijn champagne liep ik de trap op.

Ik vond Amit en Kevin bij de balkondeuren. Na een paar minuten smalltalk over hun nieuwe projecten en de ziekenhuisklus waar ik aan had gewerkt, verontschuldigde ik me om mijn zoektocht voort te zetten.

Cooper Fallon stond bij onze oude werkruimte. Ze hadden de vroegere U-vorm veranderd, en nu stonden de bureaus allemaal dicht op elkaar. Er zat nu iemand anders.

Ik was Cooper dank verschuldigd voor de zeer mooie getuigenis die hij me ongeveer een week na mijn laatste dag bij Synergy had gestuurd. Het was typisch voor hem: koel, afstandelijk en professioneel. Maar op dezelfde dag dat ik het aan mijn website had toegevoegd, had ik drie telefoontjes van potentiële klanten gekregen.

Ik ving zijn blik en er veranderde iets in zijn uitdrukking: een flits van verbazing, gevolgd door toegeknepen, argwanende ogen. Wat was dit nu weer?

Ik had nog een glas champagne nodig voordat ik een gesprek met hem aankon. Ik liep richting de keuken, waar ik een vers glas vond, maar geen Jackson. Waar was hij? Met welk recht bleef hij weg, verborg hij zich voor mij? Hij had op zijn minst de ballen moeten hebben om op te dagen en me mijn afsluiting te geven.

Ik liep langs de voorkant van de kantoren en gluurde in elk kantoor naar binnen. Ik zou het Jackson best toevertrouwen dat hij een nieuwe collega had gevonden om te verleiden en met haar stond te zoenen in een van de kantoren, de smeerlap.

Niet dat het me etwas kon schelen. Wat Jackson Jones deed, was niet langer mijn zaak.

Sinds mijn inzinking bij Tiannah was ik mijn professionele, dichtgeknoopte zelf van vóór Jackson. Maar ik had het een en ander geleerd van mijn tijd bij Synergy en een paar stilistische veranderingen doorgevoerd. Ik nam de uitnodigingen voor de vrijdagmiddagborrel aan. Ik was zelfs naar een inzamelingsactie gegaan voor het ziekenhuis waar ik voor werkte. Een van de managers die ik had ontmoet, had een kind met ADHD en we hadden verhalen uitgewisseld. De week daarop gingen we lunchen.

Ik was warm. Vriendelijk. En nog steeds professioneel.

Jammer dat ik die balans niet bij Synergy had gevonden. Als dat wel zo was, was mijn hart misschien niet gebroken. Dan zou ik niet als een soort Miss Havisham in mantelpak door de gangen dwalen, op zoek naar een verloren liefde. *Hij* had me dat aangedaan. *Hij* had me gereduceerd tot deze ziedende, champagnevastklampende versie van mezelf met een tunnelvisie. Ik had moeten genieten van dit chique feest, mezelf stiekem een schouderklopje moeten geven voor mijn bijdrage aan het project en met andere potentiële klanten moeten praten. Jackson moest hier ergens zijn, met zijn handen in de zakken van zijn spijkerbroek, wippend op de tenen van die belachelijke laarzen, zich koesterend in lof en bewondering.

Ik keek weer richting de trap en ving een glimp op van warrig, zandbruin haar. Tyler. Ik liep die kant op. Hij ging me vertellen waar Jackson was, en dan zou ik verdomme mijn afsluiting krijgen.

JACKSON

'FUCK', mompelde ik toen de foutmelding weer op mijn scherm verscheen. Op de een of andere manier was ik erin geslaagd alles te vergeten wat ik over coderen wist. Dat, of ik was, net als de honden van Pavlov, geconditioneerd om te coderen als ik Earl Grey-thee rook, en zonder die thee was ik verloren.

Misschien kon ik Marlee vragen om een kopje voor me te zetten en op mijn bureau te plaatsen, zodat mijn hersenen gereset werden en ik weer kon coderen.

Alsof ze mijn gedachten kon lezen, klopte ze zachtjes op de deur. Vroeger liep ze nooit op eieren om me heen. Toen ik de badboy Jackson was, had ze aan me getrokken en geduwd totdat ik het juiste deed. Meestal dan. Maar zelfs Marlee kon modelprogrammeur Jackson niet aan, die om 8 uur 's ochtends op zijn kantoor op de zesde verdieping verscheen om te coderen, zich koest hield en direct terugging naar zijn eenzame appartement wanneer het schoonmaakpersoneel 's avonds laat arriveerde.

En erin slaagde om niets anders dan baggercode te produceren.

Het maakte niet zo veel uit. Cooper had me een paar programmeurs toegewezen om 'achter me op te ruimen'. Hun code, hoewel lomp en ongeïnspireerd, functioneerde tenminste, zonder fouten. Het leek in niets op het elegante programma dat ik met Alicia had geproduceerd.

Ik zou nooit meer zulke code schrijven.

Alicia. Wat zou ze op dit moment doen? Waarschijnlijk keihard knallen met haar ziekenhuisproject. En mij haten.

'Jackson?' Marlee stak haar hoofd om de deur.

'Ja?' Ik tuurde naar mijn scherm. De foutmelding was niet verdwenen.

'Ik heb een broodje voor je meegenomen. En een koekje.' Ze hield een witte bakkerszak omhoog.

'Geen honger.'

Ze zette het op mijn bureau. 'Je moet eten.'

'Ik zei dat ik geen honger heb', gromde ik. Ik had al geen eetlust meer sinds die laatste nacht met Alicia. De Adderall die ik slikte om me op mijn werk te concentreren, hielp waarschijnlijk ook niet.

'Een wandeling dan? We kunnen naar het park gaan, dan kun je mediteren.'

Dat had ik ook geprobeerd, maar ik kon de gedachten aan Alicia niet uit mijn hoofd krijgen. 'Nee.'

'De sportschool dan. Van sporten voel je je altijd beter.'

'Wat is er, verdomme, Marlee? Waarom probeer je me af te leiden?'

Ze maakte de fout om naar mijn scherm te kijken, het lege scherm met de tijd- en datum-app in de hoek. Vier uur 's middags op één december.

Één december. Tweeduizend mijl verderop organiseerde het

kantoor in Austin de lanceringsparty. Voor het product dat ons team had geproduceerd. En ze deden het zonder mij.

Ik had er moeten zijn. Behalve dat ik het niet verdiende.

Was zij er? Was ze op zoek naar mij?

De avond voor die woensdagochtend dat ik haar zou ontmoeten, na vier uur woedende stilte in het privévliegtuig, na nog eens acht uur alle hens aan dek om het probleem van Weston op te lossen, had Cooper me bij mijn appartement afgezet. Hij had zijn wenkbrauwen gefronst, alsof hij zich zorgen maakte. Ik denk dat hij had verwacht dat ik tegen hem zou uitvallen, ruzie zou maken. Zou mokken. Ervandoor zou gaan.

Ik had mijn eigen huid wel willen afstropen, toen ik vastzat in die vergaderzaal met Weston en ons pr-team, terwijl ik terug in Austin had moeten zijn om plannen te maken voor mijn date met Alicia. Maar ik was gebleven. Het was het juiste om te doen voor mijn bedrijf. Voor Cooper, voor Marlee, voor iedereen op het hoofdkantoor en het hele team in Austin. Het was zelfs het beste voor Alicia. Als ik haar had kunnen vertellen wat ik aan het doen was, was ze misschien trots geweest. Maar dat kon ik niet. Geen woord van het offshoring-fiasco mocht in de media terechtkomen. Weston had ons het zwijgen opgelegd, potdicht.

Zolang Alicia's getuigenis op het spel stond, durfde ik geen contact met haar op te nemen. Haar sms'je stond op mijn telefoon en kwelde me. Het was wat ik verdiende nadat ik bijna haar bedrijf had geruïneerd.

Dus ze vond me een eikel. Vroeg of laat had ik haar toch wel teleurgesteld. En diep vanbinnen wist zij dat ook. Ze had geweten dat ze me niet met Noah kon vertrouwen. Jammer dat ze niet zo voorzichtig was geweest met zichzelf.

Wie was ik om te denken dat ik een man kon zijn en de ouderrol voor Noah op me kon nemen? Ik kon mijn eigen leven niet eens op orde houden.

De volgende dag had ik haar nummer geblokkeerd en het daarna van mijn telefoon verwijderd om de verleiding te weerstaan om haar terug te bellen. En toen was ik naar de afvalcontainer gestampt en had het nutteloze stuk technologie erin gegooid. Het landde met een bevredigende klap tegen de metalen bodem. Waar de fuck had ik een telefoon voor nodig? Ik zou een drone zijn, pendelend tussen kantoor en mijn appartement. Geen verleidingen. Geen sociaal leven, geen vrienden. Geen illusies dat ik meer kon zijn.

Toch kon ik het niet laten om mezelf te kwellen.

Op mijn computer opende ik een browservenster en opende een sociale mediasite.

'Jackson, niet doen', zei Marlee, terwijl ze haar vingers spande alsof ze me wilde tegenhouden. 'Alsjeblieft.'

'Heeft hij je gevraagd om me ervan weg te houden?' Ik zocht op de hashtag #SynergyLaunch. Foto's van het vertrouwde kantoor in Austin overspoelden het scherm. Mensen die champagne dronken. Kevin en Amit bij het buffet. Ik glimlachte bijna. Ik miste die gasten. Boven, een groep geposeerde, stralende medewerkers.

'Hij zei dat het je alleen maar van streek zou maken.'

Ik stootte een bittere lach uit. 'Mij van streek maken?' Hoe de fuck kon ik nog meer van streek zijn dan ik al was?

Ik scrolde door een foto van Cooper die bij onze oude werkruimte stond met een of andere pief. Cooper met een paar grijnzende medewerkers. Dezelfde medewerkers, geen Cooper, hoewel ik hem op de achtergrond zag, fronsend naar—

Ik zoomde in. Een hand die een glas champagne vasthield. Het grootste deel van haar was buiten beeld en haar gezicht werd verduisterd door een uitgestoken elleboog.

Maar die hand zou ik uit duizenden herkennen. Lang en bleek. Wekenlang had ik die slanke vingers stil over haar toetsenbord zien vliegen.

Ik scrolde door meer foto's. Daar was ze weer, op de achtergrond van een foto van het IT-team. Ze had haar hand op iemands arm. Die van Tyler. Zijn gezicht was wazig, maar zijn warrige haar was hetzelfde als op het feestje bij mij thuis. Een paar foto's later zag ik ze achter het glas van een vergaderzaalmuur. Ze waren onscherp op de achtergrond van een andere foto, maar ik kende de ronding van haar heup. De heup die ze aan me had onthuld toen ze haar rok had laten vallen. De heup die ik eerbiedig had gestreeld terwijl ik mezelf in haar essentie had gehuld. De heup die ik had gewiegd nadat ze me had laten zien wat er achter haar schild lag, nadat ze was ingestort.

Op de voorgrond glimlachte Cooper. Alsof hij maandenlang in de zomerhitte van Austin had gezwoegd om die verdomde software te bouwen. Alsof hij niet aan het eind was binnengevallen en het eerste geluk dat ik in lange tijd had gevonden aan flarden had gescheurd. Alsof hij me niet had gedwongen om me als alle andere mannen in haar leven te gedragen en de beste vrouw die ik ooit had gekend teleur te stellen. Alsof het hem geen reet kon schelen. Wat een partner was hij geweest.

'Jackson?' Ik was bijna vergeten dat Marlee er nog was. 'Wat is er gebeurd in Austin? En waarom ligt er een brok ijs in een sok in de vriezer van de personeelskamer?'

'Heeft hij je niet verteld hoe ik alles heb verpest? Alweer?'

Er vormde zich een lijntje tussen haar fijne wenkbrauwen. 'Het is niet verpest. Kijk hoe blij iedereen is. Klanten staan in de rij om de nieuwe versie te kopen.'

Ik klikte op de foto van Alicia met Tyler. Ik zoomde in totdat het zo korrelig was dat ik haar gelaatstrekken niet meer kon onderscheiden. Maar ik herinnerde ze me. Ik herinnerde me de glooiing van haar neus. De perfecte boog van haar nauwelijks zichtbare blonde wenkbrauwen. Haar ogen, zo blauw en diep dat ik erin had kunnen verdrinken. De vertrouwensvolle, hoopvolle glimlach die ze me gaf toen ik had beloofd haar te sms'en.

'Zij.' Ik stak mijn vinger naar het scherm. 'Zij is de reden dat het project succesvol was. Dat iedereen zo blij is. Dat ik een tijdje gelukkig was.' Ik probeerde te slikken, maar mijn keel zat dicht.

Marlee sleepte een van mijn bezoekersstoelen naar mijn kant van het bureau en plofte erin neer. 'Vertel het me.'

En dat deed ik. Ik gooide alles eruit. De goede en de slechte kanten. En toen het ergste deel, waarin ik haar precies zo in de steek had gelaten als ze had verwacht.

Toen ik klaar was, keek Marlee me met samengeknepen ogen aan. 'En waarom ben jij zo?'

'Zo hoe?'

Haar lip krulde op. 'Hier, je gedragend als een robot, en niet bij een race in Brazilië of op een zeilboot in de Middellandse Zee of omringd door vrouwen in een bubbelbad in een skichalet. Weet je, doen wat je altijd doet als je iets verpest.'

Ik knipperde met mijn ogen. 'Ik... ik heb erover nagedacht. Maar ik denk dat ik die vent niet meer ben.'

Haar ogen werden groot. 'Zij heeft dit gedaan. Zij heeft je veranderd. Net als in de roman die ik aan het lezen ben!'

Ze rende mijn kantoor uit en kwam terug met een gehavend paperback. Op de omslag stond een man met ontbloot bovenlijf in een kilt. Ze zwaaide ermee naar me. 'Ze maakt je compleet. En dat maakt je een betere man.' Ze zuchtte en sloot even haar ogen.

'Wat maakt het nou uit', snauwde ik. 'Heeft de vent in dat boek zijn geliefde toevallig ook een klap verkocht precies op haar zere plek? Ik kan hier niet op control-Z drukken en het ongedaan maken.'

Marlee ging rechtop zitten. 'Nee, dat kan niet. Maar je kunt het goedmaken. Je moet door het stof gaan. En dan, *dan* zullen jullie nog lang en gelukkig leven.' Haar lippen krulden op in een glim-lach en haar ogen werden zacht.

'Nee!' Het woord schoot eruit als een Formule 1-wagen bij de startgrid. 'Hoe lang zouden we het volhouden? Twee weken? Een maand? En dan zou ik het verpesten zoals ik alles verpest. Dat kan ik haar niet aandoen.'

'Waarom niet, Jackson?' vroeg ze. 'Ze wilde het proberen.'

'Omdat ik te veel om haar geef. Omdat ik van haar hou.' Ik wendde me af van het scherm en staarde uit mijn raam naar het lelijke gebouw aan de overkant van de straat.

'Zij houdt ook van jou.'

'Dat weet je niet.'

'Dat weet ik wel. Ze is een slimme vrouw. Ze zou haar aanbeveling niet voor jou op het spel hebben gezet als ze niet van je hield.'

'Daar komt ze wel overheen.' Ik zou er echter nooit overheen komen. Mijn eigen hart lag in duizend stukjes, net als mijn verdomde telefoon.

'Jackson Jones.' Toen ze opstond, schraapten de stoelpoten over de houten vloer. 'Ik pik een hoop van je onzin, maar dit pik ik niet. Het wordt tijd dat je stopt met je te verschuilen achter die 'het-kan-me-geen-reet-schelen'-façade. Ik weet dat het moeilijk is om te laten zien dat je ergens om geeft. Het stelt je bloot aan spot. En liefdesverdriet. Maar als je om Alicia geeft, moet je je vermannen. Geloof in jezelf. Geloof dat jullie samen sterker kunnen zijn.'

In Austin waren Alicia en ik een team geweest. We hadden samen meer bereikt dan we ooit afzonderlijk hadden gekund. Maar dat was maar voor twee maanden. Zouden we het langer kunnen volhouden, voor – ik slikte – altijd? Want dat was wat Alicia verdiende. Wat ze nodig had.

'Ze heeft een kind, weet je. Hij is tien. Ik weet niets van kinderen.'

'Je hebt Sam praktisch opgevoed vanaf het moment dat ze maar iets ouder was dan dat. Ze is geweldig terechtgekomen. Ik denk dat je slim genoeg bent om het uit te vogelen.'

Sam had ook nooit voldaan aan de verwachtingen van moeder, niet zoals Andrew en Natalie. Dus had ik veel tijd met haar doorgebracht. Haar leren coderen. Misschien kon ik hetzelfde doen voor Noah. Het zou een begin zijn.

'Denk je echt dat ik een… een vader zou kunnen zijn?'

Marlee glimlachte. 'Ik durf te wedden dat Alicia het opvoedkundige deel wel voor haar rekening neemt. Richt je op een rolmodel als een grote broer. In elk geval om mee te beginnen.'

Een klein zaadje ontkiemde in mijn brein. *Een rolmodel als een grote broer.* 'Marlee, ik heb je hulp nodig.'

Ze pakte haar telefoon. 'Wil je de privéjet, of wil je een lijnvlucht naar Austin?'

'Nee.' Ik legde mijn hand op de hare, waardoor haar vingers op haar telefoon stilhielden. 'Ik heb een afspraak nodig met mijn financieel adviseur. Nu meteen. En ik heb een lijst nodig van liefdadigheidsinstellingen die kinderen helpen. Bij voorkeur neurodivergente kinderen. En als ze daar computers of coderen voor gebruiken, nog beter.'

Marlees mond vertrok weer tot een strakke, geërgerde streep. 'Jackson, ze heeft het niet nodig dat je bewijst dat je haar waard bent door een hoop geld weg te geven. Ze heeft alleen jou nodig.'

'Ik moet bewijzen dat ik haar waard ben. Aan mezelf. Voordat ik haar kan vragen om me terug te nemen.'

Ze schudde haar hoofd. 'Altijd op de moeilijke manier met jou.'

Ik trok een mondhoek op. 'Je zou het niet anders willen.'

Eindelijk verdiende ik haar glimlach. 'Nee, baas, dat zou ik niet willen.' Ze zonk terug in de stoel. Haar vingers vlogen over het scherm van haar telefoon.

'Bedankt, Marlee. Voor alles.' Ik had haar wel willen knuffelen, maar ik wilde haar niet storen bij haar onderzoek.

'Je kunt me bedanken door voor Alicia door het stof te gaan totdat ze je terugneemt en haar dan mee te nemen naar San Francisco. Ik wil deze vrouw ontmoeten die jou veranderd heeft.'

'Je zult haar geweldig vinden. Ik hou van haar.' Ik had verdomd veel werk te doen voordat ik het doel kon bereiken dat Marlee voor me had samengevat. Maar zoals Alicia me had geleerd, zou ik het opdelen in taken en ze een voor een afwerken. Hoewel ik niet dacht dat ze onder de indruk zou zijn van een 'win-Alicia-terug'-takenbord. Dat zou ik voor me houden en me richten op het grootse gebaar waar Marlee het altijd over had in haar liefdesromans.

Marlee keek op, haar ogen fonkelden. 'We hebben een codenaam nodig voor dit project.'

'Vind je dat niet een beetje…'

Ze tikte met een vinger tegen haar lippen. 'In de meeste films moet de held een serenade brengen aan de heldin om haar terug te winnen. Jij zingt niet, dus je zou altijd nog zo'n *Say Anything* -ding met een boombox kunnen doen. We zouden het kunnen noemen...'

'Niet zingen. Geen boombox. En we noemen het Project Cowboy Up.'

Ze grijnsde. 'Klinkt goed, baas. Je financieel planner is hier over een uur.'

'Ik moet eerst even langs mijn huis. Voor mijn laarzen.'

'Je...'

'Laarzen.' Ik had me aan die verdomde laarzen verbonden. Het was niet hetzelfde als wat ik met Alicia ging doen, maar ze zouden me herinneren aan wat ze me had geleerd en hoe ik de rest van mijn leven zou gaan leiden.

'Begrepen, baas. Project Cowboy Up wordt legendarisch.'

Boeken konden me niet schelen. Of films. Alleen Alicia en of ik haar terug kon krijgen.

ALICIA

'JE *WAT?*

Tyler kromp ineen en duwde zijn handen in zijn zakken. Hij keek naar de gesloten deur van de kleine vergaderruimte waar ik hem in had gesleurd alsof hij een ontsnapping uit de gevangenis overwoog. 'Cooper vroeg waar jullie waren, en ik zei dat jullie het waarschijnlijk liever alleen zouden vieren. Het was een losse opmerking. Ik wist niet dat het een geheim was. Ik dacht dat hij het wist. Ik dacht dat iedereen het wist.'

'Het was geen geheim,' zei ik met opeengeklemde tanden, 'omdat er niets te vertellen viel. Jackson en ik waren geen stel.'

'Maar ik... maar jullie hebben gezoend. Op het feestje bij Jay.'

Het bloed steeg me naar de wangen. 'Oké, dat hebben we gedaan. Ik wist niet dat je ons had gezien. Of dat je het je zou herinneren. Maar het betekende niet dat we samen waren.' Ik dacht terug aan die maandagavond in Jacksons appartement, toen ik had gehoopt dat we iets echts konden beginnen, al was het maar voor even. Maar zelfs dat had hij niet gewild.

'God, het spijt me. Echt. Weet je waar hij is? Ik wil dolgraag mijn excuses aanbieden.'

'Is hij hier niet?'

Tylers voorhoofd rimpelde. 'Niet sinds de dag nadat het project was afgelopen. Hij kwam langs om zijn excuses aan te bieden aan het team voor het creëren van een vijandige werkomgeving. En nu neemt hij niet op als ik bel, en hij sms't niet terug. Denk je dat hij me haat? Want...' Hij boog zijn hoofd. 'Ik heb promotie gekregen. En een overplaatsing naar San Francisco. Ik ga op zijn afdeling werken. En het zou lullig zijn als hij me haat.'

'Nee, Tyler. Hij vindt je een geweldige vent. En gefeliciteerd met je nieuwe baan.' Ik stak een hand uit om die op zijn schouder te leggen, maar verstijfde. De lamellen van de kamer waren open, en ik wilde niet dat iemand mij – de hoer van het kantoor, blijkbaar – hem zou zien aanraken. Een vijandige werkomgeving? Misschien hadden onze blikken een paar keer te lang bij elkaar stilgestaan. Misschien bedreigden onze kussen – buiten werktijd en op plekken waar we dachten dat niemand ons kon zien – Tyler en de rest van het team. We waren niet zo discreet geweest als ik had gedacht. Als ze de rest eens wisten. Jackson en ik hadden nauwelijks gewacht tot mijn toegangsrechten voor het bedrijfssysteem waren verwijderd voordat we met elkaar het bed in waren gedoken. Mijn gezicht brandde.

En toch had Cooper me de aanbeveling gegeven die ik nodig had, ondanks gedrag dat hij duidelijk als onprofessioneel zag. Waarom? Ik moest hem vinden. Ik zou hem bedanken voor de waardevolle woorden. En ik zou mijn excuses aanbieden als dat nodig was.

'Heb je hem vanavond gezien?' Ik tuurde door het kleine raampje van de kamer.

'Wie?'

'Cooper.'

'Ja. Hij is hier ergens. Ik wilde hem net iets over Jay vragen.'

'Vind je het erg als ik eerst met hem praat?'

'Ga je gang. Het spijt me echt dat ik iets heb gezegd.'

'Maak je geen zorgen. Het komt wel goed.' Ik opende de deur en liep snel naar de trap. Zou het goedkomen? Of zou Cooper iedereen die om een referentie belde vertellen dat ik een ongepaste relatie met een collega had gehad? Ik veronderstelde dat ik het wel zou merken als ik bij mijn volgende klus aankwam en iedereen een kuisheidsgordel droeg.

Ik zag zijn donkerblonde haar beneden, dat boven de rest uitstak. Met mijn blik op hem gericht, daalde ik af en baande me een weg naar waar hij stond te praten met een groep mensen. Leidinggevenden, te oordelen naar de kwaliteit van hun kleding. Ik frunnikte aan mijn eigen rok en zorgde ervoor dat die mijn knieën bedekte. Ik wou dat ik een broek had gedragen.

Coopers blik kruiste de mijne. Hij kromp ineen. Niet goed.

Ik bleef net buiten de kring dralen totdat hij zich uiteindelijk verontschuldigde en voor me ging staan.

'Mevrouw Weber. Hoe gaan de zaken?' Hij schudde mijn hand, zijn vingers ijskoud.

'Goed, dank u. Ik werk momenteel aan een project bij een lokaal ziekenhuis. Nogmaals bedankt voor de vriendelijke aanbeveling. Ik heb hem op mijn website geplaatst en het heeft geholpen om opdrachten binnen te halen.'

'Dat ben ik blij te horen. Kunnen we even praten?' Hij knikte met zijn hoofd naar de kleine vergaderruimte naast de beveiligingsbalie.

Ik knikte en volgde hem.

Toen de deur dicht was, zei hij: 'Ik had eerder contact met u moeten opnemen, maar we hadden een soort noodgeval op het hoofdkantoor. Ik wil mijn excuses aanbieden voor het gedrag van Jackson. We keuren seksuele intimidatie niet goed, en hij wordt ervoor gestraft.'

Ik knipperde met mijn ogen. 'Seksuele intimidatie?'

'Hij zei dat u zijn avances bij meerdere gelegenheden hebt

afgewezen, inclusief de dag dat het project eindigde. Ik waardeer uw discretie en hoop dat de aanbeveling die ik u gaf eventuele onaangename gevoelens die hij heeft veroorzaakt, zal verzachten.'

Wat. De. Hel? Wat had Jackson gedaan?

'Hij heeft u verteld dat ik hem heb afgewezen. Dat wat Tyler zei dat hij zag niet met wederzijdse instemming was.'

Hij hield zijn handen open, met de palmen naar boven. 'Jackson is altijd eerlijk tegen me.'

Ik kon een grinnik nauwelijks onderdrukken. Jacksons hele persona was een leugen. Ik vermoedde dat Cooper wist dat Jackson vele lagen van nonchalante, roekeloze bravoure gebruikte om zijn zachte, kwetsbare, zorgzame zelf te verbergen. Maar nu wist ik iets wat Cooper niet wist.

Als ik een ander persoon was, zou ik misbruik maken van de angst in Coopers ogen, die me vertelde dat hij buiten de rechtbank zou schikken voor een bedrag dat mijn familie en mij vele jaren een comfortabel leven zou bezorgen. Privéschool voor Noah. Een mooi spaarpotje voor de universiteit en mijn pensioen.

Maar zo was ik niet.

'Meneer Fallon, Jackson is niet helemaal eerlijk tegen u geweest over de aard van onze relatie. Het was met wederzijdse instemming. Jackson heeft niets verkeerd gedaan.'

'Vertelt u me nu dat u, een consultant, een affaire had met uw klant?' Zijn kaak was versteend.

O, shit.

Ik wou dat ik mijn brandende wangen kon koelen met mijn koude handen. 'Niet precies. Onze relatie was bijna volledig platonisch tijdens het project.' Behalve het zoenen. Ik beet op mijn lip.

'Helaas had het niet de schijn van een platonische relatie. Anderen in het team hebben het opgemerkt.'

'Dat weet ik, maar...'

'U realiseert zich dit misschien niet' – zijn ogen waren als ijsscherven – 'maar dit is niet Jacksons eerste... onbezonnenheid op kantoor. En het zal waarschijnlijk niet zijn laatste zijn.'

Wauw. Mijn ogen puilden uit, en het zou me niet verbaasd

hebben als ze uit hun kassen waren gerold en op het industriële tapijt waren beland. Ik veronderstel dat je ballen van staal en ijs in je aderen moet hebben om een bedrijf vanuit je studentenkamer te laten uitgroeien tot een multinationaal gevaarte.

'Jackson is teruggekeerd naar het hoofdkantoor. Ik zou u adviseren om te vergeten wat hier in Austin is gebeurd. Aangezien u hebt bekend dat u zijn... avances hebt beantwoord, denk ik niet dat Synergy u nog iets verschuldigd is. In de toekomst, mevrouw Weber, moet u goed nadenken voordat u zich inlaat met het personeel van uw klanten. Niet iedereen zal zo begripvol zijn als ik.'

Hij draaide zich om op de hak van zijn Italiaanse instapper. Hij had één hand op de deurklink toen ik met een stem zo zoet als Esmy's thee zei: 'Ik denk niet dat ik veel aan uw begrip heb, meneer Fallon.'

Hij verstijfde en draaide zich om. Zijn grote ogen vertelden me dat niet veel mensen op de manier tegen hem spraken zoals ik dat had gedaan.

'Jackson Jones is een uitmuntende programmeur en een ondergewaardeerd talent voor dit bedrijf. Ooit zal hij erachter komen hoeveel hij precies waard is en hoe weinig u niet alleen zijn compagnonschap, maar ook zijn vriendschap verdient.' Ik plaatste mijn handen op mijn heupen en staarde naar hem op, en deed alsof ik een meter tachtig was en echt op hem kon neerkijken.

Hij staarde me tien van mijn razende hartslagen lang aan. Toen rukte hij de deur open en stormde naar buiten, mij naar adem happend in zijn kielzog achterlatend.

'Fuck you, Cooper Fallon,' mompelde ik. Het zorgde ervoor dat ik me iets beter voelde. Ik had alles gedaan wat ik kon: ik was opgekomen voor de man die voor mij was opgekomen. Die had gelogen om mij te beschermen.

Maar dat had ik hem niet gevraagd. Ik had hem gevraagd te blijven. En dat had hij niet gedaan.

Tandenknarsend staarde ik naar de telefoon op de vergadertafel. Ik wilde hem bellen. Tegen hem schreeuwen. Maar hij zou niet opnemen. Hij had geen van mijn oproepen beantwoord. Misschien was hij depressief. Of boos.

Mijn handen trilden. Nou, fuck hem. Ik was ook boos. Vooral op Cooper en zijn arrogante klootzakkerigheid. Maar ook op Jackson. Wie was hij om te beslissen wat het beste voor me was, om zelf de schuld op zich te nemen voor iets waar ik van harte mee had ingestemd? En dan weg te rennen zonder een woord, als een klootzak die me ghost?

Net als mijn vader. Net als Noah's vader. De makkelijkste weg kiezen als het leven moeilijk wordt.

Weet je wat? Er was niets makkelijks aan mijn leven. En er was geen ruimte in voor iemand die niet de moeite kon nemen om te blijven.

32

JACKSON

'HET ZIET ER GOED UIT.' Cooper legde de tablet op mijn bureau en leunde achterover in de bezoekersstoel.

'Denk je dat het zal werken?' Ik leunde met mijn ellebogen op mijn bureau.

'Vraag je of ik denk dat het een levensvatbaar plan voor een stichting is, of...'

'Ja.' Ik wilde zijn *of* niet horen. 'Zal het mijn doel bereiken om neurodivergente kinderen te helpen?'

'Dat denk ik wel. Het is een hoop geld. Je zult iemand moeten vinden die het op zich neemt om het te beheren.'

'Ik heb meer geld dan ik ooit kan uitgeven. Maar wie kan ik vinden om het te beheren?'

Hij haalde zijn schouders op. 'Je kunt een headhunter inhuren. Die vindt wel iemand die gekwalificeerd is.'

'Ik heb iemand nodig die ik kan vertrouwen. Denk je dat...' Mijn mond werd droog voor ik haar naam kon uitspreken.

'Ze is een programmeur, geen directeur van een non-profitorganisatie.'

'Ze is een geweldige manager. Ze kan alles doen wat ze wil.'

Zijn wenkbrauwen fronsten. 'Doe je dit om kinderen te helpen of om Alicia terug te krijgen?' Zijn lippen trokken scheef toen hij haar naam zei. Hij was het eens met de stichting, maar minder met Alicia, ook al had hij me verteld dat ze hem de waarheid had verteld op het lanceringsfeest. Wat raar was, want mijn twee favoriete Type-A-persoonlijkheden hadden het geweldig met elkaar moeten kunnen vinden.

'Ik doe het om kinderen te helpen.' Hoewel het ook mooi meegenomen zou zijn als ik indruk op Alicia kon maken.

'Neem dan een gekwalificeerde directeur aan.'

Ik zuchtte en keek naar het raam, naar de regen die met bakken uit de hemel viel en het gebouw aan de overkant van de straat aan het zicht onttrok. Het regende bijna nooit als ik in Austin was. Ik wenste dat ik daar nu was, dat ik dezelfde schone, droge lucht inademde als zij.

Binnenkort.

'Ik ben trots op je, Jay.'

Ik draaide mijn hoofd zo snel dat mijn nek kraakte. 'Wat?'

'Je hoorde me. Niet alleen het project in Austin, maar ook deze stichting van je. Je bent echt volwassen geworden.'

'Bedankt.' Ik wou dat ik wat papieren had om door te bladeren of een harde schijf om uit elkaar te halen, maar Marlee had mijn bureau opgeruimd terwijl ik in Austin was. Er was niets om me achter te verschuilen voor de intensiteit van zijn laserblik.

'En je verdient… liefde. De hare, als dat is wat je wilt.' Hij veegde een onzichtbaar pluisje van zijn pantalon.

'Echt waar?' We praatten nooit over dit soort dingen.

Hij zag er moe uit. Hij had rimpels onder zijn ogen en schaduwen die me nog nooit eerder waren opgevallen. Ik had net mijn mond geopend om ernaar te vragen, toen de stem van de persoon die ik het meest haatte het kantoor binnenkwam.

'O, sorry, ik dacht dat dit een vergadering van directieleden was, niet een aflevering van *Gossip Girl.*' Onze CEO, Harris Weston, slenterde mijn kantoor binnen. Was de deur daarnet niet dicht?

Verdomme, hoeveel had hij gehoord? Genoeg, als ik de wetende blik in die kraaloogjes goed interpreteerde. Mijn gevoelens voor Alicia waren privé. Mijn beste vrienden, Cooper en Marlee, wisten ervan, maar ze waren niet voor Weston om te verzamelen in zijn voorraad geheimen, voor zijn gemanicuurde handen om doorheen te snuffelen en in zijn eigen voordeel te gebruiken.

Ik sprong zo snel op dat de stoel achter me wegtolde en tegen de credenza botste. 'Wat wilt u, Weston?'

Hij wierp een blik op zijn Patek Philippe-polshorloge. 'Ik dacht dat we een afspraak hadden, Jones.'

Verdomme, dat hadden we. Waarom had Marlee me niet gewaarschuwd dat het tijd was? Weston had haar waarschijnlijk weggeroepen om haar af te leiden, en zonder telefoon kon ik haar SOS-berichtjes niet ontvangen.

Cooper stond op. 'Dan laat ik jullie met rust. Tenzij jullie mij ook nodig hebben?' Ik moest het hem nageven. Cooper deelde mijn afkeer van Weston niet, en hij probeerde meestal als buffer tussen ons op te treden.

'Nee, dank u, Fallon. Ik kom even bijpraten met Jones hier, nu hij is teruggekeerd uit—' Hij hoestte, en ik kon niet zeggen of hij *Austin* of *ballingschap* had gezegd.

Met een laatste, kalmerend knikje liep Cooper naar buiten en deed de deur dicht.

Weston negeerde mijn bezoekersstoel en liet zich, met zijn typische reptielachtige souplesse, in een van de oorfauteuils in mijn zithoek zakken. Hij wees met zijn hand naar de chaise longue ernaast. De klootzak vertelde me waar ik moest zitten in mijn eigen kantoor.

Ik stampte erheen en ging in de oorfauteuil tegenover hem aan de andere kant van de salontafel zitten. Ik sloeg mijn armen over elkaar. 'Wat heeft u nodig, Weston? Marlee heeft mijn projectrapport al ingediend.'

'Dank u daarvoor.' Hij streek zijn baard glad, die grotendeels grijs was geworden met een paar bruine draden, in een omgekeerde verhouding tot zijn haar. 'Maar ik kwam om met u te spreken over iets… persoonlijkers.'

De hitte steeg op van mijn borst naar mijn nek. Had Cooper hem over Alicia verteld? Als hij haar tegen me zou proberen te gebruiken – Alicia, de beste persoon die ik ooit had ontmoet –

'Ik begrijp dat u op het punt staat een aanzienlijk deel van uw vermogen in een stichting te steken. Wat een prijzenswaardige inspanning.'

Ik knipperde met mijn ogen, volkomen van mijn stuk gebracht. Was dat een compliment? 'Dank u?'

Hij knikte, als een koning die een gunst verleent. 'Zoals u weet, steun ik vele goede doelen. Zodra uw stichting klaar is om donaties te ontvangen, zal ik u met plezier een cheque uitschrijven. Zou tien miljoen acceptabel zijn?'

Ik kon het niet helpen; mijn ogen puilden uit. Zelfs Cooper, zelfs mijn moeder, had niet zoveel aangeboden. Ik voelde me als George Bailey in *It's a Wonderful Life*, zittend in de lage stoel terwijl meneer Potter me twintigduizend per jaar aanbood. Ik wou dat ik kon doen wat George deed en het kon afslaan. Ik wilde Westons glibberige vingers niet in mijn stichting hebben, maar met dat geld zouden veel kinderen geholpen worden.

Ik slikte. 'Ja, dank u.'

'Ik help graag.' Hij spreidde zijn handen in een breed, vrijgevig gebaar. Toen leunde hij naar voren. 'Ik begrijp ook dat u iemand heeft ontmoet. Iemand die wat meer' – hij grinnikte – 'het hof gemaakt moet worden.'

Ik verstijfde. Hoe de hel wist hij dat?

'Als iemand met enige ervaring op dat gebied,' – hij grinnikte weer, een poging tot zelfspot, aangezien iedereen wist dat hij een paar ex-vrouwen had die dropen van de diamanten – 'kan ik u vertellen dat vrouwen en vriendinnen niet goedkoop zijn. Net als een van uw fraaie auto's, hebben ze onderhoud nodig om ze te laten spinnen.'

Was Alicia zo? Wilde ze diamanten en landhuizen? Volbloed

renpaarden, zoals een van Westons ex-vrouwen bezat? Ze kwam ook uit Texas, herinnerde ik me.

'Tussen het opzetten van uw stichting en het overladen van deze verdienstelijke jonge vrouw met geschenken, zou u misschien een beetje krap bij kas kunnen komen te zitten.'

Ik tuitte mijn lippen. Hij had gelijk; ik was van plan het grootste deel van mijn liquide middelen te doneren om de stichting een gezonde start te geven. Ik had er niet eens aan gedacht om sieraden, een groot huis of zelfs een dure auto voor Alicia te kopen. Ik had aangenomen dat ze, als ik mezelf waardig had bewezen, gewoon... mij zou willen. Was dat naïef?

'Ik kan u helpen.' Weston leunde achterover in zijn stoel. 'U bezit een aanzienlijk aantal Synergy-aandelen. Ik neem ze graag van u over tegen de marktprijs. Om ze veilig te bewaren.'

Verdomme. Net als Potter had hij me omwikkeld als een cobra en geprobeerd me te hypnotiseren. Dit ging niet over het helpen van mij of de stichting. Het was een poging om aandelen te bemachtigen.

Samen hielden Cooper en ik eenenvijftig procent van de aandelen, genoeg om de controle over ons bedrijf te behouden. We hadden elkaar beloofd dat we die zouden vasthouden, wat er ook gebeurde. Niemand kon wegnemen wat we samen hadden opgebouwd.

Ik sprong op. 'Ik ben niet geïnteresseerd in het opgeven van mijn belang in Synergy.'

Weston stond op en haalde zijn schouders op. 'Ik probeer te helpen. Hoe dan ook, mijn aanbod voor een donatie blijft staan.'

Hij slenterde naar de deur en pauzeerde, met zijn hand op de knop. 'Laat het me weten als u van gedachten verandert. Na... alles, zou u wel eens een cadeau nodig kunnen hebben om de zaken met uw maîtresse glad te strijken.'

De klootzak sloot de deur, en ik voelde me leeg en hol. Hoe wist hij dat ik het zo erg had verpest met Alicia?

Maar hij kende Alicia niet. Als ze me niet terug zou nemen om wie ik ben, zou geen enkele hoeveelheid diamanten, paarden of een privéschoolopleiding voor Noah haar kunnen overtuigen. Ik moest dat allemaal wegnemen en haar iets bewijzen dat oneindig veel moeilijker was: dat ik het soort man was waar ze op kon bouwen. Eentje die ze kon vertrouwen dat hij er voor de lange termijn was. Voor haar en voor Noah.

En nadat ik alles zo grondig verpest had, had ik geen idee hoe ik dat moest doen.

Maar ik ging het proberen.

33

JACKSON

IK HAD TOTAAL geen ervaring met door het stof gaan.

Elke andere relatie die ik had gehad – en ik gebruik de term *relatie* hier heel losjes – had ik op de een of andere manier verpest, hetzij opzettelijk, zoals door er midden in de nacht vandoor te gaan zonder een briefje achter te laten, hetzij onopzettelijk, zoals de keer dat ik een vrouw Caroline noemde in plaats van Catherine. Terwijl ze mijn lul in haar mond had. Au.

Maar elke keer haalde ik mijn schouders op en ging ik verder. Het kon me nooit genoeg schelen om de boel te willen lijmen.

Oké, ik ben er niet trots op, maar dat was de oude Jackson.

De nieuwe Jackson wilde dit niet verpesten.

En dat betekende dat ik snel moest leren hoe ik door het stof moest gaan.

Marlee, met haar stapel liefdesromans in haar armen geklemd, had me de afgelopen week elke dag proberen te coachen. Ze had dingen gezegd over schuld bekennen, je kwetsbaar opstellen en je gevoelens uiten. Ze had het gehad over een spectaculaire entree, cadeaus, haar van haar sokken blazen – en ik kreeg het vreemde gevoel dat ze dat letterlijk bedoelde.

Cooper had geen advies voor me. Hij had in de auto op weg naar het vliegveld en in de privéjet de hele weg naar Texas uit het raam gestaard. Het stoorde me niet. We praatten nooit over gevoelens.

Zijn stilte had me de tijd gegeven om een paar dozijn e-mails door te werken. Een stichting opzetten was verdomd moeilijk. Wie had gedacht dat je dat niet in drie weken voor elkaar kreeg? Zodra ik iemand aan boord had om de stichting te leiden, konden we een paar kampen opzetten. Tot die tijd zouden we het geld doorsluizen naar organisaties die kinderen met ADHD, dyslexie, autisme, het syndroom van Gilles de la Tourette en OCD hielpen. Ik was er zeker van dat ik ook andere doelen zou ontdekken die met neurodivergentie te maken hadden.

We gingen uit elkaar op het vliegveld. Cooper ging naar de kerstborrel van kantoor, en ik ging regelrecht naar Cherrywood.

De wolken hingen die middag laag boven het gele huis van de Webers. Ze waren niet groen zoals op de dag dat ik Alicia buiten het kantoor van Synergy had ontmoet, maar de onderkanten waren donker en zwaar. Het zou passend zijn als Austin besloot een nieuwe meteorologische hel op me los te laten.

Mijn missie was te belangrijk om me te laten afschrikken door hagel, tornado's of regens van vleermuizen. Ik rechtte mijn schouders en liep het tuinpad van de Webers op, een bosje supermarktbloemen in mijn handen geklemd. Geef me een beetje krediet; ze kwamen van de chique biologische supermarkt waar ik op weg van het vliegveld langs was gekomen.

Ik klopte op de paarse deur.

Het licht op de veranda ging aan, en toen ging de deur open. Alicia's moeder, Diane, leunde in de deuropening in een spijkerbroek en een gestreepte trui. Ze keek me met toegeknepen ogen door de hordeur aan. 'Wat komt *u* hier doen?'

Tot zover de zuidelijke gastvrijheid. Niet dat ik die verdiende. 'Goedemiddag, mevrouw Weber. Is Alicia hier?'

Ze sloeg haar armen over elkaar. 'Nee, ze is aan het werk.'

Er viel een stilte tussen ons. 'Weet u wanneer ze thuiskomt?'

'Ik weet niet of u dat wat aangaat, meneer Jones. Ze zei dat het niet zo goed is afgelopen tussen jullie twee.'

Afgelopen? Ik slikte. Maar natuurlijk dacht niemand dat ik terug zou komen. 'Nee, en dat is mijn schuld. Ik ben hier om mijn excuses aan te bieden. Vindt u het goed als ik binnenkom?'

'Ik dacht het niet, meneer Jones. Ik denk dat u mijn dochter al genoeg pijn heeft gedaan. U kunt in uw auto wachten. Of, nog beter, ik vertel haar dat u bent langsgekomen, en dan kan ze u bellen als ze met u wil praten.'

Ze sloot de deur en liet me naar de paarse verf staren. Shit, ik had wijn of chocolaatjes moeten meebrengen om mijn weg naar binnen in het huishouden van de Webers te vergemakkelijken.

'Dan wacht ik maar,' mompelde ik. Ik liet me op de bovenste traptrede van de veranda vallen en staarde de straat in alsof ze elk moment kon komen aanrijden. Ik legde de bloemen naast me neer en stak mijn handen in mijn zakken. Een regendruppel spatte op de neus van mijn laars.

De bomen waren nu kaal, hun verwrongen takken krulden omhoog naar de donker wordende lucht. De koelte van de houten planken van de veranda trok door mijn spijkerbroek, waardoor ik rilde. Er vielen nog een paar regendruppels en ik trok mijn laarzen dichter onder de veranda. Lijden moest toch wel onderdeel zijn van door het stof gaan? Het was mijn vijandige vriend geweest sinds ik meer dan een maand geleden Austin had verlaten.

De voordeur kreunde weer open, en dit keer zwaaide de hordeur naar buiten. Trage voetstappen kwamen dichterbij.

'Wil je wat koffie?'

Ik rook het op hetzelfde moment dat hij het zei, en de geur van het brouwsel deed mijn rug rechten. 'Ja, graag.'

Noah gaf me een mok. In zijn andere hand hield hij nog een mok, warme chocolademelk als ik op de geur afging. Hij ging naast me zitten.

Ik glimlachte. Eén lid van het huishouden van de Webers

haatte me niet. 'Het is behoorlijk koud hier buiten, maatje. En nat. Komt het wel goed met je?'

Hij snoof. 'Komt het wel goed met jou? Volgens mij kan ik gewoon weer naar binnen wanneer ik wil, terwijl jij hier als een loser in de regen zit te wachten tot Alicia je een schop onder je kont komt geven.'

O. Zo ging het dus.

Ik keek in mijn mok koffie en snoof eraan. Kon je rattengif ruiken? Ik zette hem opzij. 'Hoe gaat het op school?'

Hij haalde zijn schouders op. 'Het gaat wel. Ik zit nu in de klas van juffrouw Fraser. En ik slik medicijnen om me te helpen opletten in de les.'

'Werkt het?'

'Misschien. Ik had vorige week een A voor mijn rekentoets.'

'Dat is geweldig. En laten de andere kinderen je met rust? Geen blauwe ogen meer?'

'Nee. De schoolbegeleider gaf een les over anderen met respect behandelen. En Alicia liet me oefenen met het gebruiken van mijn woorden.' Hij nam een slok van zijn chocolademelk. 'Lijkt me dat jij ook wat woorden had moeten gebruiken.'

'Ik denk dat ze je heeft verteld wat ik heb gedaan.'

'Dat hoefde niet. Eerst kwam je hier, zei je dat je me mee zou nemen naar het circuit. Me zou helpen met huiswerk. Me zou leren hoe je een klap uitdeelt. Toen was je weg. Alicia zei dat je terug was gegaan naar Californië. En ze trok een bepaald gezicht als ik naar je vroeg.' Hij rimpelde zijn neus en tuitte zijn lippen alsof hij op een citroen had gezogen. 'Zo.'

'Ik denk dat als je het zo bekijkt… Nee. Hoe je het ook bekijkt, ik ben een klootzak.'

'Jep. Dus. Wat doe je hier?'

'Ik ben gekomen om door het stof te gaan.'

'Wat is dat?'

'Ik ga mijn excuses aanbieden voor wat ik heb gedaan. Haar vertellen dat ik van haar hou. En haar vragen om me terug te nemen. Denk je dat het zal werken?'

Hij liet zijn blik over me glijden. Het overhemd met kraag. De bloemen. De flitsende maar ingelopen laarzen. 'Ik weet het niet. Je lijkt niet op de andere mannen met wie ze heeft gedatet.'

Ik boog mijn hoofd. 'Ze heeft met veel mannen gedatet, hè?' Een fantastische vrouw als Alicia moest wel een rij mannen hebben die met haar wilden daten.

'Niet veel. Een paar. De vader van mijn vriend Palmer, Rick. Hij draagt een stropdas naar zijn werk. Nam haar mee uit eten en zo. Heeft ons alle vier een keer meegenomen voor hamburgers en ijs. Heb jij haar ooit meegenomen?'

'Niet – niet echt.' Zij had mij meegenomen om de vleermuizen te zien die avond. Toen had ik de kans verpest om haar mee uit te nemen en haar te laten zien dat ik om haar gaf.

Hij kneep één oog dicht. 'Ik denk niet dat je veel kans maakt, dus.'

'Ik heb bloemen meegenomen.' Ik hield ze omhoog. Een van de grote chrysanten hing slap.

Hij krulde zijn lip op. 'Heeft ze gezegd dat ze van bloemen houdt?'

'Ik – ik heb het niet gevraagd.' Marlee hield van bloemen. Ze gilde het uit wanneer ik ze stuurde voor Secretaressedag. En ze droeg constant bloemenprints. Maar ik had Alicia nog nooit in een print gezien. Alleen effen kleuren. Geen van allen bijzonder bloemachtig. Krijg nou wat.

'Weet je wat ze leuk vindt?'

'Wat?' Ik zou het zo gaan halen. Ik had tijd.

'Mannen die geen klootzakken zijn.'

'O.' Ik zakte in elkaar. Hij had gelijk. Wat de fuck deed ik daar, mijn kont bevriezend op haar veranda?

Hij slurpte het laatste beetje van zijn warme chocolademelk op. 'Ik ga naar binnen om op te warmen. Als ik je niet meer zie, doei.'

Ik glimlachte half naar hem. 'Doei, Noah. Maar ik blijf tot ze er is.'

Hij haalde zijn schouders op. 'Je moet het zelf weten.'

De hordeur sloeg achter hem dicht. Een licht flitste boven me aan – kerstverlichting. De ouderwetse, veelkleurige lichtsnoer liep in een rechte lijn langs de dakrand van de veranda. Het werk van Alicia, gokte ik. Lichten gingen aan in de twee bomen die het dichtst bij het huis stonden. Die waren roze, blauw en paars, en hun lukrake patroon duidde op de inspanning van een ander gezinslid.

Een auto parkeerde onder de carport aan de overkant van de straat. Een man stapte uit en tuurde naar me voordat hij zich omdraaide en het huis in liep. Een minuut later ging er een telefoon over in het huis van Alicia, maar ik kon de persoon die opnam niet horen. De regen was aangezwollen tot een bulderende stortbui die mijn laarzen en de onderkant van mijn spijkerbroek doorweekte. Ik kroop verder onder de overkapping van de veranda.

Er klonk een miauw achter me, en een dikke oranje kater met een blauwe halsband wrong zich door het luikje in de deur. Was dit dezelfde kat die naar me had geblazen de avond dat ik hier had gegeten? Hoe heette hij ook alweer?

Hij liep op zijn tenen om me heen, snoof aan het verwelkte boeket en plofte neer op de veranda, op een armlengte afstand. Hij miauwde weer. Ik strekte mijn arm uit en liet hem aan mijn hand snuffelen voordat ik hem tussen zijn oren aaide. Hij sloot zijn ogen, en ik keek naar het naamplaatje aan zijn halsband. Teigetje. Ja, hij was Alicia's kat.

'Jij haat me niet, hè, grote jongen? Jij weet dat ik hier ben om te proberen het goed te maken met haar, toch?'

Hij miauwde en wreef met de zijkant van zijn kop tegen mijn hand.

'Ja, wij zijn maatjes. Jij legt een goed woordje voor me in. Vertelt ze dat ik geen complete klootzak ben. En dan worden we beste vrienden. Dan breng ik tonijnsnoepjes voor je mee.'

Hij stopte met wrijven tegen mijn hand. Zijn oogleden schoten open, mijn enige waarschuwing voordat hij in mijn wijsvinger beet.

'Au!' Ik trok mijn hand terug. 'Geen fan van tonijn, hè?'

Hij draaide zich om, zwiepte met zijn staart naar me en sprong met een klik door het kattenluik.

Twee druppels bloed kwamen op mijn knokkel tevoorschijn. 'Moeilijk publiek.' Ik stak mijn knokkel in mijn mond.

Een paar pick-uptrucks en een bestelbus denderden voorbij. Ik keek op mijn horloge. Het was na vijven. Misschien zou Alicia snel thuiskomen. Ik moest plannen wat ik wilde zeggen.

Ik leunde achterover op mijn ellebogen en staarde naar het plafond. Het was geschilderd in een geruststellende roodborstjes-blauw. Misschien kon ik ooit ook een veranda hebben met een blauw plafond. Alicia en ik konden op de verandaschommel zitten–

De hordeur sloeg weer dicht. Noah stampte naar buiten, maar in plaats van naast me te gaan zitten, leunde hij tegen de paal. 'Nog steeds hier, hè?'

'Ja.'

'Ik heb een sweatshirt voor je meegenomen. Het is van Alicia, maar hij is behoorlijk groot.' Hij hield een grijze hoodie omhoog met een oranje longhorn-symbool boven de kangoeroezak.

'Bedankt.' Ik nam hem van hem aan en worstelde hem aan. Misschien was hij groot voor Alicia, maar hij zat bij mij als gegoten. Meteen warmer ademde ik Alicia's bekende, schone geur in.

Hij sprong weer door de deur naar binnen, en ik nestelde me om te wachten.

Bijna een uur later rolde Alicia's Honda de straat in. Ik wist niet meteen dat het de auto van Alicia was – ze reed in 's werelds meest onopvallende auto – maar ik hoopte het. En toen hij de oprit opdraaide, wist ik dat mijn onderbuikgevoel me niet had bedrogen.

Ik stond op, grimassend van de pijn die door mijn spieren schoot. Mijn kont tintelde toen de bloedtoevoer weer op gang kwam. Het portier ging open en een zwarte paraplu stak naar buiten. Het portier ging dicht en de paraplu bewoog zich vlot over het pad en de verandatrap op. Toen kantelde hij naar achteren, en toen ze me zag, werd haar gezicht lijkbleek.

Alicia droeg een zwarte pantalon en laarzen – stadse, niet van die westernlaarzen zoals de mijne. Haar regenjas hing open en liet een lichtblauwe blouse zien waar een paar regenspetters op zaten. Haar haar was strak naar achteren gestoken in de knot die ze altijd op haar werk droeg. Haar make-up deed weinig om de paarse vlekken onder haar ogen te verbergen, en haar lippenstift was afgesleten, waardoor haar lippen bleek waren. Ik wilde de trilling uit haar lippen kussen, haar in mijn armen vouwen, natte jas en al, en haar opwarmen. Haar langzaam uitkleden en haar onder de douche zetten. Haar in bed stoppen waar ze de week van zich af kon slapen. Haar dicht tegen me aan houden tot de schaduwen uit haar ogen verdwenen.

Maar ik had haar pijn gedaan. Als ik de reden was dat ze uitgeput en ellendig was, had ik het recht niet om iets van dat alles te doen. Nog niet. Misschien nooit.

Ik deed een stap naar haar toe, mijn handen nutteloos langs mijn zij hangend. 'Hoi, Alicia.'

Haar lippen verstrakten. 'Waarom ben je hier, Jackson?'

Ik probeerde haar een winnende glimlach te geven. Niet te veel. Vriendelijk, maar niet te glad. Maar mijn gezicht was koud, en ik slaagde er slechts in een grimas te produceren. 'Om mijn excuses aan te bieden. Ik ben uit Austin vertrokken zonder gedag te zeggen. Ik heb je niet terug ge-sms't of gebeld om het uit te leggen. Voor dat alles, het spijt me.'

'Waarom deed je het? Waarom ging je weg?' Ze leunde de paraplu tegen een van de verandapalen en sloeg haar armen over elkaar.

'Gedeeltelijk omdat – nou ja, ik kan je er niets over vertellen, anders heeft Cooper mijn kop eraf. Maar vooral omdat ik er niet klaar voor was. Ik was niet goed genoeg voor je, en ik wilde je bedrijf of – of je leven niet verpesten.' Ik gebaarde achter me naar de paarse deur. 'Maar, zie je, ik heb stappen ondernomen om te veranderen. Ik heb een–'

Ze onderbrak me, halverwege mijn greep naar de oprichtingsakte van de stichting in mijn zak.

'Ik wilde niet dat je veranderde. Ik wilde je precies zoals je was, hier in Austin. De man waar ik – waar ik voor viel.'

Mijn hart ging tekeer als een raceauto aan de startlijn. 'Maar ik moest veranderen. Voor mezelf. Ik moest me zelf waardig voelen voordat ik kon proberen jou ervan te overtuigen dat ik een tweede kans verdiende.' Ik legde alle hoop, alle liefde die ik had in de blik die ik op haar richtte. *Geef me nog een kans.*

Haar lippen werden een dunne lijn. 'Het is te laat.'

'Te laat?' Marlee had me niet verteld dat door het stof gaan te laat kon zijn. Ze zei dat de heldin de held altijd vergaf.

'Ik kan dit niet.' Ze keek weg, een ongeschreide traan schitterde groen in de kerstlichtjes.

'Je kunt geen eeuwigheid met mij aan? Want dat is wat ik wil.' Fuck, ik had een ring voor haar moeten kopen. Zelfs Marlee zei dat het te veel, te snel was. Maar ik wilde haar het nog lang en gelukkig geven, en hoorde daar niet altijd een bruiloft bij?

'Eeuwigheid?' Ze lachte, bitter, en toen de traan over haar wang rolde, veegde ze hem weg alsof ze ook boos op de traan was. 'We weten allebei dat ik maar een van je scharrels was. Het ging je om de jacht, niets meer. Nou, je hebt me gevangen. En, als een dwaas, ben ik erin getrapt. Ik ben voor je gevallen. Ik dacht dat ik verliefd was. Maar nu weet ik beter. En die fout zal ik niet nog eens maken.' Ze deed een stap naar de deur.

Mijn hart bonkte. Ze hield van me. Of dat had ze ooit gedaan. Ik raakte haar arm aan. 'Alicia, ik hou ook van jou. Geef me nog een kans. Ik zal bewijzen dat ik veranderd ben.'

Ze keek me toen aan, haar blauwe ogen glinsterend. 'Ik kan het niet. Je kunt beter doen waar je het beste in bent en weggaan.' Toen trok ze de hordeur open, duwde de paarse deur open en was verdwenen.

De regen brulde als de ruis in mijn hoofd.

Ze had nee gezegd.

Eigenlijk... herhaalde ik haar woorden in gedachten. Ze zei

dat ze het niet kon. Vergelijkbaar, maar niet precies hetzelfde. Ze had me verteld dat ze van me hield. Verleden tijd. En toen had ze me gezegd dat ik weg moest gaan.

O. Ik zakte weer neer op de bovenste trede waar de stortbui mijn knieën en de neuzen van mijn laarzen doorweekte.

Ze vertrouwde me niet dat ik niet weer zou weggaan. Net als haar vader. Net als de vader van Noah. Ik had een three of a kind gemaakt met die eikels.

De stichting betekende niets voor haar. Mijn bezoek aan haar ook niet. Het enige dat zou bewijzen dat ik anders was, was blijven.

Dus ik zou verdomme blijven.

34

JACKSON

HET BLIJKT DAT er een dunne lijn is tussen volharding tonen aan de vrouw van wie je houdt en een stalker zijn. En niet alleen zou opdringerig zijn me geen punten opleveren bij Alicia, eindigen met een straatverbod of in de gevangenis zou ook niets bewijzen.

Dus bracht ik ze ontbijt. En dan ging ik weg. Elke dag.

De eerste dag, een zaterdag een week voor Kerstmis, deed Noah de deur open. De kat, Tigger, stond aan zijn voeten. Ze keken me allebei met toegeknepen ogen aan door de hordeur. 'Ik dacht dat ze je had gezegd dat je weg moest gaan.'

Ik kromp ineen. 'Heeft ze het je verteld?'

'Nee. We stonden allemaal in de eetkamer te luisteren. Alicia is daarna meteen naar haar kamer gegaan en er niet meer uitgekomen.' Hij kneep zijn ogen tot spleetjes. 'Dus waarom ben je terug?'

Ik glimlachte naar de knul, ook al wilde ik het liefst door de grond zakken. Had ze de nacht apart van haar familie doorgebracht? Ik haatte mezelf omdat ik haar weer pijn had gedaan.

'Ontbijt.' Ik gaf hem de bekerhouder – twee koffie, een warme chocolademelk en earlgreythee voor Alicia – en de zak met broodjes. Ik keek langs hem heen, maar ik kon niemand zien behalve de kat. 'Ik ben er morgen weer. Laat me weten of je speciale verzoeken hebt.'

Toen deed ik het moeilijkste: ik draaide me om en liep de treden van hun veranda weer af. Ik stapte in mijn huurauto – een saaie blauwe sedan dit keer – en reed naar het lege kantoor, waar ik de halve dag aan code werkte en de andere helft e-mails over de stichting beantwoordde.

Op maandag kwam ik nog vroeger, zodat ik ontbijt kon afleveren voordat Alicia naar haar werk ging. Dit keer deed Diane de deur open, terwijl ze een badjas over haar pyjama sloeg.

Geen goedemorgen, geen bedankje voor de bagels. 'Ze wil u niet zien.'

'Dat begrijp ik.' Ik gaf haar de bekerhouder. 'Hoe drinkt u uw koffie?'

Ze kneep haar ogen tot spleetjes, net zoals haar kleinzoon had gedaan. 'Dat doet er niet toe. U komt toch niet meer terug.' Ze smeet de deur voor mijn neus dicht.

Maar de volgende dag, toen ik haar een geurig dienblad met Mexicaanse koffie met een vleugje kaneel en warme chocolademelk gaf, plus Alicia's thee, zei ze: 'Zwart. Maar Esmy gebruikt r... melk en suiker. Magere.' Toen gooide ze de deur dicht.

Ik grijnsde.

Vrijdag – kerstavond – deed Esmy de deur open. 'Je bent er!' Ze nam het dienblad met drankjes en de zak kolaches aan, plus een busje kattensnoepjes met leversmaak, en zette ze op een tafel binnen. Toen stapte ze zowaar de veranda op om me te omhelzen. 'Bedankt voor de room. Ik heb me in maanden niet zo verwend gevoeld. Maar breng je de feestdagen niet met je familie door?'

Ik liet mijn armen om haar rug glijden. Haar knuffel was tegelijkertijd sterk en zacht. En totdat ze me had aangeraakt, had ik me niet gerealiseerd hoe erg ik snakte naar lichamelijk contact. Tyler – een knuffelaar, maar nog steeds op mijn zwarte lijst – had de overplaatsing naar San Francisco aangenomen. Cooper was naar huis gegaan om de feestdagen met zijn moeder door te brengen en het kantoor was de hele week uitgestorven geweest.

'Nee. Ik ben liever hier. Waar zij is. Hoe gaat het met haar?'

Esmy leunde achterover. 'Het gaat goed met haar. Ze eet beter. Al zou dat ook door het kersteten kunnen komen. Wil je morgen langskomen? We maken altijd tamales met kerst.'

Mijn hart maakte een sprongetje en het water liep me in de mond. 'Wil ze dat ik er ben? Heeft ze je gevraagd om me uit te nodigen?'

'Nou…' Ze bestudeerde haar pantoffel.

'Ik kom niet binnen tenzij zij dat wil,' zei ik zachtjes tegen haar. 'En vraag haar alsjeblieft niet om me uit te nodigen. Ik wacht zo lang als ze nodig heeft.'

Esmy tuitte haar lippen. 'Ik wed op jou, mi querido.'

'Wacht, wat? Wedden jullie op mij?'

Grijnzend deed ze de deur dicht.

Ik bracht kerst alleen door in het longstayhotel. Ze hadden een zielig boompje in de lobby. Er verbleven een paar luidruchtige gezinnen aan de andere kant van de verdieping en kindervoeten stampten langs mijn deur in een race naar de ijsmachine.

Tijdens het videogesprek dat ik die middag voerde, moest ik de woede van mijn moeder over mijn afwezigheid en Sams beschuldigende blik doorstaan. Ik was een eikel dat ik haar daar had achtergelaten met onze perfecte broers en zussen. Maar ik zou in Austin blijven zolang Alicia dat nodig had. Ik had haar voor altijd beloofd en misschien was dat wel hoe lang het zou duren.

Maar het was niet alleen maar slecht. Na het gesprek beet ik in een van de tamales uit de papieren zak die Esmy me die ochtend had gegeven. Ik stelde me voor hoe ze met z'n vieren rond hun boom zaten – zouden ze hem in de woonkamer voor de ramen hebben gezet of precies in het midden van de kamer? – en cadeautjes openmaakten met kerstmuziek op de achtergrond.

Ik wilde dat ik Esmy's aanbod om erbij te zijn had kunnen aannemen. Ik had Alicia al meer dan een week niet gezien en ik vroeg me af of ze beter was uitgerust, of haar huid haar gloed had teruggekregen. Ik wilde niet dat haar familie me vertelde dat het goed met haar ging; ik wilde het wanhopig graag zelf zien.

Maar dit ging niet om mij of mijn wanhoop. Het ging om wat Alicia nodig had. Als ze besloot dat ze me niet wilde, als ze me weer zou wegsturen, dan zou ik dat vreselijk vinden, maar ik zou het doen. Dan wist ze tenminste dat ze het waard was om voor te blijven. Misschien zou ze me nooit vergeven, maar misschien zou ik haar vertrouwen in mannen herstellen, en zou ze de juiste man – degene die de boel niet zou verpesten zoals ik had gedaan – niet afstoten als hij op haar pad kwam.

Ik was de zak aan het verfrommelen toen mijn telefoon ging. Ik sprong erop af. Toen zuchtte ik. Het was haar niet.

'Hé, Coop, alles goed?'

'Klink niet zo enthousiast om met me te praten. Vrolijk kerstfeest.'

'Vrolijk kerstfeest. Hoe gaat het met je moeder?'

'Goed. Ze heeft ook genoeg eten voor jou gemaakt. Ik ben geloof ik vergeten te vertellen dat je niet kwam.'

'Sorry, man. Ik bel haar vanavond.'

Hij maakte een nietszeggend zoemgeluid. 'Dus wanneer kom je terug?'

Mijn maag trok samen. 'Weet ik niet.'

'Ik kan hier wel wat hulp gebruiken. Ik presenteer begin januari aan de raad van bestuur en ik wil graag dat je erbij bent.'

'Echt?' Dat had hij me al een paar jaar niet meer gevraagd. Ik haatte het om voor de raad van bestuur te staan, maar het vertrouwen van Cooper om me te vragen maakte het misschien de moeite waard. Behalve dat... 'Ik kan niet. Ik blijf hier een tijdje.'

'Hoe lang? Je zou een pauze kunnen nemen van je seksfestijn om wat echt werk te doen.'

Ik stelde het me even voor, wat er had kunnen gebeuren als Alicia me had vergeven. We hadden elke nacht samen kunnen slapen. Als de feestdagen er niet waren geweest, hadden we een lui weekend in bed kunnen doorbrengen. Ik zou nu om haar heen gekruld liggen, haar geur inademen, haar haar mijn neus laten kietelen. Ik wreef met mijn hand over mijn borst. 'Was het maar waar.'

'Jij... wat?'

'Ik wacht nog steeds tot ze me vergeeft. Tot ze me vertrouwt. Dat zal wat tijd kosten.'

'En jij zit op je reet te wachten in Austin tot ze bijdraait? Dat is het belachelijkste wat ik ooit heb gehoord.'

'Ben je ooit verliefd geweest, Coop?'

Hij was een tijdje stil. 'Ja.'

Huh. Ik vroeg me af wie het was geweest. Een meisje op de middelbare school voordat ik hem had ontmoet? Of een relatie die ik niet eens had opgemerkt terwijl ik egoïstisch gefocust was op mijn eigen problemen? 'Dus je begrijpt waarom ik wacht zo lang als nodig is.'

'Je kunt hier in San Francisco wachten.'

'Nee. Ik moet hier blijven, haar bewijzen dat ze het waard is om voor te blijven. Sorry, Coop. Ik zal alles doen wat ik kan om je vanaf hier te helpen. We kunnen morgen videobellen.'

'Je weet dat je een idioot bent.'

'Wie zei ook alweer: "We zijn allemaal dwazen in de liefde"?'

'Jane Austen. *Pride and Prejudice.* Eerstejaars literatuur. Al heb jij alleen de film gekeken.'

'Juist. Juist.' Misschien moest ik hem nog eens kijken voor wat tips. Misschien had Weston gelijk en had ik een chique landhuis nodig. Voor meneer Darcy had het gewerkt. Mijn appartement in San Francisco zou niemand versieren, vooral omdat ik er een maand lang gek was geworden om Alicia en me niets om de rotzooi had gegeven. 'Bel me morgen. Dan werken we aan je presentatie.'

'Prima.' In dat woord lag het gewicht van andere woorden, maar die wilde ik niet horen.

'Denk eraan, Coop, zorg dat je donatie voor het einde van het jaar bij mijn stichting binnen is. Marlee kan je vertellen hoe.'

'Rot op.' Maar er zat geen boosheid in zijn toon, alleen genegenheid.

'Je weet dat ik je blijf lastigvallen tot je het doet.'

'Ik kijk ernaar uit. Welterusten, Jay.'

'Welterusten.'

Midden in de week na kerst, tussen Kerstmis en Nieuwjaar, parkeerde ik achter een stationair draaiende, sportieve zwarte Lexus. Er zat een man in, zijn hoofd gebogen alsof hij op zijn telefoon keek. Was hij een echte stalker?

Ik liet het ontbijt voor de Webers in de auto liggen en liep langzaam naar het raam aan de bestuurderskant.

Rick, mijn voormalige sportmaatje, zat op de bestuurdersstoel te sms'en. Hij was hier toch niet om Alicia lastig te vallen? Of – mijn hart haperde – op haar uitnodiging?

Ik tikte op het raam.

Ricks hoofd schoot omhoog en toen hij zag dat ik het was, ging zijn hand naar zijn gladgeschoren kaak. Hij deed zijn raam half open. 'Jay.'

'Rick. Wat doe jij hier?'

'Ik kom mijn zoon ophalen. Hij heeft hier geslapen. Ik denk dat ik wel weet wat jij hier doet.' Zijn lip krulde op.

'O ja? En wat is dat?' Ik zette mijn handen in mijn zij.

'Het is geen geheim dat je de boel hebt verpest. Je kruipt hier elke dag als een loser naartoe om haar terug te winnen. Zielig,' sneerde hij.

Het bloed bonkte in mijn slaap. 'Ik hoef me aan jou niet te verantwoorden.'

'Nee, dat hoeft niet. Maar als je met de staart tussen je benen terugkruipt naar Californië, raad eens wie hier dan nog wel is?' Hij wachtte niet tot ik mijn kaken van elkaar kreeg. 'Precies. Ik.'

Een jongen, steviger dan Noah en met Ricks groene ogen, sprong de traptreden van de veranda af en rende naar de passagierskant van Ricks auto. Hij gooide zijn rugzak op de achterbank en glipte erachteraan naar binnen. 'Alicia zei bedankt voor de bloemen.'

Ze hield niet van bloemen. En toch had ze ze van Rick aangenomen. Fuck. Misschien had hij gelijk. Misschien kon hij het langer volhouden dan ik. Misschien zou hij punten scoren door te bewijzen dat hij goed met kinderen was, punten die ik nooit zou kunnen verdienen.

Rick grijnsde naar me. 'Zie je nog wel eens, Jay. Misschien.' Hij wachtte niet tot ik een stap achteruit deed voordat hij wegreed.

Ik pakte de koffie en muffins uit mijn auto. Op mijn tanden bijtend droeg ik ze het tuinpad op en zette me schrap voor welke vijandige Weber dan ook de deur zou opendoen. Misschien zette ik mezelf voor gek. Misschien zou ik op het einde falen. Maar voor nu zou ik het blijven proberen en hopen dat Alicia zich zou herinneren hoe goed we het samen hadden gehad, dat ze ooit van me had gehouden en me nog een kans zou geven.

Coopers donatie kwam op oudejaarsavond op de rekening van de stichting terecht. Samen met de donatie van Weston en verschillende andere hadden we een uitstekende start en ik verdubbelde het totaal met mijn eigen donatie. Ik was misschien het slechtste eendagsvriendje ooit, maar ik deed wel wat ik had gezegd dat ik voor kinderen zou doen.

Ik proostte op het nieuwe jaar met een lokaal IPA-biertje en ging slapen.

Op nieuwjaarsdag liep ik met een zak donuts en een hernieuwd doel het tuinpad van Alicia op. Ik zou de dag besteden aan het onderzoeken van neurologische studies en een paar wetenschappers selecteren om te vragen zitting te nemen in de raad van bestuur van mijn stichting. Dan zou ik misschien...

Ik verstijfde op de onderste trede. Alicia stond achter de hordeur in nog een UT-hoodie en een zacht uitziende loungebroek. Haar haar viel los over haar schouders en haar gezicht was make-uploos. Twee kleurvlekken bloeiden hoog op haar wangen. Ze was prachtig.

'Kom maar binnen.' Ze wreef over haar armen. 'Het is koud buiten.'

'Koud?'

Ze duwde de hordeur open en ik sprong de trap op en drong me met haar de hal in. Ze leek delicater dan ik me herinnerde, verzwolgen door haar te groot sweatshirt. Of misschien hadden mijn hersenen haar lichaamsbouw met haar sterke geest verward.

Terwijl ik daar stond, de bitter-oranje geur van haar thee die mijn neusgaten vulde, was ik terug in de gemeenschappelijke keuken van Synergy op de maandag nadat ik haar voor het eerst had gekust, wanhopig op zoek naar meer. Ik klemde de beker-houder en de papieren zak vast om te voorkomen dat ik haar aanraakte.

'Gelukkig nieuwjaar.' Haar voeten waren bloot en ze moest naar me opkijken. Niet zoals op kantoor, waar ze door haar hakken bijna net zo lang was als ik. Ik wilde alles laten vallen en haar in mijn armen nemen, die roze lippen kussen, mijn vingers in haar zijdezachte haar begraven. De kartonnen bekerhouder trilde.

'Dat kun je in de keuken neerzetten.' Ze knikte naar de drankjes en draaide zich toen om om de paarse deur te sluiten.

Iets streek langs mijn enkels. Ik keek naar beneden en de kat vlijde zich om mijn been en keek naar me op. Hij miauwde. Gelukkig droeg ik een spijkerbroek. Als hij me zou aanvallen, zou hij alleen het spijkergoed verscheuren. Ik zette me schrap. Maar toen spon die kleine rotzak.

'Brave jongen,' fluisterde ik.

Hij ontwarde zich van mijn been en liep plechtig richting de keuken.

Ik volgde hem door de woonkamer en langs de boom. Rondom de boom lagen dozen met kerstversiering op het tapijt en een kant van de boom was kaal.

Ik zette de donuts en de drankjes op de ronde keukentafel en draaide me om. Alicia stond op de drempel tussen de keuken en de woonkamer, de lichtjes van de boom fonkelden achter haar als een halo. Was dit echt of sliep ik nog? Ik drukte mijn vingernagels in mijn handpalmen, maar alles was verdoofd.

Als het een droom was, wilde ik niet wakker worden.

———

ALICIA

HIJ BEGON ME bang te maken. Ik geloof niet dat ik hem ooit zo stil had gezien, zelfs niet als hij aan het programmeren was. 'Je hebt geen woord gezegd. Gaat het wel goed?'

'Ik...' Zijn stem klonk schor en hij schraapte zijn keel. 'Ik had niet verwacht je te zien. Misschien heb ik onderweg een ongeluk gehad en is dit allemaal een verzinsel als gevolg van mijn hoofdtrauma. Ik was bang dat als ik iets zou zeggen, ik wakker zou worden.'

'Met jouw rijstijl zou het me niks verbazen.' Ik glimlachte, maar hij niet. Hij staarde alleen maar, alsof hij me met zijn ogen probeerde te verslinden. Mijn wangen gloeiden. 'Ik heb iedereen weggestuurd voor ontbijt en een film. Ik dacht dat het tijd werd dat we gingen praten.' Ik stapte de drempel over de keuken in en trok mijn stoel naar achteren.

Hij zette een beker voor me neer en ging op Noahs stoel zitten, zijn handen tussen zijn knieën duwend. Zijn gezicht was een beetje grijs geworden. 'Praten?'

Ik haalde het deksel eraf en snoof. Earl Grey. Hij had het elke keer goed. 'Ik kan niet geloven dat je mijn favoriete thee hebt onthouden. De eerste dag dacht ik dat het toeval was. Maar je bracht het elke dag.'

'Je dronk het elke ochtend op kantoor. Behalve die ene dag dat ik je kwaad maakte door onze module alleen af te maken. Die dag dronk je iets zoets. Maar daarna elke dag Earl Grey. Ik zal nooit...' Hij slikte en hield zijn mond.

'Het was aardig van je om ons ontbijt te brengen. Met de broodjes heb je punten gescoord bij Noah. Hij krijgt 's ochtends meestal geen zoetigheden.' Hij was er zo hyper van geworden dat ik hem een groot glas water had laten drinken en daarna een blokje om had laten rennen.

'O.' Hij kromp ineen. 'Heb ik het verpest?'

'Nee, het zijn de feestdagen. Een paar extra traktaties zijn oké. Maar waarom deed je het? Schuldig geweten?'

'Ik… ik wilde je zien. Weten dat het goed met je ging. Ik heb je in de steek gelaten. En het spijt me. Ik wou dat ik terug kon gaan en… maar dat kan niet. Dit was de enige manier die ik kon bedenken om je te laten zien dat je iemand verdient die blijft. Ik was een hersenloze eikel om überhaupt weg te gaan en je iets anders te laten denken. Maar ik zal je niet meer verlaten. Tenzij je me wegstuurt, bedoel ik. Ik ben geen stalker.'

Elke kop thee, elke kolache of bagel was een steen die van de muur om mijn hart viel. Na een week kon ik niet genoeg woede jegens hem opwekken om te fronsen naar het arrangement van ontbijtproducten dat Esmy op een schotel uitstalde. En na twee weken opdagen, de verbiedende stilte van mama en de pesterijen van Noah verdragen, had hij een weg naar mijn hart gebaand. Het enige wat nog overbleef, was dat ik hem binnen moest nodigen.

'Als ik je zou zeggen dat je moest gaan en nooit meer mijn pad moest kruisen, zou je dat dan doen?' Ik hield mijn adem in.

'Natuurlijk zou ik dat doen. Ik geef om je en ik wil je nooit meer pijn doen. Is dat wat je wilt? Dat ik wegga?' Zijn bruine ogen werden rond en smeekten me nee te zeggen.

'Ik heb je gevraagd weg te gaan. Die eerste avond dat ik thuiskwam en je op mijn veranda zag wachten. In de regen.' Ik had zeker gedacht dat ik hem had gehallucineerd. Ik had zo vaak aan hem gedacht dat ik hem daar had kunnen oproepen.

'Ik dacht van niet… ik hoopte dat je het niet meende. Maar als je me nu vraagt weg te gaan, dan doe ik dat. Dat beloof ik.'

'Je gaat weg. Je gaat terug naar Californië en ik zal je nooit meer zien.' Hij had het één keer gedaan en het had me gebroken. Zelfs het uitspreken van de woorden voelde alsof mijn hart zich in mijn borst uitwrong.

'Is dat wat je wilt?'

Ik overwoog om te liegen. Het zou makkelijker zijn. Het zou bevestigen wat ik al jaren dacht. En ik hield ervan om gelijk te hebben.

Maar toen fluisterde de stem van Melissa in mijn hoofd. *Vraag wat je wilt. En neem het dan.*

'Nee. Ik wil dat je blijft. Ik wil je weer kunnen vertrouwen. Kun je mijn vertrouwen verdienen?'

Zijn wangen werden rood boven zijn baard. 'Ik heb een fout gemaakt. Ik dacht dat ik slecht voor je was. Dat je me niet zou moeten willen. En toen herinnerde ik me hoe slim je bent. Dat jij weet wat je wilt en dat ik niet voor jou moet beslissen. Ik was een klootzak. En het spijt me. Ik ben niet goed genoeg voor je. Dat weet ik. Maar ik wil het proberen.' Hij reikte over de tafel, maar stopte voordat hij me kon aanraken, zijn handpalm naar boven gericht. 'Jij hebt me laten zien hoe ik een betere man kan zijn. En daar wil ik aan blijven werken. Omdat ik van je hou.'

Een tinteling begon bij mijn hoofdhuid en stroomde door mijn lichaam. Ik legde mijn hand op de zijne en hij klemde zijn vingers eromheen. 'Je was al een goede man, Jackson Jones. Je moest het alleen zelf nog zien.' Ik dacht terug aan wat hij eerder had gezegd, op de veranda in de regen. 'Wat wilde je me laatst vertellen? Iets wat je had opgezet?'

Een nieuwe vonk ontstak in zijn donkere ogen. 'Ja, ik ben een stichting begonnen voor neurodivergente kinderen. Zoals Noah. Zoals mijn zus en ik. Ik wil proberen wat programmeerkampen op te zetten. Maar eerst heb ik iemand nodig om het te leiden. De dagelijkse dingen, zeg maar. Ben je toevallig geïnteresseerd?'

'Ik weet niets van non-profitorganisaties of het leiden van een stichting. Bovendien doe ik al waar ik altijd van gedroomd heb, mijn eigen bedrijf runnen.'

'Ik weet het. En je bent er geweldig in. Ik wou...' Hij keek naar onze ineengevlochten handen.

'Wat wou je?'

'Ik wou dat we weer konden samenwerken. Samen waren we beter. Jij hebt me geleerd hoe ik moet leiden.'

Ik kneep in zijn hand. 'Je bent een goede leider uit jezelf. Je hoeft het alleen maar te geloven. En ik ben degene die een masterclass programmeren heeft gekregen.'

Hij haakte zijn vingers in de mijne. 'Ik wil niet over werk

praten. Of over de stichting. Ik wil alleen over jou en mij praten. Ik hou van je. Laat je me van je houden?'

Mijn hart klopte alsof het pardoes uit mijn borst wilde springen, zo in de zijne. Het wist wat het wilde. De rest van mij aarzelde. Hem accepteren betekende elk deel van mijn leven openstellen, inclusief Noah. Kon ik hem vertrouwen? Ik nam een slokje van mijn thee, de vertrouwde geur zweefde over mijn gezicht.

Ik bekeek Jackson Jones van zijn angstige, hoopvolle uitdrukking tot zijn gepoetste laarzen. Hij zou vast weer een fout maken. Ik ook. Maar we zouden er samen wel een weg doorheen vinden. Samen.

'Oké. Laten we het proberen.'

Zijn gezicht lichtte op van hoop. 'Meen je dat? Ik droom dit niet allemaal terwijl ik op je keukenvloer lig en Tigger mijn ingewanden opeet?'

Ik snoof. 'Doe niet zo dramatisch. Jullie twee gaan het prima met elkaar kunnen vinden. En nu, kom op.' Ik stond op en leidde hem naar de bank. We gingen naast elkaar zitten en hij sloeg zijn arm om mijn middel. Tigger sprong op de bank en krulde zich spinnend tegen mijn andere zijde. Ik legde mijn hoofd op Jacksons schouder en liet mijn blik verzachten tot de kerstboomlichtjes vervaagden.

'Ik kan mijn werk vanuit Austin doen,' zei hij eindelijk. 'Cooper en ik zullen een combinatie uitwerken van projecten hier leiden en de managementzaken die hij wil dat ik voor het hoofdkantoor doe.'

'Nee!' Ik ging rechtop zitten. 'Ze hebben je nodig op het hoofdkantoor.'

Hij trok me terug tegen zijn borst en ademde in. 'Maar ik moet bij jou zijn. Ik moet bewijzen dat ik kan blijven.'

Ik wreef over zijn borst, over zijn trui. Ik had er de afgelopen week over nagedacht, toen duidelijk werd dat hij nergens heen ging. Ik was bereid om een tijdje een langeafstandsrelatie te proberen. En als de tijd rijp was, zou ik overwegen om naar San

Francisco te verhuizen. Dat was waar hij thuishoorde als leider van Synergy. En hoewel ik min of meer gelukkig mijn hele leven in Austin vast had gezeten, had ik altijd de wereld willen zien. San Francisco zou een eerste stap zijn. 'We kunnen samen zijn en niet… samen zijn. Tenminste voor een tijdje. Zolang je maar bij me bent. Hier.' Zijn hart klopte sterk en gestaag onder mijn hand.

'Altijd.' Hij kuste mijn slaap. Ik draaide mijn gezicht naar hem toe en nam zijn lippen gevangen. De vonk was er nog steeds en sloeg tussen ons over. Maar hij was niet zo wanhopig als voorheen, toen we wisten dat we een tijdslimiet hadden. Het was de warmte van een laaiend kampvuur, dat urenlang kon branden, niet de flits van een stukje papier dat tot niets verbrandde.

Hij legde een hand op mijn achterhoofd en ik draaide me naar hem toe. Voor het eerst in weken raakte ik zijn huid aan, streelde ik zijn nek en de zachtheid van zijn baard. Hij was van mij om aan te raken, van mij om vast te houden, van mij om te kussen, zoals hij had gezegd: 'Altijd.' Ik nam de tijd om opnieuw kennis te maken met de zachtheid van zijn lippen, het schuren van zijn baard, zijn smaak. Het rijzen en dalen van zijn borst tegen de mijne.

Hij kreunde en schoof een hand onder me, waardoor ik wijdbeens op zijn schoot kwam te zitten. Ik schuurde mijn heupen over de zijne en hij liet zijn lippen over mijn nek glijden, terwijl hij mijn naam mompelde. Kippenvel verscheen op mijn huid. Mijn slipje was doorweekt en mijn loungebroek zou snel volgen, vooral als hij zo mijn billen bleef kneden.

'Jackson.' Ik trok me terug. 'We gaan dit hier niet op de bank doen, waar mijn familie elk moment kan binnenlopen.'

Hij verplaatste de hand die niet op mijn billen lag naar mijn middel en liet hem onder mijn sweatshirt glijden. 'Ik dacht dat je zei dat ze naar de film waren.'

'Stop.' Ik gaf hem mijn strengste blik. 'Wat ik met je wil doen kost meer tijd dan we hebben. Uren.'

Zijn adamsappel bewoog. 'Uren?'

'Uren. Bij jou. Vanavond.'

'De hele nacht?' Zijn vingers plaagden de onderkant van mijn borst.

'Morgen ook. Het is weekend.'

'Het hele weekend in bed? Dat klinkt goed.' De lage toon van zijn stem raakte iets diep vanbinnen en mijn schoot trok samen.

Ik klauterde van hem af en trok mijn sweatshirt naar beneden. 'Maar nu hebben we werk te doen. Jij doet de bovenkant van de boom en ik de onderkant.'

Hij fronste. 'Maar ik...'

'Jackson Jones. Wil je wel of niet de hele nacht en de hele dag van morgen met mij in bed doorbrengen?'

Zijn gezicht werd even slap. Snel zei hij: 'Dat wil ik.'

'Dan doe je wat ik zeg. Begin met de piek.'

'Ja, mevrouw.' Hij sprong van de bank op en ik volgde zijn strakke kont met mijn ogen, helemaal tot aan de boom.

'Mmm-hmm,' spinde ik, terwijl ik de lege doos oppakte.

Hij reikte gemakkelijk naar de geperforeerde tinnen ster en plukte die van de top. Hij legde hem in de doos die ik vasthield en kuste me toen. 'Samen beter, toch?'

'Altijd.'

EPILOOG

ALICIA

Drie maanden later

MET DE BEZOEKERSPAS die Jackson voor me bij de receptie had achtergelaten stapte ik de binnenplaats op achter het kantoor van Synergy in San Francisco. Muziek en stemmen weerkaatsten op de klinkers en de muren van de omringende gebouwen, waardoor ik mijn gezicht vertrok. Het was een lange dag reizen en werken geweest en ik voelde een hoofdpijn achter mijn ogen loeren, klaar om op te spelen. Misschien kon ik Jackson vinden en hem overtuigen om ergens naartoe te glippen waar het rustig was, zodat ik hem mijn nieuws kon vertellen. Mijn maag fladderde van de spanning.

Ik liet mijn blik over het feest gaan. Het was de eerste keer dat ik op het hoofdkantoor van Synergy was. De paar keer dat ik Jackson had bezocht, had hij me op het vliegveld opgehaald en me direct naar zijn huis meegenomen. Maar hij was het kwartaalfeest van Synergy vergeten toen ik deze reis plande. Hoe moe ik ook was, ik was benieuwd om hem op het hoofdkantoor te observeren.

Mensen zaten aan tafeltjes die verspreid over de binnenplaats stonden, in de schaduw van pergola's. Anderen stonden in groepjes te deinen op de muziek die uit de speakers kwam. Binnen was ik langs een lange tafel vol hapjes gelopen; hier buiten deed nog een kleinere tafel dienst als bar. Een rij werknemers strekte zich uit over de binnenplaats, met lege bekers in de aanslag. Achter de bar was de reden voor de rij. In plaats van professionele barmannen, vulden Jackson en Marlee bekers met bier. Hun voorhoofden glinsterden van het zweet, ondanks de kille aprillucht van San Francisco. Wat deden de oprichter van het bedrijf en zijn directieassistente daar, terwijl ze zich onder de werknemers zouden moeten mengen?

Ik liep om de rij heen en naar de tafel. Marlee zag me het eerst. Ze liet de taphendel los. 'Alicia!' Ze strekte haar armen uit voor een knuffel. We hadden elkaar ontmoet toen ik Jackson de vorige keer bezocht en we namen een deel van ons kostbare weekend voor een dagje shoppen met alleen ons meiden. Ik mocht haar heel erg. Bovendien was ze belangrijk voor Jackson. Ik zag een vriendschap wel voor me, zeker met mijn nieuws in het achterhoofd.

Ik stapte in haar armen en kuste haar op haar wang. Een zweetdruppel gleed van haar slaap naar haar kin. 'Wat is er aan de hand?'

Ze trok haar wenkbrauwen strak. 'De barmannen zijn niet komen opdagen. De cateraar stuurt vervanging, maar we hebben hier dorstige mensen.' Ze wuifde naar de rij.

'Wil je dat ik help?' Ik had nog nooit bier uit een fust getapt – tijdens mijn studententijd was ik meer in de bibliotheek te vinden – maar het leek niet al te moeilijk.

'Absoluut niet.' Ze pompte de hendel, pakte toen de taphendel en reikte naar het volgende bekertje. Ze gaf Jackson een stootje met haar elleboog. 'Neem even pauze, Jackson. Alicia is er.'

Hij keek op en het bekertje dat hij aan het vullen was, stroomde over, waardoor zijn spijkerbroek nat werd. 'Alicia!' Hij duwde de beker naar de wachtende persoon, waardoor er bier over haar hand klotste, en met een snelle verontschuldiging liet hij zijn taphendel vallen en sloeg hij zijn armen om me heen.

Hij rook naar bier en zweet, maar daaronder was de geur van leer en zeep van mijn Jackson. Ik ademde zijn geur in en tilde toen mijn gezicht op voor zijn kus.

Zijn baard was pas geknipt en schuurde langs mijn wangen, in contrast met de zachte druk van zijn lippen en tong. Hij smaakte naar hop en sinaasappelschil van het bier. Ik woelde mijn vingers door zijn haar en trok hem dichterbij. Zijn handen drukten in mijn onderrug, waardoor ik strak tegen zijn harde buik werd gedrukt. Iets anders hards drukte tegen mijn onderbuik.

Een van zijn handen gleed over mijn zijden rokje. Tijdens onze shopdag had Marlee me overgehaald om het wijduitstaande, korte rokje te kopen, zo anders dan mijn gebruikelijke strakke, zakelijke rokken. Het vrolijke bloemenpatroon paste veel beter bij Austin, waar het al lente was, dan bij het winterse San Francisco.

Hij kuste me bij mijn oor. 'Ik vind dit rokje leuk. Ik denk dat er ruimte is voor allebei mijn handen.'

'Ik zei toch dat het een geweldig rokje was', zei Marlee.

Ik snakte naar adem en trok me terug. 'Je kunt me niet betasten waar je werknemers bij zijn.' Ik knikte naar Marlee, die naar ons grijnsde.

'Marlee maakt het niet uit', zei hij. 'Ze heeft me proberen te helpen met mijn smeekbede.'

'Het heeft gewerkt, hè?' Maar ze keek niet meer naar ons. Ze staarde omhoog in het gezicht van Cooper Fallon.

Zijn kaken spanden zich aan toen hij Jacksons hand op mijn kont zag.

'Hé, Cooper', zei Marlee. Haar stem was hoog en ademloos geworden en haar roze lippen waren licht geopend. Was ze aan het *flirten* met die vent? Haar fladderende wimpers en lieve glimlach waren niet opgewassen tegen de bijna twee meter lange ijsklomp die Cooper Fallon was, CEO en een keiharde zak.

'Jay, ik…' begon hij.

Tegelijkertijd zei Marlee: 'Wil je een biertje?'

Zonder te kijken, gaf ze een enthousiaste pomp op de tap. Maar ze moet hem onder een verkeerde hoek geraakt hebben. Hij schoot los en schuim spoot uit het fust in haar gezicht.

'Verdomde Robert Boyle!' gilde ze, terwijl ze achteruit sprong en haar ogen tegen de nevel afschermde.

Jackson greep me steviger vast en draaide zijn rug naar de geiser om me te beschermen.

Tyler Young sprintte uit het niets tevoorschijn, sprong over de tafel en drukte de tap op de vulkaan van schuim. Hij worstelde even tegen de druk, zijn onderarmen gespannen, tot hij hem eindelijk vastklikte.

Met een zwaar hijgende borstkas keek hij op naar Marlee. Niet naar Jackson, zijn baas, of Cooper, of zelfs mij. Bier glinsterde op zijn handen en blote armen en maakte zijn grijze T-shirt donkerder. 'Gaat het met je?'

Marlees wangen waren roze onder het witte schuim. Ze trok de doorweekte stof van haar roze blouse van haar huid. 'Ik overleef het wel. Cooper, je hebt toch niks op je gekregen?'

Hij veegde een schuimvlek van zijn jukbeen. 'Met mij is alles goed. Maar ik denk' – hij keek naar de tafel, naar Jackson, overal naartoe behalve naar Marlee – 'dat je misschien droge kleren moet aantrekken.'

Haar lichtroze blouse was doorschijnend geworden en haar kanten, rode beha was erdoorheen te zien.

Haar wangen werden knalrood. 'Ik… ik…'

'Kom mee', zei Tyler. 'We zullen je afdrogen. Ik bedoel, je kunt je afdrogen. Binnen.' Nu werden zijn wangen roze. Interessant.

Ze keek weer naar Cooper. Nog interessanter.

Maar een seconde later was de drill-sergeant Marlee terug. Ze wees naar het volgende paar mannen in de rij. 'Jij en jij. Neem het over.'

Gehoorzaam stapten ze om de tafel heen en namen hun posten bij het fust in.

Met een laatste blik op Cooper – holy shit, had ze een oogje op de IJskoning? – sjokte ze naar de deur, terwijl bier van haar haar-punten droop. Tyler liep achter haar aan als een hongerige puppy.

'Gaat het met je?' mompelde Jackson.

'Met mij gaat het goed. En met jou?' Ik woelde mijn vingers door zijn haar, dat vochtig bleek te zijn.

'Het is maar een beetje bier. Ik voel me fantastisch nu je hier bent.' Zijn hand kroop weer naar beneden, naar de zoom van mijn rokje.

Ondanks de snijdende kou verwarmde de nabijheid van Jackson me van binnenuit.

Echter.

'Rustig aan, cowboy. Iedereen kijkt.'

'Dat begrijpen ze wel. Ik heb mijn vriendin al twee weken niet gezien.' Zijn hand kroop lager, plagend langs de achterkant van mijn dij, waardoor mijn huid tintelde.

'Ik heb misschien iets speciaals eronder aan en ik wil liever niet mijn ondergoed aan je werknemers laten zien, als je het niet erg vindt.' Ik glimlachte toen hij verstijfde, zijn polsslag die wild tegen mijn wang sloeg. 'Misschien kunnen we een plekje met wat meer privacy zoeken?'

Hij hapte naar adem, streek mijn rokje glad en sleepte me mee naar de andere kant van de binnenplaats. Hij trok me achter een boom in een plantenbak die groter was dan Noah, leunde toen tegen de zijkant van het gebouw en tilde me op tegen zich aan. De boom gaf ons schaduw en hulde de hoek in halfduister.

'Waar waren we gebleven? Als ik het me goed herinner, stond ik op het punt iets speciaals te ontdekken.' Zijn grote hand streek over mijn billen en speelde met de zoom van mijn rokje.

Ik sloeg mijn hand op de zijne en hield hem tegen. 'Eerst heb ik nieuws. Wil je het horen?'

'Goed nieuws?' Hij bestudeerde mijn gezicht. 'Heb je je volgende opdracht binnen?'

'Hé, niet raden.' Een deel van mijn opwinding lekte weg. Ik had hem willen verrassen.

'Ik raad niet meer.' Hij versterkte zijn greep op me. 'Vertel het me.'

Met mijn vingertop tekende ik de ronding van de lippen op zijn Rolling Stones T-shirt. 'Ik heb mijn volgende opdracht binnen. En het is hier in San Francisco.' Ik durfde op te kijken. De afgelopen maand had hij me gesmeekt om hier te komen wonen zodat we konden stoppen met het eindeloze gereis en de scheidingen die ons beiden uitputten. Maar was dit echt wat hij wilde? Zijn uitdrukking was leeg en stil.

'Jamila vroeg me afgelopen november om een klus voor haar te doen, maar ik heb het afgeslagen. Uiteindelijk heeft ze het project uitgesteld en nu is het weer beschikbaar. Het is een… een opdracht van een jaar.' Mijn stem stokte. Waarom keek hij niet blij?

'Ik dacht eraan om Noah mee te nemen als het schooljaar afloopt. Hij zou hier de zomer blijven en als alles goed gaat, kan hij hier in de herfst naar school. Als… als dat is wat we willen.' Mijn stem was tot een fluistering gezakt.

'Je vertelt me dat je voor het komende jaar naar San Francisco komt? Misschien langer?' Zijn stem rommelde door mijn borstkas, tegen de zijne gedrukt.

'Ja?' Het was nauwelijks hoorbaar.

Hij drukte me tegen zijn borst en tilde me van de grond. 'Ik geloof het niet. Dat is het beste nieuws ooit.' Hij zette me weer neer en staarde in mijn gezicht. 'Is het echt? Heeft die tap me niet op mijn hoofd geraakt en me bewusteloos geslagen? Knijp me maar.'

Ik kneep iets harder in zijn tepel dan de bedoeling was. 'Je maakte me bang! Ik dacht dat je boos was. Dat je me hier toch niet wilde hebben.'

Hij snakte naar adem van de pijn. En toen drukte hij zijn lippen hard op de mijne, waardoor ze tegen mijn tanden gekneusd werden. Zijn tong drong mijn mond binnen en zijn vingers marcheerden recht langs de zoom van mijn rokje, terwijl ze de blote huid van mijn billen, onthuld door mijn rode string, plaagden. Ik had een andere stijl volwassenondergoed aangetrokken voor mijn weekend met groot nieuws.

Hij was als staal tegen mijn buik en ik wreef tegen hem aan, meer verlangend. Toen hij een been tussen de mijne duwde, schuurde ik tegen de ruwheid van zijn spijkerbroek. Mijn string sneed in mijn gezwollen vlees, waardoor ik in vuur en vlam stond. Als hij me zo bleef kussen en de rand van mijn slipje bleef strelen, zou ik misschien wel klaarkomen tegen zijn spijkerbroek. Ik maalde harder tegen hem aan, op jacht naar het gevoel.

'Jay. Ben je hierachter?'

Coopers stem was beslist niet geamuseerd. Toch gaf hij ons een minuut om ons te herpakken. Jackson trok mijn rokje recht en daarna zijn spijkerbroek. Ik veegde mijn roze lippenstift van zijn mondhoek en streek toen met een duim over de omtrek van mijn lippen.

'Hierzo, Coop.' Hij stapte om me heen en schermde me af van zijn partner.

'Sorry dat ik stoor. Ik neem aan dat jullie zo vertrekken en ik wilde de agendapunten voor de toespraak met je doornemen.'

Ik pakte Jacksons hand. 'Blijf. Doe die toespraak. Ik wacht wel.' Jackson had de afgelopen twee maanden te hard gewerkt om zichzelf te bewijzen, om een gelijkwaardige partner te worden, om deze kans te laten schieten om als een leider voor zijn werknemers te verschijnen.

Toen hij zich omdraaide om naar me te kijken, was zijn blik zacht en dankbaar en vol liefde. 'We doen het nu. Het duurt maar een minuut.'

'Alicia.' Coopers blik schoot weg van mijn gezicht. Ik moest een veeg lippenstift gemist hebben.

'Cooper. Gefeliciteerd met de jaarresultaten.' Die hadden ze een paar dagen geleden bekendgemaakt. Ik wou dat mijn ratio's zo goed waren. Maar dat zou wel komen. Ooit.

'Dank u.' Hij wierp me een blik toe die niet zo ijskoud was als normaal. Niet bepaald vriendelijk, maar dichterbij dan toen hij die vergaderzaal bij het lanceringsfeest was uitgestormd. Zouden hij en ik ooit vrienden kunnen worden?

'Ik pak een biertje en zoek een plekje om naar je speech te luisteren', zei ik.

Ik stapte naast Jackson opzij om hem te passeren, maar hij hield me tegen en fluisterde in mijn oor. 'Je zult wel moe zijn van de vlucht. Ga naar de zesde verdieping. Je kunt je in mijn kantoor ontspannen.'

Mijn hakken uittrekken klonk behoorlijk fantastisch. Ik knikte en stak de binnenplaats over om de lobby weer binnen te gaan. Nadat ik de lift naar de bovenste verdieping had genomen, stapte ik uit in een lichte, ruime ruimte. De oorspronkelijke brede plankenvloeren van de verbouwde molen glommen door de weerspiegeling van het dakraam erboven.

Welke kant moest ik op? Er waren vier hoekkantoren; de mede-oprichter van het bedrijf moest toch wel een van die hebben. Ik liep over de vloer naar het dichtstbijzijnde kantoor, zigzaggend tussen de werkplekken in het midden.

Het kantoor was onverlicht en de deur was dicht. Op het naamplaatje stond *Cooper Fallon*. Cooper was beneden, dus ik riskeerde een blik door de glazen wand. Het zag er hetzelfde uit als tijdens dat rampzalige videogesprek na het slechte-sushi-incident. De dag waarop Cooper ons van een affaire had beschuldigd en ik hem had verteld dat ik Jackson niet eens leuk vond. Ik loog nooit, maar die dag had ik gelogen.

Een belletje klonk vanaf iemands werkplek achter me, wat me eraan herinnerde dat ik in het kantoor van de COO stond te staren. Ik keek om me heen. Een van de andere leidinggevenden of hun assistenten zou hierboven nog aanwezig kunnen zijn. Weston, de CEO, die ik nooit had ontmoet maar over wie Jackson me alles had verteld, zou over de vloer kunnen sluipen. Ik deinsde achteruit en ging naar het volgende hoekkantoor.

Ik had geluk. Op deze deur stonden Jacksons naam en zijn nieuwe titel, VP Development. De deur was gesloten en het lampje van de scanner ernaast gloeide rood.

Aarzelend duwde ik tegen de deurklink, maar die gaf geen krimp. Jackson had me gezegd in zijn kantoor te wachten. Registreerden camera's al mijn bewegingen? Zou er een bewaker de vloer op stormen om me naar buiten te begeleiden? Ik probeerde de bezorgde frons van mijn gezicht te houden terwijl ik mijn bezoekerspas, die aan mijn halslijn was vastgeklikt, naar de scanner uitstrekte. Het lampje flitste groen en het slot klikte. Met een zegevierende glimlach duwde ik de deur open.

In tegenstelling tot Coopers zonnige kantoor, werd dat van Jackson overschaduwd door twee aangrenzende, hogere gebouwen. Toch kwam er wat natuurlijk licht binnen door de twee enorme ramen en de glazen voorkant van zijn kantoor.

Een kleed markeerde een kleine zithoek met een bank, een chaise longue en twee fauteuils. Door een halfopen deur erachter was een kleine badkamer zichtbaar. Aan de tegenoverliggende muur stond een boekenkast vol met computeronderdelen: een stapel harde schijven en nog een stapel printplaten, een paar uit elkaar gehaalde laptops, een doorzichtige acrylbak vol schroeven.

Voorspelbaar genoeg stond op Jacksons bureau een vergelijkbare verzameling elektronica, plus een paar stapels papieren versierd met plakbriefjes en vlaggetjes met de tekst 'Hier tekenen'. De enorme houten rechthoek was groot genoeg voor een dockingstation voor Jacksons laptop en drie grote beeldschermen. De randen van de schermen sloten tegen elkaar aan, zodat Jackson kon coderen zonder afleiding van de ramen of de glazen voorwand. Het was een goede opstelling voor hem. Marlee had het waarschijnlijk geregeld.

'Alicia.' Jacksons stem, die de stilte van de zesde verdieping verbrak, deed me opspringen. Ik draaide me om.

Hij kwam dichterbij en verstrengelde zijn vingers met de mijne.

Zonder een woord te zeggen, trok hij me zijn kantoor in. Hij sloot de deur achter zich en deed hem op slot. Hij drukte op een schakelaar aan de muur en er gleden luxaflex omlaag, die de rest van het kantoor aan het zicht onttrokken. Hij sloop op me af.

'Hoe ging het?' Mijn stem kwam er hoog en ademloos uit.

'Huh?'

'De toespraak.'

'Prima. Maar daar wil ik het nu niet over hebben.'

'O?' Wilde hij praten? Hij zag eruit alsof hij mijn kleren van mijn lijf wilde scheuren en me ter plekke op de chaise longue wilde nemen. Ik kon de glimlach die zich over mijn gezicht verspreidde of de tinteling die tussen mijn benen begon toen ik zijn hongerige blik opving, niet onderdrukken.

'Ik wil het erover hebben hoe vaak ik je hier in mijn kantoor kan laten klaarkomen voordat ik je naar buiten moet dragen.'

Ik rilde. 'O.'

'Wil je op het bureau beginnen?'

Ik stelde me voor hoe ik over het bureau zou buigen terwijl Jackson me van achteren nam. Mijn dijen werden vochtig; de string hield mijn opwinding totaal niet tegen. We hadden het al een half dozijn keer op die manier gedaan op zijn aanrecht, Jackson zo diep in me dat mijn zicht zwart werd van de intensiteit van mijn orgasme. Maar op de een of andere manier was dat enorme houten vlak anders.

Ik tilde mijn kin op. 'Dat bureau is doordrenkt van het patriarchaat. Ik ga er niet overheen buigen als een of andere maagd uit een van Marlees boeken.'

'Doordrenkt van het patriarchaat?' Hij grinnikte. 'Dat klinkt serieus.'

'Lach er maar niet om. Synergy heeft een schokkend gebrek aan vrouwelijke leidinggevenden.'

Zijn glimlach verdween. 'Iets waar Cooper en ik nu aan werken. En Weston.' Zijn lip krulde op toen hij de naam van de CEO zei. 'Misschien als je opdracht bij Jamila klaar is, kan ik je verleiden tot een van die managementfuncties.'

'Me verleiden tot een managementfunctie?' Ik trok een wenkbrauw op.

'Wie is er nu niet serieus?' Hij nam twee grote stappen naar me toe, tilde me op en zette me op de rand van zijn bureau. Ik lachte tot hij mijn knieën spreidde en voor me knielde. 'Wat vind je van deze managementfunctie?' Hij plaagde met een vinger langs het stukje stof dat me bedekte.

'Aangenomen.'

Zonder nog een woord te zeggen, trok hij mijn string opzij, spreidde me en drukte zijn mond op mijn clitoris, terwijl hij er met zijn tong omheen cirkelde in dat achtvormige patroon waar ik zo van hield. Zijn baard schuurde tegen mijn dijen en verwarmde ze op een manier die ik uren later nog zou voelen. Ik leunde achterover op het bureau, ondersteund door mijn armen. Toen zijn tanden lichtjes over me schraapten, boog mijn rug.

Hij legde zijn tong plat over me heen en zoog toen, mijn clitoris uitrekkend. Hij kwam los. 'Meer?'

'Meer.' Ik was er zo aan gewend geraakt om stil klaar te komen met mijn vibrator in mijn slaapkamer naast die van Noah, dat ik niet gewend was de feedback te geven waar Jackson naar verlangde. Ik klemde mijn dijen om de zijkanten van zijn hoofd. 'Meer zuigen.'

Ik voelde zijn wangen in een grijns trekken voordat hij precies dat deed. Het genot straalde omhoog vanuit mijn clitoris, bracht mijn hart in een sneller ritme en deed mijn pols in mijn oren bonzen. Ik balde mijn handen tot vuisten. 'Ja, Jackson, ja', fluisterde ik terwijl ik omhoog en omhoog spiraalde naar duisternis en witte ruis. Mijn lichaam verstijfde en mijn mond viel open in een stille schreeuw.

Toen ik terug in mijn lichaam zweefde, straalde Jackson naar me op, zijn ogen gloeiend en zijn baard nat van mij. Hij kuste de binnenkant van mijn dij, roze van de baardbrand. 'Denk je dat we het patriarchaat uit dit bureau hebben verpletterd?'

Mijn stem was schor toen ik zei: 'Misschien zijn er nog een of twee sessies nodig om het volledig uit te roeien.'

'Daar ben ik voor te vinden.' Hij stond op en kwam voor me staan.

'Ik kan zien dat je er klaar voor bent.' Ik legde mijn hand op zijn riemgesp. 'Wil je dat ik…'

Hij legde een hand op de mijne. 'Niet hier. Laten we teruggaan naar mijn huis. Ik denk dat er in mijn bed nog wat patriarchaat schuilt.'

'Misschien kan wat reverse cowgirl daar wel voor zorgen.' Ik gleed van het bureau en wiebelde met mijn heupen, waardoor mijn rokje ging zwieren.

'Daar kan ik me wel in vinden.' Hij stapte achter me en streek met zijn handpalmen van mijn ribben over mijn voorkant en tussen mijn benen.

'Ik dacht dat we naar huis gingen?' Toch drukte ik me achterwaarts tegen zijn erectie.

'Thuis. Dat klinkt goed.'

'Vind ik ook.'

Hij pakte mijn hand en we stapten het kantoor uit, wetende dat thuis niet zijn appartement was of zelfs het huis van mijn moeder in Austin. Thuis was waar wij tweeën ook maar samen konden zijn. En binnenkort zouden we altijd thuis zijn.

BONUS EPILOOG
VERRASSING!

ALICIA

JA.

Dat was wat het plusje in het venstertje betekende, en het was niet het antwoord dat ik wilde zien.

'Alicia?' Marlees stem klonk gedempt en vol bezorgdheid door de badkamerdeur. 'Is alles in orde?'

'Ik denk het?' Ik draaide de klink om en opende de deur. Marlee ijsbeerde buiten in de slaapkamer die ik met Jackson deelde. Ik hield het apparaatje met het plusje omhoog. 'Zwanger.' Mijn stem trilde.

'Gefeliciteerd!' Ze omhelsde me, plastic staafje waar ik net overheen had geplast en al.

'Hmm,' was het enige wat ik zei.

'Kom op.' Ze pakte mijn hand en leidde me de badkamer uit, door de slaapkamer, langs mijn kantoor aan huis en Noahs kamer, naar de woonkamer beneden. We gingen op de bank zitten die Jackson en ik een maand geleden samen hadden uitgekozen. Het grootste voordeel was dat ze er een in het magazijn hadden en hem snel konden leveren. Alles ging snel de laatste tijd. Gelijk bij mijn vriend intrekken toen ik hier kwam wonen. Noah een paar maanden later naar San Francisco halen. En nu dit.

Marlee kneep in mijn beide handen, die nog steeds de zwangerschapstest omklemden. 'Ik weet dat plannen jouw ding is. Maar soms kunnen ongeplande dingen geweldig zijn. Zoals Jackson ontmoeten bij dat project in Texas. En verliefd worden.'

'Ik weet het niet.' Ik staarde naar het staafje, mijn knokkels wit eromheen geklemd, alsof ik een mes of Marlees taser vasthield. 'Ons leven was best goed, en nu gaat het veranderen. Heel erg. Ik bedoel, Noah is één ding. Een pasgeboren baby…'

'Is een hoop werk, kan ik me voorstellen. Maar' – haar lichtbruine ogen werden zacht – 'het wordt een levend symbool van jullie liefde voor elkaar. Een prachtig—'

'Het enige waar het een symbool van is, is dat ik mijn pil niet zo gedisciplineerd heb ingenomen als ik had moeten doen.' Was het gebeurd op een van de avonden dat ik laat werkte en het uitstelde tot de volgende dag? Of misschien na dat weekend dat we alle drie buikgriep hadden en ik niets binnen kon houden? Shit. Waarom, waarom hadden we er niet aan gedacht om ook condooms te gebruiken?

Omdat ik mijn verstand verloor in de buurt van Jackson Jones. Hij nam mijn ordelijke, saaie wereld en voegde er kleur en opwinding aan toe. En de persoon die ik in zijn bijzijn was, dacht niet aan een extra voorbehoedsmiddel. Alles draaide om genot. Zoals vorig weekend, voor hij op reis ging. We waren op een van de saaie stichtingsevenementen van zijn moeder toen hij me meenam voor een wandeling in de nabijgelegen beeldentuin, waar we een schaduwrijk plekje hadden gevonden en hij het rokje van mijn cocktailjurk had opgestroopt en… 'Shit.'

Marlees gezicht betrok. 'Wil je de baby niet? Jacksons baby?'

'Dat is het niet. Het is gewoon veel. Zo vroeg in onze relatie.'

'Jullie zijn zes maanden samen. Dat is niet zo vroeg. In de roman die ik lees, werd het stel al na één nacht verliefd.' Ze kreeg die dromerige blik in haar ogen die ze altijd had als ze over haar boeken sprak. 'O mijn God!' Ze ging rechtop zitten. 'Dit is helemaal jouw roman-epiloog! De baby en... en...'

We keken allebei naar mijn blote linkerhand. Nu had ik ons drietal compleet gemaakt. Eerst mijn moeder, zwanger op haar zeventiende, daarna mijn zus, Melissa, zwanger op haar tweeëntwintigste en de vader in geen velden of wegen te bekennen. Nu ik.

Zo zachtjes als ik kon, zei ik: 'Het echte leven is niet zo eenvoudig als in boeken. Ik ben nog steeds mijn bedrijf aan het opstarten hier in San Francisco. Noah is hier net komen wonen, weg van zijn oma's. We zijn ons allemaal aan het aanpassen. Een baby erbij op dit moment is niet ideaal.'

'Is het dat ooit?' Marlee liet mijn bezwete handen los, en ik legde het staafje op de salontafel. 'Hebben jij en Jackson het over kinderen gehad?'

'Alleen in de vage, ooit-misschien-zin.' Hij had zulke ingewikkelde gevoelens over familie, omdat hij dacht dat hij zijn herinneringen aan zijn perfecte, alleskunnende vader, die jong gestorven was, niet kon waarmaken. Dus had ik elke planningsdrang die ik had onderdrukt en had ik geweigerd erover te beginnen. 'Misschien hadden we dat moeten doen.'

'Het komt wel goed. Jullie hebben genoeg geld, een geweldig huis' – ze gebaarde naar het herenhuis waar we ingetrokken waren voordat Noah naar Californië kwam – 'en een paar maanden om aan het idee te wennen.'

De benauwdheid op mijn borst die samen met dat verdomde plusje was verschenen, nam een beetje af. 'Je hebt gelijk. We hebben, wat, acht maanden om eraan te wennen?'

'Precies.' Ze kneep in mijn knie. Toen werden haar ogen groot. 'Zij – of hij – wordt een Vissen, net als ik. En jij en Jackson en ik kunnen het allemaal prima met elkaar vinden. Het wordt perfect.'

Perfect was geen woord dat ik associeerde met een ongeplande zwangerschap, Vissen of niet. Maar ik probeerde naar mijn vriendin te glimlachen. 'We komen er wel uit.'

Dat was wat ik op mijn werk deed. Ik kon dezelfde vaardigheden toepassen in mijn privéleven. 'Ik heb mijn laptop nodig. Of een potlood en wat ruitjespapier.'

'Ruitjespapier?' Ze rimpelde haar neus.

'Ik moet een Gantt-diagram maken. Of op zijn minst een spreadsheet.'

Een oranje flits schoot de trap af. Dat kon maar één ding betekenen, want Teigetje verstopte zich altijd in Noahs kamer als Marlee op bezoek was.

'Shit! Ik—' Ik keek naar mijn afgescheurde joggingbroek en vervaagde oranje UT T-shirt. Het was de bedoeling dat ik iets sexy's zou dragen als Jackson terugkwam van zijn weeklange reis naar New York. Ik had Noah zelfs voor de dag met Jacksons zus Sam naar Golden Gate Park gestuurd. Maar toen ik voor de derde ochtend op rij klaar was met boven de wc hangen, had ik Marlee gebeld.

'Het komt wel goed,' fluisterde Marlee, terwijl ze in mijn hand kneep.

'Marlee!' Jackson gleed op zijn sokken tot stilstand op de hardhouten vloer.

Mijn hart sloeg een slag over, zoals altijd wanneer hij een kamer binnenkwam. Zijn donkere, golvende haar waar mijn vingers doorheen wilden gaan, de afgetekende spieren onder zijn AC/DC T-shirt, de spijkerbroek die van zijn heupbeenderen hing, en die allesverslindende, diepbruine ogen die het haar opnamen dat ik in een paardenstaart had getrokken. Die op mijn lichaam bleven rusten alsof ik een kanten babydoll droeg en niet het T-shirt en de joggingbroek waarin ik had geslapen. Die hongerige blik die me vertelde dat hij me al zou zoenen als Marlee niet naast me had gezeten.

'Hé, Jackson. Je bent vroeg terug.' Marlee sprong op, liep om de salontafel heen en omhelsde haar baas.

'Ja, ik heb de snelheidslimiet vanaf het vliegveld misschien overschreden.'

'Jij en die Lamborghini van je.' Ze sloeg hem op zijn schouder.

'Je moet voorzichtiger zijn nu—' Ze trok een grimas bij het zien van het plastic staafje op de tafel voor me.

Jackson staarde naar de test, en keek toen naar mij. 'Ik— Alicia?'

'Ik denk dat ik er maar vandoor ga. Alicia, bel je me... hierna?'

'Ja, oké.' Ik kon mijn blik niet van Jackson losmaken. Begreep hij wat het betekende? Wat dacht hij?

Met een bemoedigend, 'dit-kun-je'-knikje naar mij was Marlee verdwenen.

Jackson liep om de salontafel heen en kuste mijn slaap. 'Liefje, wat is er aan de hand? Is alles goed met je?' Hij wierp nog een bezorgde blik op de test. Zelfs van deze afstand leek het roze plusje te gloeien.

Ik trok hem naast me op de bank. Teigetje sprong naast hem op en draaide zich om en plofte in zijn schoot.

Ik haalde diep adem. 'Ik— dit is niet hoe ik het je had willen vertellen. Shit, ik weet niet hoe ik het je had willen vertellen. Ik— ik had niet verwacht—'

'Hé.' Hij legde zijn grote hand in mijn nek en trok me dichterbij. Hij gaf een kus met gesloten lippen op mijn mond en liet zijn voorhoofd tegen het mijne rusten, zo dichtbij dat zijn gezicht wazig werd. Het gespin van Teigetje zaagde tussen ons in. 'Betekent dit wat ik denk dat het betekent?'

'Ja, ik— ik ben geloof ik zwanger. We worden ouders.'

'Wanneer?'

'Ik weet het niet.' Ik kreeg niet genoeg lucht in mijn longen. 'Ik heb mijn dokter nog niet eens gebeld. Shit, ik heb hier geen dokter. Ik moet—'

'Sst.' Hij streek over mijn schouder, langs mijn arm, en pakte mijn hand. 'Het is oké. Het is oké om niet alle antwoorden te weten. We zoeken het samen wel uit.'

Mijn razende hartslag vertraagde van Jacksons-Aventador-op-de-snelweg naar mijn-Honda-die-te-laat-is-voor-een-vergadering. 'Echt?'

Hij leunde achterover. 'We zijn partners, toch? We doen dit samen. Ben je er niet blij mee?'

Blij? Eerder misselijk. 'Ik— ik heb meer tijd nodig om het te verwerken.'

'Oh.' Toen hij achterover leunde, miste ik zijn geruststellende warmte. 'Hmm.'

'Jackson, wat is er—'

'Ik heb een minuutje nodig. Een uur. Misschien twee.' Hij zette de kat op de grond, stond op, en boog zich toen voorover om me weer te kussen, nog een plichtmatige kus met gesloten lippen. 'Ik kom terug. Dat beloof ik.'

'Waar—'

Maar hij was al weg, vergezeld van het gerinkel van sleutels en het dichtslaan van de deur.

Teigetje en ik knipperden met onze ogen naar elkaar.

Hij was bijna een week weggeweest en hij had me niet eens fatsoenlijk gezoend. Ik veronderstelde dat dat mijn schuld was: ik had de test moeten verbergen, hem er niet mee moeten overvallen zodra hij binnenkwam. Maar het nieuws was te vers, en ik was nog steeds van de kaart.

De volgende keer, als hij binnenkwam, zou ik er klaar voor zijn. Ik zou eruitzien als de Alicia waar hij van hield. Ik wreef met mijn hand over mijn buik. Er hoefde nog niets te veranderen. We hadden tijd genoeg.

Hij was nog niet terug toen ik klaar was met douchen. Dat was oké. Hij had gezegd dat hij een uur of twee nodig had. Ik trok een van de nieuwe, flirterige bloemen-zomerjurkjes aan die Marlee me had aangespoord te kopen tijdens een van onze winkeltripjes. Ik deed zelfs mijn haar, föhnde het steil en liet het los over mijn schouders hangen, zoals Jackson het graag zag. Ik deed mascara en een lichte glans lipgloss op, in de hoop dat Jackson het er allemaal af zou zoenen als hij terugkwam.

Beneden in de keuken maakte ik een salade voor onze lunch en zette de overgebleven kipfilet van het avondeten van gisteravond, samen met een homp knapperig brood, in de oven om op te warmen. Ik droeg een glazen kan met water en zakjes citroen-gemberthee naar het kleine terras achter, en profiteerde van een van San Francisco's zeldzame zonnige dagen om zonthee te maken.

Mijn telefoon zoemde met een sms'je, en ik liet hem bijna op de straatstenen vallen terwijl ik er met trillende handen naar greep.

JACKSON

Ik denk aan je. Ben later terug.

Mijn vingers vlogen over het glas. *Wat ben je aan het doen?* Backspace. *Waar ben je?* Backspace. *Kom nu terug.* Verwijderen. Mijn borstkas werd strak. Hoe lang was later? Ik had hem nu nodig, om me te vertellen dat alles goed zou komen.

Tegen de tijd dat ik de hoop had opgegeven dat hij op tijd voor de lunch terug zou zijn, was de kip een droog, draderig stukje geworden en was het brood veranderd in een harde, tandbrekende klomp. Ik gooide ze allebei in de vuilnisbak en knabbelde aan een kommetje salade.

Mijn telefoon zoemde weer.

Duurt iets langer dan ik dacht. Denk aan mijn belofte.

Hij had me eerder die dag beloofd dat hij terug zou komen. Binnen een uur of twee, en het waren er al vier. Dat was niet wat hij bedoelde. Hij had het over de belofte die hij helemaal in Austin had gedaan, nadat hij me zonder een woord had verlaten en toen terug was gekomen, met hangende pootjes als een jachthond. Hij had beloofd dat hij zou blijven. En dat had hij gedaan.

Dus, met een borstkas zo strak dat ik bijna niet kon ademen, deed ik mijn haar in een knot boven op mijn hoofd en schrobde de keuken tot hij blonk. Daarna ging ik naar de woonkamer. De schoonmaakdienst was de week ervoor geweest, maar ik stofzuigde onder de bankkussens en poetste de salontafel op tot hij glom en mijn ogen prikten van de citroengeur. De zwangerschapstest voegde zich bij het uitgedroogde brood en de kip in de prullenbak.

Ik was op zoek naar vieze sokken onder Noahs bed, met mijn achterste in de lucht, toen een stem me deed schrikken.

'Alicia?'

Ik stootte mijn hoofd tegen de onderkant van het bed en kreunde. Toen mijn zicht weer helder was, wurmde ik me eronderuit. 'Hé, Noah.' Ik gooide de sokken in de wasmand. 'Vroeg terug?'

Sam, die in de gang stond, keek op haar telefoon. 'We zeiden dat we om vijf uur terug zouden zijn.'

'Is het al vijf uur? Nu al?' Jackson was geen twee uur weggeweest, maar zes.

'Gaat het?' Ze wurmde zich langs Noah de kamer in.

Ik veegde onder mijn oog. 'Gewoon... gewoon de geur van vieze sokken. En stof. Ik zou hierboven moeten stofzuigen.' Of zwangerschapshormonen. Shit. Ik veegde onder mijn andere oog.

Noah pakte de wasmand. 'Ik zet, eh, de was wel aan.' Hij was in een flits van knokige knieën verdwenen.

Sam bleef ongemakkelijk in de buurt hangen, maar raakte me niet aan. 'Zou Jackson nu niet al terug moeten zijn?'

'Ja, verdomme!' Ik griste een tissue uit de doos op het nachtkastje en veegde mijn neus af.

'O, eh, ik weet zeker dat hij zo terug is.' Haar vingers vlogen over haar telefoon. 'Waarom ga je niet naar beneden? Dan zet ik wat thee voor je.'

Thee klonk goed. Lekkere, hete Earl Grey, met een scheutje honing.

Shit. Ik mocht geen cafeïne als ik zwanger was. Geen Earl Grey meer.

'Geen thee.'

'Iets sterkers dan? Jullie hebben wel wijn, toch?'

Ik zuchtte. 'Alleen water. Ik heb wat citroenen gesneden.'

Ze stak haar hand naar me uit en ik pakte hem vast terwijl ze me overeind trok. We stonden al in de gang toen ik mijn telefoon hoorde zoemen op Noahs nachtkastje. Ik vloog zijn kamer weer in om hem te pakken.

Ben over tien minuten thuis.

Sam keek ook op haar telefoon. 'Vind je het goed als Noah bij mij komt logeren?'

'Logeren? Maar Jackson...'

Ze keek me aan met een spottende grijns die me aan die van Jackson deed denken. 'Mijn broer zegt dat jullie wat tijd voor elkaar nodig hebben. En Noah en ik kunnen werken aan dat spel dat we samen aan het bouwen zijn. Win-win. Kom hem morgen maar halen als je wakker bent, oké?'

'Oké.' Ik pakte een logeertas voor Noah in en liep achter haar aan naar het washok, waar Noah de machine al had aangezet.

'Hé, maatje. Wil je bij tante Sam logeren?'

'Mag dat? Dat zou geweldig zijn. Dan kunnen we aan Engine Ninja werken. En ananaspizza eten.' Hij keek Sam met grote ogen aan.

'Natuurlijk,' zei ze.

Ik gaf hem de tas. 'Knuffel?'

Hij sloeg zijn magere armen om mijn middel. 'Dag, Alicia.'

'Bedankt, Sam.'

Ze hield mijn blik even vast. 'Heb een beetje geduld met mijn broer, oké? Hij doet niet altijd meteen het juiste, maar hij... hij houdt intens veel van je.'

Sam wist dat als geen ander. Zij en Jackson stonden dichter bij elkaar dan alle andere Jones-kinderen. 'Ik weet het.'

Even later waren zij en Noah weg. Toen ik de kan met zonnethee naar binnen bracht, zoemde mijn telefoon op de keukentafel.

Naar buiten? Ik keek door het raam aan de voorkant. De schaduwen waren langer geworden in de juniavond.

Ik liep naar de garage. De garagedeur stond open en de plek naast mijn Honda, waar normaal gesproken de Lamborghini van Jackson stond, was leeg. Toen ik langs mijn auto de oprit op liep, zag ik het laatste wat ik ooit had verwacht.

De grootste, meest glimmende minibus die ik ooit had gezien stond op de oprit met een gigantische rode strik erop, het soort dat ik alleen in autoreclames rond Kerstmis had gezien. En daarvoor knielde Jackson, met een klein, glimmend dingetje tussen zijn duim en wijsvinger geklemd.

'Wat...' De woorden struikelden over elkaar op mijn tong en het eerste dat eruit kwam was: 'Wat is er met je Lamborghini gebeurd?'

Hij grinnikte. 'Daar past geen autostoeltje in. Dus heb ik deze genomen.' Hij wees met zijn duim achter zich.

'Maar je bent dol op die auto.' Mijn maag draaide zich om. Had hij de Aventador opgegeven? Als hij alle dingen waar hij van hield opgaf, zou hij me dat dan niet kwalijk nemen?

'Niet zo dol als op jou. Wil je dit niet zien?' Hij wiebelde met wat hij vasthield, en het glinsterde in het avondzonlicht.

'Ik... o.' Het monster van een auto – zou hij überhaupt in onze garage passen? – had me afgeleid. Hij knielde op het door de zon opgewarmde beton. Het moest door zijn spijkerbroek heen branden. 'Sta op.'

'Alicia, ik probeer hier iets heel romantisch te doen. Wil je met me trouwen?'

Mijn maag sloeg over de kop. 'Jackson, ik... nee.'

Alle kleur trok uit zijn gezicht. 'Nee?'

'Nee, ik bedoel, ik wil niet trouwen omdat ik zwanger ben.' Ik wreef over mijn buik en probeerde de borrelende misselijkheid te kalmeren. 'Ik wil alleen trouwen als we dit serieus nemen. Elkaar. Voor altijd.'

Hij krabbelde overeind en wankelde. 'Ben jij niet serieus over ons? Wil je niet voor altijd bij me zijn?'

Ik greep zijn arm om hem overeind te houden. 'Ik... ik denk het wel. Maar...'

'Maar? Is het omdat ik wegging? Ik moest een paar dingen doen.' Hij knikte naar de auto. 'Ik ben teruggekomen. Ik kom altijd terug. Zolang je me wilt.'

'Ik... we moeten even gaan zitten.' Zijn gezicht was grauw en mijn lunch overwoog een snelle ontsnapping.

Hij ging op de voorbumper van de minibus zitten, en toen ik naast hem wilde gaan zitten, trok hij me op zijn schoot. 'Alicia, wil je dit niet? Wil je mij niet?'

'Jawel. Alleen... ik wilde het niet op deze manier.'

Hij drukte me tegen zijn borst. 'Dus het heeft ons tijdschema een beetje vervroegd. Ik was al aan het nadenken over hoe ik je ten huwelijk zou vragen.'

Mijn ogen brandden. 'Was daar ook de lelijkste auto ter wereld bij betrokken?'

'Wat?' Hij pakte mijn schouders vast en trok me naar zich toe zodat hij mijn gezicht kon zien. Zijn gezicht had meer kleur dan eerst. 'Dit is een topmodel gezinsvervoermachine. Leren bekleding. Elektrische achterklep en zijdeuren. Achteruitrijcamera, parkeersensoren, waarschuwing voor kruisend verkeer en dodehoekbewaking. En je gelooft niet hoe goedkoop hij is!'

'Ik kan me voorstellen dat het voor iemand die regelmatig een kwart miljoen voor een auto neertelt, goedkoop lijkt. Maar in mijn Honda past ook een autostoeltje. En we krijgen maar twee kinderen, geen minibus vol.'

Jacksons gezicht werd dromerig. 'Een minibus vol kinderen.'

'Wacht. Ik dacht dat je niet zeker wist of je kinderen wilde.'

Hij knipperde met zijn ogen en zijn bruine ogen werden weer scherp. 'Natuurlijk, toen het nog iets voor ooit was. Nu krijgen we er een, of we er nu klaar voor zijn of niet. En we doen het samen. Ik ga er helemaal voor. Voor ons en ons gezin.'

Ik wierp een blik op de bus. 'Laten we beginnen met die ene

baby. Kijken hoe het gaat. Dan praten we verder. Je kunt nog een tijdje in je sportwagen rijden.'

'Maar jij bent niet de enige die de kinderen rondrijdt. Ik ga dat ook doen. We doen dit samen, lieverd. En ik wil dat de hele wereld het weet.' Hij hield de ring weer omhoog, een diamanten solitair in een gouden prinsessetting. Hij leek veel op de verlovingsring van mijn moeder, degene die achter in haar juwelenkistje stof had verzameld sinds mijn vader ons allemaal had verlaten.

'Het is degene die mijn vader aan mijn moeder heeft gegeven. Hoewel ik vergeten was hoe klein hij is. Mijn ouders hadden niet veel geld toen ze net getrouwd waren. Ik ben er bij een paar juweliers mee geweest om er meer stenen aan toe te voegen, maar...' – hij haalde zijn schouders op – 'dat lukte ze niet op tijd. Dus dit kan er een zijn voor de tussenfase, totdat we hem kunnen oppimpen.'

Ik staarde naar de ring. Jackson had genoeg geld om een gloednieuwe te kopen, maar hij wilde deze, degene die zijn vader aan zijn moeder had gegeven. Hij dacht dat wij hetzelfde soort liefde hadden als zijn ouders. Het soort dat niet om geld of auto's gaf.

'Ik wil hem niet oppimpen. Ik wil hem precies zoals hij is. Net zoals ik jou wil.'

En eindelijk, eindelijk, klemde hij me tegen zich aan en kuste me zoals ik de hele dag gekust had willen worden, de hele week dat hij weg was. Het soort kus dat betekende dat hij mij ook wilde. Dat onze liefde genoeg was om ons over deze hobbel in de weg en nog vele andere te helpen.

Toen we even stopten om adem te halen, mompelde ik: 'Maar. Ik wil deze afschuwelijk lelijke minibus niet.'

Hij deinsde achteruit. 'Niet? Maar hij heeft klimaatregeling met drie zones. Wegklapbare stoelen.'

'Breng hem terug. Neem een verstandige sedan. Of een SUV als het moet. Onthoud dat je dat ding in San Francisco moet parkeren. De Jackson Jones met wie ik ga trouwen is niet het soort man dat in een minibus rijdt.'

'Dus je wilt het wel? Met me trouwen?'

'Ja, dat wil ik.' Ik stak mijn linkerhand uit en hij schoof de ring om mijn vinger. Hij schitterde bijna net zo helder als de hoop en liefde in zijn donkere ogen.

Ik kuste hem, en met de aanraking van onze lippen deed ik mijn eigen belofte. Dat ik niet te veel zou plannen voor de baby. Dat we ons er samen op zouden voorbereiden. Dat ik altijd van hem zou houden, wat het leven ons ook zou brengen. Dat we samen met Noah een gezin zouden zijn.

Hij moet hebben aangevoeld wat de kus betekende, want hij klemde me steviger vast.

'Weet je zeker dat je hem niet wilt uitproberen? Erin gaan zitten?' Hij nestelde zich tegen mijn wang. 'Inwijden?'

'Iew, nee.' Ik trok me terug. 'Die minibus gaat in onberispelijke staat terug naar de dealer.'

Er trilde iets tegen mijn heup. 'Zeg dat nog eens.'

'Wat? De minibus gaat terug naar de dealer?'

'Nee, het andere deel.'

'Onberispelijke staat?'

Hij kreunde tegen mijn nek. 'Fuck, ik heb je gemist.' Zijn hand kroop onder mijn rok omhoog langs mijn dij.

'Jackson,' siste ik. 'Niet hier buiten. Waar de buren kunnen kijken.'

Zijn erectie, die in mijn heup stak, was nu onmiskenbaar. Hij plaagde de beenopening van mijn slipje. Zijn hete adem fluisterde over mijn nek. 'Vertel me hoe ongepast het is.'

'Het is zo, zo, ongepast.' Dat was mijn stem ook, hees van verlangen.

Zijn hand gleed mijn slipje in, zijn duim streek vakkundig over mijn clitoris en een vinger streelde mijn ingang. 'Tjonge, juffrouw Weber, ik geloof dat u bevredigd wilt worden voor het oog van de buren op de bumper van deze minibus die ik absoluut onbezoedeld terug ga brengen naar de dealer. Hoewel ik dat niet kan zeggen van mijn verloofde.'

Nog een paar seconden. En dan zou ik hem dwingen me mee naar binnen te nemen, naar ons bed.

Maar de volgende streek bracht me, rillend, tot aan de rand. 'Jackson, ik...' Ik begroef mijn gezicht in zijn schouder om te voorkomen dat ik mijn orgasme zou uitschreeuwen. Wat was er in me gevaren? Hoe had hij me in minder dan een minuut van irritatie naar een orgasme gebracht?

Zijn vingers stopten en hielden me bij elkaar met de druk die ik nodig had.

'Je bent nog nooit zo snel klaargekomen,' zei hij ademloos. 'Was het de minibus of de ring?'

'Zeker niet de minibus.'

'Shit. Ik had zulke hoge verwachtingen van die verstelbare achterbank.'

Ik was te gelukzalig om met hem in discussie te gaan. 'Laten we naar binnen gaan.'

'Wacht even.' Hij hield me steviger vast, een arm om mijn middel en de andere hand tussen mijn benen. 'Om er zeker van te zijn dat ik niet op de snelweg lig nadat ik de Aventador tegen een vangrail heb gereden, zou je me moeten knijpen.'

Ik beet zachtjes in zijn oorlel. 'Goed genoeg?'

'Jazeker.' Hij wreef met zijn oor tegen de bovenkant van mijn hoofd. 'Dus je krijgt echt mijn baby, en je gaat met me trouwen?'

Ik hield mijn hand omhoog, de diamant schitterde roze in de zonsondergang. 'Ja.'

'Dan, voordat ik je mee naar binnen neem en je verover – weer –' Hij trommelde op mijn clitoris en ik kronkelde op zijn schoot. 'Vraag me eens of ik op dit moment de gelukkigste man op aarde ben.'

'Ben je dat?' Ik tilde mijn kin op en kuste de stoppels op zijn kaak.

'Ja.'

Ontzettend bedankt voor het lezen van *Werk met Mij!* Overweeg alstublieft een recensie te plaatsen bij uw favoriete webwinkel of Goodreads.

Het volgende boek in de serie, *Doe Alsof met Mij*, is een friends-to-lovers, nep-relatie roman over Jacksons assistent, Marlee. Lees verder voor een voorproefje.

IK HAD AL heel wat vrouwen zien komen en gaan bij het kantoor van Cooper Fallon, maar deze was de ergste. En ze vertrok niet bepaald stilletjes.

Toen haar gil – iets wat eindigde op 'klootzak' – door de gesloten deur van zijn kantoor ontsnapte en door de gang tot aan mijn bureau galmde, perste ik mijn lippen op elkaar om een grijns te onderdrukken en zocht ik de contactgegevens van het uitzendbureau op.

Sinds zijn vaste assistente vijf maanden geleden met pensioen was gegaan, had de Chief Operating Officer van Synergy Analytics al achttien tijdelijke assistenten versleten. Sommigen stormden woedend naar buiten, zoals deze op het punt stond te doen, sommigen slopen weg en sommigen namen de volgende dag gewoon niet de moeite om op te dagen.

Echt waar, het was volledig zijn eigen schuld. In het begin. Nadat uitzendkracht nummer vijf op weg naar buiten met haar sleutel een kras in zijn kersenhouten bureau had gemaakt, had hij me gevraagd de volgende te selecteren. Als een gunst. En ik maakte gewoon misbruik van zijn eigen hoge eisen – en zijn opvliegende karakter – om ervoor te zorgen dat geen van hen bleef hangen. Ik werd het Vrijheidsbeeld voor de uitzendkrachten van San Francisco: *Geef mij uw amateurs, uw leeglopers, uw roman- schrijvers en dichters die ernaar smachten om de kantjes ervan af te lopen...*

Dus misschien was ik niet de meest onpartijdige persoon om Coopers assistente in te huren.

Want ik had een plan. Een plan dat afhankelijk was van, nou ja, onbetrouwbare hulp.

Terwijl ik een e-mail opstelde voor het uitzendbureau – ik moest vaag genoeg blijven over waarom we deze ontsloegen zodat ze ons weer een even vreselijke zouden sturen – vroeg een stem achter me: 'Gaat het daarbinnen wel goed?'

Ik draaide me in mijn stoel om naar de bekende stem en stootte mijn blote knie tegen de poot van mijn bureau. Ik kneep mijn ogen samen tegen mijn werkmaatje, Tyler Young, die omhuld was door een aureool door het diffuse licht dat door het dakraam van de bovenste verdieping van de omgebouwde fabriek viel.

Ik wreef over mijn knie. Door het gebrul van Cooper vanuit het hoekkantoor had ik de zachte voetstappen van Tylers gympen niet gehoord. 'Ik stond net op het punt om de popcorn erbij te pakken.'

Hij liet zijn schattige kuiltjes zien en liep naar de voorkant van mijn bureau, zoals hij altijd deed, zodat ik niet tegen het licht van het dakraam in hoefde te kijken. Toen Coopers lage grom door de hogere stem van de uitzendkracht heen sneed, duwde Tyler zijn bril met zwart montuur omhoog en vroeg: 'Weet u het zeker? Moeten we niet...?'

Ik hield mijn hoofd schuin om te luisteren. De uitzendkracht gaf hem net zo goed van katoen, zo niet beter. Al het gescheld kwam van haar kant. 'Nee hoor, ze zijn redelijk aan elkaar gewaagd. Ze is tenminste geen huiltype.' Vorige week had ik mijn bureaulade geplunderd op zoek naar chocolade en tissues om degene te troosten die hij toen had ontslagen.

Toen het geschreeuw van de uitzendkracht overging in een schrille gil, kwam de andere oprichter van Synergy, Jackson Jones, zijn kantoor uit en slenterde naar mijn bureau. 'Hé, Marlee. Wie heeft', hij keek op zijn Omega, 'vier uur gekozen?' Mijn baas leunde met zijn grote hand op mijn bureau en pakte een snoepje uit de keramieken kom.

Ik proestte het uit. 'Iemand op de salarisadministratie. Ik gok dat zij het gaat winnen.'

'Arme Cooper.' Hij verfrommelde zijn snoeppapiertje en gaf het aan mij om in de prullenbak te gooien. 'Niet iedereen kan de beste assistente van San Francisco hebben. Hij is jaloers dat ik u het eerst heb gevonden.'

Mijn wangen werden warm en ik streek mijn rozenknoproze rok glad.

Cooper, de COO van een van de populairste techbedrijven ter wereld, eiste veel van zijn werknemers. Hij was een alfamiljardair, net als in mijn favoriete romans.

Totaal materiaal voor een romantische held. Ik wou alleen dat hij de mijne was.

De eerste dag dat ik hem ontmoette, toen ik nog een parttimer was die probeerde te begrijpen wat analysesoftware precies deed en hoe het gebouw vol met sjofele jonge programmeurs op de Fortune 1000-lijst was beland, was mijn mond opengevallen en waren mijn knieën week geworden. Hij was meer dan knap; hij leek op het model van de cover van de roman die ik aan het lezen was. Blond haar, blauwe ogen, de perfecte hoeveelheid stoppels, onberispelijke kleding – hoewel zonder zwaard – en zo hoog als een sequoia. De eerste drie dagen bij Synergy had ik alleen maar naar hem gestaard. Tegen het einde van de tweede week was ik tot over mijn oren verliefd.

Hij was niet alleen een van de meest begeerde vrijgezellen van Noord-Californië, maar hij was ook een attente, zorgzame, eerlijke man. Hij kende de namen van al zijn medewerkers, van de directieverdieping tot de postkamer. Hij had een stichting opgericht om kinderen uit gezinnen met lagere inkomens te helpen naar programmeerkampen te gaan. En het allerbelangrijkste—

'Gaat u die opnemen?' vroeg Jackson, die met een heup tegen de spekstenen labtafel leunde die ik als bureau gebruikte.

Coopers lijn lichtte op op mijn bureautelefoon, en hij ging over, maar aangezien de twee mensen die hem hadden moeten opnemen tegen elkaar schreeuwden, was het aan mij.

'Met het kantoor van Cooper Fallon. U spreekt met Marlee Rice.'

'Hoi', zei een hese vrouwenstem. 'U spreekt met Jamila Jallow. Is Cooper beschikbaar? Hij verwacht mijn telefoontje.'

Echt? Mijn hart bonkte. Waarom belde Jamila Jallow – de beste van haar lichting op Stanford, had een model kunnen zijn, stond op alle veertig-onder-de-veertig-lijsten, Coopers beste vriendin – hem vandaag?

'Nee, sorry. Hij is op dit moment bezet. Kan ik u helpen?'

'Graag. Kunt u hem laten weten dat mijn plannen zijn gewijzigd en dat ik *wel* met hem mee kan naar Jacksons bruiloft?'

Jeetjemina.

'U kunt mee?' Hoewel Jamila en Cooper samen meer dan één branche-evenement hadden bijgewoond, nam hij nooit een date mee naar Synergy-evenementen. En hoewel de bruiloft van mijn baas volgend weekend geen officiële bedrijfsgelegenheid was, was ik er zeker van geweest dat hij alleen zou gaan.

'Ik kan mee. Maar weet u, ik stuur hem wel een berichtje. Bedankt, Marlee.'

Mijn oren suisden. Ik had wel verwacht dat Jamila naar Jacksons bruiloft zou gaan. Ze waren al vrienden sinds de universiteit. Wat betekende het dat ze met Cooper zou gaan? Was het een vriendschappelijke date of een échte date?

Het zou typisch mijn geluk zijn als zij Cooper voor mijn neus wegkaapte, net nu ik eindelijk de moed had gevonden om iets aan mijn drie jaar oude verliefdheid te doen.

'Eh, Marlee?' vroeg Tyler, terwijl hij zijn bril rechtzette. 'Gaat het?'

Ik knipperde met mijn ogen om me te concentreren. 'Prima.' Ik draaide me naar Jackson. 'Dat was Jamila Jallow. Ze zegt dat ze met Cooper meekomt. Naar uw bruiloft.'

Zijn wenkbrauwen schoten omhoog. 'Hij neemt nooit iemand mee naar mijn feestjes.'

'Precies, hè? Wat is er aan de hand?'

Coopers deur zwaaide open, knalde tegen de muur, en de uitzendkracht stormde naar buiten, haar gezicht zo rood als haar zijden blouse. Ik was een beetje bang geweest toen de prachtige vrouw maandag binnenkwam met haar merkkleding en schoenen die meer kostten dan mijn weeksalaris, maar ze was te druk bezig geweest met het fladderen van haar nepwimpers naar Cooper om zijn telefoontjes te beantwoorden. Ze griste haar boterzachte leren handtas van het bureau en beende langs ons heen richting de liften.

'Dag, Lynley', zei ik.

'Rot op.' Ze week uit naar rechts, trok de deur open en verdween in het trappenhuis.

Ik wisselde een blik uit met Jackson.

'Ja', zei hij. 'Cooper heeft dat effect soms ook op mij.'

Tyler zei niets. Hij was nog niet lang genoeg hier op de zesde verdieping geweest om te weten dat Coopers buien als een zomerse onweersbui waren: luid, maar snel voorbij.

De man zelf stapte uit zijn kantoor met glazen wanden, zijn neusvleugels trilden, zijn kaak als marmer. Hij stak zijn handen in de zakken van zijn op maat gemaakte zwarte pantalon en liep, met zijn blik op de gerecyclede houten vloer, op ons af. Ik streek met een hand over mijn hanger en ging rechter in mijn stoel zitten.

Hij wreef in zijn nek en richtte zijn kristalheldere blauwe ogen op mij.

'Marlee?' Hij verplaatste zijn gewicht van de ene voet op de andere. 'Het lijkt erop dat Lindsey—'

'Lynley', corrigeerde ik hem.

Hij trok een grimas en toonde zijn rechte witte tanden. 'Zij en ik zijn overeengekomen dat ze niet goed bij Synergy past.'

'Dat kun je wel zeggen', zei Jackson.

Coopers blik doorboorde zijn vriend. 'Als u nou zou heroverwegen om Marlee met me te delen...'

'Dat zou ik graag doen...' begon ik.

'Geen sprake van', onderbrak Jackson me. Hij keek me strak aan. 'Marlee heeft al meer dan genoeg werk. En u kunt net zo goed vragen of u mijn rechterarm mag lenen. Zoek uw eigen Marlee.' Hij haalde zijn schouders op. 'Of houd een van de uitzendkrachten die ze voor u vindt.'

Voordat hij sprak, nam Cooper even de tijd om zijn handen, die tot vuisten gebald waren, te ontspannen. Toen keek hij me aan. 'Denkt u dat u...'

'Al gedaan.' Ik klikte om mijn e-mail naar het uitzendbureau te sturen.

'Bedankt. U weet dat ik dol op u ben, Marlee.' En daar was hij, die hartverscheurende glimlach waar ik elke keer weer van smolt. Ik wilde met mijn vingertoppen over zijn sterke, stoppelige kaak en door zijn korte, zandkleurige haar dansen. Mijn handen over zijn grijsgestreepte overhemd laten glijden om de gespierde schouders eronder aan te raken. Mijn nagels over zijn rug halen en in zijn...

'Hoe dan ook, Jay...' Hij draaide zich naar Jackson en toen besefte ik dat ik Cooper weer met mijn ogen aan het uitkleden was. 'Kunnen we wat eerder gaan fietsen? Ik heb vanavond een evenement van de stichting.'

'Ik ga me omkleden.' Jackson wierp me een blik toe – mijn afdwalende ogen waren hem niet ontgaan – en legde toen zijn hand op Tylers schouder. 'Laten we het morgen hebben over uw ideeën voor de brandstofverbruikmodule.' Omdat ik naar Cooper keek, zag ik zijn blik de hand van zijn vriend volgen en zich vervolgens vernauwen op Tyler. Cooper was meestal de jaloerse partner in zijn bromance met Jackson.

'Zeker.' Tyler grijnsde naar onze baas en leek precies op een labrador die te horen had gekregen dat hij braaf was.

Jackson had tien jaar geleden in de studentenkamer die hij op Stanford met Cooper deelde het paradepaardje van het bedrijf gecreëerd: een automotive-analysepakket dat auto's beter en veiliger liet presteren. Hij was een programmeerlegende en wekte bewondering op bij de ontwikkelaars, en Tyler was de voorzitter van de fanclub. Hoewel Tyler zelf ook een echte programmeur was. Jackson had niet het geduld om veel programmeurs te begeleiden, maar voor Tyler maakte hij tijd.

Toen de twee directieleden terugkeerden naar hun respectievelijke kantoren, wenkte ik Tyler dichterbij en controleerde ik of er niemand anders in de buurt was. 'Ik hoorde dat Sanjay weggaat.'

'Oh ja?' Zijn onderlip vormde bijna een pruillipje. 'Hij is een goede baas. Ik zal hem missen.'

'Zeker, maar...' Ik wachtte even voor het effect. 'Daardoor komt er een managerspositie vrij. En ik ken een getalenteerde programmeur die klaar is voor een promotie.'

'Wie, Grant?'

Ik proestte het uit. 'Nee, sufferd. Jij.'

Hij deinsde achterover. 'Ik ben er niet klaar voor. Ik werk hier nog geen jaar.'

'Het maakt niet uit hoelang je hier al bent. Het gaat erom hoeveel je weet over programmeren en hoe goed je met mensen bent.' En Tyler was goed met mensen. In tegenstelling tot de meeste van zijn collega's keek hij niet op me neer omdat ik een secretaresse was.

Zijn ogen vernauwden zich, onzeker.

'Denk erover na. HR zet de vacature volgende week online.'

Hij maakte een onbestemd grommend geluid. Hij pakte een pepermuntje uit mijn snoeppot en draaide de uiteinden van het papiertje strakker. Hij opende zijn mond, haalde adem en liet die toen langzaam ontsnappen.

'O, ja. De brandstofverbruikmodule. Wil je dat ik morgen een vergadering met hem inplan?' Ik klikte door naar Jacksons agenda en zocht een vrij tijdslot. 'Wat dacht je van half drie?'

Een zacht getrommel was mijn enige antwoord. Zijn lange vingers tikten een ritme tegen de zijkant van zijn spijkerbroek.

'Tyler?' spoorde ik hem opnieuw aan.

'Ja. Zeker.' Hij haalde zijn blik van mijn bureau en keek me aan. 'Een paar van ons... ik dacht dat je misschien, eh, mee zou willen—'

'Ja?' Ik typte de uitnodiging voor de vergadering en verstuurde hem terwijl hij aarzelde. Ik wierp een blik op de klok in de hoek van mijn scherm. Als Jackson nu vertrok, kon ik net de vroege trein halen. Absoluut een goed idee, gezien de problemen die we de laatste tijd hadden gehad. Een paar weken geleden had pa geprobeerd te helpen door te koken, maar hij had een pan op het fornuis laten aanbranden en het rookalarm doen afgaan.

'Het is drie-dollar-pint-avond, en...'

We schrokken allebei op toen Jackson zijn kantoordeur dichtsloeg en door de gang riep: 'Coop, schiet op!'

Cooper kwam met een sporttas over zijn schouder zijn kantoor uit. Net als Jackson droeg hij een T-shirt dat strak over zijn borst spande en net onder de heup van een strakke fietsbroek eindigde. Mijn ogen gleden langs zijn gespierde been omhoog naar de contouren van een bobbel net onder de zoom van dat shirt. Ik slikte.

'Tot morgen.' Jackson wuifde lui in onze richting voordat hij naar de trap jogde en de deur voor Cooper openhield. 'Laten we na het fietsen...' De deur sloot zich achter hen, waardoor Jacksons woorden werden afgesneden.

Ik knipperde hard met mijn ogen en keerde me weer tot Tyler. 'Sorry, wat zei je?'

Hij zette zijn bril af en poetste hem aan zijn T-shirt. Zonder bril waren zijn ogen gespikkeld met vlekjes bruin, blauw, groen en goud, als de aarde gezien vanuit de ruimte.

'Ik dacht eraan om na het werk naar de kroeg op de hoek te gaan. Wil je mee?'

'Sorry, vanavond kan ik niet. Met wie ga je?' Als we samen op de kwartaalfeestjes van Synergy rondhingen, cirkelden de andere programmeurs als satellieten om Tyler heen. De meesten van hen waren oké, maar een paar zouden niet eens met iemand praten zonder de functietitel 'ontwikkelaar'. Ze keken langs me heen alsof ik een soort exotisch roze insect was, volkomen beneden hun stand.

'O, eh. Ik had nog niemand anders uitgenodigd.'

Ik stopte even met inpakken. Het was typisch Tyler om de bijeenkomst rondom mij en mijn voorkeuren te organiseren. Wat een lieve jongen. Als ik iemand anders was geweest, had ik de kans om na het werk tijd met hem door te brengen met beide handen aangegrepen.

Maar ik had verantwoordelijkheden. En plannen. 'Misschien een andere keer?'

Zodra hij knikte, liep ik naar de lift en drukte op de knop.

De deuren gleden meteen open, en toen ik me omdraaide om op de knop te drukken, ving ik een glimp op van Tylers neergetrokken mond terwijl hij me nakeek. Ik gaf hem een verontschuldigende glimlach en een knikje.

Hij zou zich wel redden. Hij zou vanavond wel met zijn andere vrienden uitgaan. Hij was zoals de meeste mensen van onze leeftijd die bij Synergy werkten – toegewijd en hardwerkend met weinig verantwoordelijkheden buiten kantoor, en met genoeg geld om te feesten als het werk klaar was.

Ook al waren we al bijna een jaar vrienden en al meer dan zes maanden beste maatjes, Tyler wist niet dat ik niet zoals hij was. Ik hoopte dat hij niet dacht dat ik een smoesje verzon, zoals al mijn vrienden van de universiteit hadden gedaan. Die waren langzaam uit mijn leven verdwenen na te veel afgewezen uitnodigingen, te veel afzeggingen op het laatste moment.

Maar vanaf het moment dat hij me had gered van die vervloekte biertap, was Tyler anders geweest. Hij was me blijven uitnodigen, ook al wees ik het meestal af. Hij was een goede vriend. Eentje die het waard was om te houden.

Ik zou hem de volgende dag meenemen voor de lunch. Maar op dat moment moest ik mezelf vermannen voor mijn tweede baan.

———

Doe Alsof met Mij is in paperback verkrijgbaar bij je favoriete verkoper.

OVER DE AUTEUR

Michelle McCraw houdt van het lezen van romantische boeken en werken in de technologie. Op een dag besloot ze haar twee interesses te combineren, en nu schrijft ze pikante, nerdy hedendaagse romance die je misschien wel aan het lachen maakt. Haar boeken bevatten personages die zonder schaamte houden van wetenschap, techniek en technologie.

Als Amerikaanse auteur en geboren Texaan heeft Michelle sneeuw geschept tijdens sneeuwstormen in New England en is ze overgestapt op een sneeuwblazer in het Midwesten. Ze woont nu in Georgia, waar ze de sneeuw HELEMAAL NIET mist. Ze houdt van lezen, reizen, bourbon drinken en haar buitengewoon slecht opgevoede maar schattige hond verwennen. Ze is finaliste geweest in de RWA Vivian Contest, de Contemporary Romance Writers' Stiletto Contest en de Windy City Romance Writers' Four Seasons Contest.

facebook.com/MichelleMcCrawAuthor

instagram.com/MMOWriter

amazon.com/author/michellemccraw

goodreads.com/MichelleMcCraw

bookbub.com/authors/michelle-mccraw

BOEKEN VAN MICHELLE MCCRAW

Synergy Series

Werk met Mij

Doe Alsof met Mij

Reis met Mij

Baas me

Vergeet me Niet

Daag me Uit

40 and Fabulous

Fashion and Passion

Frenemies and Lovers

Books and Hookups

Conspiracies and Chemistry

Advances and Retreats

Marriage and Trouble

Sugar and Spice